学びを深めるヒントシリーズ

平家物語

吉永昌弘　編著

明治書院

この本を手にとってくださった皆様へ

私が『平家物語』に出会ったのは、中学一年生のときだった。たしか教科書に「那須与一」が載っていて、「与一鏑《かぶら》をとッてつがひ、よッぴいてひやうどはなつ。小兵《こひやう》といふぢやう十二束三伏《そくみつぶせ》、弓は強し、浦ひびく程長鳴《ながな》りして、あやまたず扇のかなめぎは一寸ばかりおいて、ひィふつとぞ射きッたる。鏑は海へ入りければ、扇は空へぞあがりける。しばしは虚空にひらめきけるが、春風に一もみ二もみもまれて、海へさッとぞ散ッたりける」にしびれた。耳に心地よいリズム、見事な対句表現、躍動感あふれる擬音・擬態語。ひらめく扇は折しも吹き抜けた春風にもまれ、海へと落ちる……。格好いい、と思った。担当の先生から課題図書として与えられた長野《ながの》嘗一《じようういち》氏の『平家物語―若い人への古典案内―』を読みふけり、もともと歴史好きだったことも相まって、高校生のときには講談社学術文庫の『平家物語全訳注』（杉本圭三郎《すぎもとけいさぶろう》）で原文を通読した。結果として大学の国文学科に進学し、『平家物語』で卒業論文を書いて、卒業後は国語の教員として働いているのだから、『平家物語』との出会いは私の人生を決めたと言っても過言ではない。

研究対象としての『平家物語』は、なかなか難しい作品である。とにかく諸本の数が多く、内容も千差万別である。諸本それぞれの関係性が見えにくく、いわゆる原態を探るのは困難である。『平家物語』と言っても覚一《かくいち》本と延《えん》慶《ぎよう》本ではまるで異なる様相を呈しているのである。卒業論文では延慶本をもとに成立論に取り組み、その一端でも明らかにならないかと考えたが、満足のいく成果が出たかというと心許ない。今回この本を書くにあたって覚一本を読み直し、文章の美しさ、構成の巧みさ、どの点から見ても『平家物語』の一つの達成を表している本だと再認識し、覚一本のどこが面白いのか、素晴らしいのか、読者の皆様と共に考えられるような本にしたいと思った。覚一本だけを読んでいては、その素晴らしさを味わうのは難しい。他の本との比較はもちろん、史実や後代の作品への影響など、参照しなければならないものがたくさんある。覚一本の持つ魅力や工夫を感じるために、なるべく煩雑にならないように紹介したので、これらを参考にしながら、いろいろな角度から覚一本『平家物語』を読んでいただきたいと思う。

『平家物語』に初めて触れるのは、おそらく中学校や高等学校の教室であろう。何事も最初の出会いが肝心である。そういう意味では教員の責任は重い。教える者が面白いと思っていないものを、生徒が面白がるわけがない。**鑑賞のヒント**では、教室で主体的な学びが行われるため、自分が授業をするならばどのような問いを設定するかということを念頭に置いた。**鑑賞**はその答えであるが、通読すればその章段のアウトライン、問題点、読むべきポイントが浮かび上がるように書いた。**探究のために**は研究的要素も取り入れ、必要に応じて専門的な論文も紹介した。また、他の作品や同時代の史料にも言及し、その原文は**資料**に掲出した。学ぶ者の主体的な問いの設定や答えの探究ももちろん重要なのであるが、ことに古典文学においては教授者の幅広い知識、見識が絶対的に必要である。生徒に議論させるとともに、生徒の議論の中身や出した結論をただ受け止めるだけでなく、広げられるような話題や研究成果を提供したつもりである。

我々の生きる社会は今、大きな変化の中にある。「かくあるべき」という理想の生き方が失われた一方、価値観や考え方が多様化し、様々な生き方が認められつつある。『平家物語』の描いた時代もまた歴史の転換期であった。人々は滅びゆくものを愛惜しつつ、新しい時代を作り出したのである。『平家物語』を読み解き、先の見えない中、人々が何を考え、どう生き、そして死んでいったのか、ということに考えを巡らせることで、自分なりの人生観や生き方を獲得することができるのではないか。

本書には、勤務校の同僚や生徒との会話を通じて得た知見も含まれている。授業で生徒と共に作品を読み解く中で、自分の中に眠っていた知識や感覚が呼び起こされることもしばしばあった。そのような刺激を受けることのできる学校で教師として仕事ができることは、私にとって喜びである。

なお、本書を出版するにあたっては、今岡友紀子氏をはじめ明治書院の皆様に大変お世話になりました。深く御礼を申し上げます。

学びを深めるヒントシリーズ

平家物語

目次

コラム

粗筋と年表

付録

『平家物語』について

『平家物語』は一一三二（天承二）年の平忠盛《ただもり》の昇殿から、一一九八（建久九）年に平維盛《これもり》の子六代《ろくだい》が斬られ、平家の嫡流が途絶えるまでの、約六十五年間の平家一門の興亡を描いた作品である。平家が台頭するきっかけとなった保元・平治の乱などについての記述はほとんどなく、一一六七（仁安二）年に平清盛が太政大臣に任じられるまでは足早に語られる。その後反平家の動きが高まり、源氏の挙兵によって平家が都を落ち、一一八五（元暦二）年に壇の浦の戦いで平家が敗北するまでの約二十年間の歴史が物語の中心的な内容となっている。

二十年という短い間に、権勢を誇った平家が滅び、東国を本拠地とする源頼朝が政権を握った。大きな社会的変動が、平家の興隆から滅亡という目に見える形で劇的に展開したことが多くの人々の心を動かし、様々な話材が集積され、物語として成立したと考えられる。『平家物語』の特徴は、書物として読まれただけでなく、琵琶法師が『平家物語』を語るのを人々が聴く、という形で享受されたことにある。このことが直接的あるいは間接的に物語を成長させ、多くの諸本が生まれることにつながったのである。激動の時代を生き、死んでいった人々への共感が、多様な『平家物語』として結実したと言える。

『平家物語』がいつ頃、どのように成立したかについては諸説あり、はっきりしない。また物語が当初どのような内容であったかも定かではない。最も有名な成立に関する記述は『徒然草』に見られるものである。「信濃前司《しなののぜんじ》行《ゆき》長《なが》」が、天台座主慈円《てんだいざすじえん》の庇護のもとに、「平家物語を作りて、生仏《しやうぶつ》と言ひける盲目《まうもく》に教へて語らせ」たと言う。生仏は「東国の者」であったために「武士のこと、弓馬のわざ」を東国武士たちに聞いて行長に書かせたともされている。実際には「信濃前司行長」という人物は史料の中には存在を確認できない。また「生仏」という人物についても実像ははっきりしない。具体的な人名はさほど重要ではなく、『徒然草』の記述は、行長のような貴族が物語を作り、生仏のような盲目の琵琶法師に語らせることで『平家物語』が成立したことを暗示していると考えられる。

物語の成立時期を考える手がかりはいくつかある。「兵範記紙背文書《へいはんきしはいもんじょ》」によれば、一二四〇（延応二）年七月十一日付の文書に、「治承物語六巻〈平家と号す〉、此の間、書写し候也」という記述があり、一二五九（正元元）年九月以前に作成された『普賢延命鈔《ふげんえんめいしょう》』の紙背にあった一月十三日（年号は不明）付の書状には、「平家物語、合はせて八帖〈本六帖、後二帖〉、献借し候」とある。これらによれば、一二〇〇年代中頃には、『平家物語』と呼ばれた物語が存在したことが確認され、現存の『平家物語』の成立に向けて動きがあったことがわかる。現存諸本の記事は、一二二一（承久三）年の承久の乱の頃で終わっているので、物語はこれ以降、主に一二三〇年代に生成されたと考えられる。承久の乱を境に武家の闘争は一旦終息し、一二三二（貞永元）年には『御成敗式目』が制定されるなど、世の中は安定に向かっていた。またこの頃の宮廷では、平家と共に都落ちし、戦乱が終結すると帰京した守貞親王《もりさだしんのう》が、天皇として即位はせずに、後高倉院として院政を行っていた。後高倉院の乳母は平頼盛《よりもり》の娘と平知盛《とももり》の妻であり、後者は治部《じぶ》卿局《きょうのつぼね》として『平家物語』にも登場する。また、後高倉院の子の後堀河天皇の乳母は、平維盛の北の方と同腹の藤原成子（藤原成親《なりちか》の娘）で、宮中には平家の関係者が多数おり、親平家的な雰囲気があったと考えられている（日下力《くさかつとむ》）。

この時期に、源平の争乱を生き抜いた人々が自らの体験を語った可能性は高い。ただ体験談が「物語」に昇華するにはまだ時間が必要だったと考えられる。一連の出来事を単なる経験談の集積ではなく、歴史として語るためには、第三者（必ずしも一人には限定しない）が、それなりの「史観」に基づいて編集する必要があった。一二三〇年代から、覚一本が成立する一三七〇年頃までのおよそ百五十年間でその作業が行われたのだろう。松尾葦江《まつおあしえ》によれば、一三〇〇年前後には琵琶法師が語る「平家」があり（『普通唱導集《ふつうしょうどうしゅう》』）、一三三〇年以前には現存する『平家物語』とほぼ同じ内容、表現を持つ作品が存在したという。語りにより普及した物語と、冊子として読まれた物語の離合集散が繰り返されていたと考えられている。こうして、一三七一（応安四）年に覚一本が成立したのである。

『平家物語』は、長い間人々の興味を惹きつけ、直接戦乱を経験した世代がいなくなった後も成長し続けた。そのエネルギーの根底には、序章の「諸行無常」「盛者必衰」という言葉の持つ普遍性があっただろう。中世の日本では、平和が訪れたかに見えたのに、また戦乱が引き起こされるということが繰り返された。鎌倉幕府における血で血を洗う権力闘争、京都における朝廷の分裂など、権力の不安定さが時代の特徴とも言える中、人々は自らが生きる世の中の混迷ぶりを目の当たりにして、平家の栄華のはかなさとその衰亡に世の無常を感じとり、彼らにとっての現代に重ね合わせて、物語を紡ぎ続けたのではないか。

『平家物語』が一応の成立を見ると、今度は物語を題材にした能や浄瑠璃、歌舞伎が生み出され始める。群像劇である『平家物語』には様々な人物が登場し、エピソードには事欠かないので、格好の題材となったのだろう。誰もが知っている内容でなければ新しい文芸の素材とはなりにくいから、それだけ『平家物語』は人口に膾炙していたと考えられる。人々の想像力をかき立ててやまない、汲めども尽きない泉のような存在として享受され続けた『平家物語』は、かくして古典としての地位を確立したのである。

凡例（この本の使い方）

主体的・対話的で深い学びを実現するためには、問題を発見し、テクストに根拠を求めつつ、論理的な思考を駆使しながら、読み手同士で対話し、協働して解決していくことが何よりも重要である。しかし、古典学習指導に関する参考図書のなかで、そうした新しい学習に対応したものはあまりない。本書は、これから求められる主体的・対話的で深い学びを、古典学習でも実現したいと考える指導者のために執筆した。

◆各章段の構成

本書は、『平家物語』のうち、現行の高等学校国語科検定教科書に掲載された章段から、授業で扱われることが多いものを選び、**原文・現代語訳・語注・鑑賞のヒント・鑑賞・探究のために・資料**の構成で学びを深めるヒントをまとめたものである。

【原文】『新編日本古典文学全集　平家物語』（市古貞次校注・訳、小学館）を参照し、適宜改めた。

【現代語訳】 編著者が現代語としてのわかりやすさを重視して訳した。原文にない言葉を補った場合は（　）に入れて示した。

【語注】 原文の解釈に必要な最低限の語について、解説した。

【鑑賞のヒント】 学習者同士の話し合い活動が行われることを意識して、解釈のポイントを発問形式で示した。

【鑑賞】 **鑑賞のヒント**の解答例にあたる内容を解説し、対応する部分に番号を付した。その際、テクストに根拠を求めつつ、論理的な思考を駆使して解決していく学習者の姿をイメージしながら、できるだけわかりやすく記述した。

【探究のために】 **鑑賞**の内容をより深めて詳細に解説した。指導者の発展的解説素材として、あるいは学習者の探究的学習素材として、利用してもらいたい。

【資料】 複数の素材を比較検討して読み深めることができるように、読み比べ用の古文および漢文書き下しテクストと、その現代語訳を掲げた。

◆その他

・**コラム**として、今日的な視点からの研究テーマや、収録しなかった章段について取り上げ、『平家物語』の全体像を把握できるようにした。

・**粗筋と年表**として、章段と章段の間の粗筋と関連する歴史事項を入れた。

・**付録**として、**参考文献**、**略系図**、**平安時代の軍装**を掲げた。

・引用・参照した諸本は以下の通り。引用に当たっては適宜改めた。

延慶本…『延慶本平家物語本文篇』（勉誠出版）

長門本…『長門本平家物語』（勉誠出版）

屋代本…『屋代本高野本対照平家物語』（新典社）

四部合戦状本…『訓読四部合戦状本平家物語』（有精堂）

『源平盛衰記』…『源平盛衰記』（三弥井書店）

『源平闘諍録』…『源平闘諍録―坂東で生まれた平家物語』（講談社学術文庫）

また現代語訳は編著者が行った。

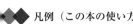

盛者必衰の理

祇園精舎・巻第一

①祇園精舎《ぎをんしやうじや》の鐘の声、②諸行無常《しよぎやうむじやう》の響《ひびき》あり。③娑羅双樹《しやらさうじゆ》の花の色、④盛者必衰《じやうしやひつすい》の理をあらはす。おごれる人も久しからず、唯春の⑤夜《よ》の夢のごとし。たけき者も遂《つひ》にはほろびぬ、偏《ひとへ》に風の前の塵《ちり》に同じ。遠く⑥異朝をとぶらへば、⑦秦《しん》の趙高《てうかう》、⑧漢の王莽《わうまう》、⑨梁《りやう》の周伊《しうい》、⑩唐《たう》の禄山《ろくさん》、是等《これら》は皆旧主先皇《きうしゆせんくわう》の政《まつりごと》にもしたがはず、楽しみをきはめ、諫《いさめ》をも思ひいれず、天下の乱れむ事をさとらずして、民間の愁ふる所を知らざつしかば、久しからずして、亡《ばう》じにし者どもなり。近く⑪本朝をうかがふに、⑫承平《しようへい》の将門《まさかど》、⑬天慶《てんきやう》の純友《すみとも》、⑭康和《かうわ》の義親《ぎしん》、⑮平《へい》治《ぢ》の信頼《のぶより》、此等《これら》はおごれる心もたけき事も、皆とりどりにこそありしかども、まぢかくは⑯六波羅《ろくはら》の入道《にふだう》前太政大臣《さきのだいじやうだいじん》平朝臣清盛公《たひらのあつそんきよもりこう》と申しし人の有様、伝へ承るこそ、心も詞《ことば》も及ばれね。

【現代語訳】

祇園精舎の鐘の音は、その響きによって「諸行無常」の偈《げ》を説く。（釈迦入滅のときに、白く変化したという）娑羅双樹《さらそうじゅ》の花の色は、盛んな者は必ず衰える、という道理を表している。驕《おご》り高ぶった人も、その状態が永遠に続くわけではない、それはただ春の夜の夢のようにはかないものである。勢いの盛んな者もついには滅びてしまう、それは全く風の前の塵と同じである。遠く外国の例を探してみると、秦の趙高、漢の王莽、梁の朱异、唐の安禄山《あんろくさん》、これらの人々は皆、もと仕えていた君主や皇帝の政治にも従わず、快楽を極め、人の諫言も聞き入れず、天下の乱れることも悟らずに、庶民の憂苦を顧みなかったので、その威勢を長く保てずに、滅びてしまった者どもである。近く我が国にその例を探してみると、承平の平将門、天慶の藤原純友、康和の源義親《よしちか》、平治の藤原信頼、これらの人々はその心の驕慢ぶりも勢いが盛んな様子も、皆様々であったが、つい最近のこととしては、六波羅の入道前太政大臣平朝臣清盛公と申した人の有様を伝聞すると、想像を絶していて、それを表現する言葉も見つからないほどである。

【語注】

①祇園精舎の鐘…「祇園精舎」はインド舎衛国《しゃえ》にあった「祇樹給孤独園精舎《ぎじゅぎっこどくおんしょうじゃ》」の略称。舎衛国の須達《しゅだつ》長者が祇陀太子の園林を買い取り、精舎（寺院）として釈迦に献じた。須達長者は孤独者（孤児と子供のいない老人）を哀れんだことから「給孤独」と呼ばれ、精舎の名は祇陀太子と須達長者の二人の名をとっている。釈迦は二十五年間ここに住み、布教の拠点とした。精舎の堂に病気の僧が入る無常堂があり、僧の臨終の際、四隅にある玻璃製の鐘が鳴って、「諸行無常」の偈《げ》（**鑑賞**参照）を説き、僧はこれを聞いて苦悩が除かれ往生したと言う。

②諸行無常…「諸行《ハ》無常《ニシテ》、是《レ》生滅《ノ》法《ナリ》、生滅滅已《シをハリテ》、寂滅《ナルヲ》為《ス》レ楽《ト》」（無常偈）の第一句。万物は常に生滅し、永久不変のものはないことを言う。

③娑羅双樹…釈迦が入滅する際、臥床の東西南北の四方に生えていた双生の木。「娑羅」は淡黄色の花をつける常緑の高木。高さ三〇メートルに達する。釈迦が入滅したときに白く変色したと言う。

④盛者必衰…威勢のある者も滅びてしまう、ということ。『仁王経《にんのうぎょう》』「護国品《ごこくほん》」に「盛《ナル》者《ハ》必《ズ》衰《ヘ》、実《ナル》者《ハ》必《ズ》虚《シ》」とある。この句については、**探究のために**参照。

⑤春の夜の夢…短く、はかないことの喩え。「春の夜の夢ばかりなる手枕《たまくら》にかひなく立たむ名こそ惜しけれ」（『千載和歌集』巻第十六・九六一・周防内侍《すおうのないし》）、「春の夜の夢の浮橋とだえして峰にわかるる横雲の空」（『新古今和歌集』巻第一・三八・藤原定家）のように、和歌でよく使われる表現。『往生講式《おうじょうこうしき》』に「一生《ハ》是《レ》風前《ノ》燭、万事《ハ》皆春夜《ノ》夢」とある。

⑥異朝をとぶらへば…外国の例を探してみると。

⑦秦の趙高…生年未詳～前二〇七。秦の始皇帝の死後、二世皇帝を擁して権勢をふるった宦官。紀元前二〇七年、三世皇帝子嬰《しえい》らにより殺害された。

⑧漢の王莽…前四五～二三。前漢の成帝の外戚。孺子嬰《じゅしえい》を皇帝に擁立した上で殺害し、自ら皇帝を名乗り国号を「新」としたが、西暦二三年、後漢の光武帝（劉秀）に敗れ殺された。

⑨梁の周伊…朱异の誤り。四八三～五四九。南朝梁の武帝の臣。梁へ帰順した北朝東魏の侯景を見限り東魏と結んだため侯景の乱を誘発、首都建康を侯景軍に包囲される中死亡した。国を傾けた佞《ねい》臣《しん》とされる。

⑩唐の禄山…安禄山。七〇五～七五七。ソグド人（イラン系）の父と突厥《とっけつ》人（トルコ系）の母を持つ。玄宗により節度使に抜擢されたが七五五年、反乱を起こし（安史の乱）、大燕《だいえん》皇帝と称して一時華北の主要部を支配下に置くが、七五七年、後継問題をめぐり子の安慶緒《けいしょ》に殺された。

⑪本朝をうかがふに…我が国の例を調べてみると。
⑫承平の将門…平将門。生年未詳〜九四〇。下総国を本拠地とし、九三五年、父の遺領をめぐるトラブルから伯父国香《くにたか》を殺し、九三九年には関八州の支配を目指し、新皇と称した。平貞盛、藤原秀《ひで》郷《さと》に攻められ、翌九四〇年敗死した。
⑬天慶の純友…藤原純友。八九三？〜九四一。伊予掾《いよのじょう》として現地に赴任したが海賊と結び、官物を横領するなど瀬戸内海に勢力をひろげたが、小野好古《おののよしふる》・源経基《つねもと》率いる征討軍に敗れ、九四一年、捕えられて殺された。将門の乱とほぼ同時期に起きたため、東西の反乱として都の貴族を震撼させた。
⑭康和の義親…源義親。生年未詳〜一一〇八？　源義家《よしいえ》の次男で、対馬守《つしまのかみ》。康和年中（一〇九九〜一一〇三）に九州で乱行に及び、隠岐へと流されることになったが従わず、一一〇八年、平正盛《まさもり》（清盛の祖父）に追討された。
⑮平治の信頼…藤原信頼。一一三三〜一一六〇。後白河院の寵臣。同じく院の近臣である信西《しんぜい》に昇進を妨害され、一一五九年、源義《よし》朝《とも》と共に挙兵、後白河院と二条天皇を擁し信西を殺害したが、平清盛に破られ処刑された。
⑯六波羅の入道前太政大臣…平清盛を指す。一一一八〜一一八一。清盛は一一六八年、入道（在俗のまま仏道に帰依すること）して、京都の六波羅（現在の京都市東山区。六波羅蜜寺の周辺）に居を構えていたので「六波羅の入道」と呼ばれた。「六波羅」は平家や清盛の異称としても使われる。清盛は一一六七年に太政大臣となっているが、同年辞任している。太政大臣は太政官の最高職位で、天子の師範たるべき地位であるため、適材がいなければ欠員で良いとされることから、「則闕《そっけつ》の官」と呼ばれる。太政大臣を辞め入道してから摂津国福原へ引退するが、朝廷内での発言力は維持し続けた。物語は出家後の清盛について語ることが多い。清盛のいわゆる「悪行」やその死については、76ページ**コラム**参照。

◆◇鑑賞のヒント◇◆

❶どの句とどの句が対になっているか。
❷この文章は、どのような表現上の特色があるか。
❸「異朝」「本朝」の人々「平清盛」は、それぞれどのような人物として取り上げられているか。

◆◇鑑賞◇◆

『平家物語』の序を飾り、堂々とした格調高い文章として、古来人口に膾炙してきた文章である。学校で暗唱させられた、という人も多いだろう。宇多田ヒカルの「traveling」という歌の歌詞にも「春の夜の夢のごとし」が、三音ずつ区切られながら登場する。

現代に至るまで人々によく知られた名文ではあるが、細かく見てみると、意味はなかなか取りにくい。この文章について小林秀雄は、「『平家』の作者は優れた思想家ではない」、「彼はただ当時の知識人として月なみな口を利いていたに過ぎない」（「平家物語」）と一刀両断したが、本当にそうだろうか。表現を丁寧に見ていくことで、文章に込められた思いを読み解いてみる。

誰しもが気づくことだろうが、冒頭部は七五調の対句を用いた文章になっている。まず「祇園精舎の鐘の声」と「娑羅双樹の花の色」が対句である。「祇園精舎の鐘」と「娑羅双樹の花」はそれぞれ「諸行無常」、「盛者必衰」の原理を聴覚、視覚によって示したものと考えられる。物語が最初に示すのは、「すべてのものは無常である」、「盛んな者も必ず衰える」という仏教の大原則である。では、「諸行無常」と「盛者必衰」は対になっていると言えるのだろうか。冨倉徳《とみくらとく》次郎《じろう》は「盛者必衰」は「生者必滅」とするのが順当だ、と指摘する。祇園精舎には死に瀕した僧の入る「無常堂」という建物がある。その四隅にはガラスの鐘があって、病僧の死が近づくと鳴り出して、その音色の中に「諸行は無常なり、これを生滅の法なり、生滅滅し已《おは》つて、寂滅を楽となす」という偈《げ》（仏の功徳を讃《たた》える、四句から成る詩）が説かれるという。この偈によれば、「諸行無常」の後に来るのは「是生滅法」であり、これは「生ある者は必ず滅する」という意味の言葉である。滅するのはあくまでも「生者」であって、「盛者」ではないのである。また、「娑羅双樹」は釈迦入滅のとき、その床の四方に二本ずつあった沙羅の木であり、釈迦が亡くなると白くなったとされるが、その木が「盛者必衰」の道理を示すということであれば、釈迦が「盛者」ということになり、違和感がある。このように物語が、不自然かつ誤解を招く表現であるにもかかわらず、「盛者必衰」という言葉をあえて使ったのは、続く「おごれる人も久しからず」、「たけき者も遂にはほろびぬ」という表現に関係しているだろう。語り手は抽象的な仏教の道理を語るのではなく、短い時間に諸勢力が台頭し、滅びていった現実の歴史世界を描くのだという意識を「盛者必衰」という言葉に込めたと考えられる。平家の興亡史を語るには「生者必滅」ではいかにも弱い。歴史における「諸行無常」とはすなわち「盛者必衰」であるとし、「おごれる人も久しからず」、「たけき者も遂にはほろびぬ」という言葉を自然に導き出したのである。物語は、とりどりの「おごれる人」「たけき者」の権勢とその衰え、さらには死を克明に描いていくことになる。そしてそれらは、「春の夜の夢」「風の前の塵」のように、はかなく、もろいものであった。冒頭の文章からは、現実的で、具体的な、「或る大がかりの物語を語ろうとする、いわば説話文学者の姿勢」（『日本古典文学大系（旧大系）』補注）が見えてくる（「盛者必衰」という語は、**探求のために**でも取り上げる）❶。

　このように「諸行無常」「盛者必衰」という観点を巨視的に提示してから、語り手の興味は具体的な「人」へと向かっていく。まず語り手は「遠」い「異朝」、すなわち古い時代の中国の、いわゆる反逆者を列挙し、だんだんと「近」い「本朝」、日本でよく知られた、時代的にも大昔ではない反乱を起こした人物の名を挙げていき、最後は平清盛の「有様」を「伝へ承る」と書き、物語の核心へと徐々に迫っていく。時間は過去から現在へと近づいていき、空間は遠い中国から日本へと移り、最終的に語り手の視点は平清盛という一個人に定まっていく。カメラのクローズアップにも似た手法が用いられているのである❷。

それではここで取り上げられた人物たちは、どのような人々で、なぜここで名前が挙げられるのだろうか。彼らは「旧主先皇の政」に従わなかったことがまず指摘される。ゆえに、ここでは皇帝や天皇が挙げられることはない。主人には従うべきだ、という儒教的倫理が前面に押し出され、政治思想としては現実的で保守的な語り手の姿が垣間見える。ただその後には「天下」「民間」という「社会的な拡がり」（山下宏明《やましたひろあき》）を持つ言葉も使われており、卑近で日常的な処世の有様を語るのではなく、より普遍的な道理を追究しよう、という意図も感じられる。さらにこれらの人々に共通するのは、権力によって誅殺されていることである。一時は権勢を手に入れたとしても、世の秩序を乱す者の末路は哀れなものだ、ということを示したいがための人選であるとも考えられる。しかしながらこの文脈には収まりきらない人物がいた。それが平清盛である。清盛は実は体制を崩壊させようと企図したことはない。たしかに後白河院を幽閉し院政を停止したり、東大寺を焼き討ちしたりしたが、自身は太政大臣を辞した後は公職に就くこともなく、天皇の外戚や院の後見人として、あくまでも旧来の秩序の中で振る舞い、実質的な権勢を手に入れた人物である。また、清盛は権力によって殺されてはいない。熱病による失意の中の死ではあったが、病死であり、見方によっては天寿を全うしたと言えるだろう。こうなると、取り上げられている他の人々とは異なり、儒教的な因果応報論では糾弾しきれない人物なのである。もちろん平家一門は源氏に敗北し、政権は源氏に取って代わられたので、「盛者必衰」と言えなくもない。だが清盛その人については、既存の思考の枠組みでは「心も詞も及ば」ないとするしかなかっただろう。しかし語り手にとって清盛という不可思議な存在は、その思考を停止させるものではなかった。むしろ清盛の有様を見ることで、歴史の道理を探ってやろう、という意欲を強くかき立てられたのではないか。「伝へ承る」、すなわち自分が「伝え聞いた」有様が筆舌に尽くしがたい、というのである。ではその清盛を、自分が「語る」としたらどうなるか。「伝へ承るこそ、心も詞も及ばれね」という言葉からは、語り手のそんな意欲が伝わってくるようにも思われる❸。

◆◇探究のために◇◆

▼「祇園精舎」の下敷き　冒頭のいわゆる「祇園精舎」の文章は、すべての『平家物語』諸本にほぼ共通したものである。これがなければ『平家物語』とは見なされないと言っていいほどであり、語り手の姿勢が色濃く表れている文章であることは、**鑑賞**で明らかにした。ここでは、冒頭の二句、「祇園精舎の鐘の声、諸行無常の響あり」という表現に注目し、その典拠を紹介する。

栃木孝惟《とちぎよしただ》は、この表現に関係が深いと思われるものとして、『宝物集《ほうぶつしゅう》』の一節を挙げる。『宝物集』は、一一八三（寿永二）年頃に平康頼《やすより》（64ページ「足摺」参照）によって成立したとされる。嵯峨の清凉寺《せいりょうじ》での通夜における座談の聞き書きという、『大鏡』にも似た体裁をとっている作品である。仏教こそが人間にとって最も大切な宝物である、ということが様々な説話や和歌、経典などを引きながら語られている作品で、『平家物語』に登場する平康頼の著である可能性があることでも注目されている。『宝物集』巻第二（**資料A**）では、世の無常を説く中で引用された「されば諸行無常、是生滅法、生滅滅已、寂滅為楽と観ぜん人、仏法の宝をまうくるもの也」という涅槃経《ねはんぎょう》の無常偈（雪山偈。「雪山」は釈迦の前身、雪山童子《せっせんどうじ》のこと）が引用される。さらに、「この故に、雪山童子は半偈の為に身をなげ、祇園精舎の鐘は此文をとなふる也。心あらん人、いかが此観をなさざらん」（以上傍線は筆者）とあって、雪山童子が羅刹《らせつ》からこの偈の前半部を聞き、後半部を聞くために身を羅刹に投ずることを約束したという伝説に基づき、雪山童子がその肉体を投じてまで聞きたがり、祇園精舎の鐘がそれを唱えるほど大切な偈であることが語られている。

僧源信《げんしん》により書かれ、九八五（寛和元）年に成立した仏教書『往生要集《おうじょうようしゅう》』にも「祇園精舎の鐘」について言及がある。この書は経典や論疏《ろんしょ》（教義の綱要や経典の解釈に関する書を集めたもの）の中から往生に関する文章を集め、念仏の大切さを説いたもので、平安朝の浄土教信仰を代表する作品とされているが、巻第二に「祇園精舎の鐘」は、無常堂の四隅にある玻璃（水晶）の鐘で、「鐘の音の中に亦此の偈を説く」とある。同じように「祇園精舎の鐘」に言及する『栄花物語』の「おむがく（音楽）の巻」（**資料B**）には、「かの天竺の祇園精舎の鐘の音、諸行無常、是生滅法、生滅滅已、寂滅為楽と聞ゆなれ」とある。以上のことを考え合わせると、『平家物語』のこの一節は、「祇園精舎の鐘の声」は「諸行無常」から始まる「無常偈」を唱えるように聞こえる、と解釈することができるだろう。「諸行無常の響」を「諸行無常を感得させるような響き」ととる説もあるが、それは当たらないと考える。

▼物語独自の句、「盛者必衰」　このように「祇園精舎の鐘の声」から「諸行無常の響あり」までは、当時よく知られた「無常偈」が下敷きになっており、読んだり聞いたりした人々がすぐにそれとわかるような一般的な表現であると言える。ゆえに冨倉は、「この冒頭の一文から、この物語の聞き手ないし読者がある特殊の仏教的哲理を見いだして、そうした立場に立って、つまり一つの説教を聞くような立場にだけ立って、この物語全編に立ち向かうとしたら、それは正しい鑑賞でもないし、また心構えでもない」とする。

では『平家物語』の考え方を特色づける一節とは何か。それは続く「娑羅双樹の花の色、盛者必衰の理をあらはす」の、「盛者必衰」という言葉であろう。「盛者必衰」は必ずしも特異な語ではないが、**鑑賞**でも指摘したように、

「諸行無常」に続く言葉は、「無常偈」によれば「生者必滅」であり、釈迦の入滅を思い起こさせる「娑羅双樹」という言葉と「盛者必衰」とはいかにも不釣り合いである。また富倉、日下力《くさかつとむ》は、様々な文学作品を挙げ、「生者必滅」のほうが通常の表現であることを指摘する（**資料C**）。享受者は、この言葉に違和感を抱いたに違いなく、それは語り手の狙いであったと考えられる。

日下が指摘するように、「盛者必衰」という言葉は、物語がおごり高ぶった清盛のことを言い出すための仕掛けであった。「生者」ならぬ「盛者」は、「おごれる人」「たけき者」を思い起こさせ、心のおごりから身を滅ぼした人々を列挙することで、権勢をふるい、繁栄を謳歌しながら、あっという間に滅び去った平家一門の歴史語りへと享受者をいざなっていく。仏教的一般論から転じた文脈は、「おごれる人も久しからず、唯春の夜の夢のごとし。たけき者も遂にはほろびぬ、偏に風の前の塵に同じ」という、物語が追究したいテーマを呼び起こし、その視点は平清盛という対象へと絞り込まれていく。その意味で、「盛者必衰」という言葉が果たしている役割は重い。

▼「前太政大臣平朝臣清盛公と申しし人の有様」 語り手が伝え聞き、「心も詞も及ばれ」ないと思ったのが、平清盛の有様であった。清盛がそのように感じられる理由として、「急速な出世」が挙げられるだろう。ここでは清盛の経歴を紹介することを兼ねて、その出自と昇進について見ていく。

物語は平家一門繁栄の前史として、桓武《かんむ》天皇の後裔たる平家は、清盛の祖父正盛《まさもり》まで「諸国の受領」であり、殿上も許されないような家であったことを語る。その後正盛の子で清盛の父である忠盛《ただもり》が、得長寿院《とくちょうじゅいん》の造営の功で鳥羽院に認められ、殿上を許されたことで上昇の機運を得る。しかし忠盛は、鳥羽院に寵愛されたことで周囲の殿上人の妬みを買い、殿上で辱められた上闇討にあいそうになるが、郎等家貞《いえさだ》との主従一体となった行動、忠盛の機転で難を逃れた、と語られ、武人の昇殿を歓迎しない雰囲気があったことを示す。

子の清盛の代になって、保元《ほうげん》・平治《へいじ》の乱が起き、天皇家や摂関家の権力闘争が源氏や平家に代表される武士によって解決されるに及んで、両方の乱で勝者となった清盛はめざましい出世をし、ついには太政大臣に至る。物語はその様を、一気呵成に語り上げている（**資料D**）。清盛の出世の様をまとめれば、次のようになる。

一一二九（大治四）　五位　左兵衛佐
一一三五（保延元）　従四位下《じゅしいのげ》（忠盛の海賊征討の恩賞）
一一三七（保延三）　肥後守《ひごのかみ》
一一五一（仁平元）　安芸守《あきのかみ》
一一五三（仁平三）　忠盛の死により家督を継ぐ
一一五六（保元元）　保元の乱
　　　　　　　　　　播磨守《はりまのかみ》
一一五八（保元三）　大宰大弐《だざいのだいに》
一一六〇（平治元）　平治の乱
　　　　（永暦元）　正三位《しょうさんみ》（六月）
　　　　　　　　　　参議《さんぎ》（八月）
　　　　　　　　　　右衛門督《うえもんのかみ》（九月）
一一六一（応保元）　検非違使別当《けびいしべっとう》（正月）

一一六五（永万元）　大納言

一一六六（仁安元）　内大臣

一一六七（仁安二）　従一位太政大臣《だいじょうだいじん》

受領にすぎなかった清盛が、保元の乱からたった十年程で人身の最高位である太政大臣にまで上り詰めたのである。一門の繁栄も破格で、嫡子重盛《しげもり》が内大臣の右大将、次男宗盛《むねもり》が中納言の右大将と、藤原氏以外では初めて、兄弟で左右の大将を独占することになり、語り手は「殿上の交をだにきらはれし人の子孫」（巻第一「吾身栄花」）と、忠盛の時代を回顧した上で、その繁栄ぶりを描写して感嘆する（**資料E**）。

平清盛の出世や平家の繁栄には、保元・平治の乱での軍事力の供出、乱後の政界をたくみに泳ぎ回ったこと、後白河院やその妻建春門院（平滋子《しげこ》。清盛の妻時子《ときこ》の異母妹）との良好な関係、日宋貿易の利益による莫大な経済力など、様々な政治的、経済的な理由があるが、物語はそれを追究することはなく（「熊野権現の御利生」あるいは厳島信仰による、としている）、平家の繁栄の有様を語るだけである。主に描くのはその繁栄に至る過程ではなく結果としての悪行、すなわち諸勢力との軋轢であり、後白河院との協調関係による順調な政権運営については一切言及しない。繁栄を極めた後、それに陰りが見え始める頃からの歴史を詳細に描くのである。

清盛は、後白河院の幽閉など、「旧主先皇の政にもしたがはず」、「民間の愁ふる所をしら」ずに、数々の悪行（76ページ**コラム**参照）を積んだ。それらは諸勢力の反発を招き、京都から福原（現在の兵庫県神戸市）へ遷都するものの、源頼朝の挙兵をはじめとして平家に対する反乱が全国的に起きる中、世論に従う形で還都を余儀なくされた。問題が山積し、その対処に追われている最中に、清盛は高熱にうなされながら死んでいった。一一八一（治承五）年閏《うるう》二月のことであった。その後の平家は、坂道を転げ落ちるように勢力を弱め、源義仲《よしなか》の攻撃に耐えかねて一一八三（寿永二）年七月に都を去り、一一八五（寿永四）年三月には壇の浦で敗北し、一門の武将はほとんど戦死するのである。繁栄を極めた平家一門は、清盛の死後たった四年で滅亡してしまったことになる。

以上の出来事が、保元の乱から三十年の間に展開された。清盛を中心とする一門の栄華と滅亡は、まさに「諸行無常」「盛者必衰」を感じさせただろう。清盛の発病と死は、宗盛を総大将とする源頼朝征討軍が派遣されようとしていたときであった。死因は熱病で、南都（奈良）の寺院を攻め、東大寺大仏を焼いた直後であったこともあり、当時の人は仏罰による死と考えた。その死が一門の衰退を早めたのは間違いないだろう。清盛の死は、ある意味で時宜にかなった、一つの時代の終わりを体現するものとして描かれている。清盛はそれほどの存在感とエネルギーを持つ人間だったのである。

そうは言っても、『平家物語』は群像劇である。清盛だけではなく、動乱期の歴史に翻弄された人々の生や死についても、丹念に描き出されている。著名な武将から、『平家物語』にしか登場しないような名もなき人まで、物語は一人ひとりに熱いまなざしを注ぎながら歴史を語る。そこには史実か史実でないかという視点を超えた、人間の「真実」が描き出されている。

【資料】

A 『宝物集』巻第二

されば諸行《しよぎやう》無常《むじやう》、是生《ぜしやう》滅法《めつぽふ》、生滅《しやうめつ》滅已《めつい》、寂滅《じやくめつ》為楽《ゐらく》と観《くわん》ぜん人、仏法の宝《たから》をまうくるもの也《なり》。

諸行無常は天にのぼる階《はし》、是生滅法は愛欲《あいよく》の川をわたる船、生滅滅已は剣《つるぎ》の山をこゆる車《くるま》、寂滅為楽は八相成道《さうじやうだう》の化果《けくわ》也《なり》。

この故に、雪山童子《せつせんどうじ》は半偈《はんげ》の為《ため》に身をなげ、祇園精舎《ぎをんしやうじや》の鐘《かね》は此文をとなふる也。心あらん人、いかが此観をなさらん。

（現代語訳：だから、「世の中の一切のものは常に変化し、生滅の法則に律せられている。生滅の世界から超脱して涅槃《ねはん》に入って初めて、真の安楽がある」と真理を感得した人が仏法の宝を得られるのだ。

諸行無常は天に昇る階段、是生滅法は愛欲の川を渡る船、生滅滅已は剣の山を越える車、寂滅為楽は釈迦が生涯で得た悟りである。

これゆえに、雪山童子は「諸行無常」から始まる偈の後半部を聞くために身を投げたし、祇園精舎の鐘はこの文を唱えるのだ。心ある人は、どうしてこの本質を悟らないことがあろうか。）

B 『栄花物語』巻第十七「おむがく」

かの天竺《てんぢく》の祇園精舎《ぎをんしやうじや》の鐘の音《おと》、諸行無常《しよぎやうむじやう》、是生滅法《ぜしやうめつぽふ》、生滅滅已《しやうめつめつい》、寂滅為楽《じやくめつゐらく》と聞ゆなれば、病《やまひ》の僧この鐘の声聞きて、みな苦しみ失せ、あるいは浄土に生るなり。

（現代語訳：かのインドの祇園精舎の鐘の音は、諸行無常、是生滅法、生滅滅已、寂滅為楽と聞こえるとのことなので、病気の僧もこの鐘の音を聞いて、すべて苦しみがなくなり、あるいは浄土に生まれるということだ。）

C ア『宝物集』巻第三

生《しやう》あるものは滅《めつ》あり、はじめあるものはをはりあり、あひあふものは別《わか》れあり、これを愛別離苦《あいべつりく》といふ。釈尊《しやくそん》まぬかれ給《たまは》ず。あだなるわれら、いかがこの苦《く》をまぬかれんや。

生者必滅《しやうあるものはかならずめつす》　釈尊未レ免二栴檀之煙一《しやくそんいまだせんだんのけぶりをまぬかれたまはず》

楽尽哀来《たのしみつきてかなしみきたる》　天人猶レ逢二五衰之日一《てんにんなほごすいのひにあへるがごとし》

これを釈迦《しやか》の入涅槃《にふねはん》といふ。

＊「生者必滅」から始まる句は、『本朝文粋《ほんちようもんずい》』巻第十四、『和漢朗詠集《わかんろうえいしゆう》』「無常」にも出る。大江朝綱《おおえのあさつな》作のもの。

（現代語訳：生あるものは必ず滅し、始めがあるものは終わりがあり、出会うものには別れがある。これを愛別離苦という。釈迦ですらそれを免れなさらなかった。軽薄なる我々は、どうしてこの苦から免れようか。

生ある者は必ず滅す。釈迦でさえ栴檀の木を焼いて火葬され、煙となることを免れなかった。楽しみが終われば必ず哀しみがやってくる。天人ですらも臨終の時を免れず、五つの衰弱の相が現れる日が来るのだ。

これを釈迦の死（入涅槃）という。）

イ 『保元《ほうげん》物語』金刀比羅《ことひら》本「法皇崩御の事」

釈迦如来、生者必滅の理を示さんとて、娑羅双樹の本にて、仮に

滅を唱へ給ひしかば、

（現代語訳：釈迦如来は、生者必滅の道理を示そうとして、娑羅双樹の下で滅度（仏の死）を唱えなさったので、）

D 『平家物語』巻第一「鱸《すずき》」

かくて忠盛、刑部卿《ぎやうぶきやう》になつて、仁平《にんぺい》三年正月十五日、歳《とし》五十八にてうせにき。清盛《きよもり》嫡男《ちやくなん》たるによつて其跡をつぐ。保元《ほうげん》元年七月に、宇治《うぢ》の左府代《さふよ》を乱り給ひし時、安芸守《あきのかみ》とて、御方《みかた》にて勲功ありしかば、播磨守《はりまのかみ》にうつつて、同《おなじき》三年太宰大弐《ださいのだいに》になる。次に平治《へいぢ》元年十二月、信頼卿《のぶよりきやう》が謀叛《むほん》の時、御方《みかた》にて賊徒をうちたひらげ、「勲功一つにあらず、恩賞是《これ》重かるべし」とて、次の年正三位《じやうざんみ》に徐せられ、うちつづき宰相、衛府督《ゑふのかみ》、検非違使別当《けんびゐしのべつたう》、中納言《ちゆうなごん》、大納言《だいなごん》に経《へ》あがつて、剰《あまつさ》へ丞相《しようじやう》の位にいたり、左右《さう》を経ずして内大臣《ないだいじん》より太政大臣《だいじやうだいじん》従一位《じゆいちゐ》にあがる。大将《だいしやう》にあらねども、兵仗《ひやうぢやう》を給はつて随《ずい》身《じん》を召し具す。牛車《ぎつしや》輦車《れんじや》の宣旨《せんじ》を蒙《かうぶ》つて、乗りながら宮中を出入す。偏《ひとへ》に執政の臣のごとし。「太政大臣は、一人《いちじん》に師範《しはん》として、四海に儀けいせり。国ををさめ道を論じ、陰陽《いんやう》をやはらげをさむ。其《その》人《ひと》にあらずは則《すなは》ちかけよ」といへり。されば則闕《そくけつ》の官とも名付けたり。其人《そのひと》ならではけがすべき官ならねども、一天四海を、掌《たなごころ》の内ににぎられしうへは、子細《しさい》に及ばず。

（現代語訳：こうして忠盛は刑部卿になって、仁平三年正月十五日に、五十八歳で死んだ。清盛は嫡男であるので、その跡を継いだ。保元元年七月に、宇治左大臣頼長《よりなが》が世を乱されたとき、安芸守として天皇のお味方をして勲功があったので、播磨守に移って、保元三年に太宰大弐になった。次いで平治元年十二月、藤原信頼卿の謀反のとき、天皇のお味方をして賊たちを討ち平らげ、「勲功はこれ一度のみではない、恩賞は重く与えるべきだ」ということで、翌年正三位に叙せられ、立て続けに参議、右衛府督《えふのかみ》、検非違使別当《けびいしのべつとう》、中納言、大納言と昇進して、そのうえ大臣の位に至り、左右の大臣を経ないで、内大臣からすぐに従一位太政大臣へと昇進した。大将ではないが、下級武官を召す勅許を得て随身を召し連れていた。牛車・輦車《れんしや》に乗ることを許可するというおことばをいただいて、車に乗ったままで宮中に出入りした。全く摂政関白のようである。「太政大臣は、天子の師範として、天下に模範を示す者である。国を治め道義を明らかにし、天地万物を調和させて治める者である。適任者がいなければ、欠員とせよ」と言っている。ゆえに則闕《そつけつ》の官とも呼んでいる。その資格のある人でなくてはその職を汚してはならない官職であるが、清盛が天下を掌中に握られた以上、とやかく批判することもできない。）

E 『平家物語』巻第一「吾身栄花《わがみのえいが》」

日本秋津島《につぽんあきつしま》は、纔《わづ》かに六十六箇国《かこく》、平家知行《ちぎやう》の国、三十余箇国、既《すで》に半国《はんごく》にこえたり。其外庄園田畠《しやうゑんでんばく》、いくらといふ数を知らず、綺羅《きら》充満して、堂上《たうしやう》花の如し。軒騎群集《けんきくんじゆ》して、門前市《いち》をなす。揚《やう》州《しう》の金《こがね》、荊州《けいしう》の珠《たま》、呉郡《ごきん》の綾《あや》、蜀江《しよくかう》の錦《にしき》、七珍万宝《しつちんまんぼう》、一つとして闕《か》けたる事なし。歌堂舞閣《かたうぶかく》の基《もとゐ》、魚竜爵馬《ぎよりようしやくば》の翫《もてあそび》もの、恐らくは帝闕《ていけつ》も仙洞《せんとう》も是《これ》には過ぎじとぞみえし。

（現代語訳：日本全土は、わずかに六十六か国、その中で国司として平家の支配した国は三十余か国で、国土の過半数を占めている。そのほか所有する荘園や田畑などはどれくらいあるか数知れない。美しく着飾った人がたくさん集まって、殿中は花が咲きこぼれるようだ。六波羅の門前には来訪の車馬がたくさん集まって、市をなすようだ。揚州の金、荊州の珠、呉郡の綾、蜀江の錦などありとあらゆる珍しい財宝が集まり、何一つ欠けているものはない。歌舞をする殿堂の礎から魚竜爵馬の遊芸に至るまでの、あらゆるものがここにはあって、おそらくは内裏も院の御所も及ぶまいと思われた。）

粗筋と年表①

「祇園精舎」から「祇王」まで

一一三一（天承元）年（史実は一一三二年）、平清盛の父忠盛は、得長寿院《とくちょうじゅいん》（京都白河にあった寺。一一八五（元暦二）年の大地震で倒壊した）の造進の功で、鳥羽院から内裏への昇殿が許された。それを妬んだ殿上人たちは節会《せちえ》（朝廷で重要な公事のある日に群臣を集めて行われた宴会）の際に忠盛に嫌がらせをし、闇討ちにしようとしたが、忠盛は自身の機転と郎等家貞の忠勤によって何事もなくやり過ごした。その後忠盛の息子清盛は保元・平治の乱で勲功をあげ、昇進を重ねて太政大臣にまで至る。清盛は五十一歳の時、病のため出家するがますます権勢を誇り、息子・娘たちもそれぞれ栄えた。一門の知行国（上級貴族が支配権を与えられた国）は半分を超え、経済的にも繁栄したのであった。

西暦	年号	月	事項	関係章段（1は巻数）
一一三二	長承元	3	平忠盛が昇殿を許される	1 殿上闇討《てんじょうのやみうち》
		11	忠盛に対する闇討未遂	1 殿上闇討
一一四六	久安二	2	清盛、安芸守になる	1 鱸《すずき》
一一五六	保元元	7	保元の乱　崇徳院配流	1 鱸
一一五九	平治元	12	平治の乱　信西殺害　藤原信頼処刑　源義朝殺害　息子の頼朝は捕らえられ、伊豆国へ配流	1 鱸
一一六七	仁安二	2	清盛、太政大臣になる	1 鱸
		5	清盛、太政大臣を辞す	1 鱸
一一六八	仁安三	2	清盛出家　法名浄海《じょうかい》	1 禿髪《かぶろ》
		2	清盛娘徳子、高倉天皇へ入内	1 吾身栄花《わがみのえいが》

コラム①

『平家物語』の諸本

古典文学の作品は書写されることで伝えられてきた。それゆえに多くの写本が存在し、研究者はそれらを校合することで、より原本に近い本文を追究し、作品研究の土台とする。しかし、『平家物語』にはそのような作業は望めない。琵琶法師の「語り」によって広められたという経緯もあり、あまりに多くの、多種多様な異本を持っているからである。それらは一般的に見られるような本文の語句の異同にとどまらず、記事内容や出来事の配列にまで大きな違いがあるため、諸本間の影響関係を明らかにし、系統立てることは難しい状況にあり、物語がもともとどのような姿をしていたのか推測することは困難である。

それでもその本の持つ傾向によって、ある程度の分類はなされていて、諸本は大まかに語り本系と読み本系に分かれる。語り本は琵琶法師の「語りの台本」とされた写本で、琵琶法師の「語り」によって変化を遂げてきたものと考えられてきたが、最近では文字テキストを編集した形跡が指摘されており、必ずしも語りだけでテキストが生成されたとは考えられていない。語り本のうち最も有名なのは、本書が底本にしている「覚一本《かくいちぼん》」である。この本は一三七一（応安四）年に琵琶法師覚一検《かくいちけん》校《ぎょう》が、自分が語ってきた『平家物語』を筆録させ弟子に伝えたもので、現在最も人々によく知られた『平家物語』である。平家滅亡後の建礼門院を描いた「灌頂《かんじょうの》巻《まき》」を有しているのが特徴で、語り本には「灌頂巻」を持たず、維盛の孫の六代《ろくだい》が斬られ、平家が断絶したことを語って幕を閉じる、「断絶平家」型のものも多くある（八坂系諸本、「屋代本」、『新潮日本古典文学集成』の底本である「百二十句本」など）。

これに対し、当初から読み物として編集されたと考えられる読み本系諸本は、平家の動向を重視する語り本に対し、源頼朝の挙兵について詳細に語る傾向にあり、語り本を「平家系」、読み本を「源平系」と呼ぶこともある。読み本の代表的な本は「延慶本《えんぎょうぼん》」である。この本は延慶年間（一三〇九年頃）に書写されたものを応永年間（一四一九・二〇年）に写したものであり、異質な文体や様々な史料を抱え込む本である。語法や内容に古態を多く留めていると評価され、成立論の発展に大きく寄与したが、延慶本に覚一本の影響を受けた部分を含むことがわかっており、この本を『平家物語』の原態に近いと断定することはできない、とされている。読み本には、それぞれ性格の異なる写本があり、「長門本」、「四《し》部合戦状本《ぶかっせんじょうほん》」『源平闘諍録《げんぺいとうじょうろく》』『源平盛衰記《げんぺいじょうすいき》』などが有名である。『源平闘諍録』は千葉氏や梶原氏など、坂東平氏の武士団について詳述されており、「坂東で生まれた平家物語」とされている点、『源平盛衰記』は四十八巻の大部であるという点でそれぞれ特徴的である。

　このように、性格の異なる諸本が乱立する中、それらすべてを『平家物語』と呼べるのは、「祇園精舎」から始まる冒頭文を、ほぼ異同のない状態で諸本が共有しているからである。平清盛の栄華と悪行を出発点として、治承・寿永の内乱を中心に、清盛の死後急速に衰え滅びていった平家の有様を語るという物語の基本的な内容を持つ点で、諸本は一致している。『平家物語』を読む楽しみは、同じテーマを扱いながら、本によって様々な立場からの歴史語りが見られることにある。同じ出来事を取り上げても、語り手の立場などによって異なる、様々な色彩を帯びた「事実」が我々の前に提示される。本書は覚一本を中心に据えて、必要に応じて他の諸本を参照しつつ、物語世界を立体的に鑑賞していくとともに、覚一本の持つ特徴を浮かび上がらせながら『平家物語』を読んでいきたいと思っている。

白拍子は皆「野辺の草」

祇王・巻第一

①入道相国《にふだうしやうこく》、一天四海を、たなごころのうちににぎり給ひしあひだ、世のそしりをもはばからず、人の嘲《あざけり》をもかへりみず、②不思議の事をのみし給へり。たとへば其比《そのころ》、都に聞《きこ》えたる③白拍子《しらびやうし》の上手《じやうず》、④祇王《ぎわう》、祇女《ぎによ》とて⑤おとといあり。とぢといふ白拍子が娘なり。姉の祇王を、入道相国最愛せられければ、是《これ》によつて、妹の祇女をも、世の人⑥もてなす事なのめならず。母とぢにもよき屋つくつてとらせ、⑦毎月《まいぐわつ》に百石《こく》百貫《くわん》をおくられければ、家内富貴《けないふつき》して、⑧たのしい事なのめならず。

【現代語訳】

入道相国は天下を思いのままになさったので、世の非難にも遠慮せず、また人のあざけりも心にかけずに、普通では考えられないことばかりなさっていた。その一例として、当時、都で評判の白拍子の名手に、祇王・祇女という姉妹がいた。とじという白拍子の娘である。姉の祇王を入道相国がご寵愛になったので、そのために、妹の祇女も人々がもてはやすことは並一通りではない。清盛は母のとじにも立派な家を造って与え、毎月米百石・銭百貫をお贈りになったので、一家は富み栄えて、裕福であることは並一通りでない。

【語注】

①入道相国…平清盛のこと。「相国」は太政大臣の唐名。清盛は一一六八年に病気のため出家し、入道と呼ばれた。平清盛については、14ページ**語注**⑯参照。

②不思議の事…思いがけないこと。普通では考えられないこと。

③白拍子…平安時代末期から鎌倉時代にかけて流行した歌舞。それを舞う女も指す。水干、立烏帽子に白鞘巻の太刀を差した男装で、今様などを歌いながら舞った。後に立烏帽子、太刀は用いず、水干だけで舞うようになったと言う。

『平家物語』には祇王、祇女の姉妹、仏のほか、源義経に愛された静が登場する。

④祇王…近江国野洲郡（現在の滋賀県野洲市）出身の白拍子。平清盛の寵愛を受け、祇王の幸せにあやかって「祇」の字を付ける白拍子もいたという。

⑤おととい…姉妹。

⑥もてなす事なのめならず…もてはやすことは並一通りではない。「なのめならず」は普通でない、並一通りでない、格別であるの意。

⑦百石百貫…米百石（＝一万升）と銭百貫。

⑧たのしい…裕福な。

かくて三年《みとせ》と申すに、又都に聞こえたる白拍子の上手、一人《いちにん》出で来たり。①加賀国《かがのくに》の者なり。名をば仏《ほとけ》とぞ申しける。年十六とぞ聞えし。「昔よりおほくの白拍子ありしが、かかる舞はいまだ見ず」とて、京中の②上下《じやうげ》、もてなす事なのめならず。仏御前《ほとけごぜん》申しけるは、「我天下に聞えたれども、当時さしもめでたう栄えさせ給ふ、平家太政《へいけだいじやう》の入道殿《にふだうどの》へ、召されぬ事こそ本意《ほい》なけれ。あそび者のならひ、なにか苦しかるべき、③推参《すいさん》して見む」とて、ある時④西八条《にしはつでう》へぞ参りたる。人参つて、「当時都に聞こえ候仏御前こそ、参つて候へ」と申しければ、入道、⑤「なんでう、さやうのあそび者は、人の召《めし》にしたがうてこそ参れ。⑥左右《さう》なう推参するやうやある。其上《そのうへ》祇王があらん所へは、神ともいへ仏ともいへ、かなふまじきぞ。⑦とうとう罷出《まかりい》でよ」とぞ宣《のたま》ひける。仏御前は、すげなういはれたてまつつて、既に出でんとしけるを、祇王、入道殿に申しけるは、「あそび者の推参は、常のならひでこそさぶらへ。其上年もいまだ幼うさぶらふなるが、適々《たまたま》思ひたつて参りてさぶらふを、すげなう仰せられてかへさせ給はん事こそ、⑧不便《ふびん》なれ。いかばかりはづかしう、⑨かたはらいたくもさぶらふらむ。わが⑩立てし道なれば、人の上ともおぼえず。たとひ⑪舞《まひ》を御覧じ、歌をきこしめさずとも、御対面ばかりさぶらうて、帰させ給ひたらば、ありがたき御情《おんなさけ》でこそさぶらはんずれ。唯理《り》をまげて、召しかへして御対面さぶらへ」と申しければ、入道、「いでいで⑫わごぜがあまりにいふ事なれば、⑬見参《げんざん》してかへさむ」とて、使《つかひ》をたてて召されけり。仏御前は、すげなう言はれたてまつつて、車に乗つて、既に出でんとしけるが、召されて帰り参りたり。

【現代語訳】

こうして三年が経ったころ、また都で評判の高い白拍子の名手が、一人現れた。加賀国の者である。名を仏《ほとけ》と申した。年は十六歳ということであった。「昔から多くの白拍子がいたが、こんなすばらしい舞はまだ見たことがない」と言って、京中のあらゆる身分の人々がもてはやすことは、並一通りではない。仏御前が申したことには、「私は天下に有名となったが、現在あれほどすばらしく栄えていらっしゃる平家の太政の入道殿の所へ、召されないのは残念だ。押しかけて参るのは遊女の常、なんの不都合があろうか、こちらから参上してみよう」と言って、ある時西八条へ参上した。人が清盛の前に参って、「現在都で評判の仏御前が参っております」と申し上げたところ、入道は、「そのような遊女は、人の召しに従って参るものだ。どうしていきなり自分から参上するということがあろうか。そのうえ祇王がいる所へは、神と言おうと仏と言おうと、参ることは許されぬぞ。さっさと退出せよ」とおっしゃった。仏御前はそっけなく入道から言われ申し上げて、ちょうど退出しようとしていたが、それを聞いて祇王が入道殿に、「遊女が召しもなく参上するのは、よくあることでございます。そのうえ年もまだ若いそうですので、それがたまたま思い立って参りましたのを、そっけなくおっしゃられてお帰しになるのは、かわいそうです。どれほど気恥ずかしく、また気の毒なことでもございましょう。白拍子は私が身を立ててきた道ですから、他人事とも思われません。たとえ舞を御覧にならず、歌をお聞きにならなくても、ご対面だけでもなさって、お帰しになったなら、めったにないお情けでございましょう。ただ道理をまげて、仏御前を召し返されてご対面ください」と申し上げたので、入道は「どれどれ、ではお前があまりに言うことだから、会って帰そう」と言って、使いを送って仏御前をお召しになった。仏御前はすげなく言われ申し上げて、牛車に乗ってまさに退出しようとしていたが、お召しを受けて入道のもとへ参上した。

【語注】

①加賀国…現在の石川県の南半分。
②上下…身分の高い者と低い者。すべての人を指す。
③推参…招きもないのに自分から押しかけていくこと。
④西八条…平清盛の邸宅。平安京の左京、八条坊門の南にあった。現在のJR京都貨物駅（京都市下京区梅小路）付近。
⑤なんでう…どうして。「左右なう推参するやうやある」に係る。
⑥左右なう…とかくのことなく。いきなり。
⑦とうとう…「疾く疾く」の音便形。さっさと。
⑧不便なれ…かわいそうだ。
⑨かたはらいたく…気の毒で。心苦しく。
⑩立てし…身を立てた。
⑪舞を御覧じ、歌をきこしめさずとも…舞を御覧にならず、歌をお聞きにならなくても。「舞を御覧じ」も「ず」によって打ち消される。
⑫わごぜ…我御前。女性に対し、親しみを込めて使う二人称。お前。
⑬見参…目上の人が目下の人に会ってやること。

入道出《い》であひ対面して、「今日《けふ》の見参は、あるまじかりつるものを、祇王が①何と思ふやらん、余りに申しすすむる間、か様《やう》に見参しつ。見参するほどにては、いかでか声をも聞かであるべき。②今様《いまやう》一つ歌へかし」と宣へば、仏御前、「承りさぶらふ」とて、今様一つぞ歌うたる。

③君をはじめてみる折《をり》は　千代《ちよ》も経《へ》ぬべし姫小松
御前《おまへ》の池なる亀岡に　鶴こそむれゐてあそぶめれ

と、おし返しおし返し、三返《べん》④歌ひすましたりければ、⑤見聞《けんもん》の人々、みな耳目《じぼく》をおどろかす。入道もおもしろげに思ひ給ひて、「わごぜは今様は上手でありけるよ。この⑥定《ぢやう》では、舞もさだめてよかるらむ。一番見ばや。

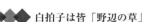

鼓打《つづみうち》召せ」とて召されけり。打たせて一番舞うたりけり。

仏御前は、かみすがたよりはじめて、みめかたち美しく、声よく節《ふし》も上手でありければ、⑦なじかは舞も損ずべき。心もおよばず舞ひすましたりければ、入道相国舞にめで給ひて、仏に心をうつされけり。仏御前、「こはされば何事さぶらふぞや。もとよりわらはは推参の者にて、出《いだ》され参らせさぶらひしを、祇王御前《ぎわうごぜん》の⑧申状《まうしじやう》によつてこそ、召しかへされてもさぶらふに、かやうに召しおかれなば、祇王御前の思ひ給はん心のうちはづかしうさぶらふ。はやはや暇《いとま》を⑨たうで、出《い》ださせおはしませ」と申しければ、入道、「すべてその儀あるまじ。但《ただ》し祇王があるをはばかるか。その儀ならば祇王をこそ出《い》ださめ」とぞ宣《のたま》ひける。仏御前、「それ又、いかでかさる御事さぶらふべき。諸共《もろとも》に召しおかれんだにも、⑩心憂うさぶらふべきに、まして祇王御前を出《い》ださせ給ひて、わらはを一人《いちにん》召しおかれなば、祇王御前の心のうち、はづかしうさぶらふべし。⑪おのづから後《のち》まで忘れぬ御事ならば、召されて又は参るとも、今日は暇《いとま》を給はらむ」とぞ申しける。入道、「⑫なんでう、其儀《そのぎ》あるまじ。祇王とうとう罷出《まかりい》でよ」とお使《つかひ》かさねて三度までこそたてられけれ。

【現代語訳】

入道は出て行って対面して、「今日の見参は本来あるべきことではなかったのだが、祇王が何を思ったのか、あまりに申し勧めるから、このように会ったのだ。会った以上は、どうしてお前の声を聞かないでいられようか。今様を一つ歌え」とおっしゃったので、仏御前は、「承知しました」と言って、今様を一つ歌った。

あなたに初めてお会いして、姫小松の私は千年も命長らえるでしょう。御前の池に浮かぶ亀岡に、鶴が群がって遊んでいるようです。

と、繰り返し繰り返し、三度歌ってのけたので、見聞きしていた人々は、皆びっくりした。入道も心を惹かれなさって、「お前は今様は上手であったな。この分では、舞もきっと上手だろう。一番見たい。鼓打ちを呼べ」と言って、お召しになった。仏御前は、鼓を打たせて舞を一番舞った。

仏御前は、髪のかたちをはじめ、容貌も美しく、声がよく節回しも上手だったので、どうして舞も失敗することがあろうか。想像もできないほど見事に舞いおおせたので、入道相国は舞に感心なさって、仏に心をお移しになってしまった。仏御前は、「いったいこれは何事ですか。もともと私はお召しもないのに参った者で、追い出されましたのを、祇王御前のおとりなしによって召し返された者でございますのに、このように私を召し置かれましたら、祇王御前のご心中が推し量られて気恥ずかしゅうございます。すぐにお暇を下さって、帰らせてくださいませ」と申したところ、入道は、「そういうことはいっさい許されない。もしかしたら祇王がいるから遠慮するのか。そういうことなら、祇王を追い出そう」とおっしゃった。仏御前は、「それはまた、どうしてそのような御事がございましょうか。祇王御前と一緒に召し置かれることさえも、心苦しゅうございますのに、まして祇王御前をお出しになって、私一人をお召し置きになるならば、祇王御前のご心中が推し量られて、気恥ずかしゅうございます。万が一後々まで私をお忘れにならなかったら、お召しを受けてまた参るとしても、今日はお暇をいただきましょう」と申し上げた。入道は、「とんでもない、そんなことはならぬ。祇王、さっさと退出せよ」と、お使いを重ねて三度までも（祇王のもとへ）お出しになった。

【語注】

①何と思ふやらん…「何と思ふにやあらん」の音が変化した言い方。どのように思ったのだろうか。
②今様…平安時代中期から鎌倉時代にかけて流行した歌謡の一種。七五調の句四句から成る。従来の神楽歌・催馬楽などに対して「今様」と呼ばれた。後白河院が編纂した『梁塵秘抄』は今様を集成したもの。
③君をはじめて〜…「君」を平清盛、「姫小松」を自らに喩え、庭の池にある中島を亀岡、すなわち蓬莱山に見立てた、挨拶の歌謡。千代・姫小松・亀岡・鶴など長寿に関する言葉を列挙し、めでたさを強調する。『梁塵秘抄』巻第二にある「万劫年経る亀山の、下は泉の深ければ、苔むす岩屋に松生ひて、梢に鶴こそ遊ぶなれ」の替え歌か。
④歌ひすましたり…うまく歌いおおせる。
⑤見聞の人々、みな耳目をおどろかす…見聞きする人々は、みなびっくりした。「見聞」に「耳目」を対応させている。
⑥定…様子。有様。
⑦なじかは…「なにしか」の音が転じた「なじか」を強めた言い方。多く反語となる。
⑧申状…上申書のこと。ここでは祇王から清盛への申し入れ。
⑨たうで…「たまひて」の音便。下さって。
⑩心憂う…「心うく」の音便。「心うし」は心苦しい、の意。
⑪おのづから…もし。万が一。
⑫なんでう…感動詞。とんでもない。

祇王もとより①思ひまうけたる道なれども、さすがに②昨日今日とは思ひよらず。いそぎ出《い》づべき由、しきりに宣ふあひだ、掃き拭《のご》ひ塵《ちり》拾はせ、③見苦しき物共とりしたためて、出づべきにこそさだまりけれ。④一樹《いちじゅ》のかげに宿りあひ、同じ流《ながれ》をむすぶだに、別《わかれ》はかなしきならひぞかし、まして此三年《このみとせ》が間、住みなれし所なれば、名残も惜しうかなしくて、⑤かひなき涙ぞこぼれける。⑥さてもあるべき事ならねば、祇王すでに今はかうとて出でけるが、なからん跡の忘れがたみにもとや思ひけむ、⑦障子《しやうじ》に泣く泣く、一首の歌をぞ書きつける。

⑧萌《も》え出づるも枯るるも同じ野辺の草いづれか秋にあはではつべき

さて車に乗つて宿所に帰り、障子のうちに倒れふし、唯《ただ》泣くより外《ほか》の事ぞなき。母や妹是を見て、「いかにやいかに」と問ひけれども、⑨とかうの返事にも及ばず。供《ぐ》したる女に尋ねてぞ、さる事ありとも⑩知りてんげれ。

【現代語訳】

祇王はもとから、以前から覚悟していた運命ではあったが、さすがに昨日や今日のこととは思いもよらなかった。清盛が急いで出るようにと、しきりにおっしゃるので、部屋を掃除させ、見苦しい物などをきちんと片付けて、出て行くことを心に決めた。同じ木陰に宿り合い、同じ川の水をすくい合うような、ほんのわずかな縁でさえも、別れは悲しいのが世の習いである。ましてこの三年間住みなれた所なので、名残《なごり》も惜しく悲しくて、流しても仕方のない涙がこぼれるのであった。いつまでもそうしてはいられないので、祇王はもはやこれまでと、思いきって部屋を出たが、自分がいなくなった跡の忘れ形見にでもと思ったのか、襖《ふすま》に泣く泣く一首の歌を書きつけた。

春になって萌え出るのも秋になって枯れてしまうのも、同じ野辺の草。どれでも秋に遭わずに終わることができようか。それと同じで、私もあなたも、いつかは清盛様に飽きられて、最後は凋落するのです。

そうして車に乗って住まいに帰り、襖の内に倒れ伏し、ただ泣いてばかりいた。母や妹はこれを見て、「どうしたの、どうしたの」と尋ねたが、あれこれと返事もできない。連れていた女に尋ねて、そのようなことがあったと知ったのだった。

【語注】

①思ひまうけたる道…覚悟ができていた運命。

②昨日今日とは思ひよらず…昨日や今日のこととは思っていなかった。直前の「道」という言葉とあわせて、『伊勢物語』の在原業平の歌「つひに行く道とはかねて聞きしかど昨日今日とは思はざりしを」（死は最後には行く道であるとかねてから聞いていたが、それが昨日や今日という差し迫ったものとは思わなかったのになあ）を引いたもの。

③したためて…「したたむ」はしっかりと手抜かりなく処理する、の意。

④一樹のかげに宿りあひ、同じ流れをむすぶ…ちょっとした知り合いの者。『説法明眼論』の、「或は一村に処り、一樹の下に宿り、一河の流れを汲み、一夜の同宿…（中略）…親疎別有れども、皆先世の結縁なり」による表現。巻第十「千手前《せんじゅのまえ》」に、千手前が平重衡《しげひら》の前でうたう白拍子、「一樹の陰に宿りあひ、同じ流れをむすぶも、みな是先世《ぜんせ》のちぎり」にも引用されている。

⑤かひなき…流しても仕方のない。

⑥さてもあるべき事ならねば…いつまでもそうしているわけにもいかないので。慣用的表現。

⑦障子…室内を仕切るための建具。ここでは襖障子。

⑧萌え出づる…「萌え出づる」に仏、「枯るる」に自分の境遇を重ね合わせ、結局二人とも「野辺の草」なのだから、同じように秋、すなわち清盛の「飽き」に遭わずにはいられない、という意味の歌。「枯るる」に「離るる」、「秋」に「飽き」を掛ける。

⑨とかうの…「とかう」は「とかく」の音便。あれこれと。

⑩知りてんげれ…「てんげれ」は「てけれ」の音便。知ったのだった。

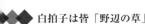

◆◇鑑賞のヒント◇◆

❶なぜ祇王は仏を清盛へ引き合わせたのか。
❷仏は事態の推移をどのように感じているか。
❸「萌え出づる」の歌に込められた祇王の気持ちはどのようなものか。
❹この章段で、清盛はどのような人物として描かれているか。

◆◇鑑賞◇◆

物語は「祇園精舎」から「吾身栄花《わがみのえいが》」まで、平清盛と平家一門の繁栄を描く。その後すぐに語られるのが「祇王」で、清盛が「世のそしりをもはばからず、人の嘲をもかへりみず」に行った「不思議の事」の例話である。

清盛が権力を手中に収めたとき、都には祇王、祇女という有名な白拍子がいた。二人は現在の滋賀県出身の姉妹で、清盛はとくに姉の祇王を寵愛し邸に迎え取っていた。三年後、都には加賀国（現在の石川県）から上京した仏という白拍子が好評を博していた。この仏が、権力者である清盛に召されないのを不服として、召しがないのに清盛邸へ参上したところから物語は始まる。清盛は当初祇王がいるのだから、と仏の推参を拒んだが、当の祇王が清盛に「遊び者の推参は普通のことだ」と言って、会うだけ会ってほしい、と清盛に取りなす。こうして仏は清盛と対面し、清盛の心は仏へと移ってしまうのである。祇王は、素知らぬ顔をしていればこのような事態にはならなかったのに、なぜ仏と清盛を対面させたのだろうか。祇王と仏は同じ白拍子である。また祇王も地方から都へとやってきた身であった。白拍子の芸を身につけ（おそらく母親の「とぢ」から芸を習ったのだろう）、都で成功し、清盛に見初められるまでは、様々な苦労があったと思われる。白拍子であるからこそ、権力者に自分の芸を認めさせたいという気持ち、推参したにもかかわらず帰されてしまう悔しさがよくわかり（「不便なり」「かたはらいたし」という言葉が使われている）、若い後進に機会を与えてやりたいと思ったのだ。また、祇王は他の白拍子に清盛が心を移すとは想像もしていなかったのだろう。それだけ清盛の自分への愛と自らの芸に、自信があったに違いない❶。

一方仏には、おそらく清盛に召し置かれようという意図はなかったと思われる。その若さゆえもあって、都に君臨する者の評価を得、実力を確かめたいという思いで推参したのだろう。そうでなければ、この後の仏の祇王への心遣いは生まれなかった。祇王の取りなしで推参が認められ、清盛へ芸を披露することができた、という事実は、仏の心を打ったに違いない。にもかかわらず、祇王が追い出され自分が召し置かれる、という事態に仏は戸惑い、「祇王御前の心のうち」が「はづかし」と言って必死で退出しようとする。祇王が仏の心を推し量ったように、仏もまた祇王の心中を思いやるのであった。しかし清盛は聞く耳を持たず、強引に祇王を追い出してしまう❷。

祇王は清盛の使いによって、自分の運命が急に暗転したことを知る。白拍子の身であるから、いつかは清盛に飽きられ、そのもとを去る日が来るのを覚悟はしていたが、すぐにこのような日が来るとは思っていなかった。祇王の心情を表現する一文は、『伊勢物語』において死と向かい合った「男」が詠んだ、「つひに行く道とはかねて聞きしかど昨日今日とは思はざりしを」歌を踏まえている。人にとって死は必ずやってくるものではあるが、自分が死ぬことを常に意識して生きる人は少ない。祇王にとっては、清盛の愛情がなくなる日が来ることは、死と同じようなものであったことが窺える。衝撃を受けたに違いない祇王は、掃除をし、見苦しくない状態にして邸を去ろう、と決心した。表向きは冷静な態度であるが、さすがに三年住み慣れた部屋を離れるのはつらい。そこで障子に一首の和歌を残す。

「萌え出づる」の歌は、春に芽吹くのも秋になって枯れるのも、同じ野辺の草である、秋という季節が巡ってこないことがないのと同じで、どうして清盛に飽きられ、追い出される日が来ないことがあろうかと、自身と仏を「野辺の草」に喩え、仏への恨みを込めるとともに、白拍子という境遇のはかなさ、あわれさを歌ったものである。祇王のあらゆる哀しみが込められた歌であると言える。わざわざ障子に書き付けたのは、祇王への当てつけでも警告でもあっただろう。この歌を見て仏が何を思ったのか、それが何をもたらしたかについては、この章段の最後に語られることになる（**探究のために**参照）❸。

この章段における清盛は、「一天四海を、たなごころのうちににぎ」った人として登場し、権力を握ったがゆえの横暴さを持つ人物として造形されている。おそらく白拍子の祇王や仏の往生譚として作られた説話であろうから（**探究のために**で後述）、女性たちの敵役として必要以上に「悪」の部分が強調され、ともすれば戯画化されて描かれてはいるが、覚一本の場合、他の諸本と比べて好色さが抑えられており、物語の本筋における清盛像との齟齬が少ない。また、当初は祇王がいるからと仏の推参を拒むなど、一度見初めたら厚遇し、一途に愛するという面も見せる。そうでなければ祇王が油断することもなかっただろう。心変わりが早く、人の気持ちを慮ることはできないが、愛情深い、単純で直情的な人間として造形されていると言えよう❹。

ただ清盛に翻弄され、悲劇的な結末を迎えた人は多かった。覚一本が、「吾身栄花」の直後という物語の冒頭部とも言える場所に「祇王」の説話を持ってきたのは、この話に清盛の様々な「悪」の序章とも言うべき役割を果たすことを期待したとともに、祇王や仏が、「諸行無常」「盛者必衰」という世の摂理に支配されながらも権力者の意向に背き、往生を願い行動するという力強い存在であったことを示す話だと評価したからであろう。

◆◇探究のために◇◆

▼諸本における「祇王」

「祇王」は他の章段に比べて突出して長く、諸本によってはこの話を収録していないものもあるので、『平家物語』が成立した当初にはなく、後から加えられたものであると考えられている。まず、諸本における「祇王」の有無について見てみよう。「祇王」を持たない本は四部合戦状本、長門本、『源平闘諍録』である。このうち『源平闘諍録』はもともと欠巻が多い。「祇王」を持つのは延慶本、南都本、屋代本、百二十句本、『源平盛衰記』である。このうち覚一本の龍谷大学蔵本には「祇王」はなく、屋代本は巻末の「抽書」に他六編と共に載せられている。以上のことから、「祇王」は『平家物語』成立当初には含まれていなかった章段であるが、古態をとどめるとされている延慶本をはじめ多くの諸本がこの章段を有することから、比較的初期の段階で物語に編入されたと考えられている（栃《とち》木《ぎ》孝惟《よしただ》）。

覚一本では**鑑賞**で述べたように、平家一門の繁栄を語った「吾身栄花」の後に「祇王」を置いているが、延慶本、南都本でもほぼ同じ位置に置かれている。百二十句本では二条天皇の崩御とその後の混乱を描いた「額打論《がくうちろん》」の後に置かれており、他の諸本と違ってかなり後に置かれていることになる。この位置だと、西光《さいこう》が平家を批判して語ったとされる「平家以ての外に過分に候ふあひだ、天の御ぱからひにや」という言葉の後に「祇王」が挟み込まれ、「平家の悪行の始め」とされる「殿下乗合《てんがののりあい》」が続くという形になり、連続して起こる事件の推移を分断してしまうことで

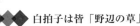

緊張感がそがれるように思われる。やはり、清盛の栄華を語り、栄華を極めた清盛の、権力者であるがゆえの身勝手さを「祇王」で描いてから、政治史上の出来事を描くことで、鹿《しし》ヶ《が》谷《たに》事件へと続く平家の「過分」による世の中のきしみを述べていく覚一本のような形のほうが、効果的な構成であると考えられるだろう。

鑑賞でも述べたように、「祇王」における清盛像に差が出るのが、仏の今様や舞を清盛が見る場面である。覚一本では前述のように、物語全体における清盛像との齟齬は少ないが、他本においては好色な清盛像が全面に押し出されている。延慶本においては「未だ舞もはてぬるさきに、仏がこしに抱き付て、帳台へ入れ給ひけるこそけしからね」とあるし、屋代本では少し趣が異なるが、「入道興に入給へる気色を見て、貞能仏を懐《だき》てて障子の内へ押し入《いれ》たり」とあり、いずれも清盛が仏を自らの近くに引き寄せる様子が語られる。『源平盛衰記』に至っては、「入道は始より横目もせず、打ち頷きよだれとろとろ垂して見入給へり」「手を揚《あげ》てこれへこれへとぞ請じ給ふ。仏は是を聞ぬ由にて猶責《せめ》けるを（舞いつづけたが）、入道座を立《たち》手を取《とり》て引居たり」と、欲望を露わにする清盛の姿が戯画的に描かれている。

覚一本では清盛のこのような姿は一切描かれず、他の部分での清盛像との整合性が図られており、おそらくは「祇王」の原案となった説話には含まれていた表現が、覚一本に取り込まれるにあたって、「仏に心を移されけり」という簡潔な言葉に改変されたのだろう。説話の配置の面でも、表現の面でも、覚一本における「祇王」の話は覚一本に馴染むよう改められていると言える。

▼白拍子と今様　主人公祇王や仏は白拍子であり、今様を歌い、舞を舞う姿が描写される。ここでは中世の芸能である今様、白拍子について見ていく。両者は同じ芸能として密接な関係にあるが、その流行は今様のほうが少し早く、

十一世紀初めに書かれた『紫式部日記』に「若やかなる君達、今様歌うたふ」とある。その後しばらくは庶民によって歌われるもの、という認識であったようだが、十一世紀半ば、白河院の時代には宮廷社会で広く愛唱されたようである。様々な今様を集め、後白河院が『梁塵秘抄』を編纂したときには、もはや今様は時代遅れのものとなっていたようで、『梁塵秘抄』は流行歌としては滅びつつあった今様への愛惜を込めた書であったという（沖本幸子《おきもとゆきこ》）。

後白河院は、自ら今様を歌う君主であった。『梁塵秘抄口伝集』には、無理に声を出したので喉が腫れて、湯水が通るのも苦しい程、歌うことに没頭したと書かれている。院は今様を古代からの歌謡の伝統に連なるものと位置づけ、往生の機縁となるものと考えていた（**資料A**）。今様によって一心に仏に帰依すれば往生できると考えたのである。院の言うように、たしかに法文《ほうもん》の歌が今様には多くある。「法華経八巻が軸々、光を放ち放ち、二十八品（『梁塵秘抄』には法華経八巻、二十八品に対応する百十四首が収められている）の一々の文字、金色の仏にまします。世俗文字の業、翻して讃仏乗《さんぶつじよう》とならざらむ」と述べられており、『平家物語』巻第九「敦盛最期」で、敦盛の笛が、熊谷の往生の機縁となったことを語り、「狂言綺語《きやうげんきぎよ》の理《ことわり》といひながら、遂《つひ》に讃仏乗《さんぶつじよう》の因となるこそ哀れなれ」としていることに通じるものがある（176ページ**語注**㉚参照）。庶民的な芸能であった今様は、仏の教えを人々に広める役割も果たしたのだろう。

リズムとしての白拍子の起源は、よくわかっていない。沖本は、後白河院の今様への熱狂は芸術的な洗練、信仰への昇華を遂げさせる一方で、洗練には収まりきらない宮廷の人々の身体の躍動を新たな芸能として押し出した、と言い、白拍子は宮廷の淵酔《えんすい》の場（大嘗祭《だいじようさい》などの後に行われた宴席）から生まれた新しいリズムではないか、と推測している。『平家物語』にも巻第一「殿上闇討」に人々が歌い、舞う場面が出てくる。清盛の父忠盛が舞おうとしたときに、人々は拍子を変え、「伊勢の平氏はすがめなりけり」と歌ったのだった。

このようなリズムで舞う遊女が、芸能人としての「白拍子」であった。その起源は『平家物語』と『徒然草』二二五段に語られている（**資料B**）。『平家物語』は鳥羽院の時代に「しまのぜんざい」「わかのまひ」（延慶本では女房であるとされる）という二人が舞いだしたものだ、としている。装束も特徴的で、水干、立烏帽子、白鞘巻（剣）という男装で舞ったという。『徒然草』では多久助《おおのひさすけ》という人物の語ったこととして、通憲《みちのり》入道、すなわち信西《しんぜい》が、磯《いそ》の禅師《ぜんじ》という女に教えて舞わせたのが始まりだと言い、そこでも『平家物語』とほぼ同じように白い水干、鞘巻、烏帽子という出で立ちであったので男舞《おとこまい》と言われたとする。その芸は磯の禅師から娘の静《しずか》（言わずと知れた義経の愛人の静である）に伝えられ、源光行《みつゆき》や後鳥羽院が多くの作品を残している、と記している。

どちらも白拍子を、十二世紀半ばに、女性が男装して舞う芸能として起こったものとしている。『徒然草』には、「仏神の本縁をうたふ」としているが、今様との共通性が窺われて興味深い。沖本は、白拍子の装束に「武のエネルギー」を読み取り、白拍子の流行、出現には「新たな時代、武の社会への予感と不安」があり、歌から舞へと芸能が大きく変化した理由であると考えている。『平家物語』において、白拍子が大きく取り上げられたことを意味づける、興味深い説である。

なお白拍子は、今様に合わせて舞うわけではない。『源平盛衰記』に見られるように、仏は今様を三度「歌ひ」、漢詩の一節を「朗詠し」、その後鼓を打たせて白拍子を「数へ、舞った」。まずは朗詠や今様の歌唱があり、その後鼓が加わって白拍子を「数へ」て、最後に和歌を謡って舞うことでクライマックスを迎えたようである（**資料C**）。覚一本においても仏はまず今様の朗詠をし、その後鼓打ちが呼び寄せられ、舞を清盛に披露している。『義経記』でも静がこのような作法で頼朝の前で舞ったことが語られている（**資料D**）。

▼その後の祇王　清盛の邸を退出した祇王は、母のもとに帰り、悲嘆に暮れる。そこへ清盛から、「仏を慰めるために参上して舞を舞え」という非情な命令が下った。祇王はたとえ都を追放されても参上したくない、と言うが、母は、年老いた身での田舎暮らしはつらい、自分のためにも曲げて参上してくれ、と祇王に言った。清盛邸に参上した祇王は、「仏も昔は凡夫なり　我等もつひには仏なり　いづれも仏性具せる身を　へだつるのみこそかなしけれ」という、我が身のつらい境遇を託した今様を歌った。屈辱に泣く祇王は、今度こそはと自殺を企てるが、母の説得もあり、母と妹と三人で出家し、嵯峨の奥の山里で念仏をし、後世を願う生活を送ることになった。

三人で念仏をして暮らす家に、ある夜、人が訪ねてきた。誰かと思って戸を開けるとそこには仏が立っていたのだった（この場面はドラマティックであるとともに、物語の中でも一、二を争う名文であるので**資料E**として掲出しておく）。仏もまた、清盛に祇王が追い出されてしまったことを気に病み、寵愛が定かでないことを思い、障子に書かれた和歌も身にしみて感じられて、三人が一緒に修行していると聞いてうらやましくなり、ついに今朝、清盛の邸を出て参ったのです、と頭にかぶっていた布を取ると、尼になっていたのだった。祇王は、十七歳の仏が浄土を願い尼になったことに深く感じ入って、四人で共に住んで、往生を願いつつ仏道修行に明け暮れたのだった。四人の尼は皆往生の素懐を遂げ、後白河院の建てた持仏堂である長講堂の過去帳にも「祇王、祇女、仏、とぢらが尊霊」として入れられたということだ、と語られ、「祇王」の章段は閉じられる。後白河院が芸能を庇護していたことを考え合わせると、あり得ない話ではない。最後は仏教的な往生説話として閉じられるが、中世という時代において、祇王や仏という女性芸能者が、権力者である清盛の思い通りにはならず、主体的に行動していることは注目に値する。

なお、一六五八（万治元）年の成立ではあるが、『義王堂縁起』（古川与志継《ふるかわよしつぐ》翻刻）には、祇王の出自が伝えられている（以下、細川涼一《ほそかわりょういち》による）。それによれば、祇王の父と兄は、一一七一（嘉応三）年に伊豆国に配流され、残された母と二人の姉妹は、出身地である近江国江部荘《えべのしょう》（現在の滋賀県野洲市）を去り、京都に居住したが、やがて清盛の寵愛を受けたという。清盛によって父も許された上、ある時清盛は祇王に、何か願いはないか、と聞いた。これに対し祇王は、江部荘には流水がないので、人々は水に飢えていると訴えたので、清盛は一一七四（承安四）年に、野洲川から琵琶湖の下野田浦まで一二キロメートルに渡る水路を通した。人々は祇王を讃え、この水路を「妓王井」と称したと言う。さらに一一七五（承安五）年には、江部に精舎が建立され宝衆寺と称された。一一九〇（建久元）年に祇王が三十六歳で亡くなった後、一一九一（建久二）年、この寺は後白河院の勅によって祇王寺と号した、ともある。水路は現存し祇王井川と呼ばれ、寺も水路のそばに妓王寺として残っており、妓王・妓女像が安置されている。

【資料】

A 『梁塵秘抄口伝集』巻第十

また我ひとり雑芸集をひろげて、四季の今様、法文、早歌に至るまで、書きたる次第をうたひ尽くす折もありき。声を破ること三ケ度なり。二度は法のごとくうたひ交はして、声の出づるまでうたひ出だしたりき。あまり責めしかば、喉腫《は》れて、湯水かよひしも術《ずち》なかりしかど、構へてうたひ出だしにき。あるいは七、八、五十日、もしは百日の謡《うた》など始めてのち、千日の謡もうたひ通してき。昼はうたはぬ時ありしかど、夜は謡をうたひ明かさぬ夜はなかりき。

（現代語訳：また私ひとり種々の歌謡を集めた雑芸集をひろげて、四季の今様、法文歌、早歌に至るまで、書いてあるものを始めから終わりまでうたいつくす時もあった。声をからすことが三度あった。二度は今様修行の型の通りに相手とうたい合って、声の出る限りうたい出したのだった。あまりに無理に声を出したので、喉がはれて湯水が通るのもつらかったけれど、なんとかしてうたった。あるときは七日、八日、五十日、もしくは百日間の謡などをはじめた後、千日間の謡もうたい通した。昼はうたわない時もあったが、夜は謡をうたって夜を明かさない夜はなかった。）

B 『平家物語』巻第一「祇王」

抑《そもそも》我朝《わがてう》に、白拍子のはじまりける事は、むかし鳥羽院《とばのゐん》の御宇《ぎょう》に、島《しま》の千歳《せんざい》、和歌《わか》の前《まひ》とて、これら二人《ににん》が舞ひいだしたりけるなり。はじめは水干《すいかん》に、立烏帽子《たてえぼし》、白鞘巻《しろざやまき》をさいて舞ひければ、男舞《をとこまひ》とぞ申しける。しかるを中比《なかごろ》より、烏帽子、刀をのけられて、水干ばかりを用いたり。さてこそ白拍子《しらびやうし》とは名付けけれ。

（現代語訳：そもそもわが国で白拍子という芸能が始まったのは、昔、鳥羽院の御代に、島の千歳、和歌の前という二人が舞いだしたものが起源である。初めは水干を着て、立烏帽子をかぶり白鞘巻をさして舞ったので、男舞と呼んだ。ところが近年、烏帽子・刀をやめて、水干だけを用いた。それで白拍子と名付けられたのである。）

『徒然草』第二二五段

多久資《おほのひさすけ》が申しけるは、通憲入道《みちのりにふだう》、舞の手の中に興ある事どもをえらびて、磯の禅師《いそのぜんじ》といひける女に教へて舞はせけり。白き水干《すいかん》に、鞘巻《さうまき》を差《さ》させ、烏帽子《えぼし》をひき入れたりければ、男舞《をとこまひ》とぞいひける。禅師《ぜんじ》が娘、静《しづか》と言ひける、この芸を継《つ》げり。これ白拍子《しらびやうし》の根元《こんげん》なり。仏神の本縁《ほんえん》をうたふ。その後、源光行《みなもとのみつゆき》、多くの事をつくれり。後鳥羽院《ごとばのゐん》の御作《ごさく》もあり。亀菊《かめきく》に教へさせ給ひけるとぞ。

（現代語訳：多久資が申したことは、通憲入道が、舞の型の中で、面白みのあるものを選んで、磯の禅師といった女に教えて舞わせた。白い水干を着て、鞘巻《さやまき》を腰に差して、烏帽子をかぶっていたので、その舞を男舞といった。禅師の娘で、静といった者が、この芸を受け継いだ。これが白拍子の起源である。仏や神の由来や縁起をうたったものである。その後、源光行が多くの曲を作った。後鳥羽院がお作りになったものもある。後鳥羽院は、それを亀菊（愛妾の白拍子）にお教えなさった、ということだ。）

C『源平盛衰記』巻第十七「祇王祇女仏御前の事」

仏は、

君を初めて見る時は　千代《ちよ》も経《へ》ぬべし姫小松《ひめこまつ》
御前《おまへ》の池なる亀が岡に　鶴こそ群れ居て遊ぶめれ

と折り返し折り返し三度歌ひたりければ、入道祝すまされて興に入り給へり。

（現代語訳：仏は、

君を初めて見る時は、千代も経ぬべし姫小松、御前の池なる亀が岡に、鶴こそ群れ居て遊ぶめれ

と繰り返し三度歌ったところ、入道は喜んでたいへん面白がられた。）

「さらば舞《まひ》一番」と宣へば、仏は水干《すいかん》に白き袴着て、髪結びあげ、調子取りおほせて、

徳は是れ北辰《ほくしん》、椿葉《ちんえふ》の影再び改まる
尊《そん》は猶《なほ》南面、松花《しようくわ》の色十《と》たび廻る

と朗詠しけり。広廂《ひろびさし》に莚《むしろ》敷かせて器量《きりやう》の侍《さぶらひ》に鼓《つづみ》打たせて、仏、祝《いはひ》の白拍子かずへて舞ひ澄ましたり。

（現代語訳：「それならば舞を一番」とおっしゃったので、仏は水干に白い袴を着て髪を結び上げ、巧みに調子を取って、

天子の徳は星々の中心である北極星のようであり、大椿《たいちん》の葉が八千年を一春とし、次の八千年を一秋とし生え変わるがごとく永遠である。また天子は長く南面しその地位にあり、千年生きる松の花の色が十度新しくなる一万年もの間変わらない。

と朗詠した。広廂に筵を敷かせ、鼓の名手の侍に鼓を打たせて、仏は、祝いの白拍子を歌って舞いおおせた。）

責めての歌に、

よしさらば心のままにつらかれよさなきは人の忘れがたきに

と謡ひて舞ひければ、ああ入道が上をこそ舞はれぬとて、手を揚げて、「これへ、これへ」とぞ請《しやう》じ給ふ。

（現代語訳：終わりの歌に、

よろしい、そういうことならば、あなたの心のままに冷淡でいなさいよ。そうでなければあなたは忘れがたいから。

と歌って舞ったので、入道は、「ああ、私の予想以上にすばらしく舞った」と言って、手を揚げて、「こちらへ、こちらへ」とお招きになった。）

D『義経記』巻第六

静《しづか》がその日の装束には、白き小袖《こそで》一襲《かさ》ねに、唐綾《からあや》を上に引き重ねて、白き袴踏みしだき、割菱《わりびし》縫ひたる水干に、丈なる髪高らかに結ひなして、このほどの嘆きに面瘦《おもや》せたる気色《けしき》にて、薄化粧に眉《まゆ》細やかに作りなし、皆紅《みなくれなゐ》の扇を開き、宝殿《ほうでん》に向かひて立ちたりけるが、さすが鎌倉殿の御前にての舞なれば、面映《おもは》ゆくや思ひけん、舞ひかねてぞ躊躇《やすら》ひける。

二位《にゐ》殿これを御覧じて、「去年《こぞ》の冬四国の波の上にて揺られ、吉《よし》野《の》の荒き風に吹かれ、今年は海道《かいだう》の長旅にて瘦《や》せ衰へたりと見えたれども、静を見るにぞ、わが朝《てう》に女ありとも知られたれ」とぞ仰せられける。

静その日は、白拍子《しらびやうし》多く知りたれども、ことに心に染むものなれば、しんむじやうの曲といふ白拍子の上手なりければ、心も及ばぬ声色《こわいろ》にて、はたと上げてぞ歌ひける。上下「あつ」と感ずる声、雲に響くばかりなり。近くは聞きて感じけり。声も聞こえぬ上の山までもさこそあるらめとて感じける。

しんむじやうの曲、半《なか》らばかり数へたりける所に、祐経《すけつね》心なしとや思ひけん、水干の袖を外して、せめをぞ打ちたりける。静、「君が代の」と上げたりければ、人々これを聞きて、「情けなき祐経かな。今一折《いまひとをり》舞はせよかし」とぞ申しける。詮《せん》ずる所敵《かたき》の前の舞ぞかし、思ふ事を歌はばや、と思ひて、

しづやしづ賤《しづ》のをだまき繰り返し昔を今になすよしもがな
吉野山峯《よしのやまみね》の白雪《しらゆき》踏み分けて入りにし人の跡ぞ恋しき

と歌ひたりければ、鎌倉《かまくら》殿、御簾《みす》をさつと下《おろ》し給ひけり。

（現代語訳：静のその日の装束は、白い小袖一襲に、唐綾を上に重ね着して、白い袴を踏みにじり割菱の紋を縫いつけた水干に背丈ほどある髪を高く結い上げて、この度の悲しみのため顔がやつれた様子で、薄化粧し眉を細めにかき、全面が真っ赤な扇を開いて神殿に向って立ったが、さすがに鎌倉殿の御前での舞なので気恥ずかしく思われたのだろうか、舞いかねてためらっていた。

二位殿（北条政子）はこの様子をご覧になり、「去年の冬は四国の波の上で船に揺られ、吉野山の寒い風に吹かれ、今年は東海道の長旅でやせ衰えたと見えるが、静を見ると、わが国にもこんな美しい女がいたと知られた」とおっしゃった。

静はその日は、白拍子の曲はたくさん知ってはいたが、とくに心に染み入るものであり、しんむじょうの曲という白拍子の曲が得意でもあったので、それを想像もできぬ見事な声音で、朗々と声を張り上げて歌った。上下貴賤《きせん》の「ああ」と感嘆する声が雲まで響くほどだった。近くにいる者は実際に聞いて感嘆した。声が聞こえぬ八《はち》幡宮《まんぐう》の上の山の人までもさぞ見事だろうと思って感嘆した。

しんむじょうの曲を半分ほど歌ったところで、祐経はその曲が分別がないと思ったのであろう、水干の袖を肩脱ぎして、最後のせめの急調子を打った。静は、「君が代の」と声を張り歌いおさめたので、人々はこれを聞いて、「無風流な祐経よ。もう一区切り舞わせなさいよ」と言った。そこで静も、所詮は敵の前での舞であることよ、思っていることを歌おう、と思って、

静よ静よと繰り返し私の名を呼んでくださったあの人と共に過ごした昔を、糸を繰り出すようにもう一度手繰り寄せて、今に戻すすべがあればなあ。

吉野山の峰の白雪を踏み分けて山中深く入って行ってしまわれた、あのお方の足跡が恋しい。

と歌ったので、鎌倉殿は御簾をさっと下ろしなさった。）

E 『平家物語』巻第一「祇王」

かくて春過ぎ夏闌《た》けぬ。秋の初風《はつかぜ》吹きぬれば、星合《ほしあひ》の空をながめつつ、天《あま》のとわたる梶《かぢ》の葉に、思ふ事書く比《ころ》なれや。夕日のかげの西の山のはにかくるるを見ても、「日の入り給ふ所は、西方浄土《さいはうじやうど》にてあんなり。いつかわれらもかしこに生《むま》れて、物を思はですぐさむずらん」と、かかるにつけても過ぎにしかたのうき事共、思ひつづけて唯《ただ》つきせぬ物は涙なり。たそかれ時《どき》も過ぎぬれば、竹の編戸《あみど》を閉ぢふさぎ、灯《ともしび》かすかにかきたてて、親子三人念仏してゐたる処《ところ》に、竹の編戸をほとほととうちたたく者出で来たり。其時《そのとき》尼ども肝を消し、「あはれ是《これ》はいふかひなき我等《われら》が、念仏して居たるを妨げんとて、魔縁《まえん》の来たるにてぞあるらむ。昼だにも人もとひこぬ山里の、柴《しば》の庵《いほり》の内なれば、夜ふけて誰《たれ》かは尋ぬべき。わづかの竹の編戸なれば、あけずともおしやぶらん事やすかるべし。なかなかただあけて入れんと思ふなり。それに情《なさけ》をかけずして、命をうしなふものならば、年比《としごろ》頼み奉る、弥陀《みだ》の本願を強く信じて、隙《ひま》なく名号《みやうがう》をとなへ奉るべし。声を尋ねてむかへ給ふなる、聖衆《しやうじゆ》の来迎《らいかう》にてましませば、などか引摂《いんぜふ》なかるべき。相かまへて、念仏おこたり給ふな」と、たがひに心をいましめて、竹の編戸をあけたれば、魔縁にてはなかりけり。仏御前《ほとけごぜん》ぞ出で来《きた》る。

（現代語訳：こうして春が過ぎ夏も盛りをこした。そして初秋の風が吹きはじめ、牽牛《けんぎゅう》・織女《しょくじょ》の二星が逢うという星空を眺めながら、天の川の瀬戸を渡る船の楫《かじ》と同じ梶の葉に、心に願うことを書きつける七夕の頃であるよ。夕日が西の山の端《は》に隠れるのを見ても、「日のお入りになる所は、西方浄土であるという。いつかは我々もあそこに生まれて、憂いもなく過ごすのだろう」と、それにつけても過ぎ去った昔のつらいことなどを思い続けて、ただ涙がとめどなくあふれるのだった。夕暮れ時も過ぎたので、竹の編戸を閉め、灯火をかすかにともして、親子三人で念仏を唱えていたところに、竹の編戸をほとほととたたく者があった。その時尼たちはびっくりし

て、「ああ、これはふがいない我々が念仏しているのを邪魔しようと、魔物が来たのだろう。昼でさえも誰も訪ねて来ない山里の、粗末な庵の内だから、夜ふけに誰が尋ねて来ようか。貧弱な竹の編戸だから、開けなくても押し破るのはたやすいことだろう。いっそのこと開けて入れようと思う。それでも相手が情けをかけないで、命を失うというのなら、長年お頼み申し上げている弥陀の本願を強く信じて、たえまなく南無阿弥陀仏《なむあみだぶつ》の名号をお唱えしよう。その声を尋ねてお迎えに来てくださるという仏菩薩《ぶつぼさつ》の来迎《らいごう》でいらっしゃるから、どうして浄土にお引き取りくださらないことがあろうか。けっして念仏を怠りなさるな」と、互いに心を戒めて、竹の編戸を開けたところ、魔物ではなかった。仏御前が現われたのだった。）

祇王寺

粗筋と年表②

「祇王」から「足摺」まで

二条天皇と後白河院が対立するなど不穏な空気の中、二条天皇は一一六五（永万元）年六条天皇に譲位した後崩御する。その墓所に額を打つ（各寺が天皇の墓所の四方に寺名を書いた額をかけた）順序を巡り興福寺と延暦寺が対立、延暦寺の衆徒は興福寺の末寺清水寺を焼き払う。一一七〇（嘉応二）年、平重盛《しげもり》の次男（清盛の孫）資盛《すけもり》が摂政藤原基房《もとふさ》の行列ともめ事を起こしたが、清盛は後日仕返しに基房の一行に乱暴させた。権勢を振るう清盛に対し、藤原成親《なりちか》や西光《さいこう》など後白河院の近臣たちは、鹿ケ谷《しかがたに》にある俊寛《しゆんかん》の山荘に院を迎え平家打倒の密議をこらす。一一七六（安元二）年、西光の子である師高《もろたか》、師経《もろつね》は延暦寺の末寺である加賀国鵜川寺の僧と衝突、僧から訴えを受けた比叡山の衆徒は、師高らの流罪を求め強訴に及び、師高らは処分された。比叡山の騒動が続く中、鹿ケ谷の密議が発覚し、西光は斬罪、成親は配流地に向かう途中に殺害され、俊寛、藤原成経《なりつね》、平康頼《やすより》は鬼界が島へと流された。翌年中宮徳子（清盛の娘）が懐妊、非常の赦が行われ、成経・康頼は赦免されたが俊寛は許されなかった。

西暦	年号	月	事項	関係章段
一一六五	永万元	6	二条天皇、六条天皇へ譲位	1 二代后《にだいのきさき》
		7	二条院崩御　葬儀の際、墓所に額をかける順序を巡り、興福寺と延暦寺の僧が対立	1 額打論《がくうちろん》
		8	延暦寺の大衆が清水寺（興福寺の末寺）を焼き討ち	
一一七〇	嘉応二	7	資盛の列、摂政基房の列に礼を失す→清盛の命により基房に報復	1 殿下乗合《てんがののりあい》
一一七七	安元三	4	比叡山の衆徒が、加賀守師高の配流を要求	1 御輿振《みこしぶり》
	治承元	4	師高尾張国へ配流　安元の大火	1 内裏炎上《だいりえんじょう》
		6	鹿ケ谷の謀議発覚　西光斬罪	2 西光被斬《さいこうきられ》
			藤原成親流罪（7月暗殺）	2 新大納言流罪《るざい》　大納言死去
			俊寛、藤原成経、平康頼鬼界が島へ配流（翌年、成経・康頼は赦免）	3 赦文《ゆるしぶみ》

コラム②

殿下乗合事件《てんがののりあい》

『平家物語』において、「世の乱れそめける根本」、「平家の悪行のはじめ」とされたのが、いわゆる「殿下乗合事件」である。一一七〇（嘉応二）年七月三日（『平家物語』では十月十六日。改変の理由は後ほど考察する）、鷹狩りから帰る平重盛《しげもり》の次男資盛《すけもり》一行が、内裏に向かっていた摂政藤原基房《もとふさ》の出御に出会ったとき、資盛の列が下馬の礼を取らなかったために、基房の従者から恥辱を与えられた。それに対して後日、平家の家人と思われる武士が基房の従者を襲撃して報復した、というのが事件の顚末である。

『平家物語』はこの事件を平家の横暴の起点とするため、報復を命じたのは平清盛であるとしている。しかし『愚管抄《ぐかんしょう》』は報復の首謀者は清盛の嫡男重盛であるとしており、『玉葉《ぎょくよう》』の記述も踏まえると、報復を主導したのは実は重盛だったが、物語は事件を清盛の悪行の例とするため史実を改変したとする説が一定の支持を受けてきた。

しかし最近、それに異議を唱える論考があらわれた。曽我良成《そがよしなり》の「殿下乗合事件――平重盛の名誉回復」である。曽我によれば、これまで重盛が基房の処置に怒りを感じていたことの根拠とされていた『玉葉』（当時の貴族の日記）の「摂政、（中略）舎人・居飼を相具し、重盛卿の許に遣し、法に任せ勘当せらるべしと云々、亜相（大納言のこと。重盛を指す）返上すと云々」という記述の、「返上」という言葉に注目し、当時は加害者側は下手人を被害者側に引き渡し、被害者側はそれを返送するのが習慣であったことを挙げて、重盛の「返上」は怒りの表れなどではなく、ごく常識的な対応であったとして、重盛が怒りのあまりに摂政に報復をしたとする説に疑問を投げかけた。また、基房の従者が襲撃された十月の事件については、当時から情報が錯綜しており、『玉葉』は首謀者を特定してはいない。『百錬抄《ひゃくれんしょう》』も平家による報復であると指摘してはいるが、それ以上の言及を避けている。同時代の人々にとっては、この「襲撃事件」の首謀者は最後まで不明であったとするのが妥当であろう。

そもそも資盛の件の報復とされているこの襲撃事件は、いわゆる「乗合事件」の三か月後の十月二十一日に起きたものである。事実はどうであったかはわからないが、報復にしては間があきすぎている感も否めない。現に『玉葉』はこの事件よりも、「乗合事件」の直後の七月十三日に、基房が法成寺に参ろうとしたときに武士の待ち伏せに遭い、参詣を取りやめざるを得なかった、という出来事について、「末代の濫吹《らんすい》、言語に及ばず。悲しき哉、乱世に生まれ、かくの如きの事を見聞するは。宿業を懺《ざん》すべし懺すべし。これ則ち乗合の意趣なりと云々（このような末世の狼籍は、筆舌に尽くし難い。悲しいことだ、乱世に生まれてこのようなことを見聞きするとは。前世での業を悔い改めよう。これは乗合事件の仕返しである。）」と強い言葉で慨嘆し、こちらのほうを「乗合の意趣」と捉えているのである。ただしこの出来事についても、「神心覚へず、是非を弁へず」とだけ述べ、「この間その説甚だ多し」として、詳しい論評を避けている。

以上のことから、重盛が報復のために摂政を襲撃させたとは断定できないし、襲撃自体が当時の人々にとっては事情のよくわからない出来事であったことがわかる。前述のように、物語は、資盛と基房の「乗合事件」が起きた時期を、史実の七月から十月へ改変している。これは十月にあった「襲撃事件」との整合性を図るための処置であったと考えられる。物語は、襲撃事件を乗合事件への報復であると理解されるよう、乗合事件の起きた日時を改変して、事件の首謀者がわからなかったことを利用し、一連の出来事を清盛の横暴、平家の悪行の出発点として、物語の文脈にうまく位置づけることに成功したと言える。こう考えれば、これまでのように、物語で「賢人」と評される重盛による悪行とする必要もなく、物語の描く重盛像と重盛の実像との齟齬の例として取り上げる必要もないのではないか。

私を舟に乗せてくれ

足摺・巻第三

御使《おつかひ》は①丹左衛門尉基康《たんざゑもんのじようもとやす》といふ者なり。舟よりあがつて、「是《これ》に都よりながされ給ひし、②丹波少将《たんばのせうしやう》殿《どの》、③法勝寺執行御房《ほつしようじのしゆぎやうごばう》、④平判官入道殿《へいはうぐわんにふだうどの》やおはする」と、声々にぞ尋ねける。二人《ににん》の人々は、例の⑤熊野まうでしてなかりけり。俊寛僧都《しゆんくわんそうづ》一人《いちにん》残つたりけるが、是を聞き、「⑥あまりに思へば夢やらん。又⑦天魔波旬《てんまはじゆん》の、我心《わがこころ》をたぶらかさんとていふやらん。うつつとも覚えぬ物かな」とて、あわてふためき、走るともなく、倒《たふ》るるともなく、いそぎ御使のまへに走りむかひ、「何事ぞ。是こそ京よりながされたる俊寛よ」と名乗り給へば、⑧雑色《ざつしき》が頸《くび》にかけさせたる文袋《ふぶくろ》より、入道相国のゆるし文取出《ぶみとりいだ》いて奉る。ひらいてみれば、「⑨重科《ぢゆうくわ》は遠流《をんる》に免ず。はやく帰洛《きらく》の思《おもひ》をなすべし。⑩中宮御産《ごさん》の御祈《おんいのり》によつて、非常の赦《しや》おこなはる。然《しか》る間《あひだ》⑪鬼界が島の流《る》人《にん》、少将成経《せうしやうなりつね》、康頼法師《やすよりぼふし》、赦免《しやめん》」とばかり書かれて、俊寛と云ふ文字はなし。⑫礼紙《らいし》にぞあるらんとて、礼紙をみるにも見えず。奥より端《はし》へよみ、端より奥へ読みけれども、二人とばかり書かれて、三人とは書かれず。

【現代語訳】

赦免の御使いは丹左衛門尉基康という者である。船から上陸して、「ここに、都から流されなさった、丹波少将（藤原成経）殿、法勝寺執行（俊寛）御房、平判官入道（康頼）殿はいらっしゃいますか」と口々に尋ねた。成経と康頼の二人はいつものように「熊野《くまの》詣《もうで》」に出かけていて、そこにはいなかった。俊寛僧都が一人残っていたが、これを聞いて、「日頃あまりに都へ帰りたいと思い続けているので夢でも見ているのだろうか。また、天魔が私の心を惑わそうというのだろうか。現実とも思われないことだ」と、慌てふためいて、走るとも、転ぶともつかず、急いで御使いの前に駆けつけて、「何事だ。私こそ都から流された俊寛だ」と名乗りなさると、御使いは雑色《ぞうしき》の首にかけさせた文袋から、入道相国の赦免状を取り出してお渡しする。開いて見ると、「重い罪科は遠流によって免じられた。早く帰京の準備をせよ。中宮の御出産にあたっての御祈りによって、非常の赦が行われる。したがって、鬼界が島の流人、少将成経と康頼法師を赦免する」とだけ書かれて、俊寛という文字はない。礼紙にはあるだろう、と礼紙を見てもそこにもない。奥から端へ、端から奥へと読み返したが、二人とだけ書かれて、三人とは書かれていない。

【語注】

①丹左衛門尉基康…「丹」は丹治比《たじひ》か丹後の略というが、実在が確認できない。架空の人物か。

②丹波少将殿…藤原成経。**探究のために**参照。

③法勝寺執行御房…俊寛。**探究のために**参照。

④平判官入道殿…平康頼。**探究のために**参照。

⑤熊野まうで…『平家物語』では、成経と康頼が、鬼界が島に、古代から霊験の地とされる熊野（紀伊半島南部）に似た地形の場所を探し出し、那智の御山や本宮、新宮などに見立てて名付け、熊野三所権現（本宮、新宮、那智の三か所の権現）を勧請《かんじょう》して参詣し、帰京を祈った、とする。俊寛だけはこの熊野詣に参加しなかった、とあり、彼だけが帰京できなかったことへの伏線としている。

⑥あまりに思へば…あまりにも都に帰りたいと強く思うので。

⑦天魔波旬…仏教で、欲界六天の頂上、第六天にいる魔王。人間の心を悩ませ善知を鈍らせて仏堂に入るのを妨げる。波旬はその名。

⑧雑色…雑役に従事した無位の役人。

⑨重科は遠流に免ず…重い罪科は遠流によって免じられた。遠流は律（律令国家の基本法典で、現在の刑法に当たる）に定められた流罪のうち最も重い刑で、都から遠い伊豆、安房、常陸、佐渡、隠岐、土佐などが刑地とされた。

⑩中宮御産…一一七八年の、高倉天皇の中宮で、平清盛の娘徳子の出産を指す。法皇も御幸し祈禱するなど、盛大に行われた。生まれた皇子は後の安徳天皇。

⑪鬼界が島…鹿児島県大隅諸島の北西方、薩南諸島北部の島（現在の鹿児島県鹿児島郡三島村）。島には硫黄岳があり、現在も噴煙を上げている。成経らが創始した熊野神社、俊寛の住処の跡地である俊寛堂など、物語や伝承に基づく遺跡がある。

⑫礼紙…書状の文言を書いた紙に重ねる白紙。上包みの紙。

さる程に、少将や判官入道も出できたり。少将の取つて読むにも、康頼入道が読みけるにも、二人とばかり書かれて、三人とは書かれざりけり。夢にこそかかる事はあれ、夢かと思ひなさんとすればうつつなり。うつつかと思へば又夢のごとし。そのうへ二人の人々のもとへは、都より①ことづけ文《ぶみ》どももいくらもありけれども、俊寛僧都のもとへは、②事問ふ文《ふみ》一つもなし。さればわがゆかりの者どもは、都のうちにあとをとどめずなりにけりと、思ひやるにもしのびがたし。「抑《そもそも》われら三人は、罪も同じ罪、配所も一所《ひとつところ》なり。いかなれば赦免《しやめん》の時、二人は召しかへされて、一人ここに残るべき。平家の思ひ忘れかや、③執筆《しゆひつ》のあやまりか。こはいかにしつる事どもぞや」と、天にあふぎ地に臥して、泣きかなしめどもかひぞなき。少将の袂《たもと》にすがつて、「俊寛がかくなるといふも、御へんの父、④故大納言殿、よしなき謀反《むほん》ゆゑなり。さればよその事とおぼすべからず。⑤ゆるされなければ、都までこそかなはずとも、此舟《このふね》に乗せて、⑥九国《くこく》の地へつけてたべ。おのおのの是《これ》におはしつる程《ほど》こそ、春はつばくらめ、⑦秋は田のもの鴈《かり》の音づるる様《やう》に、おのづから古郷《こきやう》の事をも伝へ聞いつれ。今より後、何としてかは聞くべき」とて、もだえこがれ給ひけり。少将、「まことにさこそはおぼしめされ候ふらめ。我等が召しかへさるるうれしさはさる事なれども、御有様を見おき奉るに、さらに行くべき⑧空も覚えず。うち乗せたてまつても、上《のぼ》りたう候ふが、都の御使《おつかひ》も、かなふまじき由《よし》申すうへ、ゆるされもないに、三人ながら島を出でたりなんど聞《きこ》えば、なかなかあしう候ひなん。成経まづ罷《まか》りのぼつて、人々にも申しあはせ、⑨入道相国の気色《きしよく》をもうかがうて、迎へに人を奉らん。其間《そのま》は此日ごろおはしつる様《やう》に思ひなして待ち給へ。何としても、命は大切の事なれば、今度こそもれさせ給ふとも、つひにはなどか赦免なうて候ふべき」と、なぐさめ給へども、人目も知らず泣きもだえけり。

【現代語訳】

そのうちに、少将や判官入道も出てきた。少将が赦免状を取って読んでも、康頼入道が読んでみても、二人とだけ書かれて、三人とは書かれていなかった。夢にはこのようなことがあるものだが、夢かと思い込もうとすると現実のことである。現実かと思うと、また夢のようである。そのうえ、成経・康頼の二人の所へは、都から御使いにことづけた手紙が何通もあったが、俊寛僧都の所へは、安否を気遣う手紙の一つもない。それでは、自分に縁のある者どもは都の内からいなくなってしまったのだな、と思いやるにつけても堪えがたい。「そもそも我々三人は、罪も同じ罪、流されたのも同じ土地だ。どういうわけで、赦免のときに、二人は召し返されて、一人だけここに残らなければならないのか。平家が私のことをうっかり忘れたのか、書記の書き誤りか。これはどうしたことだろうか」と、天を仰ぎ地に伏して、泣き悲しんだがどうしようもない。少将の袂にすがって、「私がこのようになったのも、あなたの父上、亡くなられた大納言成親《なりちか》殿が起こしたつまらない謀反のせいである。だから、他人事だとお思いになってはならない。お赦しがないので、都までというのはかなわないとしても、この船に乗せて、九州の地へ着けてください。あなた方がここにいらっしゃった間は、春は燕、秋は田《た》の面《も》の雁が訪れるように、自然と故郷のことも伝え聞いていた。これから後は、どうして聞くことができようか」と、身もだえし、船に乗るのを切望なさるのであった。少将は、「本当にそのようにお思いになるでしょう。我々が召し返される嬉しさはもちろんなのですが、あなたのご様子を拝見いたしますと、いっこうに帰ろうという心地にもなれません。あなたをこの船にお乗せ申し上げても、都に上りたいとは思いますが、都の御使いも、かなわぬことである旨申しますからには、お赦しもないのに、三人とも島を出たなどと平家に聞こえましたら、かえって悪いことになりましょう。私がまず上京して、人々にも相談し、入道相国の機嫌もうかがって（お許しを得て）から、迎えに人を差し向けましょう。それまでの間は努めてこれまでお過ごしになっていたようにお思いになってお待ちください。なんとしても命は大事ですから、この度は赦免にお漏れになったとしても、最後にはどうして赦免のないことがありましょうか」とお慰めになったが、俊寛は人目もはばかることなく泣きもだえていた。

【語注】

①ことづけ文…他人から寄託された手紙。
②事問ふ文…安否を尋ねる手紙。
③執筆…書記役。
④故大納言殿…成経の父、藤原成親。一一三八～一一七七。後白河院の近臣として従二位権大納言に至る。父は鳥羽院近臣の藤原家成。妹が平重盛《しげもり》の妻、娘は維盛《これもり》の妻ということからわかるように、平家、とくに重盛の一家との結びつきが強く、平治の乱で藤原信頼《のぶより》方として連座したときには、流罪にされるべきところを重盛によって救われている。にもかかわらず鹿ヶ谷事件に関係したため清盛の怒りは深く、重盛の取りなしによって助命はされたが、備前国へ配流された。一一七七年、配流先で暗殺されたという。

⑤ゆるされなければ…赦免がないので。「ゆるされ」は名詞。
⑥九国…西海道九か国（現在の九州）の総称。
⑦田のもの鴈…田に下りている雁。歌語として多く使われ、「頼む」（頼りにする）を掛けることが多い。
⑧空…心地。気持ち。
⑨入道相国…14ページ**語注**⑯参照。

既に船出《いだ》すべしとて、ひしめきあへば、僧都乗つてはおりつ、おりては乗つつ、①あらまし事をぞし給ひける。少将の形見《かたみ》には、②よるの衾《ふすま》、康頼入道が形見には、③一部の法花経《ほけきやう》をぞとどめける。④ともづなといておし出《いだ》せば、僧都綱に取りつき、腰になり脇になり、たけの立つまではひかれて出づ。たけも及ばずなりければ、舟に取りつき、「さていかにおのおの、俊寛をば遂に捨てはて給ふか。是程とこそ思はざりつれ。日比《ひごろ》の情《なさけ》も今は何ならず。ただ理《り》をまげて乗せ給へ。せめては九国《くこく》の地まで」とくどかれけれども、都の御使《おつかひ》、「いかにもかなひ候ふまじ」とて、取りつき給へる手を引きのけて、舟をばつひに漕《こ》ぎ出《いだ》す。僧都せん方なさに、渚にあがり倒《たふ》れふし、をさなき者の、めのとや母なんどをしたふやうに、⑤足ずりをして、「⑥是乗せてゆけ、具《ぐ》してゆけ」と、をめきさけべども、⑦漕ぎ行く舟の習《ならひ》にて、跡は白浪《しらなみ》ばかりなり。いまだ遠からぬ舟なれども、涙に暮れて見えざりければ、僧都たかき所に走りあがり、沖の方をぞまねきける。彼《かの》⑧松浦《まつら》さよ姫が、もろこし舟をしたひつつ、⑨ひれふりけんも、是には過ぎじとぞみえし。舟も漕ぎかくれ、日も暮るれども、⑩あやしのふしどへも帰らず、浪に足うちあらはせて、露にしをれて其夜はそこにぞ明かされける。さりとも少将は、情《なさけ》ふかき人なれば、よき様《やう》に申す事もあらんずらんと、憑《たのみ》をかけ、その瀬に身をも投げざりける、心の程こそはかなけれ。⑪

【現代語訳】

もはや船を出そうといって、人々が騒ぎ合っていると、俊寛は船に乗っては降り、降りては乗って、何とか船に乗って行きたい、という願いを込めた動作をなさった。少将は形見として夜具を、康頼入道は法華経の一揃えをあとに残した。纜《ともづな》を解いて船を押し出すと、僧都はその綱にすがりついて船と共に海に入り、海水が腰までになり、脇までになり、背丈が立つまでは綱に引かれて出て行く。丈も立たなくなったので、船にとりついて、「それでは、おい、あなた方は、俊寛をとうとうすっかり見捨てなさるのか。これほど薄情だとは思わなかった。常日頃の情けも今は何にもならない。ただ道理を曲げて、お乗せ下さい。せめて九州の地までは」と懇願なさったが、都からの御使いは、「どうしてもご意向には沿いかねます」と言って、船にとりついておられた俊寛の手を払いのけて、船をとうとう沖へ漕ぎ出した。僧都は仕方がないので、渚にあがって倒れ伏し、幼児が、乳母や母などの後を慕うように、足をばたばたさせて、「これ、乗せて行け。連れて行け」と声をはり上げ叫んだが、漕ぎ行く船の常として、あとには白波が残るばかりである。まだ船はそんなに遠くに行ってしまったわけではないが、涙に目が曇ってよく見えなかったので、俊寛は高い所に走り上って、沖の方を手招きした。あの松浦佐用《さよ》姫が、夫の乗った唐船を慕って、領巾《ひれ》を振ったというときの悲しみも、これには及ぶまいと思われた。船影も遠く消え去り、日も暮れたが、俊寛は粗末な寝所へも帰らず、波に足を洗わせて、夜露に濡れて意気消沈して、その夜はそこでお明かしになった。そうはいっても少将は情け深い人だから、都へ帰ってよいようにとりなしてくれることもあるだろう、と頼りにして、その海に身投げもしなかった俊寛の心中は、まことにむなしいものであった。

【語注】

①あらまし事…こうありたいと思うこと。ここでは、舟に乗せてもらいたいという願いを動作で表していることを言う。
②よるの衾…寝具。袖、縁取りのない四角の掛け布団。
③一部の法花経…一揃いの法華経。法華経は大乗仏教の最も重要な経典。八巻。
④ともづな…艫綱。船尾（艫）にあって、船を陸につなぎ止める綱。
⑤足ずり…嘆き悲しんで大地を足でばたばたと踏むこと。倒れて足をすりあわせる行為とする説もある。感極まった激情の動作として解される。
⑥是…呼びかけのときに発する語。
⑦漕ぎ行く舟の習にて、跡は白浪ばかりなり…「世の中を何にたと

へむ朝ぼらけ漕ぎ行く舟のあとの白浪」(『拾遺和歌集』哀傷・一三二七・沙弥《さみ》満誓《まんせい》)による表現。

⑧松浦さよ姫…大伴《おおとも》佐提比古《さてひこ》の妻。夫が任那《みまな》に派遣されるのを肥前の松浦山に登り、領巾を振って別れを惜しんだという。『万葉集』に山上憶良の歌として「遠《とほ》つ人松浦佐用姫夫恋《まつらのさよひめつまごひ》に領巾《ひれ》振りしより負える山の名」(巻第五・八七一)、「海原の沖行く船を帰れとか領巾振らしけむ松浦佐用姫」(巻第五・八七四)が載る。

⑨ひれ…古代の女性が装飾具として首や肩などに掛けた長い布。

⑩あやしのふしど…粗末な寝所。

⑪はかなけれ…むなしい。

◆◇鑑賞のヒント◇◆

❶一人残されると確信してからの俊寛の心情の変化は、どのように描かれているか。

❷成経は俊寛の気持ちをどのように受け止め、どう語りかけているか。

❸船が出港してから見えなくなるまでの俊寛の行動から、どのような気持ちが窺えるか。

◆◇鑑賞◇◆

加賀守藤原師高《もろたか》(院近臣・西光《さいこう》の子息)が延暦寺の末寺である白山《はくさん》中宮の末院、涌泉寺《ゆうせんじ》と所領問題を巡って対立し、比叡山の大衆は強訴に至った。これに端を発し、事態は後白河院が延暦寺攻めを清盛に命ずるまでに至るが、直後に後白河院の近臣による清盛抹殺計画が発覚した。いわゆる「鹿ケ谷事件」である。

清盛は一報を受け、謀議に参加した者を次々に捕らえた。西光は死罪、藤原成親は自邸に呼び出し面縛した上幽閉、備前国へ配流とした。その後俊寛、平康頼ら六人が捕らえられ、俊寛と康頼は遅れて捕らえられた成親の子息である成経と共に鬼界が島へ流された。なお**語注**でも指摘した通り、成親は配流先で殺害された。

俊寛らが流されて一年後の一一七八（治承二）年に中宮徳子が懐妊、安産を祈るために非常の赦が行われ、平康頼、藤原成経の赦免が決定した。鬼界が島での場面は、赦免の使者が島に到着するところから始まる。皮肉にも使者を迎えるのは、一人だけ赦されなかった俊寛であった。語り手は最初から視点を俊寛に絞り、事態を劇的に描こうとしている。俊寛は「はしるともなく、倒るるともなく」使者へと近づく。突然の事態に驚きつつも、期待を胸に、たどり着く時間さえも惜しむように使者のもとへと向かうのである。はやる気持ちとは裏腹に、名乗りは「是こそ京よりながされたる俊寛よ」と重々しい。しかし差し出された赦面状に、俊寛の名はなかった。「奥より端へ読み、端より奥へ読」むという言葉には、自分の名がなかったことへの衝撃と、自らの名を探すために終わりから前へ読み直し、一縷の望みをかけてもう一度頭から終わりまで目を走らせる俊寛の心理が巧みに表現されている。

「熊野まうで」に出ていた成経と康頼も戻って来て赦免状を手に取り読むが、「三人」とは書かれていない。俊寛は自分だけが赦免から漏れたということが確定的になると成経の袂にすがり、「都までこそかなはず共、此舟に乗せて、九国の地へつけて給べ」と哀願する。成経や康頼との断絶は俊寛にとってはすなわち死を意味していた。二人のもとには安否を問う手紙が定期的に来ており、成経の舅・教経からの物質的な援助もあった。俊寛は一人残されるだけでなく、二人を通じてかろうじてつながっていた都との音信すら断ち切られ、精神的にも肉体的にも孤立してしまう。俊寛は孤立への恐怖、死への恐怖から絶望したのである❶。

絶望に沈み、激情にかられる俊寛に対して、成経の言葉は冷静かつ理知的である。「三人で島を出たら良くないだろう」、「まず私が言って入道相国をなだめよう」。いちいちもっともな言葉ではあるが、「助かった者」「助からなかった者」という厳然たる差が出てしまった今となっては、俊寛には気休めかその場しのぎの言葉としか聞こえなかったであろう。俊寛は何も答えず、「人目も知らず泣きもだえ」ただけであった。ただ、成経と同じ立場であったら、誰もが俊寛にはこう言うしかなかったであろう。むしろ、成経は十分に俊寛の心情を慮って言葉を掛けており、最後の「何としても、命は大切の事なれば、今度こそもれさせ給ふとも、つひにはなどか赦免なうて候べき」は、今回赦免されなかった俊寛が、自暴自棄に陥って自ら命を断ってしまうかもしれない、という心配から出た言葉であると考えられ、成経の俊寛への配慮が窺える❷。

いよいよ出港の時を迎えた。諦めきれない俊寛は、舟に乗ったり降りたりと、「あらまし事」を繰り返す。一方帰る二人は「形見分け」をし、区切りを付けようとする。成経の品が「よるの衾」という実用的な物であるのに対して、康頼の品は「法花経」であるという二人の対比も興味深い。俊寛は出て行く船にすがりつき、「腰になり脇になり」だんだんと深くなる沖へと、「たけの立つまで」引きずられる。「腰」「脇」「たけ」という身体に関する言葉で時間や距離の経過、絶望の深化を表している。「倒れふし」「足ずりをして」「をめきさけ」んだ後、「たかき所に走りあがり、沖の方をぞまね」くなど、俊寛の心情は激しい動作によって表されるが、結局舟は出て行って、「跡は白浪ばかりなり」という結果に終わってしまった。

その後は「あやしのふしどへも帰らず、浪に足うちあらはせて、露にしをれて其夜はそこにぞあか」す。俊寛はうちひしがれながらも、出立のときには耳に入らなかった成経の「清盛をなだめ、迎えに人を差し向けよう」という言葉にすがり、身を投げることは思いとどまる。この俊寛の気持ちについて語り手は「はかなけれ」（むなしい）と評し、このような状況に追い込まれても、実現可能性の低い言葉にすがらざるを得ない人間の哀しさを慨嘆している。

俊寛に諦めの境地が訪れるのは、巻第三「有王《ありおう》」まで待たなければならない。かつて俊寛の侍童であった有王は、主人が島に残されたことを知りその行方をたずねようと島を訪れる。有王は俊寛に妻が亡くなったことを伝え、おばに預けられた娘の手紙を渡したのである。はかない生に執着していた俊寛も、慣れ親しんだ有王に接し、娘の肉筆に触れることによって孤独から抜け出し、死を受け入れたのではないか。食事をやめ、「天性不信（生まれつき不信心）の人」ながら、ひとえに弥陀の称号を唱えて臨終正念を祈り、有王が島に着いて二十三日目に亡くなった、と伝えられる❸。

このような俊寛の心の動きは、アメリカの医師キューブラー・ロスが『死ぬ瞬間』という本で提唱した、「死の受容のプロセス」とよく似ている。ロスは不治の病を宣告された患者は死を受容するまでに、「否認→怒り→取引→抑鬱→受容」という五つのプロセスを踏む、と主張した。一人島に取り残される俊寛の心の動きも、激しく揺れ動き、矛盾を含むように見えて、人間として当たり前のものだったのかもしれない。その意味で語り手の、俊寛の心理に対する洞察は、時間や空間を越えて人々に共有される優れたものであったと言える。

◆◇探究のために◇◆

▼人物

①丹波少将成経…藤原成経。一一五六〜一二〇二。藤原成親《なりちか》の子。北の方は平教盛《のりもり》の娘。父成親と共に鹿ヶ谷事件（次項参照）に連座し、鬼界が島へ流罪。『平家物語』によれば、鬼界が島では舅である平教経《のりつね》の支援により生活した。赦され帰京した後は、一一八三（寿永二）年、右少将に再任、一一九〇（建久元）年には参議に任じられ、翌年従三位に叙せられる。帰京時の様子は、巻第三「少将都帰《しようしようみやこがえり》」に詳しい。

②**法勝寺執行《じのしゅぎょう》御房**…俊寛。生没年未詳。法印寛雅の子。後白河院近臣で、法勝寺執行（事務を司る役）。法勝寺は白河天皇の勅願寺で、父も同じ職にあったとされる。一一七七（安元三）年、鹿ヶ谷にある自身の山荘（静賢《じょうけん》の所有との説もある）で開かれた後白河院も出席する会合で、藤原成親（流罪の後殺害）、西光《さいこう》（死罪）らと共に平家打倒を計画したが、多田行綱《ただゆきつな》の密告により露見、平家に捕らえられ鬼界が島へ流罪。『愚管抄』には配流先で没したとあるが、俊寛のみ赦されず島に残ったということについては確認できず、赦免前に島で死んだと解釈するのが穏当であろう（冨倉徳次郎）。『平家物語』は一一七九（治承三）年没、享年三十七歳と伝える。

③**平判官康頼**…平康頼。生没年未詳。信濃権守中原頼季《なかはらのよりすえ》の子。後白河院近臣。「判官」は検非違使尉の別称。後白河院の今様の弟子であり、芸能を通じて院近臣に取り立てられたと考えられる。鹿ヶ谷事件に連座し、鬼界が島へ配流。赦されて帰京後は東山へ隠棲、『宝物集』を著したとされる。『吾妻鏡』には、源義朝の墓を整備したことを頼朝から賞され、阿波国麻植《おえ》保（現在の徳島県麻植郡）の保司《ほうし》（所領の管理責任者）に任じられた、とある。歌人としても知られ、『千載和歌集』をはじめ勅撰集に六首入集する。

▼史実としての「鹿ヶ谷事件」 俊寛らが鬼界が島に流されたのは、「鹿ヶ谷事件」で清盛の誅殺を計画したからである、と考えられている。これは歴史的事実として人々に共有されている「史実」である。ただし、この事件をどのようにとらえるかについては、歴史学の分野でも論争があり、いまだ定説を見ていない。ここではこれまでの研究の結果明らかになった「鹿ヶ谷事件」に関する事実関係を整理し、事件のあらましをまとめておきたい。その上で『平家物語』がこの事件をどのように位置づけているか、ということを考えてみる。

川合《かわい》康《やすし》によれば、この事件は三つの局面に分けることができるという。以下、川合説に従い、事態の推移を整理してみる。**鑑賞**でも述べたように、事件の発端は、一一七六（安元二）年の加賀国における白山中宮と国司・藤原師高、目代《もくだい》・藤原師経《もろつね》兄弟との所領争いである。その結果、国司側が白山中宮の末寺である鵜川寺を焼き払ったので、白山中宮が本山の延暦寺に訴え出た。それを受けた延暦寺は、師高・師経兄弟の配流を要求し、翌一一七七（安元三）年三月、強訴に及んだ。師高と師経の父は、後白河院近臣の西光であり、院はこの八年前、当時尾張国の知行国主であった近臣藤原成親の流罪を求めて強訴に及んだ延暦寺大衆に屈服し、成親を流罪にしており、その轍を踏まないために今回は強硬策に出た。平重盛に高倉天皇のいる内裏の警護を命じ、院の意を受けた重盛軍は、殺到した比叡山の大衆に屈せず応戦したため、重盛の軍兵が神輿に向かって矢を放ち、命中したのである。大衆は矢の刺さった神輿を内裏に放置したまま引き揚げ、さらに大規模な強訴を計画するなど事態は収拾されなかったため、後白河院は師高・師経を配流せざるを得なかった（第一局面）。

一一七七（安元三）年五月（前月の四月にはいわゆる「安元の大火」が起きている）、後白河院は三月の強訴事件の責任を問い、貴族らの反対を押し切って天台座主《てんだいざす》明雲《みょううん》を流罪に処した。延暦寺側は当然反発し、伊豆へと配流中の明雲を近江（現在の滋賀県）で奪還した。これに激怒した後白河院は五月二十八日清盛と対面、比叡山とは友好関係にあるため躊躇する清盛を説き伏せて、延暦寺への武力攻撃を実行させるところまでこぎ着けた（第二局面）。

翌二十九日、事態は急変する。清盛が師高の父西光を捕らえたのだ。当時の貴族の日記である『玉葉』によれば、明雲の流罪を後白河院に進言したことが理由とされているが、「長年の間起こしてきた凶悪なこと」という漠然としたことも理由として挙げられている。六月一日には成親が清盛邸にて捕縛され、西光の供述により、院及び近臣等の清盛を亡きものにしようとする謀議が明らかとなった（**資料A**）とされ、三日には近臣六名が捕らえられた。その後の経過は**鑑賞**に述べた通りである。比叡山への攻撃は中止された（第三局面）。

主に『玉葉』などの貴族の日記からわかる事実は、ここまでである。いわゆる「鹿ヶ谷における謀議」は存在したのか、物語では謀議に加わっていた多田行綱の密告によって事件が発覚したとされているが、それが史実か否か、ということについては、はっきりとしたことは言えない。後者については、清盛にとってあまりにもタイミングが良すぎる上、行綱がその後も院のもとで仕事をしているために、これを否定する見解が多い。従うべきであろう。前者については、前掲の『玉葉』の記述や、『顕広王記《あきひろおう》』の、「ことを大衆の謀に寄せて、禅定相国（＝清盛を指す）を誅さんと欲す」という記述から、後白河院を中心に何らかの謀議が行われたことは確かであると考えられる。また近臣たちが、平家一門と戦って打倒することは困難だが、延暦寺との戦争の場で清盛を暗殺することは決して不可能ではないし、院の寵臣であった平重盛一門（母は清盛の正妻時子ではなく、高階氏であった）を味方につければ、高倉天皇を擁する時子とその子宗盛の系統は没落し、平氏一門の力は大きくそがれ、院近臣のグループが実権を握れるだろう、と考えてもおかしくない（元木泰雄《もときやすお》。重盛が平家一門から孤立していたことは様々に指摘されている）。比叡山とは良好な関係にあった上、そのような謀略を察知した清盛としては、断固として延暦寺攻撃を避けなければならなかったのである。

▼**『愚管抄』『平家物語』における「鹿ヶ谷事件」**　以上により、清盛誅殺の謀議はあり、それが清盛による院近臣の弾圧につながったということは史実として動かないようであるが、ではそれがなぜ「鹿ヶ谷」で行われ、「多田行綱の密告」により発覚したと伝えられるのか。それは『愚管抄』がそう記しているからである（**資料B**）。『愚管抄』は、建春門院の死後、院の周辺に成親や西光、平康頼、俊寛などが群がっており、成親、西光、俊寛らが院の同席のもと、静賢法印《じょうけんほういん》の鹿ヶ谷の山荘に集まり謀議を巡らせていたが、多田蔵人行綱の裏切りで事が露見した、と記す。成親

は旗揚げの支度金として宇治産の布三十段を行綱に与えたという。一連の記述はおおむね『平家物語』が伝えるところと一致する（資料C）が、二つの点で大きな違いがある。

一つ目は、『平家物語』が延暦寺と院近臣の対立の歴史を詳細に語るのに対し、『愚管抄』がそれにほとんど触れていないことである。物語は二条天皇の葬送の時（一一六五（永万元）年）に、陵墓の周囲に自分の寺の額を打つ順番を巡って延暦寺と興福寺が争ったこと、延暦寺が興福寺への復讐として興福寺の末寺である清水寺を焼き払ったことを巻第一「額打論《がくうちろん》」「清水寺炎上」で述べ、当時の寺院勢力が武力を伴う闘諍の主体であったことを印象づけた上で、時計の針を一挙に進め、一一七〇（嘉応二）年の「殿下乗合」事件に触れた後、「鹿谷《ししのたに》」で院近臣の平家打倒の謀議の様子を描き、多田行綱が与力したことを語る。そして続く「俊寛沙汰　鵜川軍《うかわいくさ》」「御輿振《みこしぶり》」で、加賀守とその目代であった西光の息子師高・師経と延暦寺の末寺との対立、反発する延暦寺大衆が国司の流罪を要求して起こした強訴の様子や事態の収拾のために師高と師経が解官され、神輿を射た武士の処分があったことを記す（前述。一一七七（安元三）年）。続く「内裏炎上」で安元の大火を比叡山の山王権現のおとがめとして描き、巻第二では、院による明雲の配流と大衆によるその奪還、院の対抗措置としての比叡山攻めと、矢継ぎ早に展開する事態を次々と記した後、一転して多田行綱の密告による西光の逮捕を語る。

『愚管抄』のように比叡山大衆と院近臣の権力闘争についてまったく触れずに叙述すれば、鹿ヶ谷事件は、院近臣の謀略が仲間の裏切りによって露見し、清盛により弾圧されただけの出来事だとしかとらえられない。それに対し物語は、院近臣と延暦寺大衆との対立の経緯を詳細に描き、両者の敵対関係を読み手に強く印象づけることで、この事件の本質をつくことに成功している。物語は、比叡山と院近臣が敵対してきた歴史を語ることで、鹿ヶ谷事件は、清盛誅殺の謀議が明るみに出て、その首謀者たる院近臣が処罰されただけのものではなく、延暦寺と院という二大権門（社会的権勢を有する勢力）の争いの結果であったことを示している。一方で、清盛が比叡山攻めを避けたがっていたことや、比叡山攻めに反対する貴族の支持があったことなど、事件の政治的背景については触れず、密告により謀議が露見し、清盛が速やかに断罪した、とすることで、自らに抵抗する動きには断固たる処置をもって臨む、苛烈な清盛像を強調していると考えられる。

『愚管抄』と『平家物語』の違いの二つ目は、鹿ヶ谷の山荘を静賢のものとするか、俊寛のものとするかということであった。『平家物語』が俊寛のものとする理由は、ひとえに俊寛の悲劇性を高めるためである。俊寛が赦されなかった理由の一つは、延慶本によれば謀議の行われた山荘が俊寛のものであるからであり、もっと言えば、俊寛だけが鬼界が島から帰れなかった、という事実から、この事件で処罰された院近臣の悲劇のすべてが俊寛に収斂されるように描かれているのではないだろうか。「謀略」の内容や、鬼界が島での流人たちの生活がどのようなものであったのか、ということは一切わかっていなかったはずなのに、むしろわかっていなかったからこそ、山荘は俊寛のものであったし、島で真っ先に赦免の使者の乗った船を見つけるのも俊寛だったのである。

俊寛の悲劇を描くのは、清盛の死と直後に訪れる平家一門の没落、滅亡という事実を語るためであった。俊寛を主人公とする一連の物語を閉じるのは、「か様に人の思歎のつもりぬる、平家の末こそおそろしけれ」（巻第三「僧都《そうづ》死去」）という言葉であった。清盛の行動は、俊寛をはじめ、殺された西光、成親のみならず、その家族や従者を含めて多くの人々の悲嘆、怨恨を生み出した。そしてその思いは、平家一門の滅亡という運命につながっていくのである。物語はそれを暗示して、一人ひとりの人間の悲哀を語りつつ、大きな因果を紡ぎ出していく。「鹿ヶ谷事件」をめぐる叙述は、『平家物語』の語り手の歴史観や構想を強く感じさせるものである、と言える。

▼後代の作品への影響　『平家物語』の俊寛は、他の多くの登場人物と同じように、後世の文学作品に大きな影響を与えている。代表的なものを挙げれば、近世においては近松門左衛門の『平家女護島《へいけにょごのしま》』、近代に入っては倉田百三《くらたひゃくぞう》、菊池寛、芥川龍之介による『俊寛』の四つである（成立順）。それぞれ『平家物語』の筋を甚だしく脚色したものなので、少し紹介する。

『平家女護島』における俊寛は、平重盛により私的な赦免状が下されていたにもかかわらず、自分の意志で島に残る。理由は島で成経と結婚した千鳥という女性を船に乗せるためであった。俊寛は使者の妹尾太郎兼康《せのうたろうかねやす》を斬り殺し、その罪により留まるから代わりに千鳥を乗せてくれと、もう一人の使者基康に頼むのである。しかしいったん船が出てしまうと、孤独感にさいなまれた俊寛は、一転して船を止めようとするがかなわず、岩山へと登り船に向かって叫び、浜の真砂に臥しまろぶ、という壮絶なシーンで幕を閉じる。

成経と千鳥のことを思い、自分を犠牲にして殺人まで犯しても二人を添い遂げさせようとする「強い俊寛」と、それでもやはり現実に取り残されてしまうと、船に追いすがらざるを得ない「弱い俊寛」の共存を描き出すことで、人間というものをリアルに表現した作品である。

倉田百三における俊寛は、成経や康頼のように都へ帰る希望を持つこともできず、熊野権現に祈ることもできない、現状を悲観的に見てしまう人として描かれる。彼は常に孤独であり、「嫌ってくれ」と言いつつ、「愛されたいのだ」と訴える。「見捨てない」と言っていた成経と康頼であったが、言葉とは裏腹に俊寛を見捨てて都へと帰る船に乗り込んでしまう。一人島に残された後は、かつての侍童有王が島に来たにもかかわらず、死して怨霊となり、平家の運命を呪って、岩かどに頭を打ちつけて息絶える（有王も主人の亡骸を抱えて海に身を投げる）。俊寛は、自己の運命を呪い、平家を呪詛し怨霊となることで自己実現を図ったのである。その壮絶な死は俊寛の強い「負のエネルギー」を感じさせ、読む者に重くのしかかってくる。

菊池寛の俊寛は、成経と康頼を弱々しい者たちだと感じ、次第に孤立を深める。「二人だけが仲良くなり、一人だけは孤立」していると感じ、二人が意識して自分を疎外していると思ったのである。二人が赦免されて身支度を調えているとき、船が出て見えなくなってしまったときに嫉妬や苦悶、絶望に襲われ、一度は自殺を思うが、椰子の実を口にした瞬間、あらゆる煩悩と執着は絶たれた。「生れ変わったような、ほがらかな気持」ちで二人がいたときの生活を一新させて、漁などの労働に励み、少女に恋し、子供を作った。有王が来訪し、帰京を勧めても、それを「訛の激しい大和言葉」で拒絶したのである。ここでは、都ぶり、もっと言えば過去の自分を捨て、現在の自分の持つ肉体を重視し、島で原始的な生活を送ることで未来への活路を見いだした俊寛の姿が、生き生きと力強く描かれている。

芥川龍之介による俊寛は、菊池寛の俊寛同様幸福な結末を迎えるのだが、その色合いは大いに異なる。小説は、倉田、菊池の描いた俊寛像を有王が否定するところから始まる。終始有王の視点から語られる俊寛は、仏典から多くの言葉を引用し、美醜の価値観や娘に会いたくても会えない、という感情を相対化して、「美の基準は土地や時代の違いにより変わる」、「世の中には泣き尽くせないほど悲しいことがたくさんある」と有王をさとす。また、「成親の天下は、平家の天下よりも悪いかもしれない」、「康頼が帰京を願って千本卒塔婆を流したが、それほど流せば一本や二本、日本に流れ着くのは当たり前だ」などと、一歩引いて物事を眺める、シニカルな俊寛の言葉が多く出てくる。船へ向かって手招きしたのも、都へ帰りたかったのではなく、成経が土地で妻とした女が船に乗ろうとしたのを払いのけたことに怒りを覚え、返せ返せと手招きしたのだ、と言う。俊寛は帰京の誘いを拒み、有王が「相不変御一人悠々と、御暮らしになっている事でしょう」と評して小説は終わる。芥川は『澄江堂雑記《ちょうこうどうざっき》』所収の「俊寛」で、倉田の俊寛と菊池の俊寛を、前者を「苦しむ俊寛」、後者を「苦しまざる俊寛」だとして比較した上で、「僕の俊寛もこの点では、菊池氏の俊寛の蹤《あと》を追うものである。唯菊池氏の俊寛は、寧ろ外部の生活に安住の因を見いだしているが、僕のは必ずしもそればかりではない」と書いている。成程、菊池の描く俊寛は、鬼界が島の環境やそこでの生活の中に生きる価値を見出したが、芥川の俊寛は、頭を使って島の環境に順応し、知性によって自らの運命を受容した、と見ることができる。

四者四様、様々な俊寛を紹介したが、俊寛を描くことは、作家の生きた時代や作家自身を語ることに他ならないように思われる。近松の俊寛は義理人情を重んじるのに対し、近代の三作家の俊寛には、陽に陰に人間のエゴイズムが顔を覗かせる。その中で倉田の『俊寛』は弱者としての人間を丁寧に描き出しているし、菊池の『俊寛』には、大衆受けするわかりやすさと、前向きな明るさが感じられる。芥川の『俊寛』に投影される理知的な俊寛像は、実に芥川らしい、と言えるであろう。ぜひ、それぞれの作品を比較しながら読んでほしい。様々な俊寛像のみならず、それが書かれた時代や書いた作家の姿が浮かび上がってくるだろう。

【資料】

A 『玉葉』安元三年六月二日

二日庚午。雨下る。去夜半西光の頸を刎ね了んぬ。又成親卿備前国に流し遣はし、武士両三人を相副ふと云々。或は云はく、西光尋ね問はるる間、入道相国を危くすべき由、法皇及び近臣等、謀議せしむる由承伏す。又その議定に預る人々の交名を注し申すと云々。かの状に随ひ捕り搦むべき輩太だ多しと云々。或は云はく、成親路に於て失ふべき由と云々。又云はく、左大将重盛平に申し請くと云々。この間の説縦横なり。実説を取り難きか。

（現代語訳：二日庚午。雨降る。昨夜西光の首を刎ねた。また成親卿を備前国に流罪とし、武士三人をつけたという。あるいは、西光が尋問されたとき、入道相国を誅殺するということを法皇や近臣らが謀議していたということを認めたという。またその謀議に参加していた人々の名前を注進したということだ。西光の供述にしたがって捕縛された者がとても多かったという。あるいは、成親は配流先へ向かう途中で殺されるだろうとも言われ、左大将重盛が身柄の引き取りを要請したとも言われている。様々な言説が入り乱れており、真実はよくわからない。）

B 『愚管抄』巻第五

信西《しんぜい》が時の師光《もろみつ》・成景《なりかげ》は、西光・西景とてことにめしつかひけり。康頼《やすより》など云《いふ》さるがう（猿楽）くるい物などにぎにぎとめしつかひて、又法勝寺《ほつしようじ》執行《しゆぎやう》俊寛《しゆんくわん》と云者《いふもの》、僧都《そうづ》になしたびなどして有《あり》けるが、あまりに平家の世のままなるをうらやむかにくむか、叡慮《えいりよ》をいかに見けるにかして、東山《ひがしやま》辺に鹿谷《ししのたに》と云所に静賢法印《じやうけんほふいん》とて、法勝寺の前《さきの》執行、信西が子の法師ありけるは、蓮華王院《れんげわうゐん》の執行にて深くめしつかひける。万《よろづ》の事思ひ知《しり》て引《ひき》いりつつ、まことの人にてありければ、これを又院《ゐん》も平相国《へいしやうごく》も用《もちひ》て、物《もの》など云あはせけるが、いささか山荘を造りたりける所へ、御幸《ごかう》のなりなりしける。この閑所《かんじよ》にて御幸の次《ついで》に、成親・西光・俊寛など聚《あつま》りて、やうやうの議をしけると云事の聞えける。これは一定《いちぢやう》の説は知《しら》ねども、満仲《みつなか》が末孫《ばつそん》に多田蔵人《ただのくらうど》行綱《ゆきつな》と云し者を召《めし》て、「用意して候へ」とて白《しろ》しるしの料《れう》に、宇治《うぢ》布《ぬの》三十段たびたりけるを持《もち》て、平相国は世の事しおほせたりと思ひて出家して、摂津国の福原《ふくはら》と云所に常にはありける。それへもて行《ゆき》て、「かかる事こそ候《さふら》へ」と告《つげ》ければ、その返事をばいはで、布《ぬの》ばかりをばとりてつぼにて焼捨《やきすて》て後《のち》、京に上《のぼ》りて安元三年六月二日かとよ、西光法師をよびとりて、八条の堂にてや行にかけてひしひしと問《とひ》ければ、皆おちにけり。白状《はくじやう》かかせて判《はん》せさせて、やがて朱雀《すざく》の大路《おほぢ》の引《ひき》いでて頸切《くびきり》てけり。この日は山の座主明雲《ざすめいうん》が方大衆西《かたのだいしゆうにし》坂本《さかもと》までくだりて、かくまかり下《くだ》りて侍《はべ》るよし云たりけり。世の中の人あきれまどひたることにて侍《はべり》き。

（現代語訳：信西の最期の時まで従っていた師光・成景は出家して西光・西景となっていたが、法皇はとくに召し使っておられた。そのほか、（平）康頼などという猿楽《さるがく》狂いの男なども御側に仕えて騒々しく、そしてまた法勝寺の執行俊寛という僧を僧都にしなさって、あまりにも平家が世を思うままにしているのを羨むか憎むか、法皇ご自身のお考えをどう見ているか、ということによって、東山あたりの鹿谷《ししがたに》というところにいた静賢法印という法勝寺の前の執行で、信西の子である人を、蓮華王院の執行として深く信頼して召し使っていた。静賢はあらゆることを良く知っていながら遠慮がちで、真理をわきまえた人であったから、法皇からも平相国からもいろいろと相談されていたのだった。その静賢が造って住んでいた鹿谷の山荘へ法皇は何度もお出掛けになっていた。この静かな山荘で、法皇のお出ましのついでに成親・西光・俊寛などが集まり、様々な謀議を行っているということが伝えられた。これについて確実なことは知らないが、成親らが（源）満仲の子孫で多田蔵人

（源）行綱といった者を召して、「旗挙げの用意をされよ」と言って、白旗（源氏の白旗）の材料に宇治産の布三十段を与えたが、行綱はそれを清盛のところへ持って行った。当時、平相国（清盛）はもう政治のこともなすべきことはすべてなしとげたと思って出家して、いつもは摂津国（現在の兵庫県）の福原という所に住んでいたのである。そこで「こういうことが起こっております」と行綱が告げたので、清盛は、それに対しては一言の返事もせず、布だけをとりあげると、庭で焼き捨ててから京都に上って安元三年六月二日であったか、西光を呼び出して捕え、八条の堂で拷問にかけてきびしく問い詰めたところ、すべてを白状したのである。そこで、自白したことを文書に書かせ、そこに書判（サイン）を書かせて、すぐに朱雀大路に引き出して首を斬ってしまった。この日、比叡山で天台座主明雲に味方する大衆が、西坂本（現在の京都市左京区）まで下ってきて、要求を掲げて山を下ってきたことを通告してきた。世の中の人々は驚き、度を失うばかりであった。）

C 『平家物語』巻第一「鹿谷」

東山の麓《ふもと》、鹿《しし》の谷《たに》と云ふ所は、うしろは三井寺《みゐでら》につづいて、ゆゆしき城墎《じやうくわく》にてぞありける。俊寛僧都《しゆんくわんそうづ》の山庄《さんざう》あり。かれに常は寄りあひ寄りあひ、平家ほろぼさむずるはかりことをぞ廻《めぐら》しける。或時《あるとき》法皇も御幸《ごかう》なる。故少納言入道信西《こせうなごんにふだうしんせい》が子息、静憲法印《じやうけんほふいん》御供《おんとも》仕る。其《その》夜《よ》の酒宴に、此由を静憲法印に仰せあはせられければ、「あなあさまし。人あまた承り候ひぬ。唯今《ただいま》もれきこえて、天下《てんか》の大事に及び候ひなんず」と、大きにさわぎ申しければ、新大納言けしきかはりて、ざつとたたれけるが、御前《ごぜん》に候ひける瓶子《へいじ》を、狩衣《かりぎぬ》の袖《そで》にかけて、引倒《ひきたふ》されたりけるを、法皇、「あれはいかに」と仰せければ、大納言立帰《たちかへ》つて、「平氏《へいじ》たはれ候ひぬ」とぞ申されける。法皇ゑつぼにいらせおはしまして、「者ども参つて猿楽《さるがく》仕れ」と仰せければ、平判官康頼《へいはうぐわんやすより》、参りて、「ああ、あまりに平氏《へいじ》のおほう候に、もて酔ひて候」と申す。俊寛僧都、「さてそれをばいかが仕らむずる」と申されければ、西光法師《さいくわうほふし》、「頸《くび》をとるにしかじ」とて、瓶子のくびをとつてぞ入りにける。静憲法印あまりのあさましさに、つやつや物も申されず。返すがへすもおそろしかりし事どもなり。与《よ》力《りき》の輩《ともがら》誰《たれ》々《たれ》ぞ。近江中将入道蓮浄《あふみのちゆうじやうにふだうれんじやう》俗名成正《なりまさ》、法勝寺執行《ほつしようじのしゆぎやう》俊寛僧都、山城守基兼《やましろのかみもとかぬ》、式部大輔《しきぶのたいふ》雅綱《まさつな》、平判官康頼、宗判官《そうはうぐわんのぶふさ》信房、新《しん》平判官資行《へいはうぐわんすけゆき》、摂津国源氏《つのくにのげんじ》多田蔵人《ただのくらんど》行綱《ゆきつな》を始《はじめ》として、北面《ほくめん》の輩《ともがら》おほく与力したりけり。

（現代語訳：東山の麓の鹿の谷という所は、背後の山は三井寺に続いていて、すばらしい城郭であった。そこに俊寛僧都の山荘があった。そこにいつも寄り集まっては平家を滅ぼそうとする陰謀をめぐらしていた。ある時後白河法皇もおいでになった。故少納言入道信西の子息の静憲法印がお供をし申し上げた。その夜の酒宴で、法皇がこの陰謀について静憲法印に相談なさったところ、静憲は、「まああきれたことだ。大勢の人が聞き耳を立てています。すぐに漏れ聞こえて、天下の大事になりますでしょう」と大いに慌て騒ぎ申し上げたので、新大納言成親は顔色が変わって、さっとお立ちになったが、御前にあった瓶子を狩衣の袖に引っ掛けてお倒しになったのを法皇が御覧になって、「これはどうしたのか」とおっしゃると、大納言は座に戻って来て、「平氏が倒れました」と申された。法皇は満足気にお笑いになって、「者ども、参って猿楽をいたせ」とおっしゃったので、平判官康頼が参って、「ああ、あんまり平氏（瓶子）が多いので、酔ってしまいました」と申す。俊寛僧都が、「さてそれをどうしましょう」と申されたところ、西光法師が、「首を取るのがよいだろう」といって瓶子の首を取って席へ戻った。静憲法印はあんまりにあきれたことなので、全く何も申し上げることができない。かえすがえす恐ろしいことであった。この陰謀に参加した者は誰々かというと、近江中将入道蓮浄俗名成正、法勝寺執行俊寛僧都、山城守基兼、式部大輔雅綱、平判官康頼、宗判官信房、新平判官資行、摂津国の源氏多田蔵人行綱をはじめとして、北面の武士が大勢この計画に加わった。）

『平家物語』巻第二「西光被斬」

義勢《ぎせい》ばかりでは、此謀反《むほん》かなふべうも見えざりしかば、さしもたのまれたりける多田蔵人《ただのくらんど》行綱《ゆきつな》、此事無益《むやく》なりと思ふ心つきにけり。弓袋《ゆぶくろ》の料《れう》におくられたりける布共をば、直垂《ひたたれ》かたびらに裁ちぬはせて、家子郎等《いへのこらうどう》どもに着せつつ、目うちしばだたいてゐたりけるが、倩《つらつら》平家の繁昌《はんじやう》する有様をみるに、当時たやすくかたぶけがたし。よしなき事にくみしてんげり。若《も》し此事もれぬる物ならば、行綱まづうしなはれなんず。他人の口よりもれぬ先に、かへり忠《ちゆう》して、命《いのち》いかうど思ふ心ぞつきにける。

（現代語訳：意気ごみだけでは、この謀反は成功しそうにも見えなかったので、成親があれ程深く頼りにされていた多田蔵人行綱は、この一件は成功の見込がないと思うようになった。弓袋を作る料に贈られた布などを、直垂や帷子《かたびら》に作らせて、家子郎等どもに着せて、目をぱちぱちさせて思案していたが、「よくよく平家の繁盛する有様を見ると、今容易には滅ぼせない。つまらない事に加担してしまった。もしこのことが漏れてしまったら、行綱がまず殺されるだろう。他人の口から漏れる前に、返り忠して、生き延びよう」と決心した。）

粗筋と年表③

「足摺」から「富士川」まで

一一七八（治承二）年、中宮徳子（清盛の娘）は高倉天皇の皇子を出産する。翌年、一人流刑地である鬼界が島に残された俊寛のもとには、彼に仕えていた有王《ありおう》が訪れ、俊寛は有王に看取られながら死去する。清盛の長男・重盛は病に伏し、熊野（紀伊半島の南部の古代からの霊験の地。熊野三社がある）参詣後に亡くなった。十一月、清盛は隠棲先の福原（現在の兵庫県神戸市）から上京し、関白藤原基房《もとふさ》らを更迭、流罪とし、後白河院を鳥羽殿（現在の京都府京都市）に幽閉して院政を停止する。翌一一八〇（治承四）年には徳子の産んだ皇子が安徳天皇として即位する。新帝の即位後すぐ、後白河院の子・以仁王《もちひとおう》が清盛追討の令旨（皇太子や親王などの皇族が出す命令書）を出し、源頼政らと共に挙兵するが敗れる。このような状況の中、清盛は福原へ遷都したが、文覚《もんがく》（頼朝に挙兵を勧めたとされる神護寺の僧）に平氏追討の院宣を見せられた源頼朝が挙兵（史実としては頼朝が旗揚げの際掲げたのは以仁王の令旨による）したため、平維盛《これもり》（重盛の子）を大将軍とする源氏追討軍が東国へと下向した。

西暦	年号	月	事項	関係章段
一一七八	治承二	11	中宮徳子、皇子（後の安徳天皇）を出産	3 御産《ごさん》
一一七九	治承三	8	重盛死去	3 医師問答《いしもんどう》
		11	清盛、福原より上京　後白河院の院政を停止、関白以下を解官する	3 大臣流罪《だいじんるざい》・法皇被流《ながされ》
一一八〇	治承四	2	安徳天皇即位	4 厳島御幸《いつくしまごこう》
		5	以仁王、源頼政挙兵するが敗死	4 源氏揃《げんじぞろえ》・宮御最期《みやのごさいご》
		6	福原へ遷都	5 都遷《みやこうつり》
		8	源頼朝が挙兵	5 早馬《はやうま》・福原院宣
		10	富士川の合戦	5 富士川

コラム③

清盛の「悪行」と死

『平家物語』の前半部は、平家、とくに平清盛の「おごれる心」「たけき事」を描いているが、その総決算として語られるのが清盛の死である。清盛の死因は「あつち死」、熱病であった。発病後、妻の時子が、清盛は「南閻浮提《なんえんぶだい》、金銅《こんどう》十六丈の盧遮那仏《るしゃなぶつ》（奈良の東大寺の大仏）を、焼き滅ぼし給へる罪」によって地獄に落ちるのだという夢を見たと語られており、南都（奈良）を焼き討ちしたことが重く見られていることがわかる。

物語は「平家の悪行」について、関白基房を流罪にし、後白河院を幽閉して院政を停止した、いわゆる治《じ》承《しょう》三年のクーデター、以仁王《もちひとおう》の乱、福原都遷を挙げている（巻第五「都遷《みやこうつり》」）。本格的に悪行として批判される最初の事件である治承三年のクーデターは、近衛基実《もとざね》に嫁いでいた清盛の娘・盛子が夫の死に伴い管理していた摂関家領と、重盛の知行国（皇族や貴族が支配権を持った国。知行国守は子弟などを国主に任じ、現地には目代を派遣して支配し収益を得た）を、後白河院が盛子と重盛の死去を機にそれぞれ没収してしまったことから引き起こされた。これらの処置は、清盛からすれば平家の経済的基盤への攻撃であり、許すことができなかったのであろう。また、基実と盛子の子・基通《もとみち》を超越して、その従弟でわずか八歳の師家《もろいえ》に権中納言が任じられたことも、清盛にとっては衝撃であった。清盛は一一七九（治承三）年十一月十四日隠居先の福原（現在の兵庫県神戸市）から入京、翌十五日には関白基房を罷免、師家を解官し、基通を関白内大臣とした。翌十六日には太政大臣藤原師長をはじめ三十九人を解官し、院の知行国も多く没収され、そこに平家一門が任じられて、物語の語る「平家知行の国三十余国」という状況が生まれたのである（美川《みかわ》圭《けい》『後白河院』）。さらに清盛の追及の手は後白河院にも及び、とうとう鳥羽殿に幽閉されることになった。

清盛はこの出来事で初めて、旧来の秩序に対して軍事行動を伴って反旗を翻した。それまでの清盛は目に見えて院や摂関家に対して抵抗することはなく、婚姻政策を通じて良好な関係を保とうと努力していた。それが裏切られたのだから、ある程度やむを得ない措置であるとも思われるが、『平家物語』の語り手は清盛のこの行動を悪行の最たるものであると位置づける。語り手は、基本的に旧来の権力による秩序を重んじ、「仏法王法」(仏の教えと国王の政治)の安寧を図ることが臣下の第一の義務であると考えている。そのような語り手が、院や摂関家などと結びつく奈良の寺院勢力の力を削ぐために行われた遷都や、南都の焼き討ちに反発するのは当然であり、これは貴族の日記などから窺える同時代の知識人に共通する考え方であった。

ただ『平家物語』は、清盛のことを単に糾弾するだけではない。清盛は、自らの罪を認め悔い改めなどはせず、「今生には思い残すことはないが、頼朝の首を見ないで死ぬことだけが残念だ。仏堂を建てての供養など必要ないから、我が墓に頼朝の首を懸けよ。それこそ供養である」と罪深いことを遺言して死ぬ。『平家物語』では清盛の死が描かれた後、亡き人の逸話として、船舶の安全な航行のために輪田《わだ》の泊《とまり》を築港するために経島《きょうのしま》を造成するにあたって人柱を建てようとする案を、罪業であるとして退け、石の表に一切経《いっさいきょう》を書いてその代わりとしたという話、清盛は悪人ではあったが、実は慈慧《じえ》大師(平安時代中期の天台宗の僧。比叡山中興の祖)の生まれ変わりで、仏法護法のために再誕した者だという話(巻第六「築島」「慈心坊」)が語られる。清盛のことを王法仏法に背いた悪人と断じるだけではなく、因習にとらわれない理性的な判断力をも持ち合わせていたことも指摘して、旧来の秩序の破壊者であるとともに、新しい時代を切り開こうとした先駆者でもあったというその二面性を伝えているのである。その意味で『平家物語』は、懐の深い作品であると言える。

水鳥が見せた源氏の大軍

富士川・巻第五

さる程に十月二十三日にもなりぬ。あすは源平①富士河にて②矢合《やあはせ》とさだめたりけるに、夜に入つて、平家の方より源氏の陣を見わたせば、③伊豆《いづ》、駿河《するが》の人民百姓《にんみんひやくしやう》等がいくさに恐れて、或《あるい》は野に入り山にかくれ、或は舟にとり乗つて海河にうかび、④いとなみの火の見えけるを、平家の兵《つはもの》ども、「あなおびたたしの源氏の陣の遠火《とほび》の多さよ。げにもまことに野も山も、海も河も、みなかたきでありけり。いかがせん」とぞあわてける。その夜の夜半ばかり、⑤富士の沼に、いくらもむれゐたりける水鳥どもが、なにかおどろきたりけん、ただ一度にばつと立ちける羽音の、大風いかづちなんどの様にきこえければ、平家の兵ども、「⑥すはや源氏の大勢《おほぜい》の寄するは。⑦斎藤別当が申しつる様に、定めて⑧搦手《からめて》もまはるらん。とりこめられてはかなふまじ。ここをばひいて、⑨尾張川《をはりがは》、洲俣《すのまた》をふせげや」とて、とる物もとりあへず、我さきにとぞ落ちゆきける。あまりにあわてさわいで、弓とる者は矢を知らず、矢とる者は弓を知らず。人の馬にはわれ乗り、わが馬をば人に乗らる。或はつないだる馬に乗つてはすれば、杭《くひ》をめぐる事かぎりなし。近き宿々《しゆくじゆく》よりむかへとつてあそびける⑩遊君遊女《いうくんいうぢよ》ども、或は頭《かしら》けわられ、腰ふみ折られて、をめきさけぶ者おほかりけり。

あくる二十四日⑪卯刻《うのこく》に、源氏大勢二十万騎、富士河におし寄せて、天もひびき大地もゆるぐ程に、⑫時をぞ三ヶ度《さんがど》、つくりける。

平家の方には音もせず。人をつかはして見せければ、「みな落ちて候《さうら》ふ」と申す。或は敵の忘れたる鎧《よろひ》とつて参りたる者もあり、或はかたきのすてたる大幕⑬とつて参りたる者もあり。「敵の陣には蠅《はひ》だにもかけり候はず」と申す。

【現代語訳】

そうこうしているうちに十月二十三日になった。明日は源平が富士川で矢合わせをすると定めたが、夜になって、平家の方から源氏の陣を見渡すと、伊豆、駿河の住民が戦を恐れて、野に入る者もあり、山に隠れる者もあり、舟に乗って海や川に浮かぶ者あり、それぞれが煮炊きする火が見えたのだが、それを平家の兵士たちは、「なんと、おびただしい源氏の軍陣のかがり火の多さだ。全く本当に野も山も、海も川も、みな敵であったのだなあ。どうしよう」と慌てた。その夜の夜中頃、浮島沼に、たくさん群れていた水鳥どもが、何に驚いたのだろうか、ただ一度にばっと飛び立った羽音が、大風や雷などのように聞こえたので、平家の兵士たちは、「そら、源氏の大軍が攻め寄せたぞ。斎藤別当実盛が申したように、きっと今頃背後にも回っているだろう。包囲されてはかなうはずがない。ここを退却して、尾張川、洲俣を防げ」と言って、取るものも取りあえず、我先にと逃げていった。あまりに慌て騒いで、弓を持つ者は矢を忘れ、矢を持つ者は弓を忘れる。他人の馬に自分が乗り、自分の馬は他人に乗られる。ある者は、杭につないである馬に乗って走らせるので、いつまでも杭のまわりを回っている。付近の宿場から迎えて遊んでいた遊女たちは、ある者は頭を蹴割られ、腰を踏み折られて、大声で叫ぶ者が多かった。

翌二十四日の午前六時頃、源氏の大軍二十万騎は、富士川に押し寄せて、天にも響き大地も揺れ動くほど、鬨《とき》の声を三度あげた。

平家のほうでは音もしない。（源氏方は）人を派遣して見させたところ、「皆、逃げてしまっています」と申した。敵が忘れた鎧を取ってきた者もおり、また敵の捨てた大幕を取ってきた者もいる。「敵の陣中には蠅さえも飛んでいません」と申した。

【語注】

①富士河…甲府盆地を流れる笛吹《ふえふき》川と釜無《かまなし》川が盆地南部で合流し、南に流れる川。現在の静岡県富士市と静岡市の境で駿河湾に注ぐ。急流であったと言われる。

②矢合…開戦の合図としてお互いに鏑矢《かぶらや》を射込むこと。

③伊豆、駿河の人民百姓…伊豆は現在の伊豆半島、駿河は静岡県中央部。「人民百姓」は一般人民。
④いとなみの火…炊事の火。
⑤富士の沼…現在の静岡県東部、愛鷹《あしたか》山南麓にある浮島ヶ原《うきしまがはら》にあった沼。交通の要地として軍の駐屯地となる一方、景勝地として『東関紀行』などにもその名が見える。
⑥すはや…感動詞。それ。
⑦斎藤別当…斎藤実盛。生年未詳～一一八三。武蔵国長井（現在の埼玉県熊谷市）の武士。富士川の戦いに維盛の軍勢の一員として参戦したとされるが、延慶本や長門本、『源平盛衰記』、『吾妻鏡』の記述を見ると、史実としては定かではない。平維盛の率いる義仲追討軍として出兵したが、篠原の戦いで討死。**コラム**「斎藤実盛」で詳述する。
⑧搦手…敵陣の背後。
⑨尾張川、洲俣…「尾張川」は木曽《きそ》川の古名。木曽谷を源とし、濃尾平野を経て伊勢湾に注ぐ。「洲俣」は墨俣とも書き、現在の岐阜県南西部。木曽川・長良川・揖斐《いび》川などの合流地点で、古くから交通、戦略上の要地であった。
⑩遊君遊女…歌舞により人を楽しませた女。また枕席にも侍った。
⑪卯刻…午前六時。
⑫時…「鬨」に同じ。開戦を告げ、士気を鼓舞するためにあげる叫び声。大将が「えいえい」と発声し部下が「おう」と応えるのを三回繰り返すのを通例とした。
⑬大幕…野外に陣営を作るときに張り巡らした大きな幕。

◆◇鑑賞のヒント◇◆

❶なぜ平家軍は「いとなみの火」を「遠火」だと勘違いしたのか。
❷なぜ平家軍は散り散りになってしまったのか。

◆◇鑑賞◇◆

一一八〇年（治承四）八月、関東で挙兵した源頼朝を征討するために、九月五日、追討軍を派遣する宣旨が下された。福原から軍勢が発向したのは、物語によると九月二十日（史実は二十九日）であった。大将軍は平維盛《これもり》、副将軍は忠度《ただのり》である。その出立は威風堂々たるものであったとされ、将軍の装束について、「馬、鞍、鎧、甲《かぶと》、弓矢、太刀《たち》、刀に至るまで、光り耀く程に出で立たれたりしかば、目出たかりし見物なり」と描写されている。朝敵を平らげる将軍として、帝から節刀《せつとう》（天皇から将軍に下賜された刀）を賜り、威儀を正して出陣したという。その後も官軍の兵力は膨れ上がり、「都をば三万余騎で出でしかど、路次《ろし》の兵《つはもの》召し具して、七万余騎とぞ聞こえし」と、諸国から四万騎以上を集めたことになっている。

　これだけの大軍でありながら、なぜ平家軍は「いとなみの火」を源氏軍の「遠火」であると勘違いするほど臆病になっていたのだろうか。前陣が富士川に到達したころ、足柄山を越えて関東に攻め入ることを主張する維盛に対して侍大将忠清《ただきよ》は「草も木も兵衛佐に随ひ付きて候ふなれば、何十万騎が候ふらん」と強気の維盛をたしなめた。ここでは伝聞の助動詞「なり」、現在推量の助動詞「らむ」が使われているので、不確かな情報を根拠としてはいるが、忠清は頼朝軍が大軍であることを恐れていることがわかる。忠清は、常陸源氏の佐竹義政が京へ届ける手紙を奪い取った際に、使者に頼朝軍の数を聞き、「野も山も海も河も皆武者で候ふ。……昨日黄瀬川《きせがは》で人の申し候ひつるは、源氏の御勢《おんぜい》二十万騎《ぎ》とこそ申し候ひつれ」と、これもまた伝聞ではあるが、二十万という頼朝軍の具体的な人数を知る。疑いは確信へと変わり、自軍七万に対し、敵は二十万という数の差に恐れおののいた。その上斎藤別当実盛は東国の武士の士気の強さ、戦略の巧みさを語るのだ（資料A）。これだけの条件がそろえば、平家軍に源氏軍への恐怖心がすり込まれるのも当然であろう。その恐怖心によって、「いとなみの火」を「源氏の火」だと勘違いしたと考えられる。「野も山も海も河も」という言葉が繰り返され、使者の言葉が相当印象深かったことが強調されている。

　原田敦史《はらだあつし》は、平家の軍勢が一度も実際の源氏の軍勢を見ていないことを指摘し、実際の源氏軍の描写がほとんどないことは、「虚像に怯えて逃げる平家の弱さを描くこと」と表裏をなしている、と論じている。原田の言うように、ここで強調されているのは不確かな推測を事実だと思う平家軍の弱さであろう。それもその根拠は、「兵衛佐に人々が従っていること」である。平家軍は節刀を賜った官軍である、という正統性が強調されてはいるが、反逆者であり流人である源頼朝が大軍を組織しているということ（それは大勢の人々の支持という、違った正統性をも感じさせる）に、自らの大義を見失い、自信を失った平家軍の有様が描かれている。平家の兵たちが、漠然と抱いていた東国武士という未知の者たちへの恐怖心は、実盛の言葉によって裏付けられ、源氏の大軍という幻影を見ることにつながったのである❶。

住民の炊事の火を源氏軍の火だと勘違いした平家軍は総崩れとなる。物語には、慌てふためき我先にと落ちていく平家軍の様子が描かれている。後述するが、水鳥の羽音に驚いて平家軍が慌てふためき逃げたことは、『山槐記《さんかいき》』や『吉記《きちき》』にも見え、ある程度史実を反映していると考えられる。こうなってしまったのは、思い込みによるパニックも原因だろうが、軍勢の多くが「国々のかり武者共」であったことも影響しているだろう。京都まで帰り着いた平家の軍勢は、知度軍二十余騎、維盛軍十騎に過ぎなかったという（『玉葉』）。物語には「かり武者」という言葉がたびたび出てきており、「篠原合戦《しのはらがっせん》」における高橋判官長綱《たかはしのほうがんながつな》の軍勢が「かり武者」だとされ、主君の危機にも加勢せずに落ちていった。「忠度最期」における忠度軍百騎も「かり武者」なので忠度を見捨てて逃げていった。平家は官軍であるので宣旨により兵や兵糧米を徴収できるが、主従の関係性がないため、戦況が不利になれば大軍であっても兵たちはみな逃げていってしまうという弊害があった❷。

このような事情はあったにせよ、出陣の時の官軍としての威勢（後述するが、平家軍の人数まで誇張している）を描くことで、敗軍の無様さはより強調される。官軍であるにもかかわらず頼朝軍を恐れ、戦わずして逃げ出した平家軍の混乱ぶりは、平家のたどった運命を知っている享受者の脳裏に刻まれることとなる。

◆◇探究のために◇◆

▼史実との対照　「富士川」の章段は、「平氏没落の兆がいよいよ顕著となり、東国の新しい勢力が登場して情勢も大きく転換する」巻第五において、「はじめて東国勢と平氏の軍との対峙が出現する」（杉本圭三郎《すぎもとけいざぶろう》）ものである。構想上重要な箇所であるがゆえに、物語が史実をどのように踏まえ、改変し、展開したかということを分析する必要がある。まずは覚一本の記述と史実とを対照させ、相違点を明らかにした上で、覚一本と諸本との比較をすることで、覚一本の富士川の戦いの捉え方の特徴について追究していきたい。

富士川の戦いで平家軍が惨敗を喫したことは、当時から人々の関心を集めたようで、九条兼実《かねざね》『玉葉』、中山忠親《ただちか》『山槐記』、吉田経房《つねふさ》『吉記』という貴族の日記に記されている（**資料B～D**）。『玉葉』によれば、甲斐源氏の軍が四万騎であるのに対し、平家軍は数千騎と、必ずしも大軍ではなかったと言える。物語は平家軍の数を誇張して記しており、史実としては平家軍は源氏の軍勢と比較して劣勢であったと言える。

源氏軍に比して平家軍が劣勢であったことは、平家側でも事前に把握しており、撤退は冷静な情勢の分析により行われたものであった。『山槐記』によれば、「頼朝の党」からの使者に「頼朝軍は数万騎ある」ということを聞き、「平家軍はわずか千余騎、合戦することはできないだろう。諸国の兵士の気持ちはすでに頼朝にあり、平家軍は互いに頼朝への寝返りを警戒している。このまま逗留すれば取り囲まれてしまう」という状況判断もあって、侍大将の忠

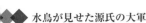

清は撤退を決断していたとする。『玉葉』には休息中に平家軍数百騎が敵軍に投降し、残りの軍勢はわずか一、二千騎であり、敵対することができないと忠清が判断したことが書かれている。なお『山槐記』には、平家軍の撤退について、兵法上無難であるという意見と、非難する意見両論が見られた、とある。

このように富士川からの撤退は既定路線であったことが窺える。さらに『玉葉』によれば、十月十六日に平家軍が駿河国に入る前、目代（国司代理）などからなる三千余騎が甲斐駿河の国境での戦闘で甲斐源氏にことごとく討ち取られており、駿河国での平家軍の立場は非常に悪かった。

平家軍の圧倒的な劣勢と、頼朝の求心力の高まり、駿河国目代軍が甲斐源氏に敗れていたことなど、状況は平家軍にとって良いものではなかった。ここでの忠清の撤退の判断はある意味でやむを得ないものであり、決して平家軍が過剰に源氏を恐れた訳ではないと考えられる。

さらに「水鳥の羽音に驚いて慌てて退却した」ということについては、『玉葉』『吉記』にはそのような記事はなく、『山槐記』に「水鳥の羽音」を連想させる記述があるが、「近年は虚言が多いので、このことも事実ではないだろう」とされている。また、『吉記』には、頼朝軍との対峙が不可能であるので退却した先の手越宿《てごしのしゅく》（現在の静岡県静岡市）で坂東の者による放火と見られる火事があり、その時に皆パニックになって、ある者は甲冑を捨て、ある者は馬に乗るのも忘れ逃げた、と記されている。

これらの記事を総合すると、平家軍は戦況などから撤退を決めたが、物語はそれに当たって起きた混乱を再構成し、そもそも敗色濃厚であった合戦までの経緯をすべて省き、帝から節刀を賜った官軍でありながら、水鳥の羽音を敵軍の来襲と勘違いして退却したというエピソードに仕立てあげることで、源氏軍を過剰に恐れ撤退をした平家の弱さを強調し、平家一門が滅亡の道を歩み始める契機として富士川での出来事を位置づけていると考えられる。

▼諸本、とくに延慶本との対照　それでは富士川の戦いについて、覚一本以外の『平家物語』はどのように語っているのだろうか。まず、覚一本をはじめとする語り本と、読み本とでは内容が大きく異なることに注意したい。語り本が富士川に至るまでの戦況を省略するのに対し、延慶本は頼朝の挙兵から石橋山の戦い（現在の神奈川県小田原市）での敗北、衣笠城《きぬがさ》の合戦（現在の神奈川県横須賀市）で頼朝挙兵の功労者である三浦義明が討ち取られたこと、頼朝がいったん安房国（現在の千葉県南部）に落ちたものの上総《かずさ》広常《ひろつね》や畠山重忠（石橋山の合戦以後も平家方であった）などの有力武将を帰参させ、二十万騎の大軍になっていった様を丁寧に描く。また覚一本で「路次の兵召し具して、七万余騎」とされていた平家軍は「国々宿々に日を経て宣旨を読み懸けれども兵衛佐の威勢に怖て従ひ付く者なかりけり」と、頼朝軍の強大化の中で、なかなか軍勢を集められず、とても大軍と呼べるものではなかったと記されている。多少の脚色はあるがその経緯はおおむね史書の記述に近く、この傾向は四部合戦状本や長門本、『源平闘諍録』など読み本系諸本に共通する。

　また、東国武士の強靱さを説く斎藤別当実盛の言葉は、覚一本では合戦の描写の直前に置かれ、平家軍の武士を怖じ気づかせることになるが、延慶本ではもう少し前に置かれ、「当時源氏に与力したる人々の交名あらあら承り候ふに、敵対すべしとも覚え候はず。『いそぎ御下りありて、武蔵、相模へ入らせ給ひて、両国の勢を具して長井の渡しに陣を取りて、敵を待たせ給へ』と再三申し候ひしを、きかせ給はずして、兵衛佐に両国の勢を取られ候ぬる上は、今度の軍は叶ひ難くぞ候はむずらむ」と、富士川の戦いはそもそも軍事上の道理を欠いた、戦う前から負けることがわかっていた戦であり、指揮官たちの失策であったことを喝破していて、再三の進言を無視したにもかかわらず今になって意見を求めてくることへの怒りが吐き出されたものとして語られている（原田）。なお、頼朝が挙兵したことは『玉葉』九月三日条に記され、九月五日には頼朝追討の宣旨が出たが、旧都（平安京。当時都は平清盛により福原に遷都されていた）を出たのは九月二十九日であった。これは出陣の日取りの吉凶を巡って大将軍維盛と侍大将忠清の間に意見の齟齬があったためだが（『山槐記』治承四年九月二十九日）、出立が延引されている間に頼朝が勢力を拡大したことを考えると、遅きに失した感が強かったことは確かだろう。

このような文脈で富士川合戦を語る延慶本（長門本もほぼ同じ）は、覚一本のように平家軍が「いとなみの火」を源氏の大軍だと怯え、水鳥の羽音を源氏の来襲だと勘違いしたとは考えない。源氏の篝火は実見されたものであり、水鳥は、実際に源氏の軍兵の弓、鎧の音、大声に驚いて飛び立ったのである。これは『吾妻鏡』（**資料E**）の「武田太郎信義、兵略を廻らして、ひそかに件の陣の後面を襲ふのところ、富士沼に集まるところ水鳥等群れ立つ。その羽音ひとへに軍勢の粧をなす。これによつて平氏等驚き騒ぐ」という記述に照応する。

おそらく史書を下敷きにして、事実を積み重ね、平家軍の富士川における敗北を必然として描く延慶本は、同じ『平家物語』ではあるが、覚一本の、平家軍の敗北の原因を臆病による思い込みに求め、様々なエピソードを最後の「水鳥の羽音に逃げる平家」という結末に向けてまとめ上げていく書き方とは一線を画している。しかしながら、両者とも、富士川の戦いにおける敗北が、平家の弱体化や戦略の甘さを露呈したものであり、歴史的に見て大きなターニングポイントであった、と見る点では一致している。

諸本がこれほどまでに異なる記事をもつことは他の作品ではあまりなく、その読み比べは『平家物語』を読む醍醐味であると言えよう。

【資料】

A 『平家物語』巻第五「富士川」

又大将軍《たいしやうぐん》権亮《ごんのすけ》少将《ぜうしやう》維盛《これもり》、東国《とうごく》の案内者とて、長井《ながゐ》の斎藤別当《さいとうべつたう》実盛《さねもり》を召して、「やや実盛、なんぢ程の強弓勢兵《つよゆみせいびやう》、八ケ国にいかほどあるぞ」と問ひ給へば、斎藤別当あざわらつて申しけるは、「さ候へば君は実盛を大矢《おほや》とおぼしめし候歟《か》。わづかに十三束《ぞく》こそ仕り候へ。実盛程射候者は、八ケ国にいくらも候。大矢と申すぢやうの者の、十五束《そく》におとつてひくは候はず。弓のつよさもしたたかなる者五六人してはり候。かかるせい兵《びやう》どもが射候へば、鎧《よろひ》の二三両をもかさねてたやすう射とほし候なり。大名《だいみやう》一人《にん》と申すは、勢《せい》のすくないぢやう、五百騎《き》におとるは候はず。馬に乗つつれば、おつる道を知らず。悪所《あくしよ》をはすれども、馬を倒さず。いくさは又、親もうたれよ子もうたれよ、死ぬれば乗りこえ乗りこえたたかふ候《さうらふ》。西国《さいこく》のいくさと申すは、親うたれぬれば孝養《けうやう》し、忌《いみ》あけて寄せ、子うたれぬればその思歎《おもひなげき》に寄せ候はず。兵粮米《ひやうらうまい》つきぬれば、春は田つくり、秋はかりをさめて寄せ、夏はあつしといひ、冬はさむしときらひ候。東国《とうごく》にはすべて其儀《そのぎ》候はず。甲斐《かひ》、信濃《しなの》の源氏共、案内は知つて候。富士のすそより、搦手《からめて》にやまはり候らん。かう申せば君を臆《おく》せさせ参らせんとて申すには候はず。いくさは勢《せい》にはよらず、はかり事《こと》によるとこそ申しつたへて候へ。実盛今度のいくさに命いきて、ふたたび都へ参るべしとも覚え候はず」と申しければ、平家の兵共《つはものども》これをきいて、みなふるひわななきあへり。

（現代語訳：また大将軍権亮少将維盛は、東国の事情に通じている者として、長井の斎藤別当実盛をお呼びになり、「これ実盛、お前くらいの強弓を射る精兵は、関東八か国にどれほどいるのか」とお尋ねになると、斎藤別当は大笑いして、「そうしますと、あなたは実盛を大矢（長い矢を使いこなす者）とお思いなのですか。私はわずか十三束（一束は約七・七センチメートル）の矢を引くだけのことです。実盛くらい弓を射ることができます者は、関東八か国にたくさんおります。大矢と申す者で、十五束以下の矢を使う者はございません。弓の強さも、屈強の者が五、六人がかりで張るほどです。このような精兵が射ますと、鎧を二、三領重ねても、簡単に射通してしまいます。また大名一人と申しますと、勢が少ない者でも、五百騎以下ということはありません。馬に乗れば、落ちることを知らず、険阻な場所を走らせても、馬を倒しません。いくさとなれば、親が討たれようが子が討たれようが、誰かが死ねばその屍《しかばね》を乗り越え乗り越えて戦うのです。西国の合戦と申しますと、親が討たれれば仏事供養を営み、その忌が明けてから攻め、子が討たれればその悲しみで攻めません。兵糧米《ひようろうまい》が尽きてしまうと、春に田を作り、秋に収穫が終わってから攻め、夏は暑いと言い冬は寒いと言って戦いを嫌います。東国では、全くそのようなことはありません。甲斐・信濃の源氏どもは、土地の事情をよく知っております。富士の裾野から、われわれの背後に回るでしょう。このように申しましても、あなたをおじけさせ申し上げようとしているのではありません。合戦は軍勢の多少ではなく、はかりごとによって決まると申し伝えております。実盛は今回の合戦で生き延びて、もう一度都へ帰ろうとは思っておりません」と申したので、平家の兵どもはこれを聞いて、皆ふるえおののいた。）

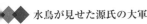

B 『玉葉』治承四年十一月五日

伝へ聞く、追討使等、今日晩景に及び京に入る。知度先づ入る。僅《わづか》に二十余騎。維盛追つて入る。又十騎に過ぎずと云々《うんぬん》。先に去月十六日、駿河国高橋の宿に着く。これより先、かの国の目代及び有勢の武勇の輩、三千余騎、甲斐の武田城に寄する間、皆悉《ことごと》く伐ち取られ了《おは》んぬ。目代以下八十余人頸を切り路頭に懸くと云々。同十七日の朝、武田方より死者を以て（消息を相副《そ》ふ）維盛の館に送る。その状に云はく、年来見参の志ありと雖も、今に未だその思ひを遂げず、幸に宣旨の使として、御下向あり。須らく参上すべしと雖も、程遠く（一日を隔つと云々）、路嶮《けは》しく、輙《たやす》く参り難し。又渡御煩ひあるべし。仍つて浮嶋原に於て（甲斐と駿河との間の広野と云々）、相互に行き向ひ、見参を遂げんと欲すと云々。忠清これを見て大に怒り、使者二人頸を切り了んぬ。同十八日、富士川辺に仮屋を構へ、明暁十九日攻め寄すべき支度なり。而る間官軍の勢を計る処、かれこれ相並び四千余騎、手定めの陣を作り議定已《すで》に了り、各休息の間、官兵の方数百騎、忽《たちまち》に以て降り落ち、敵軍の城に向ひ了んぬ。拘留するに力無く、残る所の勢、僅に一二千騎に及ばず。武田方四万余と云々。敵対に及ぶべからざるに依り、竊《ひそか》に以て引き退く。これ則ち忠清の謀略なり。維盛に於ては、敢へて引き退くべき心無しと云々。而るに忠清次第の理を立て、再三教訓し、士卒の輩、多く以てこれに同ず。仍つて黙《よ》止する能はず。京洛に赴きしより以来、軍兵の気力、併しながら衰損し、適《たまたま》残る所の輩、過半逐電す。凡そ事の次第直事にあらずと云々。

（現代語訳：伝え聞くところによれば、帰参した追討使が、夕刻に京に入った。知度がまず入った。わずか二十騎。維盛が追って入る。これもまた十騎に過ぎないということだ。去る先月十六日、追討軍は駿河国高橋の宿に着いた。これより前に、駿河国の目代および有力な武士たちが三千余騎で甲斐の武田城に攻め寄せたが、皆ことごとく討ち取られてしまった。武田方は、目代以下八十余人の首を斬り、路上にさらしたという。同十七日の朝、武田方から使者（書状を持参した）を維盛の館に送ってきた。その書状によれば、「数年来見参しようと思っていましたが、まだその思いは遂げられていません。幸いにあなたが宣旨の使いということで、下向されました。すぐに参上すべきですが、私の所からは遠く（距離は一日程度だという）、道は険しく、すぐには参れません。またあなたがいらっしゃるのもご面倒でしょう。よって浮島が原（甲斐国と駿河国との間の広野であるということだ）で相互に行き交うことで見参を果たそうと思います」などということであった。忠清はこれを見て非常に怒り、使者二人の首を斬ってしまった。同十八日、富士川辺りに仮屋を構え、明朝十九日に攻め寄せようと準備をした。官軍の軍勢はかれこれ四千余騎、確認のための陣を作り作戦会議も終わり、休憩中に、官軍の兵数百騎がたちまちに降伏し、敵軍の陣地に入ってしまった。拘留することはできず、残りは一、二千騎に及ばなかった。武田方の軍勢は四万余騎だという。敵対することができないということで、密かに撤退した。これは忠清の謀略であった。維盛は、撤退するつもりはなかった。しかし忠清は事の次第の理屈を説明し、再三教訓し、多くの兵士は忠清に同調した。よって維盛は忠清の主張を無視することはできなかった。京から赴いて以来、兵士たちの気力はことごとく衰え、運良く生き残った兵も、半分以上逃亡した。おおよそ事の次第は、ただごとではなかった。）

C『山槐記』治承四年十一月六日

或者云《い》はく、追討使右少将維盛朝臣今暁旧都六波羅に入る。九月十八日駿河国に着き、同十九日頼朝党不志河《ふじがは》に営し、使を送る。其の状を知らず。維盛朝臣所為を忠景に問ふ。忠景（筆者注、忠清のこと）曰く、兵法には使者を斬らず。然して此の条は私の合戦の時の事なり、今追討使たり、返答に及ぶべきか。先づ彼方の子細を問ひ斬るべきか。者《てへ》れば維盛朝臣此の言に従ひ痛く問はしむ。使者云はく、軍兵数万有り、敢て敵対すべからずと。者れば此れを問ひて後斬首し了んぬ。或いは此事を難ずと云々。官兵纔《わづ》かに千余騎、更に合戦に及ぶべからず。兼ねて又諸国の兵士、内心皆頼朝に在り、官兵互に異心を恐る。暫く逗留すれば後陣を囲み塞がんとすと云々。忠景等此の事を聞き戦はんとするの心無きの間、宿の傍の池の鳥数万俄《にはか》に飛び去る。其の羽音雷《いかづち》を成す。官兵皆軍兵の寄せ来るかと疑ひ、夜中に引き退く。上下競ひ走る。自ら宿の屋形を焼き、中の雑具等を持つ。忠度・知度此の事を知らず追つて退き帰る。忠景伊勢国に向かふ。京師に維盛朝臣入京。近州野路に着くの時、五六十騎有りと云々。此事を或いは之を感じ、兵法に引き退き事に随ふは無難の故なりとす。或ひは又之を謗《そし》る。近日門々戸々虚言甚だ多し、此の事定めて実少きか。然して閭巷《りよかう》の説聞き及ぶに随つて粗注す。

（現代語訳：ある人が言うには、追討使右少将維盛朝臣が今朝旧都（京都）の六波羅に入った。九月十八日駿河国に到着し、同十九日、頼朝軍が富士川に駐屯し、使者を送った。維盛朝臣は忠清に諮問した。忠清は、「兵法には使者を斬ってはならない、とあります。しかし、それは私闘の時のことです。我々は追討使です。返答する必要はありません。まず敵の詳細を問うてから斬るべきでしょう」と言った。よって維盛朝臣はこの言葉に従い、使者を厳しく尋問させた。使者は「頼朝の軍勢は数万あり、敵対することはできないでしょう」と答えた。これを聞いた後、斬首してしまった。このことを非難する向きもあるようだ。官軍はわずかに千余騎、合戦をすることはまったくできなかった。かねてから諸国の兵士は、内心頼朝に味方しており、官軍はお互いに寝返りを警戒していた。しばらく逗留すれば敵軍は、後陣を囲み塞ぐだろう、ということだった。忠清はこのことを聞き、戦おうとする気持ちがなかったところに、宿のそばの池の鳥数万羽が、にわかに飛び去った。その羽音はまるで雷の音のようであった。官軍の兵は皆、敵の兵が攻め寄せてきたかと疑い、夜中に撤退した。身分の上の者も下の者も、我先にと逃げ走った。自ら宿の建物を焼き、中の雑具などを持って逃げた。忠度、知度はこのことを知らなかったが、追いかけて撤退した。忠清は伊勢国に向かった。京に維盛朝臣が入京した。近江国野路（現在の滋賀県草津市）に着いたとき、五、六十騎であったという。このことについて、兵法に、事情に応じて撤退するのは無難である、としている、と感服する者もいれば、非難する者もいた。最近では虚言がとても多く、このこともきっと真実ではないだろう。しかしちまたの説を聞き及んだのであらあら記してみた。）

D　延慶本『平家物語』巻第二末「平家の人々駿河国より逃げ上る事」

二十四日、明日は両方矢合《りやうばうやあはせ》と定《さだめ》て、日も晩《くれ》にけり。平家の軍兵《ぐんびやう》、源氏の方《かた》を見遣《みやり》たれば、篝火《かがりび》のみゆる事、野山と云《いひ》、里村《さとむら》と云《いひ》、雲《うん》霞《か》はれたる空の星の如《ごとく》なり。東南北三方《ひがしみなみきたさんばう》は敵方《かたきのかた》也。西一方計《にしいつぱうばかり》ぞ我《わが》方の勢なりける。源氏の軍兵、弓の絃打《つるうち》し、鎧づきし、どどめき訇《ののし》りける音《こゑ》に驚て、富士の沼に群《むれ》居る水鳥ども、羽打《うち》かわし、立居《たちゐ》する声をびたたしかりけり。是を聞《きき》て、敵既によせて、時を作かと思て、搦手《からめで》廻らぬ先にと、取物《とるもの》も取あえず、平家の軍兵、我先《われさき》にと迷《まどひ》落にけり。鎧はきたれども甲をばとらず、矢は負たれども弓をとらず。或《あるい》は馬一疋《いつぴき》に二三人づつ取付て、誰《た》が馬と云事《いふこと》もなく、乗らむとす。或はつなぎたる馬に乗てあをりければ、くるくると廻る物も有けり。かやうにあわてさわぎて、一人も不残《のこらず》、夜中に皆落にけり。

（現代語訳：二十四日、明日は両軍矢合と決めて、日も暮れた。平家の軍兵が源氏の陣の方を見やると、篝火が見えること、野山にも、里村にも、雲霞が晴れた空の星のようであった。東、南、北の三方は敵であった。西の方角だけには味方の軍勢がいた。源氏の軍兵が弓の弦を打ち鳴らし、鎧をゆすりあげる音がとどろいていたが、その騒ぎに驚いて、富士の沼にたくさん群れていた水鳥どもが、羽をうちかわし、からだを動かす音がものすごかった。これを聞いて、敵がすでに攻め寄せ、鬨の声を上げるかと思って、搦手にまわられないうちに逃げようと、取るものも取りあえず、平家の軍兵が我先にと慌てて逃げた。鎧は着ているが甲は取らず、矢は背負ったが弓は取らない。馬一匹に二三人寄り集まって、誰の馬ということなく乗ろうとする者もいれば、つないである馬に乗って、くるくると回っている者もいた。このように慌て騒いで、一人も残らず夜のうちに皆逃げていった。）

E　『吾妻鏡』治承四年十月二十日

武衛（頼朝）、駿河国賀島《かしま》に到らしめたまふ。また左少将惟(維)盛・薩摩守忠度・参河《みかは》守知度等、富士河の西岸に陣す。しかるに半更《はんかう》に及びて、武田太郎信義、兵略を廻らして、ひそかに件の陣の後面を襲ふのところ、富士沼に集まるところの水鳥等群れ立つ。その羽音ひとへに軍勢の粧《よそほひ》をなす。これによつて平氏等驚き騒ぐ。ここに次将上総介忠清等相談じて云はく、東国の士卒ことごとく前武衛に属す。われらなまじひに洛陽を出でて、中途においてすでに囲みを遁《のが》れがたし。すみやかに帰洛せしめ、謀《はかりこと》を外に構ふべしと云々。

（現代語訳：武衛（源頼朝）が駿河《するが》国賀島《かじま》（現在の静岡県富士市）に到着なさった。また左少将維盛《これもり》・薩摩守忠度《さつまのかみただのり》・三河守知度《みかわのかみとものり》らが、富士川の西岸に陣を張った。そこで夜半の頃に、武田太郎信義が計略を企て、密かに（平氏の）陣の背後を襲おうとしたところ、富士沼に集まっていた水鳥の群れが飛び立った。その羽音はまったく軍勢の音のようであった。これにより平氏は驚きあわてた。そこで次将上総介《かずさのすけ》（藤原）忠清らは相談の上「東国の軍兵はみな頼朝に味方しています。私たちはうかつに都を出発して、道中ですでに敵の包囲を逃れ難い状態です。すぐに兵を都に戻し、他の作戦を考えるべきです」と言った、ということだ。）

粗筋と年表④

「富士川」から「忠度都落」まで

富士川の合戦で戦わずにして逃げ帰った平家は都の人々に非難された。遷都への批判の声もなお大きく、清盛は還都を決断する。しかしながら以仁王《もちひとおう》の挙兵以来続いていた奈良の僧徒の反抗は絶えず、平重衡《しげひら》を大将軍とする追討軍が奈良へ派遣され、僧徒側が大敗した。重衡軍が放った火は東大寺の大仏を焼き、多数の死者が出た。一一八一（治承五）年正月、高倉院が崩御。頼朝に続き信濃の義仲が挙兵するなど全国に反平氏の火の手が広がる中、閏《うるう》二月清盛が熱病のため死去した。遺言は「頼朝の首を我が墓の前に供えよ」であった。挙兵した義仲は横田河原《よこたがわら》の合戦（現在の長野県長野市）で越後守城《じょう》四郎長茂《しろうながもち》（助茂）の軍勢を破り、都へと進軍する。一一八三（寿永二）年、平家により義仲追討軍が派遣されるが、平家軍は能登と加賀の国境の倶利伽羅《くりから》峠（現在の富山県と石川県の県境）で大敗し、加賀国篠原《しのはら》の戦い（現在の石川県加賀市）でも敗北した。比叡山の大衆の協力も得て入京を目指す義仲軍に抗しきれず、平家は七月二十四日、幼い安徳天皇を奉じ都を落ちた。

西暦	年号	月	事項	関係章段
一一八〇	治承四	9	義仲が信濃で挙兵	
		12	平安京へ都を戻す	6 都帰《みやこがえり》
			平重衡軍、奈良を焼き討ち　東大寺の大仏が焼ける	6 奈良炎上《ならえんじょう》
一一八一	治承五	閏2	清盛死去	6 入道死去《にゅうどうしきょ》
一一八二	寿永元	6（9）	城長茂、横田河原の合戦で義仲軍に大敗	6 横田河原合戦
一一八三	寿永二	5	義仲、倶利伽羅峠で平家軍を破る	7 倶利伽羅落《くりからおとし》
		6	篠原の戦いで平家軍敗北	7 篠原合戦《しのはらがっせん》
			斎藤実盛戦死	7 実盛《さねもり》
		7	義仲、比叡山に入る	7 主上都落《しゅじょうみやこおち》
			平家一門、安徳天皇都落ち	7 一門都落《いちもんのみやこおち》

※（　）は物語での記述。

コラム④

斎藤実盛

「富士川」で東国武士についての評価を語るのは、斎藤実盛である。（87ページ資料A参照）。

実盛は『平家物語』にその最期が印象的に描かれ（巻第七「実盛」）、謡曲や能、また芭蕉の俳句の題材にもなっている武将である。

斎藤実盛は、「長井斎藤別当」とも呼ばれる越前国出身の武士で、そのルーツは平安前期の武将、鎮守府《ちんじゅふ》将軍藤原利仁《としひと》まで遡る。『吾妻鏡』によれば源為義《ためよし》の御家人であり、源義賢《よしかた》（為義の子）と義平《よしひら》（為義の子・義朝の子）が争ったときは、義賢の子・義仲を信濃の中原兼遠《かねとお》に託したとされる。保元・平治の乱でも義朝に属していたが、義朝の死後は平家に仕え、『平家物語』では平家の荘園の荘官として、武蔵国長井（現在の埼玉県熊谷市）に居住したとされる。石橋山の戦いで頼朝が挙兵した追討軍として出兵し、その後「平家との約諾」を重んじて京へ上り（『吾妻鏡』一一八〇（治承四）年十二月二十二日。この記事から、富士川の合戦時には東国にいた可能性が高い。ゆえに実盛が富士川の合戦の案内者であったとするのは『平家物語』の創作であると考えられる）、一一八三（寿永二）年の義仲追討軍に従軍し、北陸地方で戦う。

巻第七「篠原合戦《しのはらがっせん》」では、「石橋山の合戦で頼朝に弓を引」き、「都へ逃げ上って平家に仕えていた者」の一人とされたが、実盛はその仲間に向かい「平家の敗色が濃いので、木曽殿に寝返ろう」とわざと提案し、それが拒否されると、「あなた方の心を試そうとわざと言ったのだ。私はこの戦で討死にする覚悟で、二度と都へは戻らないと宗盛にも申し上げてある」とその覚悟を語る。その言葉通りに、続く「実盛」で、手塚太郎光盛によって討たれるのであるが、以下のような話が語られる。手塚は討ち取った首を義仲に差し出す際、実盛について

「侍のようだが錦《にしき》の直垂《ひたたれ》を着ており、決して名乗らなかったが、言葉には東国訛《なまり》があった」と報告した。それを見た義仲は、「これは実盛だろう。しかしかつて父義賢が討たれ、（義仲が）上野国《こうずけのくに》（現在の群馬県）へ逃げたとき、幼目に見た実盛は白髪交じりであった。それが黒髪であるのは不審である。樋口次郎《ひぐちのじろう》を呼んで確認させろ」と命令した。呼ばれた樋口は、「これは確かに実盛である、実盛は老武者《おいむしゃ》だと侮られたくないので戦では鬢や髭を黒く染めるのだと言っていた。洗ってみなさい」と言ったので洗わせると、確かに白髪であった。さらに直垂姿であったのは、「故郷には錦を着て帰れ」との言葉通りにしたいので、錦の直垂を着ることを許してほしいと宗盛に申し出て許可されたからであった。

『源平盛衰記』には、義仲を探索し殺害することを命令された畠山重能《しげよし》が不憫に思い、見つけ出した義仲を実盛のもとへ託し、実盛は義仲を七日間養父として預かって中原兼遠のもとへ送った、という事情を義仲自身が語って、実盛を供養させた、という記事がある。前述のように覚一本にも義仲が実盛を「幼目に見た」という言葉があるので、義仲と実盛に何らかの関係性を見いだしたいという志向が『平家物語』にあったのだろう。

かつて源氏に仕えながら平家方として従軍し、命を助けた義仲と戦い、武士としての矜持を示しながら死んでいった実盛の哀話は後代まで語り継がれ、石川県小松市にある多太《ただ》神社には実盛が討死したときに着けていたとされる兜が伝えられている。松尾芭蕉は『奥の細道』の旅でこの地を訪れ、「むざんやな甲《かぶと》の下のきりぎりす」の句を詠んだ。謡曲『実盛』で、樋口が実盛の首を検分したときに発した「あなむざんやな」という言葉を踏まえており、芭蕉には聞こえてくるきりぎりす（現在のコオロギ）の声と遺された兜から、実盛の壮烈な最期と、老武者としての意地と覚悟が思い起こされ、樋口の言葉と自身の感慨とを重ね合わせたのだろう。

一首の歌に、生きた証をのこしたい

忠度都落・巻第七

①薩摩守忠度《さつまのかみただのり》は、②いづくよりやかへられたりけん、侍《さぶらひ》五騎、童《わらは》一人、わが身共に七騎取つて返し、③五条の三位俊成卿《さんみしゆんぜいのきやう》の宿所におはして見給へば、門戸《もんこ》を閉ぢて開《ひら》かず。「忠度」と名のり給へば、「落人《おちうど》帰りきたり」とて、その内さわぎあへり。薩摩守馬よりおり、身づからたからかに宣ひけるは、「別《べち》の子細候《さうら》はず。三《さん》位殿《みどの》に申すべき事あつて、忠度が帰り参つて候《さうら》ふ。門《かど》をひらかれずとも、この際まで立寄らせ給へ」と宣へば、俊成卿、「④さる事あるらん。其人《そのひと》ならば苦しかるまじ。いれ申せ」とて、門をあけて対面あり。事の体何《なに》となう哀れなり。薩摩守宣ひけるは、「年来《としごろ》申し承つて後、おろかならぬ御事に思ひ参らせ候へども、この二、三年は京都のさわぎ、国々の乱れ、しかしながら当家の身の上のことに候ふ間《あひだ》、⑤疎略《そらく》を存ぜずといへども、常に参り寄る事も候はず。⑥君既に都を出でさせ給ひぬ。一門の運命はや尽き候ひぬ。⑦撰集《せんじふ》のあるべき由承り候ひしかば、生涯の面目《めんぼく》に一首なりとも、御恩《ごおん》をかうぶらうど存じて候ひしに、やがて世の乱《みだれ》いできて、其沙汰《そのさた》なく候ふ条《でう》、ただ一身の歎《なげき》と存ずる候。世しづまり候ひなば、勅撰《ちよくせん》の御沙汰《ごさた》候はんずらん。是に候ふ巻物《まきもの》のうちにさりぬべきもの候はば、一首なりとも御恩を蒙《かうぶ》つて、草の陰にてもうれしと存じ候はば、⑧遠き御まもりでこそ候はんずれ」とて、日比《ひごろ》読みおかれたる歌共のなかに、秀歌《しうか》とおぼしきを百余首、書き

あつめられたる巻物を、今はとてうつたたれける時、是を取つて持たれたりしが、鎧《よろひ》のひきあはせより取りいでて、俊成卿に奉る。三位是をあけてみて、「かかる忘れがたみを給はりおき候ひぬる上は、ゆめゆめ疎略《そらく》を存ずまじう候。御疑《うたがひ》あるべからず。さても唯今の御わたりこそ、情けもすぐれてふかう、哀れもことに思ひ知られて、感涙おさへがたう候へ」と宣へば、薩摩守悦《よろこ》んで、「今は⑨西海《さいかい》の浪の底に沈まば沈め、山野《さんや》にかばねをさらさばさらせ、浮世《うきよ》に思ひおく事候はず。さらば暇申して」とて、馬にうち乗り、甲の緒をしめ、西をさいてぞあゆませ給ふ。三位、うしろを遥かに見おくつてたたれたれば、忠度の声とおぼしくて、「⑩前途《せんど》程遠《ほどとほ》し、思《おもひ》を雁山《がんざん》の夕《ゆふべ》の雲に馳《は》す」と、たからかに口ずさみ給へば、俊成卿いとど名残惜《なごりを》しうおぼえて、涙をおさへてぞ入《い》り給ふ。

其後、世しづまつて、千載集を撰ぜられけるに、忠度のありし有様、言ひ置きしことの葉、今更思ひ出でて哀れなりければ、彼《かの》巻物のうちに、⑪さりぬべき歌いくらもありけれども、⑫勅勘《ちよくかん》の人なれば、名字《みやうじ》をばあらはされず、「故郷花《こきやうのはな》」といふ題にて、よまれたりける歌一首ぞ、「読人知《よみびとし》らず」と入《い》れられける。

⑬さざなみや志賀の都はあれにしをむかしながらの山ざくらかな

其身朝敵《てうてき》となりにし上は、⑭子細《しさい》におよばずといひながら、うらめしかりし事どもなり。

【現代語訳】

薩摩守忠度は、（都落ちする途中の）どこから引き返されたのであろうか、侍五騎、童一人（を連れて）、自分と共に七騎で引き返し、五条の三位俊成卿の邸にいらっしゃってご覧になると、門の扉を閉じて開かない。「忠度」とお名乗りになると、「落人が帰って来た」と言って、その邸の中で（人々が）騒ぎ合っている。薩摩守は馬から下り、御自分で声高らかにおっしゃったことには、「特別の事情があるわけではございません。三位殿に申し上げたいことがあって、忠度が帰って参ったのでございます。門をお開きにならないにしても、この（門の）そばまでお寄りください」とおっしゃると、俊成卿は、「（訪ねて来た）わけがあるのだろう。そのお方ならば差し支えあるまい。お入れ申し上げよ」と言って、門を開けて対面した。その様子は、何とはなしにあわれであった。薩摩守がおっしゃったことには、「長年の間和歌についてご教示いただきまして以来、大切なお方とお思い申し上げておりましたが、この二、三年は、京都の騒ぎ、各地での反乱（などが起こり、それが）そのまま全て我が平家一門の身の上のことでございますので、（あなたのことを）おろそかには思っておりませんでしたが、常にお伺いすることもございませんでした。君（安徳天皇）は、すでに都をお出になりました。一門の運命は、もはや尽きてしまいました。勅撰集が編まれるということを承りましたので、生涯の名誉として一首でも御恩をこうむり、入れていただこうと思っておりましたが、まもなく戦乱が起こって、撰集の沙汰が取りやめになりましたことは、ただただ私にとって大きな嘆きと存じております。世の中が落ち着きましたら、勅撰の御命令がございましょう。ここにございます巻物の中に、勅撰集にふさわしい歌がございましたら、一首だけでも、あなたの御恩をお受けして、（入れていただき、）草葉の陰でもうれしく思えましたなら、遠いあの世から末長くあなたをお守りしましょう」と言って、日頃から詠んでおかれた様々な歌の中で、秀歌と思われる歌を百余首、書き集められた巻物を、いよいよだ、と出発されたときに、取ってお持ちになっていたのだが、（それを）鎧の合わせ目から取り出して、俊成卿に差し上げた。三位（俊成）は、これを開けて見て、「このような忘れ形見をいただきましたからには、決していい加減には思いますまい。お疑いなさいますな。それにしても、この度の御来訪は、（あなたの）風雅を解する心もたいそう深く、しみじみとした思いも格別に感じられて、感涙を抑えきれません」とおっしゃったので、薩摩守（忠度）は喜んで、「今は西海の波の底に沈むなら沈んでもいい、山野に屍をさらすならさらしてもいい、この世に思い残すことはございません。それではおいとま申して」と言って、馬にさっと乗り、甲の緒を締め、西を指して（馬を）お歩かせになった。三位（俊成）は、（忠度の）後ろ姿を遠くまで見送って立っておられたところ、忠度の声と思われる声で、「前途程遠し、思いを雁山の夕の雲に馳す」と、声高らかに吟じられたので、俊成卿は、ますます名残惜しく思われて、涙を抑えて（邸に）お入りになった。

その後、世の中が鎮まって、（俊成が）『千載集』をお撰びになったときに、忠度のあの時の様子、言い残した言葉を、今改めて思い出して、しみじみと感慨深かったので、あの巻物の中に、勅撰集にふさわしい歌はいくらでもあったけれども、天皇のおとがめを受けた人であるので、名前を明らかになさらず、「故郷の花」という題で、お詠みになった歌一首を、「よみ人知らず」としてお入れになった。

　志賀の旧都は荒れ果ててしまったけれども、長等の山の山桜は、昔のままに美しく咲いていることよ。

その身が朝敵となってしまったからには、とやかく言うべきことではないとはいえ、残念なことであった。

【語注】

①薩摩守忠度…平忠度。**探究のために**参照。

②いづくよりやかへられたりけん…（都落ちの途上の）どこからお戻りになったのだろうか。「けん」は過去推量の助動詞。ここでの語り手は全知ではなく、読者に寄り添って語っていることに注意。延慶本・長門本では「四塚《しつか》（朱雀大路の南端、羅城門のある付近）より帰りて」と明示する。

③五条の三位俊成卿…藤原俊成。**探究のために**参照。

④さる事あるらん…そのようなこともあるだろう。「さる事」は、忠度の来訪を指す。俊成が忠度のことを気に懸けていることを窺わせ、両者の緊密な関係を示唆した言葉。

⑤疎略を存ぜずといへども…あなたのことをおろそかには思っておりませんでしたが。俊成への不義理をわびる言葉ではあるが、**探究のために**の忠度の項でも触れるように、忠度はたびたび追討軍の将軍に任じられており、和歌の世界に没頭できずにいたこともわかる。

⑥君…安徳天皇（一一七八〜一一八五）を指す。高倉天皇と平清盛の娘の徳子との子で、平家と共に都落ちした。216ページ**探究のた**

平安京条坊図

めに参照。

⑦撰集のあるべき由…勅撰集が編まれるはずだということ。「べし」は当然の助動詞。近い将来に確実に行われるだろう、という予測の意味を込める。ここでの勅撰集は『千載和歌集』のこと。一一八三年、俊成に下された、撰進を命ずる院宣は平資盛《すけもり》（平忠度の甥、重盛の子）を介して俊成に伝えられたので、忠度の耳に入っていてもおかしくない。一一八八年に完成した。当代の歌人の作品が多いことが特徴で、乱世の時事詠《じじえい》も多く収められ、保元以降の乱の敗者への鎮魂や同情を慎重に示しているとされている。忠度のほか、平経盛《つねもり》や経正《つねまさ》、行盛《ゆきもり》といった平家の歌人の作品が「よみ人知らず」として採られている。

⑧遠き御守でこそ候はんずれ…遠い（あの世から末長くあなたを）お守り（するもの）となるでしょう。直前の「草の陰」という言葉からもわかるように、すでに忠度は死を覚悟している。

⑨西海の浪の底に沈まば沈めばいい…西海の波の底に沈むなら沈めばいい。「ば」は未然形に接続しているので、順接の仮定条件を表す。「沈め」は命令形だが、ここでは「沈んでしまえばいい」という意味。はるか西の海の藻屑《もくず》となる平家の運命を予感させる表現。

⑩前途程遠し、思を雁山の夕の雲に馳す…**探究のために**参照。

⑪さりぬべき歌…勅撰集にふさわしい歌。「さりぬべし」は「適当である。ふさわしい」の意。

⑫勅勘の人なれば、名字をばあらはされず…天皇のおとがめを受けた人であるので、名前を明らかになさらず。「勅勘」は「天皇のおとがめ」で、「勅勘の人」は「朝敵」と同意。「名字」はここでは個人の実名の意。

⑬さざなみや…**探究のために**参照。

⑭子細におよばずといひながら…とやかく言うべきことではないとはいえ。

◆◇鑑賞のヒント◇◆

❶なぜ忠度は西国へ赴く途中で戻ってきたのか。そこからどのような思いが読み取れるか。

❷忠度に対して俊成はどのように対応したか。物語は俊成をどのような人物として描いているか。

❸忠度と俊成はお互いをどのような存在だと思っているのか。

❹なぜ俊成は「さざなみや」の歌を『千載和歌集』に採ったのか。

❺「うらめしかりしことどもなり」から、語り手のどのような気持ちが窺えるか。

◆◇ 鑑賞 ◇◆

清盛を失った平家一門は、源義仲軍の勢いをとどめることができず、都落ちを決断する。物語は一門の様々な人々の都落ちの様子を描き出すが、その中でも最も印象深い章段の一つがこの「忠度都落」であろう。

一度都を離れた忠度は、どこからか舞い戻ってくる。行き先は五条三位俊成の邸。戦乱の予感に包まれた京の街では、どの邸の門も固く閉ざされていたことであろう。忠度の目的はただ一つ。近く編纂される、俊成が撰者をつとめる勅撰集に、自分の歌を採ってもらうことである。当時勅撰集に自分の歌が採られることは歌人にとって最大の名誉であった。その名誉を獲得するために、忠度はわざわざ都へと戻るのである。ここからは忠度の、並々ならぬ和歌への情熱、現代風の表現を用いれば、歌人としてのアイデンティティーが感じられる❶。

しかし忠度は、情熱一辺倒の不粋な人物ではない。都を落ちていく武将である自分が俊成や邸の人々にとってどれほどの脅威となるかはわきまえていて、門を開けて対面することは要求しない。それに対し俊成は、「さることあるらん。その人ならば苦しかるまじ。入れ申せ」と言う。忠度の来訪を予感していたのである。それだけ俊成は忠度の和歌への熱意を理解し、好ましく思っていたことが窺える。「落人」として忠度をおそれるのではなく、同じ芸道に身を捧げる者として受け入れた。物語は、戦乱という状況下でも、同じ和歌の道に精進する者の思いをきちんと受け止めようとする度量のある人物として俊成を描き出す❷。

かくして対面した俊成に忠度は、勅撰集入集への思いを語る。その思いはもはや現世的なそれではない。「一門の運命、はや尽き候ひぬ」と言っていることからわかるように、彼は自分の命がもう長くないことを悟っている。彼にとって「世しづま」ったときとは、すなわち一門の敗北が決まったときであり、その時には自分はもうこの世にいない。それでもなお、自らの生きた証として、何とか自分の歌を後世に残したい、と考え、「秀歌とおぼしき百余首」の巻物という形で俊成に捧げた。そして「草の陰」で「遠き御守り」となることを誓うのである。生の軌跡である自作の歌を集めた巻物を捧げたのは、俊成が勅撰集の撰者であったからだけではなく、忠度が歌道の先達として俊成に全幅の信頼を置いていたからであると考えられる。

　俊成もその信頼に応え、巻物を「かかる忘れがたみ」ととらえ、勅撰集への入集を約束する。そして、それだけではなく、落ちゆく忠度のなお残る和歌への情熱を理解し、その運命を惜しむ。これで思い残すことはない、としながらも、詩句を口ずさみ、惜別の情を示しつつ西国へと落ちていく忠度の後ろ姿を眺めていた俊成は、何を思っていたのだろうか。志半ばにして歌道から離れることを余儀なくされた無念さ、素晴らしい歌人を失ってしまうことを惜しむ気持ち。すべては歌人としての忠度を評価し、大切に思っていたからこそわきおこった感情であろう。同じ道を志す二人の心の交流を読み取りたい❸。

　さて、俊成が勅撰集『千載和歌集』に採った忠度の歌は、「さざなみや志賀の都はあれにしをむかしながらの山ざくらかな」であった。題は「故郷花」。花は桜である。志賀の都、大津京は滅び、廃墟となってしまったが、大津の長等山には昔と同じように桜が咲いている。この歌を、平家一門、忠度という人間は、大きな歴史の流れの中で滅び去ってしまったが、花という美、和歌という美は永遠に咲き誇るのだ、と解釈し、いわば忠度の鎮魂の意を込めて俊成はこの歌を撰んだのではないか。俊成はこの歌をとくに愛し、歌論書『古来風躰《ふうてい》抄』でも秀歌として紹介している❹。

　しかし『千載和歌集』ではこの歌は忠度のものであると明示されておらず、「よみ人知らず」として採られている。その理由を物語は「勅勘の人なれば」とする。朝敵であるので実名を出せないということである。『千載和歌集』が成立したのは一一八八年である。平家一門が滅亡した壇の浦の戦いから三年しか経っていない。語り手は「うらめしかりし」という言葉によって、当時の政治情勢を考えれば仕方がないのかもしれないが、勅撰集に名を残すことを切望し、それがかなえられると確信して西国へと落ちていった忠度の気持ちを思うとやりきれない、という思いとともに、これほどの歌を作る歌人が、和歌への強い情熱を持ちながら戦乱の世の中で散っていったことへの哀惜の情を語っている❺。

◆◇探究のために◇◆

▼人物

①**平忠度**…一一四四〜一一八四。平忠盛の六男（『尊卑分脈』）。延慶本では「清盛の末弟」とされる。正四位下薩摩守。清盛の子息たちよりも昇進は遅かった。六歌仙の一人、僧正遍昭の子孫に当たる女性を母とし、和歌をよくするとともに武芸にも優れ、以仁王《もちひとおう》や頼朝、義仲の追討に派遣されている。『千載和歌集』以下に十首入首する。『平家物語』では和歌をめぐる記事が多く取り上げられている。一の谷の合戦で戦死。巻第九「忠度最期」でその様子が語られる（**資料A**）。

②**藤原俊成**…一一一四〜一二〇四。藤原俊忠の子。藤原定家の父。藤原（葉室《はむろ》）顕頼《あきより》の養子となり顕広《あきひろ》と称すが、後《のち》生家に復し俊成に改名。正三位皇太后宮大夫に至り、五条三位と呼ばれる。歌壇の重鎮として様々な歌合の判者を務め、後白河院より『千載和歌集』の撰進を命じられる。『古来風躰抄』などの歌論書も著し、定家や後鳥羽院など多くの歌人に影響を与え、新古今歌風の形成に大きな役割を果たした。

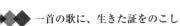

▼詩句と和歌

①前途程遠し、思を雁山の夕の雲に馳す

これから先の道のりは遠い、あなたは思いを（行く手にある故郷）雁山の夕暮れの雲に馳せている。大江朝綱《おおえのあさつな》の「夏夜鴻臚館《かうろくわん》に於《おい》て北客《ほくかく》を餞《せん》するの序」のうち、「前途程遠し、思ひを雁山の暮《ゆふべ》の雲に馳す、後会《こうくわい》期《き》遥《はる》かなり、纓《えい》を鴻臚の暁の涙に霑《うるほ》す」（『和漢朗詠集』「餞別」・**資料B**）による。『本朝文粋』巻第九にも収められている。鴻臚館（外国使節を接待する公館）で開かれた、帰国する渤海《ぼつかい》国の使節に対する送別の宴に臨んで、使節らの旅路の遠さ、彼らの故郷への思い（「雁山」は雁門山。中国山西省にある山）を慮り、さらには再会の期し難さと惜別を歌っている。

②さざなみや志賀の都はあれにしをむかしながらの山ざくらかな

歌意は、「志賀の旧都は荒れ果ててしまったけれども、長等の山の山桜は、昔のままに美しく咲いていることよ」。「さざなみや」は「志賀」を導く枕詞。「志賀の都」は天智帝の大津京を指す。大津京は、柿本人麻呂の歌に「いにしへの人に我あれやささなみのふるき都を見ればかなしき」とあるように万葉の時代から「ふるき都」であった。「ながら」には「昔ながら」と「長等（山）」が掛けられている。長等山は三井寺《みいでら》の背後の山。忠度二十三歳の作である。

▼諸本による俊成像の違い　**鑑賞**では、語り本系の覚一本をもとに、『平家物語』における俊成像を見てきた。しかしすでに言及している通り、『平家物語』にはたくさんの写本が存在し、大きく読み本系と語り本系に分類される。それぞれは同じ『平家物語』という題名を持ちつつ、字句の異同のみならず、記事の順序や内容について大胆な加筆や省筆、修正によるものと思われる諸本間の大きな違いが見受けられる。とくに「忠度都落」においては本文の異同が大きいので、語り本系に属する覚一本と読み本系の諸本のうち、研究者の間で注目されてきた延慶本（**資料C**）を

比較して、その違いを検討してみたい。

まずは俊成像の相違について取り上げる。覚一本においては忠度が俊成邸を訪れたとき、俊成は「さることあるらん。その人ならば苦しかるまじ。入れ申せ」と、忠度の来訪をある程度予想し、落ち着き払った態度で門を開け、忠度と対面する。それに対し延慶本では、俊成は忠度が「此程《このほど》百首をして候《さうらふ》を、見参に入《いれ》ずして、外土《ぐわいと》へ罷出《まかりいで》む事の口《くち》惜《をし》さに、持て参て候。なにかはくるしく候べき。立《たち》ながら見参し候ばや」と言ったのを聞いて、「あはれとおぼして、わななくわななく出合《いであひ》給へり」とようやく邸から出てきたことになっている。また、忠度と対面はしなかったことが、「百首の巻物を取出《とりいだし》て、門より内へ投入て」という記述から窺える。ここでの俊成は、忠度の思いを慮ったり悟ったりしたのではなく、忠度の言葉を聞いて訪問の意図をようやく理解したことになるのに加え、「わななく」、すなわち恐怖に震えながら家から出てきたのであって、覚一本に見られるような懐の深さや落ち着きは見られない。「その人ならば苦しかるまじ」という俊成の言葉は延慶本では忠度のもの（「なにかはくるしく候べき」）とされている。これでは俊成が忠度に信頼を寄せている、一目置いているという読みは成立しにくい。覚一本と延慶本（長門本もほぼ同じ内容）とでは、俊成像の造形に大きく違いがあると言える。

▼**「忠度都落」に見る覚一本と延慶本の編纂態度の違い**　延慶本は「忠度都落」に続き、忠度の「ある宮ばらの女房」との恋愛譚を載せる。この説話は覚一本では巻第五「富士川」で追討軍の副将軍である忠度に関するエピソードとして語られている（**資料D**）。

延慶本は『千載和歌集』に入集した忠度の歌をもう一首紹介し、同じ平家の歌人である行盛の歌は、名前を明記された上で『新勅撰和歌集』に載せられたことも語られている。

このように、覚一本と延慶本とでは、同じ「忠度都落」を語っていても、その語り方が異なる。覚一本では、忠度と俊成とのやりとりと、「さざなみや」の歌が『千載和歌集』に入集したことに焦点をしぼり、他のことへの関心は示さない。覚一本にとって「さざなみや」以外の歌は必要なく、女房との恋愛譚は、話題が散漫になることを防ぐためにここには挿入しなかった。当然忠度の都落とは直接関係のない行盛の話も載せない。

また、忠度の相手役たる俊成も、悲壮な決意でこの場に臨む忠度にふさわしく、立派な人物でなくてはならなかった。たしかに史実としては、いくら忠度に心を寄せていたとしても、落人の来訪に怖れおののきながら対面もしなかった、と考えるのが妥当であろう。しかし忠度の思いを受け止める人物として、俊成はそのように振る舞ってはならなかったのである。

覚一本は、忠度の和歌への強い思いを何とかして読者に伝えるために様々な工夫をしており、記事の内容や表現を一つの主題のもとに統一しようという語り手の意志が感じられる。それに対して延慶本には、忠度に関する説話、それにまつわる他の説話を網羅的に語り、紹介しようという態度が見られる。また、一つひとつの挿話を、全体の構成のために改編しようという意図はあまり感じられない。

ここで取り上げた諸本間の異同は、その一端に過ぎない。覚一本だけを読むのではなく、それ以外の諸本を参照してみることで、覚一本の特色が浮かび上がり、全体の構成にかなり意が砕かれていることに気づくだろう。

【資料】

A 『平家物語』巻第九「忠度最期」

薩摩守忠度は、一の谷の西の手の大将軍にておはしけるが、紺地《こんぢ》の錦の直垂《ひたたれ》に、黒糸威《くろいとをどし》の鎧着て、黒き馬のふとうたくましきに、沃《いつ》懸地《かけぢ》の鞍《くら》おいて乗り給へり。其勢《ぜい》百騎ばかりがなかに打ちかこまれて、いとさわがず、ひかへひかへ落ち給ふを、猪俣党《ゐのまたたう》に岡部《をかべ》の六野《ろくや》太《た》忠純《ただずみ》、大将軍と目をかけ、鞭鐙《むちあぶみ》をあはせて追つ付き奉り、「抑いかなる人で在《まし》まし候《さうらふ》ぞ。名のらせ給へ」と申しければ、「是はみかたぞ」とて、ふりあふぎ給へる内甲《うちかぶと》より見いれたれば、かね黒なり。あつぱれみかたにはかねつけたる人はないものを。平家の君達《きんだち》でこそおはすにこそと思ひ、おしならべてむずとくむ。これを見て百騎ばかりある兵《つはもの》ども、国々のかり武者なれば一騎も落ちあはず、われさきにとぞ落ちゆきける。

薩摩守、「につくいやつかな。みかたぞといはばいはせよかし」とて、熊野そだち大力《だいぢから》のはやわざにておはしければ、やがて刀をぬき、六野太を馬の上で二刀《ふたかたな》、おちつくところで一刀《ひとかたな》、三刀《みかたな》までぞつかれける。二刀は鎧の上なればとほらず、一刀は内甲へつき入れられたれども、うす手《で》なれば死なざりけるを、とつておさへて頸《くび》をかかんとし給ふところに、六野太が童《わらは》おくればせに馳《は》せ来《きた》つて、打《うち》刀《がたな》ぬき、薩摩守の右のかひなを、ひぢのもとよりふつときりおとす。今はかうとや思はれけん、「しばしのけ、十念《じふねん》唱へん」とて、六野太をつかうで、弓《ゆん》だけばかり投げのけられたり。其後《そののち》西にむかひ、「光《くわう》明《みやう》遍《へん》照《ぜう》十《しつ》方《ぱう》世《せ》界《かい》、念《ねん》仏《ぶつ》衆《しゆ》生《じやう》摂《せつ》取《しゆ》不《ふ》捨《しや》」と宣ひもはてねば、六野太うしろより寄つて、薩摩守の頸をうつ。よい大将軍うつたりと思ひけれども、名をば誰《たれ》とも知らざりけるに、箙《えびら》にむすび付けられたる文をといて見れば、「旅宿花《りよしゆくのはな》」といふ題にて、一首の歌をぞよまれたる。

「ゆきくれて木《こ》のしたかげをやどとせば花やこよひの主《あるじ》ならまし

忠度」と書かれたりけるにこそ、薩摩守とは知りてんげれ。

太刀のさきにつらぬき、たかくさしあげ、大音声《だいおんじやう》をあげて、「この日来《ひごろ》平家の御方《おんかた》にきこえさせ給ひつる薩摩守殿をば、岡部の六野太忠純がうち奉つたるぞや」と名のりければ、敵《かたき》もみかたもこれを聞いて、「あないとほし。武芸にも歌道にも達者にておはしつる人を。あつたら大将軍を」とて、涙をながし袖をぬらさぬはなかりけり。

(現代語訳：薩摩守忠度は、西の手の大将軍でいらっしゃったが、(その日の装束は、) 紺地の錦の直垂に、黒糸縅の鎧を着て、黒い馬で太っていてたくましいのに沃懸地《いかけじ》の鞍を置いてお乗りになっていたが、自身の軍勢百騎ほどの中に囲まれて、まったく騒がず、馬を引き止め引き止めしながら落ちて行かれるのを、猪俣党の岡部六野太忠純が、大将軍だと目をつけて、馬を鞭うち、鐙を蹴って全速力で馬を走らせ追いつき申し上げ、「そもそもどのような人でいらっしゃいますか。お名乗りください」と申し上げたところ、「これは味方だ」と振り返られた内甲をのぞき込むと、歯を黒く染めている。ああ、味方にはかね黒をつけた人はいないのに。平家の公達でいらっしゃるのだろう、と思い、馬を押し並べてむんずと組んだ。これを見て、百騎くらいいた武士たちは、国々からかり集めた武者であったので一騎もその場に駆けつけず、我先にと落ちていった。薩摩守は、「憎らしいやつだな。味方だと言ったら、そう言わせておけよ」と、熊野育ちで大力の早技でいらっしゃったので、そのまま太刀を抜き、六野太を馬の上で二刀、馬から落ちたところで一刀、あわせて三回、お突きになった。二刀は鎧の上なので通らず、一刀は内甲に突き入れられたが、軽い傷なので死ななかったのを、捕まえて押さえつけて頸をかこうとしなさるところに、六野太の童が遅ればせにやって来て、打ち刀を抜き、薩摩守の右の腕を、肘の根元からふっと切り落とした。もはやこれまで、とお思いになったのだろうか、「しばらくどいていろ、念仏を十回唱えよう」と、六野太をつかんで、弓の丈ほど投げのけられた。その後西に向かい、「光明遍照十方世界、念仏衆生摂取不捨」とおっしゃり終わらないうちに、六野太は背後から寄って、薩摩守の頸をうった。身分の高い大将軍を討った、とは思ったが、名前を誰とは知らなかったが、箙に結びつけられていた文を解いてみると、「旅宿の花」という題で、一首の歌をお詠みになっていた。

「旅の途中で日が暮れて、桜の陰を一夜の宿としたならば、花が今夜の主人であり、たいそうもてなしてくれるだろう
忠度」とお書きになっていたので、薩摩守であると知った。太刀の先に頸を貫いて、高く差し上げて、大きな声を張り上げ、「ここ数日来平家の方々の中で名高い薩摩守殿を、岡部六野太が討ち申し上げた」と名乗ったので、敵も味方もこれを聞いて、「ああ、気の毒だ。武芸にも歌道にも熟達していらっしゃった人なのに。惜しい大将軍だったのに」と涙を流し、袖を濡らさない者はいなかった。）

B　『和漢朗詠集』「餞別」

鴻臚館《かうろくわん》に於《おい》て北客《ほくかく》を餞《せん》する（＝渤海からの使節への餞別として送る）の序

前途程遠　馳思於雁山之暮雲
後会期遥　霑纓於鴻臚之暁涙

前途《せんど》程遠《ほどとほ》し　思ひを雁山《がんざん》の暮《ゆふべ》の雲に馳《は》す
後会《こうくわい》期遥《きはる》かなり　纓《えい》を鴻臚《かうろ》の暁の涙に霑《うるほ》す

（現代語訳：これから先の道のりは遠い。思いをあなたは故郷の雁門山にかかる夕暮れの雲に馳せている。次に会えるのははるか先のこと。私は冠の紐を、ここ鴻臚館で宴果てた暁の涙で濡らす。）

C　延慶本『平家物語』第三末「薩摩守道より返て俊成卿に相給事」

乗替一騎計具《ばかりぐし》て、四塚より帰て、彼俊成卿の五條京極の宿所の前にひかへて、門たたかせければ、内より何《いか》なる人ぞと問ふ。薩摩守忠度と名乗ければ、「さては落人にこそ」と聞て、世のつつましさに返事もせられず、門もあけざりければ、其時忠度、「別事《べちのこと》にては候わず。此程百首をして候を、見参に入ずして外土へ罷出む事の口惜さに、持て参て候。なにかはくるしく候べき。立《たち》ながら見参し候ばや」と云ければ、三位あわれとおぼして、わななくわななく出合給へり。「世しづまり候なば定《さだめ》て勅撰の功終《をはり》候はむずらむ、身こそかかる有様にまかり成候とも、なからむあとまでも此道に名をかけむ事、生前之面目たるべし。集撰集の中に、此巻物の内にさるべき句候はば、思食出《おぼしめしいだ》して、一首入《いれ》られ候なむや。且は又念仏をも御訪候べし」とて、鎧の引合より百首の巻物を取出して、門より内へ

投《なげ》入て、「忠度今は西海の浪にしづむとも、此世に思置《おもひおく》事候わず。さらば入《いら》せ給へ」とて、涙をのごいて帰にけり。俊成卿感涙をおさへて内へ帰入て、燈の本にて彼巻物を見られければ、秀歌共の中に「古京の花」と云題を、

さざなみやしがのみやこはあれにしを
むかしながらの山ざくらかな

「忍恋」に

いかにせむみやきかはらにつむせりの
ねのみなけどもしる人のなき

其後いくほどもなくて世しづまりにけり。彼の集を奏せられけるに、忠度此道にすきて、道より帰たりし志あさからず、但し勅勘の人の名を入る事、はばかりある事なればとて、此二首を「よみ人しらず」とぞ入《いれ》られける。さこそかわり行《ゆく》世にてあらめ、殿上人なむどのよまれたる歌を、「読人しらず」と被入《いれられ》けるこそ口惜けれ。

（現代語訳：（忠度は）乗り替えの馬一騎だけを連れて、四塚から帰って、あの俊成卿の五条京極にある邸の前で待ち、門をたたきなさったところ、中から「どなたか」と問う。「薩摩守忠度です」と名乗ったところ、「それでは落人だな」と聞いて、世間へのはばかりから返事もなく、門も開けなかったので、その時忠度は、「特別の事情があるわけではありません。この度百首歌を詠みましたのにお見せせずに都の外へと出て行きますのも悔しいので、持って参りました。どうして差し支えがありましょうか。立ったままで良いので、お目にかかりたいのです」と言ったので、三位（俊成）はしみじみと感慨深くお思いになって、震えながらお出になった。（忠度は）「世が静まりましたら、きっと勅撰のお仕事が終わるでしょう。私の身はこんな有様になってしまいましたが、この世からいなくなった後も、和歌の道に名を連ねることは、生涯の面目です。編集なさる撰集の中に、この巻物にふさわしい歌がございましたら、思い出しなさって、一首でもお入れ下さいませんか。さらに念仏をお唱えになり、弔って下さい」と、鎧の合わせ目から百首の巻物を取り出して、門から中へ投げ入れて、「忠度は今は西海の波に沈んだとしても、この世に思い残すことはございません。それでは、お入り下さい」と言って、涙をぬぐって帰った。俊成卿は感涙をおさえて、邸の中に入って灯火の下であの巻物をご覧になったところ、秀歌の中に「古京の花」という題で、

さざなみやしがのみやこはあれにしをむかしながらの山さくらかな

「忍恋」という題で

どうしよう、宮城が原に摘む芹の根のように、音に（声に）出して泣いても私の思いを知る人はいない。

その後、程なく世が静まった。あの撰集を奏上なさったが、「忠度は和歌の道に深く心を寄せ、都落の途上から帰ってきた思いは浅くはない。ただし勅勘の人の名前を入れることははばかりがあるので」ということで、この二首を「詠み人知らず」としてお入れになった。このように変わりゆく世の中ではあるが、殿上人がお詠みになった歌を、「詠み人知らず」として入れられたのは、残念なことであった。）

D『平家物語』巻第五「富士川」

薩摩守忠度は、年来《としごろ》ある宮腹《みやばら》の女房のもとへかよはれけるが、或時おはしたりけるに、其《その》女房のもとへ、やんごとなき女房客人《まらうと》にきたつてやや久しう物語し給ふ。さよもはるかにふけゆくまでに、客人かへり給はず。忠度軒端《のきば》にしばしやすらひて、扇をあらくつかはれければ、宮腹の女房、「野もせにすだく虫のねよ」と、優《いう》にやさしう口ずさみ給へば、薩摩守やがて扇をつかひやみてかへられけり。其後《のち》またおはしたりけるに、宮腹の女房、「さても一日《ひとひ》、なにとて扇をばつかひやみしぞや」と問はれければ、「いさかしかましなんどきこえ候ひしかば、さてこそつかひやみ候ひしか」とぞ宣ひける。かの女房のもとより、忠度のもとへ小袖《こそで》を一かさねつかはすとて、千里《ちさと》のなごりのかなしさに、一首の歌をぞおくられける。

　あづま路の草葉をわけん袖よりもたたぬたもとの露ぞこぼるる

薩摩守の返事には、

　わかれ路をなにかなげかんこえてゆく関もむかしの跡と思へば

「関も昔の跡」とよめる事は、平将軍貞盛《へいしやうぐんさだもり》、将門《まさかど》追討のために、東国へ下向《げかう》せし事を、思ひいでてよみたりけるにや。いとやさしうぞきこえし。

（現代語訳：薩摩守忠度は、数年来、ある皇女の娘である女房のもとにお通いになっていたが、ある時その女房の所へいらっしゃったところ、高貴な女房が客として来ていて、やや長くお話をなさっていた。夜もかなり更けていくまで、その客はお帰りにならなかった。忠度は軒下でしばらくたたずんで、扇を荒くお使いになったところ、その女房は、「野もせにすだく虫の音よ（野一面に集まって鳴く虫の音はなんとうるさいことよ）＊」と優美に口ずさみなさったので、薩摩守はそのまま扇を使うのをやめてお帰りになった。後日またおいでになったとき、宮腹の女房は、「それにしても先日、どうして扇をお使いになるのをやめたのですか」とお尋ねになったところ、「さあ、やかましいなどと言う声が聞こえましたので、それで使うのをやめたのですよ」とおっしゃった。その女房のところから忠度のもとへ小袖を一式送ったときに、（追討将軍として出征し）はるばると遠くへ離れねばならぬ別れの悲しさに、一首の歌を忠度にお送りになった。

　東国への道の露深い草葉を分け入ってゆくあなたの袖よりも、出かけずに残る私の袂の袖から、涙の露がこぼれます。

薩摩守の返歌は、

　この別離をどうして嘆きましょうか。これから越えていく関も、昔先祖が越えて勝利の栄光を手にした跡だと思いますので。

「関も昔の跡」と詠んだのは、平貞盛が将門の追討のために東国へ下向したことを思い出してお詠みになったのだろう。とても優美に思われた。）

＊「かしがまし野もせにすだく虫の音に我だにものをいはでこそ思へ」（『新撰朗詠集』虫）による。「私だって早く会いたいのを我慢して、何も言わずにいるのに」という気持ちを響かせる。

「忠度都落」から「宇治川先陣」まで

一一八三（寿永二）年七月、都落ちした平家にかわって源義仲軍が入京する。義仲は左馬頭《さまのかみ》に任ぜられ、朝日将軍と呼ばれる。一方平家は、九州太宰府（現在の福岡県太宰府市）へ落ちるが、現地の武士に追い立てられ流浪の身となり、四国の屋島（現在の香川県高松市）へとたどり着く。平家を都落ちに追い込み、京都を制した義仲であったが、傍若無人な行いが目立ち、その言葉遣い、立ち居振る舞いから京の人々からは疎まれた。義仲は後白河院とも対立し、十月には鎌倉の頼朝に征夷大将軍の院宣が下されたのであった。十二月、義仲は後白河院の御所法住寺《ほうじゅうじ》を攻め、天台座主の明雲《みょううん》大僧正などを殺害、院を幽閉し、四十九人を解官した。義仲は、協力して頼朝を討つことを平家に持ちかけるが話はまとまらず、京都の義仲、西国の平家、東国の頼朝と天下が三分される中、一一八四（寿永三）年を迎えた。正月十三日、義仲が平家追討へ向かおうとしているときに、頼朝の派遣した軍が美濃・伊勢へ到着したとの報が都へと届く。源義経・範頼が率いる、義仲追討軍であった。

西暦	年号	月	事項	関係章段
一一八三	寿永二	7	義仲入京　平家追討の宣旨	8 山門御幸《さんもんごこう》
		8	平家一門解官　義仲伊予守に任ず　新帝践祚	8 名虎《なとら》
		10	頼朝に東海・東山の支配権を認める院宣（物語では「征夷大将軍」院宣）　平家太宰府から逃れ讃岐国屋島へ	8 征夷将軍院宣 8 太宰府落
		11	義仲、後白河院御所を急襲、院を幽閉	8 鼓判官《つづみほうがん》 8 法住寺合戦
		12	頼朝、範頼・義経に義仲追討を命じる　翌正月、追討軍が京へ進軍	9 生ずきの沙汰

誰が一番乗り？

宇治川先陣・巻第九

比《ころ》は正月《むつき》二十日《はつか》あまりのことなれば、①比良のたかね、志賀の山、②昔ながらの雪も消え、谷々の氷うちとけて、水はをりふしまさりたり。白浪《はくらう》おびたたしうみなぎり落ち、③灘枕《せまくら》おほきに④滝鳴つて、さかまく水もはやかりけり。夜はすでにほのぼのとあけゆけど、川霧ふかく立ちこめて、馬の毛も⑤鎧の毛もさだかならず。

ここに大将軍⑥九郎御曹司、川の端に進み出で、水のおもてを見わたして、人々の心をみんとや思はれけん、「いかがせむ、⑦淀《よど》、一口《いもあらひ》へやまはるべき、⑧水のおち足をやまつべき」と宣へば、⑨畠山、其頃《そのころ》はいまだ生年二十一になりけるが、すすみ出でて申しけるは、「鎌倉にてよくよく此《この》川の御⑩沙汰は候ひしぞかし。しろしめさぬ海川の、⑪俄《にはか》にできても候はばこそ。此川は近江の水海の末なれば、まつともまつとも⑫水ひまじ。橋をば又誰かわたいて参らすべき。⑬治承の合戦に、⑭足利又太郎忠綱《あしかがのまたたらうただつな》は鬼神《おにかみ》でわたしけるか。重忠《しげただ》⑮瀬ふみ仕らん」とて、⑯丹の党をむねとして、五百余騎ひしひしとくつばみをならぶるところに、平等院の丑寅、⑰橘の小島が崎より武者二騎ひつかけひつかけ出できたり。一騎は⑱梶原源太景季《かぢはらげんたかげすゑ》、一騎は⑲佐々木四郎高綱《ささきしらうたかつな》なり。人目には何とも見えざりけれども、内々は⑳先に心をかけたりければ、梶原は佐々木に㉑一段ばかりぞ進んだる。佐々木四郎、「この河は西国一《さいこくいち》の大河ぞや。㉒腹帯《はるび》ののびて見えさうは。しめたまへ」と言はれて、梶原さもあるらんとや思ひけん、左右《さう》の鐙《あぶみ》を㉓ふみすかし、手綱を馬の㉔ゆがみに捨て、腹帯をといてぞしめたりける。その間に佐々木はつつとはせぬいて、河へざつとぞうち入れたる。梶原、たばかられぬとや思ひけん、やがてつづいてうちいれたり。「いかに佐々木殿、㉕高名《かうみやう》せうどて不覚し給ふな。水の底には大綱あるらん」といひければ、佐々木太刀をぬき、馬の足にかかりける大綱どもをばふつふつとうちきりうちきり、㉖いけずきといふ㉗世一《よいち》の馬には乗つたりけり、宇治河はやしといへども、一文字にざつとわたいて、むかへの岸にうちあがる。梶原が乗つたりける㉘するすみは、川なかより㉙篦撓形《のためがた》におしなされて、はるかの下《しも》よりうちあげたり。佐々木鐙ふんばりたちあがり、大音声《だいおんじやう》をあげて名のりけるは、「㉚宇多天皇《うだのてんわう》より九代《くだい》の後胤、佐々木三郎秀義《ひでよし》が四男《しなん》、佐々木四郎高綱、宇治川の先陣ぞや。われと思はん人々は高綱にくめや」とて、をめいてかく。

畠山五百余騎でやがて渡す。むかへの岸より㉛山田次郎がはなつ矢に、畠山馬の額を㉜篦深《のぶか》に射させて、よわれば、河なかより㉝弓杖《ゆんづゑ》をついておりたつたり。㉞岩浪甲の手先へざつとおしあげけれども、事ともせず、水の底をくぐつて、むかへの岸へぞ着きにける。あがらんとすれば、うしろに者こそむずとひかへたれ。「たそ」と問へば、「重親《しげちか》」とこたふ。「いかに大串《おほくし》か」「㉟さん候《ざうら》ふ」。㊱大串次郎は畠山には㊲烏帽子子《えぼしご》にてぞありける。「あまりに水がはやうて、馬はおしながされ候ひぬ。力およばでつき参らせて候」といひければ、「いつも㊳わ殿原《とのばら》は、重忠がやうなる者にこそたすけられむずれ」といふままに、大串をひつさげて、岸の上へぞ投げあげたる。投げあげられ、ただなほつて、「武蔵国の住人、大串次郎重親、宇治川の先陣ぞや」とぞなのつたる。敵も味方も是を聞いて、一度にどつとぞわらひける。

【現代語訳】

時は正月二十日過ぎのことなので、比良の高嶺や、志賀の山、昔ながらの長等山などの雪も消え、谷々の氷も解けて、ちょうど川の水は増していた。川一面に白波が満ちあふれて流れ落ち、瀬枕が大きく盛り上がって滝のように音を立て、逆巻く水も速かった。夜はすでにほのぼのと明けていったが、川霧が深く立ちこめて、馬の毛色も鎧の色目もはっきりしない。

この時大将軍の九郎御曹司は、川端に進み出て、水面を見渡して、人々の士気のほどを試してみようと思われたのだろうか、「どうしようか、淀・一口へ回るべきか、ここにいて流れの弱まるのを待つべきか」とおっしゃると、畠山重忠《しげただ》が、その頃はまだ生年二十一であったが、進み出て、「鎌倉で十分にこの川についての評議はありましたぞ。（御曹司の）ご存じでない海や川が急にできでもしたのならともかく、この川は近江の湖から流れ出た川なので、いくら待っても水は引きますまい。また、誰が取り外されてしまった橋を再びかけてくれるでしょうか。治承の合戦のときに、足利又太郎忠綱は鬼神であったからここを渡ったというのか。重忠が瀬踏みしてみましょう」と言って、丹の党を主力として、五百余騎がびっしりと轡を並べているところに、平等院の北東、橘の小島が崎から、武者二騎が馬を激しく走らせながら出てきた。一騎は梶原源太景季、一騎は佐々木四郎高綱である。人目には何とも見えなかったけれども、心の中では、二人とも先陣を目指していたので、梶原は佐々木より一段ほど先に進んでいた。佐々木四郎に、「この川は西国一の大河ですぞ。腹帯がゆるんで見えます。お締めなされ」と言われて、梶原はそんなこともあるだろうと思ったのか、左右の鐙を踏んばって腰を鞍から浮かせ、手綱を馬のたてがみに投げかけ、腹帯を解いて締めた。その間に佐々木はつっと駆け抜けて、川へざっと馬を入れた。梶原はいっぱいくわされたと思ったのか、すぐに続いて馬を乗り入れた。「やあ佐々木殿、手柄を立てようとして失敗をなさるなよ。水の底には大綱があるだろう」と言ったので、佐々木は太刀を抜き、馬の足にかかった何本もの大綱をふつふつと打ち切り打ち切りして、生食という当世第一の馬には乗っていたことだし、宇治川の速い流れにもかかわらず、一直線にざざっと渡って、向こう岸にさっと上がる。梶原が乗っていた摺墨は、川の中から矢竹をためたように曲線状に押し流されて、ずっと下流から岸に上がった。佐々木は鐙を踏んばって立ち上がり、大声をあげて名乗ることには、「宇多天皇から九代の子孫、佐々木三郎秀義の四男佐々木四郎高綱、宇治川の先陣だぞ。我こそはと思う人々があれば、高綱と勝負しろ」と言って、喚き叫んで敵陣に突入した。

畠山は五百余騎で続いて渡る。対岸から山田次郎が放つ矢に、馬が額を篦深に射られて弱ったので、畠山は川の中間から弓を杖にして馬から降り立った。岩に当たって砕ける波が甲の吹返しの上までざぶっとかかるけれども、物ともせず、水の底をくぐって、対岸に着いた。岸に上がろうとすると、背中に何かがむずとしがみついている。「誰だ」と問うと、「重親」と答える。「なんと、大串か」。「そうです」。大串次郎は畠山の烏帽子子《ご》であった。「あまりに流れが速くて、馬は押し流されてしまいました。どうしようもなくて、あなたにお付き申しています」と言ったので、「いつもお前らは、重忠のような者に助けられるのだな」と言いながら、大串をひっ下げて、岸の上に投げ上げた。投げ上げられ、すぐさま起き直って、「武蔵国の住人、大串次郎重親、宇治川の先陣だぞ」と名乗った。敵も味方もこれを聞いて、一度にどっと笑った。

【語注】

①比良のたかね、志賀の山…琵琶湖西岸の連山。比叡山に連なる。

②昔ながらの…「ながら」に「長等（山）」を掛ける。長等は園城寺の背後の山で、志賀山へと連なる。

③灘枕…「灘」は「瀬」に同じ。川の急流が石などに当たって盛り上がり、枕のように見える場所。

④滝鳴つて…流れが滝のように盛り上がり、大きな音を立てて。

⑤鎧の毛…鎧の札《さね》を綴り合わせる糸や皮（縅《おどし》）の色。その様子が毛を伏せたように見えることから、「縅毛」「毛」という。

⑥九郎御曹司…源義経。**探究のために**参照。

⑦淀、一口…「淀」は現在の京都市伏見区淀。桂川・宇治川・木津川の合流地点。「一口」は淀の東南、現在の京都府久御山《くみやま》町の地名。干拓前の巨椋《おぐら》池の水が淀川に向かうところで、渡船場があった。

⑧水のおち足…川の水が引くとき。

⑨畠山…畠山庄司次郎重忠《しげただ》。**探究のために**参照。

⑩沙汰…物事の是非や善悪などをとりさばくこと。ここではいかに宇治川を攻略するかについて検討・議論され、吟味されたということ。

⑪俄にできても候はばこそ…急に出現したのなら仕方ありませんが、そうではありません。

⑫水ひまじ…水が引くことはないだろう。

⑬治承の合戦…一一八〇年の、以仁《もちひと》王の乱。以仁王と源頼政が、平清盛に対して挙兵し、いわゆる源平合戦の引き金となった戦い。この際、園城寺から奈良へと逃れる以仁王・頼政軍と平家軍とが宇治川を挟んで戦った。

⑭足利又太郎忠綱…下野国（現在の栃木県）の武士。一一六四?～没年未詳。秀郷《ひでさと》流藤原氏。下野国足利庄を名字の地とする。以仁王の乱に追討軍として参戦、宇治川の戦いでは、新田義重《にったよししげ》が利根川を渡した先例を挙げ、馬筏を組んで川を渡り先陣を果たした。その後も頼朝には与さず、一一八三年、頼朝に仕える小山朝政《おやまともまさ》と争い敗北し、西海に赴いた。なお、同時代の史料では足利忠綱の先陣は確認できない。

⑮瀬ふみ…川の深さや流れの速さを、実際に足を踏み入れることで測ること。ここでは先陣を名乗り出た言葉。

⑯丹の党…「党」は同族的武士集団。武蔵七党の一つで、秩父・児玉・入間・大里（現在の埼玉県西部）に拠った。丹治《たじみ》党。

⑰橘の小島が崎…宇治橋の下流にあった中州とされるが場所は不明。『古今和歌集』巻第二、『源氏物語』の宇治十帖「浮舟」にも「橘の小島」の名が見られる。

⑱梶原源太景季…**探究のために**参照。

⑲佐々木四郎高綱…**探究のために**参照。

⑳先に心をかけたりければ…先陣を目指していたので。流布本「先

に心を懸けたるらん」のほうが意味が通りやすい。八坂本は「互に先をあらそひけるが」。

㉑一段…一段は六間。約一一メートル。ただ中世における一段を九尺とする説もあり、これに従えば二・七メートルである。すると拮抗しながら戦陣を争う両者の姿が浮かび上がってくる。

㉒腹帯ののびて見えさうは…腹帯（鞍を安定させるために、馬の腹に巻き付けた帯）が緩んでいるように見えますよ。

㉓ふみすかし…「すかす」は隙間を空ける。鐙を踏んばり腰を鞍から浮かせる様子。長門本には「鐙をふみすかしてつゐ立上りて」、百二十句本には「つ立ちあがりて、左右の鐙を踏みすかし」とある。

㉔ゆがみ…結髪。馬のたてがみを束ねて結んだところ。

㉕高名せうどて…手柄を立てようとして。「せうどて」は「せむとて」の訛。

㉖いけずき…佐々木四郎高綱が頼朝から賜った馬の名。馬も人もかまわず食べたので、「生食」と名付けられたという。

㉗世一の馬には乗つたりけり…天下一の馬に乗っていることであるし。終止形中止法で、すぐ下へ勢いよく続ける。

㉘するすみ…梶原源太景季が頼朝から賜った馬の名。毛が黒かったため「摺墨」と名付けられたという。

㉙篦撓形…ななめ。篦撓は、矢竹のそりを撓《た》めなおす道具で、細い木にすじかいに溝を彫り刻んだもの。

㉚宇多天皇より九代の後胤、佐々木三郎秀義…宇多天皇（第五十九代。在位八八七〜八九七）から九代の子孫、佐々木三郎秀義。一一一二〜一一八四。源義朝に従って保元・平治の乱で名をあげるが、平家全盛のときに近江国の所領を失い、以後相模国に居住、子息を頼朝に帰属せしめた。一一八四年、一の谷の合戦後近江に帰還するが、同年、伊賀・伊勢の平氏の反乱を鎮圧しようとした際戦死。

㉛山田次郎…義仲方の武士と考えられるが、伝未詳。

㉜篦深に射させて…射られ、篦《の》（やじりと羽を除いた部分）が深く突き刺さって。軍記物語では、受身を嫌い使役で表現することがある。

㉝弓杖を突いて…弓を杖のように突いて。

㉞甲の手先…兜の吹き返し（左右の側面で耳のようにそり返っている部分）。

㉟さん候ふ…「然に候ふ」の音便形。そうでございます。

㊱大串次郎…大串次郎重親《しげちか》。生没年未詳。武蔵七党の一つ、横山党の武士か。

㊲烏帽子子…元服に際して加冠し、名を与えた相手。

㊳わ殿原…「わ殿」は二人称の代名詞。同輩またはそれ以下の相手に対する親称。「原」は当て字で複数の接尾語。

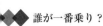

◆◇鑑賞のヒント◇◆

❶ なぜ義経は、水量の増した川を見て回り道や足踏みを諮ったのか。
❷ 佐々木の生食、梶原の摺墨はどのような馬か。
❸ 佐々木と梶原のやりとりから、どのようなことが読み取れるか。
❹ 畠山と大串の話は、どのような効果を持っているか。

◆◇鑑賞◇◆

後白河院から源義仲討伐の命を受けた源頼朝は、弟の源義経、範頼《のりより》を京へ派遣する。義経率いる搦手《からめて》（敵の背面から攻撃する軍勢）は宇治川に至った。見れば宇治橋の橋板は除かれ、川底には乱杭が打たれ綱が張り巡らされている。時は正月二十日、現在では三月上旬にあたる。折しも雪解けの水で宇治川は増水していた。夜明けを迎えつつあるが霧が立ちこめぼんやりとしている。このような悪条件の下、義経は武士たちに「どうしようか、淀や一口へ回り道をしようか、水が引くのを待とうか」と、消極的な提案をする。この理由について語り手は「人々の心を見むとは思はれけむ」と推測するが、「人々の心を見る」とは、どういうことだろうか。ここでの「心」は士気や闘志という意味である。わざとここで川を渡るのを避けることを示唆するような質問を投げかけて、配下の武士たちが、急流などの悪条件の下でも川を渡って攻め込む士気を持っているかを試したのである。わざと弱気なことを言って、部下を奮起させようという工夫をするところから、義経の知将としての面が窺える。なお、「淀、一口やむかひ候べき」という言葉は、巻第四「橋合戦」で、以仁王追討軍の侍大将・上総守忠清のものとして出てくる。この時は慎重な提案の言葉であるが、「人々の心を見むとは思はれけむ」という句が入り込むことで、まったくニュアンスが変わっている。宇治川の戦いは、九郎義経にとって初陣である。延慶本では、当初義経の下知はがやがやとした武士たちの声でかき消されていたが、平等院から取り寄せた太鼓をたたくと皆静まりかえって義経に注目したとある。進み出て川を渡ろうとする者はなかなか出ず、その中で誰かが「水が引くのを待とうか」と言ったが、畠山がそれを打ち消して進んだ、という話になっており、かなり異なった状況が語られている。延慶本での義経は「真っ先に進んだ者は、勲功第一として鎌倉殿の見参に入れるぞ」と、褒賞を約束することで配下の武士たちの士気を高めようとする人として描かれており、義経の人物像にも違いがある❶。

そうこうしている内に、五百余騎の中から梶原源太景季と佐々木四郎高綱が躍り出てくる。佐々木は「生食」という馬、梶原は「摺墨」という馬に乗っている。生食も摺墨もいずれ劣らぬ名馬であるが、二人がそれぞれの馬に乗っているのには次のような因縁があった。生食は、梶原が頼朝にしきりに欲しがった名馬であった。しかし頼朝は、「生食は自分が万一の時に乗る馬だから与えられない。摺墨も劣らない名馬だぞ」と言って摺墨を与えた。また、佐々木も同じように生食を望んでいたが、それに対して頼朝は、「希望の者はたくさんいることを承知しておけ」と言って、佐々木に生食を与えたのであった。佐々木は「私は必ずこの生食で宇治川の先陣を遂げます。宇治川で私が死んだとお聞きになったら、他の者に先陣を奪われたとお思い下さい」と頼朝に言ったという。

二人はこの後、京に向けて、共に出陣したので、梶原は佐々木に生食が与えられたことを知る。頼朝を恨んだ梶原は、佐々木に勝負を挑んでわざと刺し違え共に死ぬことによって、頼朝に、二人の立派な侍を失うという損をさせよう、と企てた。梶原はここまで思い詰めて佐々木の登場を待ち受けるが、佐々木が機転を利かせて、「あなたが生食をいただけなかった、という話を聞いて盗んでしまったのです」と答えたので、梶原は「憎らしい、そうであるなら私も盗んでしまえばよかった」と笑って立ち去った。

佐々木の機智で両者の衝突は避けられたが、彼らは宇治川で先陣を争うことになった。最初は梶原が一歩リードしていたが、実際に川を渡る段になると、二頭の馬の能力の差が出てくる。生食に乗る佐々木は、宇治川の急流をものともせず、真一文字に川を渡り、向こうの岸へとたどり着く。対して摺墨に乗る梶原は、斜めに押し流されてしまい、ずっと下流に上陸することになるのである。結局先陣の名乗りを上げたのは、佐々木のほうであった。梶原、佐々木の明暗は、明らかに馬の優劣によってついたものである。馬の力の差が、拮抗していた両者に優劣をつけたのである❷。

現代の感覚で考えれば梶原が佐々木を恨むのは当然であるが、梶原は佐々木の「生食を盗んだ」との言葉を信じて、自分もそうすればよかったと笑い飛ばすだけである。また先陣争いのさなかに腹帯の緩みを指摘され、それを直しているうちに追い抜かれてしまう。梶原は佐々木を卑怯な者だと糾弾し、地団駄を踏んで悔しがってもおかしくないにもかかわらず、佐々木に対し水底にある大綱へ注意するよう呼びかけるのだ。

これまで様々に言及されているように、物語の語り手は、佐々木の機転や先陣への強い覚悟、功名心を賞賛していると思われる。そこには卑怯だ、とか武士道に反する、という佐々木への批判はまったく見られない。それはもちろん、佐々木の行動を是とする語り手の価値観の表れではあるのだが、当時とは考え方の異なる現代を生きる我々が読んでも、それほど佐々木を非難する気持ちが起こらないのは、梶原の描かれ方によるのではないか。結果として宇治川の戦いでも先を越され、佐々木からこれほどの仕打ちを受ければ、普通の人間なら怒りを感じたり恨んだりして当然である。頼朝から生食を盗んだという佐々木の言葉を信じるのも、お人好しと言えばそれまでだが、このような梶原の対応が描かれているからこそ、佐々木の行動も評価されるのではないだろうか。もし梶原の消極的な反応が描かれていれば、佐々木の行動は狡猾さや嫌みを感じさせるものとなる。つまり、この宇治川の挿話における佐々木の行動は、梶原が屈託のない鷹揚さを示しているからこそ、肯定的に捉えられ得るのである。梶原の「いかに佐々木殿、高名せうどて不覚し給ふな。水の底には大綱あるらん」という言葉は、読み本系にはなく、大綱が水底に張られているのには佐々木が気づいたことになっており、梶原と水底の綱とは関連付けられていない。梶原のこの言葉は、腹帯のことを指摘され、もたついた挙げ句先を越されたことへ仕返しするために、佐々木を牽制したものとも捉えられるが、結果として佐々木はこの言葉によって無事一番乗りを果たすのであり、梶原の心中やその後が描かれていないこともあって、この言葉の持つ後味はけっして悪いものではない❸。

佐々木が宇治川の先陣を果たした後、畠山と大串の小さい挿話が語られる。畠山は足利忠綱の先例を語り、宇治川を渡ることを主張したが、結局先陣は果たせず、馬の額を射られ、馬を捨てて川を徒歩で渡った。岸へ上がろうとすると後ろから引っ張る者がいる。烏帽子《えぼしご》子の大串重親であった。馬を押し流されて徒歩で川を渡っていたという。そこで畠山は「いつもお前らは重忠のようなものに助けられるのだな」と言い、大串を岸へ投げ飛ばす。ここで大串の「私が宇治川の先陣だ」という言葉が語られるのである。この話で大切なのは、畠山と大串が両者ともいわゆる先陣争いからは脱落していることと、二人が烏帽子親子の関係であったということである。畠山も大串も、佐々木と梶原が名馬に乗って先陣を争っているのとは対照的に、馬を流され徒歩で岸を目指しており、格好のつくものではない。また大串は、畠山につかまって川を渡り、岸に投げ出されたにもかかわらず、「先陣だ」と言い張って高らかに名乗った。だからこそ大串の名乗りは、敵にとっても味方にとっても笑いを誘うのである。このような緊張感あふれる戦場において、その緊張がゆるみ、敵味方なく盛り上がった場面として、巻第十一「那須与一」がある。戦いの勝敗を占うために源氏の武将、那須与一が扇の的を見事に射たときに、敵も味方も戦いを一時忘れ、与一を絶賛した。また、二人は烏帽子親と烏帽子子の関係であり、後述する義仲と今井四郎兼平の乳母子《めのとご》同士の関係性と同じように、両者は戦場で共に行動していたと思われる。「いつもわ殿原は、重忠がやうなる者にこそ助けられむずれ」という畠山の言葉は、彼らが緊密で、気の置けない関係だったことを窺わせる。

「那須与一」では、与一が的を射たことに感動した平家の老武者が舞を舞ったが、与一は義経の命でその武者を射殺した。宇治川でも一瞬の「笑い」の後には再び戦闘が始まり、畠山は長瀬判官代重綱と戦いその頸を取ったのである。『平家物語』においては、弛緩と緊張は常に隣り合わせであった。現代の批評家小林秀雄はこの場面を取り上げて、「込み上げてくるわだかまりのない哄笑が激戦の合図だ。これが平家という大音楽の精髄である」と書いている❹。

◆◇探究のために◇◆

▼人物

① 源義経《みなもとのよしつね》（九郎御曹司）…一一五九〜一一八九。源義朝の子で、母は、近衛天皇の中宮である九条院に仕えた雑仕女の常磐《ときわ》。平治の乱で義朝が破れ、幼少期を鞍馬寺《くらまでら》で過ごす。幼名は牛若。その後奥州・平泉（現在の岩手県）の藤原秀衡《ひでひら》を頼った。富士川の合戦のときに挙兵した異母兄・頼朝のもとに参じ、以来義仲・平家の追討のため、数々の合戦で大将軍として活躍するが、平家滅亡後は頼朝と不仲になり、再び奥州へ下り秀衡の庇護を求め

るものの秀衡は程なく死去。頼朝の圧力に耐えかねた泰衡《やすひら》（秀衡の子）に攻められ、衣川《ころもがわ》の館で自害した。

②**畠山重忠**《はたけやましげただ》…一一六四〜一二〇五。武蔵国の武士。畠山重能《しげよし》の嫡男で、母は三浦義明《よしあき》の娘。畠山庄（現在の埼玉県深谷市畠山）を本拠地とした。頼朝が挙兵した当初は平家に属し、追討軍として参戦、衣笠《きぬがさ》城の合戦で三浦氏を攻め、祖父である三浦義明を自害に追い込んでいる。その後頼朝に帰順し、義経軍の一人として宇治川、一の谷、屋島の合戦に参戦。平家滅亡後は、一一八九（文治五）年の奥州藤原氏の征討、一一九〇（建久元）年、一一九五（建久六）年の頼朝上洛に従うなど、有力な御家人として活躍するが、北条時政の娘との間に生まれた重保《しげやす》と、時政の後妻、牧《まき》の方《かた》の娘婿、平賀朝雅《ひらがともまさ》との対立により謀反の疑いをかけられ、二俣川《ふたまた》（現在の神奈川県横浜市）で討たれた。勇猛にして思慮分別のある武士として理想化され、多くの文芸作品に登場する。『吾妻鏡』には、一一八六（文治二）年、静御前が鶴岡八幡宮で舞ったときに、銅拍子を打った、と記されている。

③**梶原景季**《かじわらかげすえ》…一一六二〜一二〇〇。頼朝に仕えた梶原平三景時《へいぞうかげとき》の嫡男。相模国鎌倉郷梶原を本拠地とする。巻第九「二度之懸《かけ》」には、一の谷の合戦で敵に深入りし、父景時により窮地を脱する様子が描かれ、巻第十一「鶏合壇浦合戦」では父と共に義経と対立する様が語られる。父が失脚し、共に京へ向かう途中、駿河国狐ヶ崎（現在の静岡県静岡市）で討たれた。

④**佐々木高綱**《ささきたかつな》…生年未詳〜一二一四。宇多源氏。近江国の武士。母は源為義《ためよし》の娘で、父秀義は源氏累代の家人であった。挙兵当初から頼朝に付き従い、石橋山の合戦で頼朝を逃がすために奮戦するなど、各地で戦功を重ねた。平家滅亡後は、東大寺再建のための材木を調達し頼朝に賞せられる。その後出家して高野山に入り、西入と号した。

▼佐々木四郎高綱は、なぜ生食を与えられたのか　「宇治川先陣」は、**鑑賞**でも指摘した通り、諸本、とくに覚一本

と延慶本とで大きく内容が異なる章段である。その中でも目立つのが、佐々木四郎高綱はなぜ生食を与えられたのか、ということについての記述である。

覚一本では、なぜ佐々木には生食を与え、梶原には与えられなかったのか、ということについての記述はなく、読者は推測することしかできない。しかし延慶本にはその理由が丁寧に説明されている（資料A）。佐々木は義仲追討軍に遅参するのだが、その理由を、「十三年の追善を父親の墓で行っていたので遅れたのだが、その時に無常を感じ、頼朝に会ってから戦場へ赴きたいと思ったからだ」と頼朝に説明した。すると頼朝はその覚悟の程に感激し、梶原が所望していたことを伝えた上で、生食を与えるのである。ではなぜ梶原は生食を与えられなかったのか。梶原は頼朝に、生食を賜り、宇治川の先陣を果たしたい旨を直接願い出ている。梶原は自分以上に頼朝の覚えがめでたい者はいない、と確信していたが、頼朝はこの時の梶原について「にくひけしたる者の声やう、けしきかな」と感じ、生食ではなく「第二の御馬」である摺墨を与えた。

ここから読み取れるのは、佐々木の器量の大きさである。佐々木は頼朝に、「生食をいただきたい」とは言っていない。そうではなくて頼朝が自分に生食を与える気になるような振る舞いをするのである。そして目論見通り、佐々木の言葉に感動した頼朝は、自分から生食を与えよう、と持ち出す。対照的に梶原は、はっきりと生食を所望していることを頼朝に伝えるが、その時頼朝に、その傲慢さ、思い上がりを感じ取らせてしまった。この器量の違いが、両者の運命を分けたのだ、と印象づけた上で、「宇治川先陣」の挿話が語られるので、享受者はある種の予定調和をもって二人の先陣争いを見守るのである。延慶本の語り手が武士の「器量」をどのようなものだと考えているか、佐々木と梶原のどちらを評価しているか、ということも読み取れるだろう。

この後も延慶本の語り手は梶原に批判的であり（「梶原と申すは大悪心の腹悪なり」「梶原は諸人ににくまれける間、用心することひまもなし」などとある）、覚一本に比べてかなり立場の鮮明なテキストであると言える。梶原源太景季はたしかに評判の良い人物ではないが、**鑑賞**でも述べたように、覚一本の語り手は梶原にも一定の評価を与えていると考えられ、それは生食が佐々木に与えられた理由をはっきりとは書かないという態度にも表れている。

▼承久宇治川合戦の記事（『承久記』『吾妻鏡』）との類似性　宇治川を挟んでの攻防戦は、歴史上様々な局面で行われてきた。「先陣争い」があったとされる今回の戦いのほかにも、『平家物語』巻第四「橋合戦」で描かれる以仁王追討時の戦い（一一八〇年）、承久の乱で鎌倉幕府軍が京へと進軍したときの戦い（一二二一年）が挙げられる。宇治川は京都を守る自然の砦であり、都を守護する軍隊は、宇治橋の橋桁を外し、渡れないようにするのが常套手段であった。ゆえに、異なる作品や場面で合戦の様子が似たように描写されることがあるのだが、「宇治川先陣」と、『承久記』の「宇治川渡河」との間には、より密接な関連性が窺える。

『承久記』（流布本）の「宇治川渡河」では以下のような話が語られる（**資料B**）。佐々木四郎高綱の甥、信綱と芝田《しばた》兼義《かねよし》の先陣に関する駆け引きの話である。大雨で増水し、白波が立つ中、瀬の浅深を知り、川を渡る方法を探る幕府軍。向こう岸には大量の朝廷軍。信綱と泰時に瀬踏みを命じられた芝田は、どちらが先に川を渡るか争うのだが、信綱は義時から賜った「御局」という名馬に乗っていた。信綱と芝田はほぼ同時に川に入るのだが、信綱がまっすぐ向こう岸へ向かったのに対し、芝田は二段ほど下流に流され、結局最初に先陣の名乗りをあげたのは、信綱であった。この話は、『吾妻鏡』の承久三年六月十四日条（**資料C**）にも見られ（信綱が渡河の際、綱を太刀で切ったことも載る。ただし『吾妻鏡』は先陣を芝田とする）、「先陣争い」「綱を太刀で切る」「賜った名馬で先陣を果たす」「二人同時に先陣の名乗りをする」という構成要素を『平家物語』の「宇治川先門」と共有している。このことから、そもそも今回の宇治川での戦いについての記事が『玉葉』や『吾妻鏡』にないこともあって、この章段が承久の乱における「宇治川渡河」に基づき創作された、とも考えられている（大森金五郎《おおもりきんごろう》、佐々木紀一《ささききいち》、野口実《のぐちみのる》）。

これに対して後藤丹治《ごとうたんじ》は、『拾玉抄』に、高綱が宇治川の川底の大綱を重代の太刀によって切った、とする家伝があり、あながち『平家物語』の記事は虚構とは言えないのではないか、と反論した。しかし、この伝承自体が本章段を参考にした可能性は否定できない上、**鑑賞**でも指摘したが、巻第四の「橋合戦」の足利忠綱の言葉が、義経のものとして流用されているだろうこと、諸本間での内容の違いが比較的大きいことから、創作された挿話である可能性が高い。ただし、冨倉徳次郎が言うように、「いずれの伝本にものせられている」話ではあり、話の原型は古くから存在したものであると考えられ、『承久記』の古態本である慈光寺本に「宇治川合戦」の記事がないことも考え合わせると、『平家物語』と『承久記』や『吾妻鏡』との前後関係はなお慎重に考える必要がある。ここでは、宇治川という舞台を共有する異なった出来事を取り扱った作品間で、時代を超えた交流が見られることを指摘するに留めたい。

【資料】

A　延慶本『平家物語』第五本「宇治川」

佐々木四郎隆綱《ささきのしらうたかつな》、鎌倉殿《かまくらどの》に参《まゐ》たり。「いかに今まで遅かりつるぞ」と宣《のたま》へば、「老少不定《ろうせうふぢやう》の堺《さかひ》にて候《さうらひ》し上、合戦の道に向き候事、再《ふた》び故郷に帰るべしとも存ぜず候あひだ、父にて候し者の墓所《むしよ》に暇乞《いとまこひ》候《さうらひ》つる次《ついで》に、十三年の追善《ついぜん》を引《ひき》こして仕《つかまつ》り候《さうらひ》つる間《あひだ》、遅参《ちさん》仕《つかまつり》て候。やがてあれよりこそ打出《うちいづ》べく候《さうらひ》つれども、親の孝養《けうやう》を引《ひき》こし候程に、無常《むじやう》を観《くわん》じ候《さうらひ》ながら、争《いかで》か今一度みもまひらせ、みへ《(見)》もまひらせ候《さうら》はでは候《さうらふ》べきと存候《ぞんじさうらひ》て、参て候」とて、ふしめにぞなりたりける。鎌倉殿《かまくらどの》も御覧じて、御目に涙をうけさせ給けり。さて仰《おほせ》に、「合戦の庭にて身命《しんみやう》をすつべき趣《おもむ》きすでに顕《あらは》れて、神妙《しんべう》にこそ覚《おぼ》ゆれ。和《わ》殿《どの》も日比《ひごろ》ほしげに思《おもひ》たりつる生𫗪《いけずき》を、曳出物《ひきでもの》にせばやと思《おもふ》が、梶原《かじはら》源太《げんだ》が所望《しよまう》しつるに、おし《(惜)》く思て、うすずみをとらせたりつるあひだ、路《みち》にて和殿《わどの》を恨みむずらむと覚《おぼ》ゆるは、いかがすべき」とぞ被仰《おほせられ》ける。佐々木畏《かしこまり》申《まうし》けるは、「梶原が千万《せんまん》の恨《うらみ》はさも候《さうら》はば候《さうら》へ。一疋《いつぴき》の生飡を給《たまはり》てこそ、生前《しやうぜん》の名誉《めいよ》を末代《まつだい》に伝へ、後生《ごしやう》の面目《めんぼく》を閻王《えんわう》の庁庭《ちやうてい》にもほどこし候はむずれ。其上《そのうへ》臥士《ぶし》となり候て、梶原が恨《うらみ》をなどか一往陳《いちわうちん》じ開かでは候べき。一切《いつさい》くるしかるまじく候」と言上《ごんじやう》す。「さらばとらする」とて、生飡をぞ給はりたりける。

（現代語訳：佐々木四郎高綱は、鎌倉殿のもとへ参上した。「どうして遅くなったのか」とおっしゃると、「老少不定の世の中でございます上、合戦に赴くことでもございまして、再び故郷に帰ることができるとは存じませんので、父の墓所に暇乞いをいたしますついでに、十三回忌の追善を執り行いましたので、遅参いたしました。そのまま出立すべきでありましたが、親の孝養をしておりましたときに、世の無常を悟りましたが、どうして今一度殿の姿を拝見し、私の姿を見せ申し上げずにはいられようかと思いまして、参上しました」と申して、伏し目になった。鎌倉殿もご覧になって、御目に涙を浮かべなさって、「戦場で身を捨てる覚悟が表れていて、神妙である。お前も日頃欲しがっていた生ずきを、引き出物にしようと思うが、梶原源太も所望していたが、惜しいと思って薄墨を取らせたので、道中お前を恨むだろうと思うが、どうしようか」とおっしゃった。佐々木はかしこまって、「梶原の千万の恨みはさもあらんと思います。（しかし）一匹の生飡をいただいてこそ、生前の名誉を末代に伝え、後生の面目を閻魔大王の庁舎の庭でもほどこすでしょう。武士となって梶原の恨みに一通り申し開かないでいられましょうか。まったく苦にはいたしません」と申し上げる。「それならば、取らせよう」とおっしゃって、生飡をお与えになった。）

B 『承久記』流布本

さて此河はさぞ有覧と見渡して取返し、「瀬踏をこそ仕《し》をほせて候へ」と申ければ、佐々木四郎左衛門尉、御前に候が、芝田が申す詞《ことば》を聞《きき》も敢へずうつたち馬にひたと乗て、下様に馳て行く。芝田橘六、あな口惜し、是に前《さき》をせられなんずと思て、同じく馳て行。佐々木、前に立て、「爰が瀬か〳〵」と云ければ、「未《いま》だ遥か〳〵」とて、槇島の二俣なる所の、我瀬踏したる所へ馬の鼻を引向け、岸《が》破《は》と落さんとす。芝田が馬は鹿毛なるが、手飼にて未だ乗入ざれば、河面大雨降て、洪水張《みなぎ》り落ち、白浪の立けるに驚て、鼻嵐《はなあらし》吹て取て返す。引向けて鞭を健《したた》かに打て落さんとす。佐々木、是を見て、こは如何に、彼《かし》こは瀬にて無き物をと思て引返し、芝田が傍《そば》より岸破《がは》と打入て渡しけり。佐々木が馬は、権大夫殿より給はりたりける甲斐国の白歯立、黒栗毛なる駄の下尾《したを》白かりけり。八寸《やき》の馬、其名を御局《おつぼね》とぞ申ける。駄の落るを見て、芝田が馬も続ひて落る。河中迄《まで》は佐々木が馬の鞭に鼻をさす程なりけるが、元来《もとより》馬劣りたれば、次第に捨てられ、二段計りぞ降りたる。佐々木、未だ向ひの岸へもあがらずして、「近江国の住人、佐々木四郎左衛門尉源信綱、今日の宇治河の先陣也」と、高らかにぞ名乗ける。同じく続ひて、「奥州の住人、芝田橘六兼能、今日の宇治河の先陣」と、同音に高らかにぞ訇《ののし》りける。

（現代語訳：（芝田橘六は）さて、川はこのようだろう、と見渡して取って返し、「瀬踏みをしおおせました」と申し上げたので、佐々木四郎左衛門尉信綱が北条泰時の御前にお仕えしていたが、芝田が申し上げる言葉を聞き終わらずに、立ち上がり馬にさっと乗って、急いで下っていく。芝田橘六は、「ああ、くやしい、こいつに先を越されてしまう、と思って、同じように急いで行く。佐々木は前に立って、「ここが浅瀬か、ここが浅瀬か」と言ったので、「まだ先、まだ先」と言って、槇島の瀬が二俣になった所で、自らが瀬踏みした所へ馬を向け、川へ入ろうとする。芝田の馬は鹿毛であるが、自ら飼育しまだ川に乗り入れたことがなかったので、水はみなぎり落ち、白浪が立っていたのに驚いて、鼻息荒くとって返す。馬の頭を川の方に向け、強く打って川へ入れようとする。佐々木はこれを見て、「これはどうしたことだ。あそこは浅瀬でないのだ」と思って引き返し、芝田の傍らから川へ入って渡した。佐々木の馬は、北条義時からいただいた甲斐国の白歯育ちで、黒みがかった栗色の毛並み、尾とたてがみは暗赤色の牡馬で、尾の先は白かった。前足の先から肩まで四尺三寸ある「八寸の馬」で、名を御局と申し上げた。牡馬の入るのを見て、芝田の馬も続いて入った。川の中程までは佐々木の鞭が芝田の馬の鼻に当たるほどであったが、芝田の馬は元来劣っていたので、次第に引き離されて、二段ほど引き下がった。佐々木は、未だ向こう岸へ上がらないうちに、「近江国の住人、佐々木四郎左衛門尉信綱が、今日の宇治川の先陣である」と高らかに名乗った。同じように続いて、「奥州の住人、芝田橘六兼能、今日の宇治川の先陣」と、同じくらい高らかに大音声を上げた。）

C 『吾妻鏡』承久三年六月十四日

武州、河を越えて相戦はずんば、官軍を敗《やぶ》りがたきの由相計ひ、芝田橘六兼義を召し、河の浅瀬を尋ね究むべきの旨を示す。兼義、南條七郎を伴ひて真木島《まきしま》に馳せ下る。昨日の雨によつて緑水流れ濁り、白浪張《みなぎ》り落つ。淵底を窺《うかが》ひがたしといへども、水練たればつひにその深浅を知る。しばらくあつて馳せ帰り、渡さしむるの条相違あるべからざるの由、申しをはんぬ。卯《う》の三刻に及びて、兼義・春日刑部三郎貞幸等、命を受けて宇治河を渡さんがために、伏見の津の瀬に馳せ行く。佐々木四郎右衛門尉信綱・中山次郎重継・安東兵衛尉忠家等、兼義が後に従ひ、河俣《かはまた》に副《そ》ひて下り行く。信綱・貞幸云はく、ここか瀬は、ここか瀬は、てへれば、兼義つひに返答に能はず、数町を経るの後鞭を揚ぐ。信綱・重継・貞幸・忠家同じく渡す。

（現代語訳：武州（北条泰時）は宇治川を越えて戦わなければ官軍を破ることはできないと考え、芝田橘六兼義をお呼びになって河の浅瀬を調べ探るよう指示した。兼義は南条七郎（時員）を伴って真木島に急行した。昨日の雨のために緑水の流れは濁って白浪が溢《あふ》れ落ち、淵の底を窺うことはできなかったが、（兼義は）泳ぎが達者であったのでとうとうその浅深を知った。しばらくして急ぎ帰り、「渡ることは問題ありません」と申し上げた。卯の三刻（午前六時頃）になって、兼義・春日刑部三郎貞幸らは（泰時の）命を受けて宇治川を渡るために伏見津の瀬に急行した。佐々木四郎右衛門尉信綱・中山次郎重継・安東兵衛尉忠家らは兼義の後に従い、河俣に沿って下って行った。信綱・貞幸が「ここが浅瀬か。ここが浅瀬か」と言ったが、兼義はとうとう返答もせず、数町を経た後に鞭を揚げ（て渡り）、信綱・重継・貞幸・忠家も同じく渡った。）

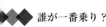

共に最後のいくさをしよう

木曽最期・巻第九

①木曽殿《きそどの》は信濃《しなの》より②巴《ともゑ》、山吹《やまぶき》とて二人の③便女《びんぢよ》を具せられたり。山吹はいたはりあつて、都にとどまりぬ。中にも巴は色しろく髪ながく、容顔《ようがん》まことにすぐれたり。ありがたき強弓精兵《つよゆみせいびやう》、④馬の上、かちだち、⑤打物《うちもの》もつては鬼にも神にもあはうどいふ一人当千《いちにんたうぜん》の兵者《つはもの》なり。究竟《くつきやう》の荒馬乗り、悪所《あくしよ》おとし、いくさといへば、⑥さねよき鎧《よろひ》着せ、大太刀《おほだち》、強弓もたせて、まづ一方《いつぱう》の大将にはむけられけり。度々《どど》の高名《かうみやう》、肩を並ぶる者なし。されば今度も、おほくの者どもおちゆき、うたれける中《なか》に、七騎が内まで巴はうたれざりけり。

木曽は⑦長坂《ながさか》をへて⑧丹波路《たんばぢ》へおもむくともきこえけり。又⑨竜花越《りゆうげごえ》にかかつて北国《ほつこく》へともきこえけり。かかりしかども、⑩今井がゆくゑをきかばやとて、勢田《せた》の方《かた》へ落ち行くほどに、今井四郎兼平《いまゐのしらうかねひら》も、八百余騎で勢田をかためたりけるが、わづかに五十騎ばかりにうちなされ、⑪旗をばまかせて、主《しゆう》の⑫おぼつかなきに、みやこへとつてかへすほどに、大津の打出《うちで》の浜にて、木曽殿にゆきあひ奉る。互《たがひ》になか⑬一町ばかりよりそれと見知つて、主従駒をはやめて寄りあうたり。

木曽殿、今井が手をとつて宣《のたま》ひけるは、「義仲《よしなか》六条河原でいかにもなるべかりつれども、なんぢがゆくゑの恋しさに、おほくの敵《かたき》の中をかけわつて、これまではのがれたるなり」。今井四郎、「⑭御諚《ごぢやう》まことにかたじけなう候《さうらふ》。兼平も勢田で打死《うちじに》仕《つかまつ》るべう候ひつれども、御《おん》ゆくゑのおぼつかなさに、これまで参つて候」とぞ申しける。木曽殿、「⑮契《ちぎり》はいまだくちせざりけり。義仲が勢《せい》は敵におしへだてられ、山林にはせ散つて、この辺にもあるらんぞ。汝《なんぢ》がまかせて持たせたる旗あげさせよ」と宣へば、今井が旗をさしあげたり。京より落つる勢ともなく、勢田より落つる者ともなく、今井が旗を見つけて三百余騎ぞはせ集まる。木曽大《おほ》きに悦《よろこ》びて、「此《この》勢あらば、などか最後のいくさせざるべき。ここに⑯しぐらうてみゆるはたが手やらん」。「甲斐《かひ》の⑰一《いち》条《でうの》次郎殿《じらうどの》とこそ承り候へ」。「勢はいくらほどあるやらん」。「六千余騎ときこえ候へ」。「さてはよい敵ござんなれ。同じう死なば、よからう敵にかけあうて、大勢の中でこそ打死をもせめ」とて、まつさきにこそすすみけれ。

【現代語訳】

木曽殿は信濃国から、巴、山吹という、二人の召使の女をお連れになっていた。山吹は病気で都に残った。中でも巴は色が白くて髪が長く、その容姿は本当に優れていた。めったにない強弓を引く精兵で、馬の上での戦いでも、徒歩での戦いでも、刀を持っては鬼にでも神にでも立ち向かおうという一人当千の武者であった。きわめてすぐれた荒馬の乗り手であり、峻険なところでも馬で下り、合戦となれば、(木曽殿は)札《さね》の良い鎧を着せ、大太刀や強弓を持たせて、第一に一方の大将として差し向けなさった。度重なる勲功では、肩を並べる者はいなかった。だから今度の戦でも、多くの者が落ち行き、討たれた中で、最後の七騎になるまで巴は討たれなかった。

木曽は長坂を経て丹波路へ向かうとも言われた。また、竜花越を通って北国へ落ちるとも言われた。このような風聞に反して、木曽は、今井の行方を聞きたいと、勢田の方へ落ちているときに、今井四郎兼平も、八百騎余りで勢田を防御していたが、わずか五十騎ほどになるまで討たれ、旗を巻かせて、主君のことが気がかりで、都へと引き返すときに、大津の打出の浜で、木曽殿に行き会い申し上げた。互いに中一町ほどの距離で相手をそれと見知って、主従は馬を急がせ近寄った。木曽殿は今井の手を取って、「私は六条河原で最期を遂げるつもりであったが、お前の行方が恋しくて、多くの敵の中を駆け破り、ここまで逃れてきたのだ」とおっしゃった。今井四郎は、「お言葉、まことにかたじけなく存じます。私も勢田で討ち死にいたすべきでございましたが、あなたのご消息が気がかりで、ここまで参上いたしました」と申し上げた。木曽殿が、「死ぬときは一緒だ、という約束は、まだ朽ちていなかった。私の軍勢は敵におし隔てられて、山や林に散り散りになり、この辺りにもいるだろう。お前が巻かせて、持たせている旗をあげさせよ」とおっしゃったので、今井の旗を掲げた。京から落ちた軍勢ともなく、勢田から落ちた軍勢ともなく、今井の旗を見つけて三百騎余りが馳せ参じた。木曽は大いに喜んで、「この軍勢があるなら、どうして最後の戦をしないことがあろうか。あそこに密集して見える軍勢は、誰のものだろう」。「甲斐の一条次郎殿のものだと承知しております」。「軍勢はどれほどだ」。「六千余騎ということです」。「それでは良い敵であるな。同じ死ぬなら、良い敵と戦って、大軍の中で討ち死にをしよう」と、木曽は真っ先に進んでいた。

【語注】

①木曽殿…源義仲。**探究のために**参照。
②巴、山吹…巴については、**探究のために**参照。山吹は未詳。
③便女…侍女のこと。身のまわりの世話や雑用に当たった。
④馬の上、かちだち…馬の上の戦いでも、徒歩での戦いでも。
⑤打物…打ち鍛えて作った、太刀や剣などの武具。
⑥さねよき鎧…傷を受けにくい堅固な鎧。「さね（札）」は牛の皮革製、または鉄製の短冊状の小さな板。
⑦長坂…鷹峯《たかがみね》（現在の京都市北区）から北へ杉坂に至る山道。左の**地図**参照。
⑧丹波路…老の坂（現在の京都市西京区大枝）から亀岡を経て播磨（現在の兵庫県）へ入る道。左の**地図**参照。
⑨竜花越…大原（現在の京都市左京区）から竜花（現在の滋賀県大津市）へ越える北陸へ通じる道。左の**地図**参照。

「木曽最期」関係地図

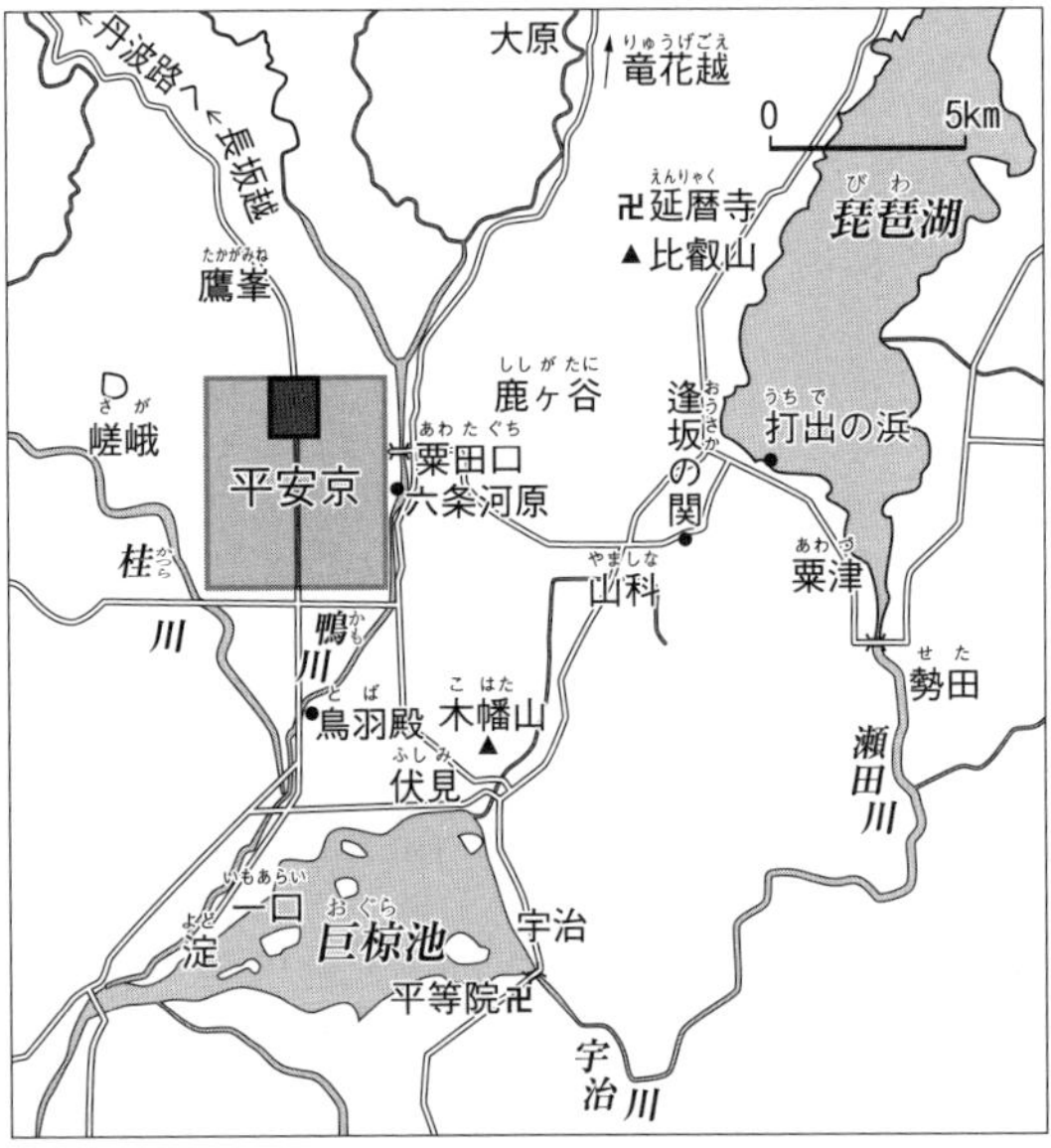

⑩今井…今井四郎兼平。**探究のために**参照。
⑪旗をばまかせて…軍団のしるしとして掲げていた旗を巻き納めて。敗軍の様を表す。布を長くなびかす流れ旗を巻き、上部の横上の竿に紐でくくった（『新日本古典文学大系』）。
⑫おぼつかなきに…気がかりなので。形容詞「おぼつかなし」の連体形に、理由を表す接続助詞「に」が接続している。
⑬一町…一町は六〇間。約一〇九メートル。
⑭御諚…お言葉。仰せ。
⑮契…巻第九「河原合戦」に、「幼少竹馬の昔より、死なば一所で死なんとこそ契りしに」とあり、その約束を指す。義仲と兼平の、主従としての前世からの因縁とも解釈できる。
⑯しぐらうて…遠く密集している。ものの密集している状態を遠くから見て言う言葉。「深茂」の字をあてる本もある。
⑰一条次郎…一条忠頼《ただより》。武田信義の長男。甲斐源氏の惣領的立場にいたと考えられ、一の谷の合戦にも参加したと記されるが、一一八四年頼朝により誅殺された。

◆◇鑑賞のヒント◇◆

❶巴はどのような人物として描かれているか。
❷義仲と今井四郎はどのような関係か。
❸なぜ一条次郎は「よい敵」なのか。

◆◇鑑賞◇◆

六条河原の合戦で敗れ、落ちゆく義仲に付き従うのは「便女」の巴であった。便女とは、雑用係の女性を指す。後でも指摘する通り、義仲と巴がどのような関係であったかは諸本によりまちまちだが、ここでは覚一本の記述を素直に受け取って、使用人の女性と考えたい。ただし、巴はただの使用人ではなく、「容顔まことにすぐれ」た「一人当千の兵者」として登場する。これ以前、またはこれ以後でも、文学作品に戦場で戦う女性はほとんど登場しないにもかかわらず、巴は義仲に武将としての能力を認められ、立派な武具も与えられて、大将として信頼されていた。その上、最後の七騎になるまで残っていた主要な武将として描かれている❶。

義仲はこの場合、平家と連携し頼朝に対抗するため西国に落ちるか、本拠地であった信濃など北国に逃げて再起を図るのが適切であろう。しかし、大方の予想を裏切って、京にほど近い琵琶湖畔の勢田（現在の滋賀県瀬田）へと向かった。挙兵以来共に行動してきた今井四郎兼平がそこで戦っていたからである。兼平は兼平で、義仲のことが気がかりで京へと戻るところであった。八百騎あった兼平軍も五十騎にまで減り、旗を巻いていることからもわかるように、敗軍である。こちらもどこかへ逃げていこうというのではなく、ひとえに義仲との邂逅を願って行軍していた。

義仲を支えるのは、兼平と「一所で死なん」という思いだけであった。義仲は兼平の行方の「恋しさ」を語り、一方兼平は主君の行方の「おぼつかなさ」を語る。身分としては義仲のほうが高いのだが、精神的には兼平が義仲を保護するような存在になっていることが窺える。兼平は義仲の「乳母子《めのとご》」であった。乳母子とは、「同じ乳を飲み合って育ち、そのまま腹心の家来となったもの」であり、主人とは互いに「主従の義と兄弟の情をかねた深い愛情によって結ばれていた」（『新日本古典文学大系』脚注）。公的な紐帯とともに、もしくはそれが結ばれる以前から、私的な縁によって結ばれた二人は、人間的な愛情、互いに相手を求める〈融合的愛〉（大津雄一《おおつゆういち》）に包まれていたと言える❷。

兼平と落ち合った義仲は、「最後のいくさ」をしようと言う。相手は一条次郎。勢は六千騎。大軍である。相手にとって不足はない、と考えたのか、義仲は「さてはよい敵ござんなれ」と言う。『平家物語』では「よい敵」、もしくはそれに似た表現が何度も出てくる。最も有名なのは、巻第十一「敦盛《あつもり》最期」において敦盛が熊谷次郎直実《なおざね》に言った「なんぢがためにはよい敵ぞ」や、同じく巻第十一「能登殿最期」で知盛《とももり》が教経《のりつね》に向けて言った「いたう罪な作り給ひそ。さりとてよき敵か」である。この二つの章段は本書でも取り上げている（「敦盛最期」は172ページ、「能登殿最期」は222ページ参照）ので詳しい考察はそちらに譲るが、共通して言えるのは、よい敵とは、身分が高い武将であるということであろう。当時の合戦で「戦功」として評価されるのは、できるだけ身分の高い武将の首を取ることであった。逆に言えば、義仲ほどの大将軍となると、身分の低い者に首を取られてはならないということになる。このことは、義仲と兼平をめぐる悲劇を理解する上で重要なポイントになるので、ここで確認しておきたい。その点で一条次郎は甲斐源氏の惣領で、後に頼朝に誅殺されるほどの人物であり、清和源氏の統領である頼朝の同族として高い地位にいたと考えられるから、義仲にとっては、最後のいくさにふさわしい人物であった❸。

それにしても、六千騎の一条次郎軍に対して、木曽の七騎、今井の五十騎、味方の三百騎合わせても三百五十余騎で立ち向かう、というのである。聞き手や読者は、そこに絶望を見出すとともに、何とか逆境をはねのけて欲しい、義仲、巴、そして今井はいったいどうなるのだろうか、という思いを抱く。義仲の劣勢を、数字に語らせることで具体化しているのである。物語はこのように享受者をひきつけながら、義仲の最期をめぐるドラマを劇的に描いていく。

落ち行く前に戦果を捧ぐ——女武者巴の奮戦

木曽最期・巻第九

木曽《きその》左馬頭《さまのかみ》、其日の装束《しやうぞく》には、①赤地の錦《にしき》の直垂《ひたたれ》に②唐綾威《からあやをどし》の鎧《よろひ》着て、鍬形《くはがた》うつたる甲《かぶと》の緒《を》しめ、③いかもの作りの大太刀《おほだち》はき、④石うちの矢の、其日のいくさに射て少々残つたるを、頭高《かしらだか》に負ひなし、⑤滋籐《しげとう》の弓持つて、きこゆる木曽の⑥鬼葦毛《おにあしげ》といふ馬の、きはめてふとうたくましいに、⑦黄覆輪《きんぷくりん》の鞍《くら》おいてぞ乗つたりける。鐙《あぶみ》踏ん張り立ちあがり、大音声《だいおんじやう》をあげて名のりけるは、「昔は聞きけん物を、木曽の冠者《くわんじや》、今は見るらん、左馬頭兼《けん》伊予守《いよのかみ》朝日の将軍　源《みなもとの》義仲《よしなか》ぞや。甲斐の一条次郎とこそ聞け。たがひによいかたきぞ。義仲討つて⑧兵衛《ひやうゑの》佐《すけ》に見せよや」とて、をめいてかく。一条の次郎、「只今なのるは大将軍ぞ。あますな者ども、もらすな⑨若《わか》党《たう》、うてや」とて、大勢《おほぜい》の中にとりこめて、我うつとらんとぞすすみける。木曽三百余騎、六千余騎が中をたてさま、よこさま、⑩蜘手《くもで》、十文字《じふもんじ》にかけわつて、うしろへつつと出でたれば、五十騎ばかりになりにけり。そこをやぶつてゆくほどに、⑪土肥《とひの》二郎《じらう》実平《さねひら》二千余騎でささへたり。其をもやぶつてゆくほどに、あそこでは四五百騎、ここでは二三百騎、百四五十騎、百騎ばかりが中をかけわりかけわりゆくほどに、主従五騎にぞなりにける。五騎が内まで巴はうたれざりけり。木曽殿、「おのれは、とうとう、女なれば、いづちへもゆけ。我は打死《うちじに》せんと思ふなり。もし人手にかからば自害をせんずれば、木曽殿の最後のいくさに、女を具せられたりけりなんど、いはれん事もしかるべからず」と宣ひけれども、なほおちもゆかざりけるが、あまりにいはれ奉つて、「あつぱれ、よからうかたきがな。最後のいくさして見せ奉らん」とてひかへたるところに、武蔵《むさし》国にきこえたる大力《だいぢから》、⑫御田《おんだ》の八郎師重《はちらうもろしげ》、三十騎《さんじつき》ばかりで出できたり。巴、その中へかけ入り、御田の八郎におしならべて、むずととつて引きおとし、わが乗つたる鞍の前輪《まへわ》におしつけて、ちつともはたらかさず、頸《くび》ねぢ切つてすててんげり。其後、物具《もののぐ》ぬぎすて、東国の方へ落ちぞゆく。⑬手塚太郎《てづかのたらう》打死《うちじに》す。手《て》塚《づか》の別当《べつたう》落ちにけり。

【現代語訳】

木曽左馬頭のその日の装束は、赤地の錦の直垂に唐綾威の鎧を着て、鍬形を打ち付けた甲の緒を締め、いかもの造りの大太刀を腰につけ、石打ちの矢で、その日の戦で射て少しだけ射残したのを、背に高々と負って、滋籐の弓を持って、名だたる木曽の鬼葦毛という馬で、極めて太くたくましいのに黄覆輪の鞍を置いて乗っていた。鐙を踏ん張って立ち上がり、大音声を上げて名乗って言うには、「昔は（噂に）聞いたことだろうが、木曽の冠者を、今は目の当たりにしているであろう、左馬頭兼伊予守、朝日の将軍源義仲であるぞ。甲斐の一条次郎と聞いている。互いにとってよい相手だぞ。義仲を討ち取って兵衛佐に見せよ」と言って、大声で叫んで馬を走らせる。一条次郎は、「今名乗ったのは大将軍だぞ。逃がすなよ、者ども、討ちもらすな、若党よ、討ち取れ」と言って、（義仲の軍勢を）大勢の中に取り囲んで、我こそ討ち取ってやろうと思って進んで来た。木曽方の三百余騎は、（一条次郎方の）六千余騎の中を、縦に、横に、くも手に、また十文字にと駆け破って、（一条次郎方の軍勢の）後ろにつっと抜け出たところ、五十騎ほどになってしまった。そこを打ち破って進んで行くと、土肥の二郎実平が二千余騎（の手勢）で待ち受けていた。それも打ち破って進んで行くうちに、あちらで四、五百騎、こちらで二、三百騎、百四、五十騎、また百騎ばかりの中を駆け破り駆け破りして行くうちに、（義仲勢は）主従五騎になってしまった。（その）五騎の中にまで巴は討たれないでいた。木曽殿は、「そなたは、早々に、女なのだから、どこへなりと落ちて行け。私は討ち死にしようと思っているのだ。もし人手にかかったなら自害をするつもりだから、木曽殿が最後の戦に女を連れておられたなどと言われるようなのは、よくないことだ」とおっしゃったけれども、（巴は）なおも落ちて行かなかったが、あまりに（何度も）言われ申して、「ああ、よい敵に出会いたいものよ。最後の戦をしてお見せ申し上げたい」と言って、（馬を）とどめていたところに、武蔵国で有名な剛力の武者、御田の八郎師重が、三十騎ほど（の手勢）で出て来た。巴はその中に駆け込んで、御田八郎に（馬を）押し並べて、むんずとつかんで引き落とし、自分の乗った（馬の）鞍の前輪に押さえつけて、全く身動きさせずに、首をねじ切って捨ててしまった。その後、鎧甲を脱ぎ捨てて、東国のほうへ落ちて行った。手塚太郎は討ち死にした。手塚の別当は逃げて行った。

【語注】　＊装束に関する語句に関しては、**付録**も参照のこと。

①赤地の錦の直垂…地色が赤の錦（種々の色糸を使って模様を織り出した絹の織物）の、鎧の下に着る衣服。

②唐綾威の鎧…唐綾（模様を浮き織りにした絹地）を細かく裁ち紐状にしたものを糸の代わりとして、札《さね》（128ページ**語注**⑥参照）を縦に幾段もつづり合わせた鎧。光沢・文様があって優美なもので、様々な色がある。

③いかもの作り…外装がいかめしく、立派に作ってある。

④石打ちの矢…鷲や鷹が尾羽を広げたとき、両端に出る羽（石うちの羽）を矢羽とした矢。多く大将軍が用いた。

⑤滋籐の弓…弓束（握る部分）を黒漆で塗り、その上に白い籐を何重にも巻きつけた弓。

⑥鬼葦毛…「鬼」は荒々しい、勇猛な、という意味を持つ接頭語。「葦毛」は馬の毛色の一種で、肌は黒っぽく、生えている毛は白いことが多く、肉眼には灰色に見える。

⑦黄覆輪の鞍…鍍金《ときん》を用いて縁取りした鞍（人が乗るために馬の背に置く馬具）。

⑧兵衛佐…源頼朝。**探究のために**参照。

⑨若党…年の若い郎等たち。

⑩蜘手、十文字…四方八方、前後左右ばらばらに動き回ること。とくに馬に乗って走り入り敵陣をばらばらに打ち破るさまを描写する語。巻第八「法住寺合戦」にまったく同じ表現が見える。

⑪土肥次郎実平…相模国の武士。桓武平氏。頼朝の側近。

⑫御田の八郎師重…恩田師重。系譜未詳。諸本による異同が大きく、別人物が師重の役を果たすものもある。

⑬手塚太郎、手塚の別当…手塚光盛《みつもり》。源義仲に従った武士。信濃国諏訪神社の神官、金刺《かなざし》氏の一族で、手塚の別当はその伯父と言われる。

馬具

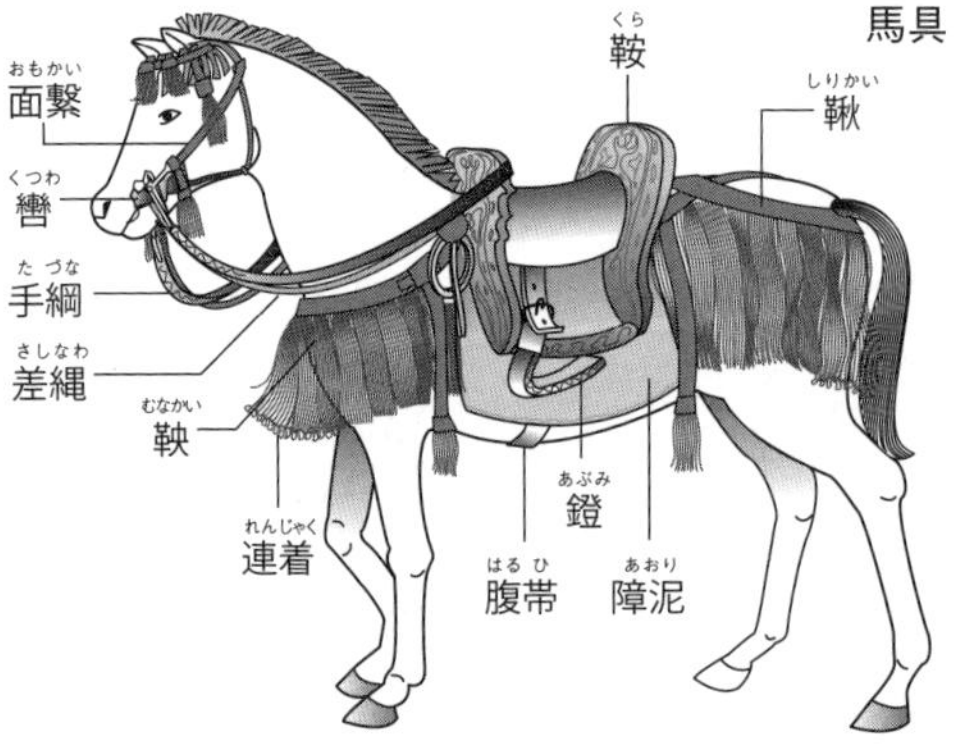

◆◇鑑賞のヒント◇◆

❶ 義仲の装束の描写にはどのような意味があるか。
❷ 義仲の「名乗り」はどのようなものか。
❸ なぜ義仲は巴に「いづちへも行け」と言ったのか。
❹ 「いづちへも行け」と義仲に言われた巴は、なぜ最後に奮戦したのか。

◆◇鑑賞◇◆

この部分は、名乗りを上げる義仲の装束の描写から始まる。描き出される義仲の装束は、どれもこれも美しい一級品ばかりである。装束描写は、単なる服装の説明ではない。装束の一つひとつは、それを着用する者の身分や地位を表現するものだった。たとえば、義仲の鎧直垂は、「赤地の錦の直垂」とされているが、錦の直垂は身分のある武将が身に着けるものであり、とくに赤地のそれは大将軍のものであって、みだりに着用することは許されなかったという（梶原正昭《かじはらまさあき》）。巻第七「実盛最期」において語り手は、義仲軍との負け戦、篠原合戦に臨む平家の家人、斎藤実盛の装束を、「赤地の錦の直垂に、もよぎおどしの鎧着て、くわがたうつたる甲の緒しめ、金作りの太刀をはき、きりふの矢負ひ、滋藤の弓もつて、連銭葦毛なる馬に、黄覆輪の鞍をいてぞ乗つたりける」と描くが、これは義仲の描写とよく似ている。実盛は「故郷には錦を着て帰れ」という故事に基づいて、平宗盛からの特別な「御ゆるし」を得て錦の直垂を着用した、とあり、本来は将軍でなければ許されなかった姿で出陣したことがわかる（**コラム**「斉藤実盛」参照）。両者とも、負けると知りながら、死の覚悟をもって臨む最後のいくさへの出陣であった。華々しい装束描写が通じ合うのは、偶然とは言えないだろう❶。

装束描写のあとは「名乗り」が行われる。名乗りは、「呼びかけのことば」「自分の身分や系譜を語ることば」「勝負をいどむことば」からなるが、ここでの「昔は聞きけんものを、木曽の冠者、今は見るらん、左馬頭兼伊予守朝日の将軍源義仲ぞや」という、身分・系譜を語ることばは、「昔は聞きけん」と「今は見るらん」、「木曽冠者」と「左馬頭兼伊予守朝日将軍」が対句となり、「昔」と「今」を対照的に並べ立て、「木曽冠者」（木曽で成人した、無位無冠の者）から「左馬頭兼伊予守」という顕職を帯び、連戦連勝の「朝日将軍」と呼ばれるまで、めざましい出世を果たした義仲の矜持を、鮮やかに描き出すものである❷。装束描写と名乗りとが相俟《ま》って、まるで勝ち戦であるかのように、最後の戦に臨む大将軍の晴れ姿を描き出しているのである。この物語の語り手の、滅び行く者への眼差しが感じ取れる場面であろう。

さて、物語は続いて義仲と巴との別れを描く。前にも述べた通り、巴は義仲の便女であった。『源平盛衰記』においては乳母子で、「妾」であったとされることもあり、この場面を「義仲が愛する巴と別れる場面」と読む解釈が多く見られる。しかしテキストを虚心坦懐に読めば、巴は「義仲の愛する女性」と定義されてはおらず、義仲と愛する女性の別れはすでに巻第九「河原合戦」に、「はじめて見そめたる女房」と「最後のなごりおしまんとて、とみに出でもやらざりけり」という形で描かれている。ここでの巴との別れに、「愛する男と女の別れ」「義仲の巴への愛情の深さ」を読み取るのは、適切ではない。

それでは義仲と巴のやりとりに何が読み取れるのか。義仲は「女なれば」と、女であることを理由に、巴を戦場から排除しようとする。もちろんここに、巴への思いやりを読み取ることができないわけではない。しかし続く言葉は、「木曽殿の最後のいくさに、女を具せられたりけりなんど、言はれんこともしかるべからず」であった。そこで前面に押し出されるのは戦場に女を連れて行くことを不名誉に思う心であり、他人からどう見られるか、という不安である。これを最後の戦とすることを固く決意している義仲は、あくまでも自らの論理を重んじて巴を戦場から去らせようとしている❸。

それに対し巴は、「なほも落ちも行かざりける」と、義仲の提案を受け入れない。しかし最後には「あつぱれ、よからう敵がな。最後のいくさして見せ奉らん」と、自分なりのやり方で義仲に対して答えを出す。よい敵と戦って戦果を義仲に見せるという「武士の論理」をもって義仲の呼びかけに答えたのであった❹。この時代の女性は、後世を弔うという形で肉親の男を鎮魂して余生を暮らした。巴はそのような、女性に与えられた性役割を拒絶し、自分の行動原理によって、死にゆく義仲に見事に供儀を贈りえたのである（高木《たかぎ》信《まこと》）。

それに対する義仲の反応は、とくには語られていない。しかし義仲は、巴のこの行動を是としたのではないか。生粋の武人である義仲と、超女性的な武人として描かれてきた巴とのつながりは、対等な人間同士による論理と論理のぶつかり合いによってしか解消されなかったのである。

すべては主君の名誉のため

木曽最期・巻第九

今井《いまゐ》の四郎《しらう》、木曽殿、主従二騎になつて宣ひけるは、「日ごろはなにともおぼえぬ鎧が今日《けふ》は重うなつたるぞや」。今井の四郎申しけるは、「御身《おんみ》もいまだつかれさせ給はず。御馬もよわり候はず。なにによつてか、一両の御着背長《おんきせなが》を重うはおぼしめし候べき。それは御方《みかた》に御勢《おんせい》が候はねば、臆病《おくびやう》でこそ①さはおぼしめし候へ。兼平一人《いちにん》候とも、余の武者千騎《せんぎ》とおぼしめせ。矢七つ八つ候へば、しばらく②ふせぎ矢仕《つかまつ》らん。あれに見え候、粟津《あはづ》の松原と申す。あの松の中で御自害候へ」とて、うつてゆく程に、又あら手《て》の武者五十騎ばかり出できたり。「君はあの松原へ入らせ給へ。兼平は此敵《このかたき》防ぎ候はん」と申しければ、木曽殿宣ひけるは、「義仲都にて③いかにもなるべかりつるが、これまでのがれ来るは、汝と一所で死なんと思ふ為《ため》なり。所々でうたれんよりも、一所《ひとところ》でこそ打死《うちじに》をもせめ」とて、馬の鼻をならべてかけむとし給へば、今井四郎馬よりとびおり、主の馬の口にとりついて申しけるは、「弓矢とりは年来《としごろ》日来④いかなる高名《くわうみやう》候へども、最後のとき不覚しつれば、ながき疵《きず》にて候なり。御身はつかれさせ給ひて候。つづく勢は候はず。敵におしへだてられ、いふかひなき人の郎等《らうどう》にくみおとされさせ給ひて、うたれさせ給ひなば、『さばかり日本国《につぽんごく》にきこえさせ給ひつる木曽殿をば、⑤それがしが郎等のうち奉つたる』なんど申さん事こそ口惜しう候へ。ただあの松原へ入らせ給へ」と申しければ、木曽、「⑥さらば」とて、粟津の松原へぞかけ給ふ。

今井四郎只《ただ》一騎、五十騎ばかりが中へかけいり、鐙《あぶみ》ふんばりたちあがり、大音声《だいおんじやう》あげて名のりけるは、「日来は音にも聞きつらん、今は目にも見給へ。木曽殿の御《おん》めのと子、今井の四郎兼平、生年《しやうねん》三十三にまかりなる。さる者ありとは、鎌倉殿《かまくらどの》までもしろしめされたるらんぞ。兼平うつて見参《けんざん》に入れよ」とて、射のこしたる八すぢの矢を、⑦さしつめ引きつめ、さんざんに射る。死生《ししやう》は知らず、やにはにかたき八騎射おとす。其後《のち》打物ぬいて、あれにはせあひ、これに馳せあひ、切つてまはるに、⑧面《おもて》をあはする者ぞなき。分《ぶん》どりあまたしたりけり。只、「射とれや」とて、中にとりこめ、雨の降るやうに射けれども、⑨鎧よければうらかかず、あき間を射ねば手も負はず。

木曽殿は只一騎、粟津の松原へかけ給ふが、⑩正月二十一日、⑪入相《いりあひ》ばかりの事なるに、うす氷《ごほり》はつたりけり、深田ありとも知らずして、馬をざつとうち入れたれば、馬の頭《かしら》も見えざりけり。⑫あふれどもあふれども、うてどもうてどもはたらかず。今井がゆくゑのおぼつかなさに、ふりあふぎ給へる内甲《うちかぶと》を、⑬三浦石田《みうらのいしだ》の次郎為久《じらうためひさ》、おつかかつてよつぴいてひやうふつと射る。いた手《で》なれば、⑭まつかうを馬の頭《かしら》にあててうつぶし給へる処《ところ》に、石田が郎等二人《ににん》落ちあうて、つひに木曽殿の頸をばとつてんげり。太刀のさきにつらぬきたかくさしあげ、大音声をあげて、「此日ごろ日本国に聞えさせ給ひつる木曽殿をば、三浦の石田の次郎為久がうち奉つたるぞや」となのりければ、今井四郎いくさしけるが、これを聞き、⑮「今は誰をかばはむとてか、いくさをもすべき。これを見給へ、東国の殿原《とのばら》、日本一の剛《かう》の者の自害する手本」とて、太刀のさきを口にふくみ、馬よりさかさまにとび落ち、つらぬかつてぞうせにける。さてこそ粟津のいくさはなかりけれ。

【現代語訳】

今井四郎と義仲とが主従二騎だけになって、（義仲は）「これまではなんとも思わない鎧が、今日は重くなったことだ」とおっしゃった。今井四郎は、「お体もまだお疲れになってはいらっしゃいません。御馬も弱ってはおりません。どうして（わずか）一領の御着背長を重いとお思いになるはずがありましょうか。それは、味方に軍勢がおりませんので、気後れしてそのようにお感じになるのでしょう。兼平一人だけがいるとしましても、他の武者千騎とお思いください。（私には）矢が七、八本残っておりますので、しばらく防ぎ矢をいたしましょう。あそこに見えますのは、粟津の松原と申します。あの松林の中で御自害なさってください」と申し上げ、（馬に）鞭打ってゆくうちに、また新手の（敵の）武者が五十騎ほど出てきた。（兼平は）「あなた様はあの松原へお入りください。兼平はこの敵を防ぎましょう」と申し上げたところ、木曽殿がおっしゃるには、「義仲は都でどのようにでもなるはずであったが、これまで逃れてきたのは、お前と同じ所で死のうと思ったからなのだ。別々の所で討たれるよりも、同じ場所で討ち死にをもしよう」と言って、（兼平と）馬の鼻を並べて駆け出そうとなさるので、今井四郎は馬から飛び降り、主君の馬の口に取りついて、「弓矢取りというものは、長い間常日頃、どんな手柄を立てておりましても、最期の時に不覚をとってしまうと、末代までの汚点となるものです。お体はお疲れになっております。（後に）続く（味方の）軍勢はおりません。敵に（私との間を）押し隔てられ、取るに足らない郎等ふぜいに組み落とされなさって、討たれておしまいになったなら、『あれほど日本国に有名でいらっしゃった木曽殿を、誰それの郎等がお討ち申した』などと人が申すのが残念でございます。ただあの松原にお入りになってください」と申し上げたので、木曽は、「それならば」と言って、粟津の松原へ馬を走らせて行かれた。

今井四郎はただ一騎で、五十騎ほどの中に駆け入って、鐙を踏ん張って（馬の鞍から）立ち上がり、大音声を上げて名乗ったことには、「日頃は（私のことは）噂にも聞いていることだろうが、今はその目で御覧なされ。木曽殿の御乳母子、今井四郎兼平、当年三十三歳になる。そういう者がいるとは、鎌倉殿までも御存じのことであろう。兼平を討ち取って（鎌倉殿の）お目にかけよ」と言って、射残した八本の矢を、（弓に）つがえては引き、つがえては引き、矢継ぎ早に射る。生死のほどはわからないが、たちどころに敵を八騎射落とした。その後は、太刀を抜いて、あちらに馳せ合い、こちらに馳せ合いして、斬って回ると、面と向かってくる者はいない。敵の首や武器などをたくさん奪い取ったのだった。（敵は）ひたすら、「射取れ」と言って、中に取り囲んで、雨が降るように射たけれども、鎧がよいので裏まで届かず、（鎧の）透き間を射当てないので、傷も負わない。

木曽殿はただ一騎で、粟津の松原に駆け入りなさったが、正月二十一日の日暮れ時分のことである上に、薄氷が張ってはいるし、深田があるとも知らないで、馬をざっと乗り入れたところ、（深田にはまってしまい）馬の頭も見えなくなった。（鐙で馬の腹を蹴りつけて）あおってもあおっても、（鞭で）打っても打っても、（馬は）動かない。今井の行方が気がかりで、（義仲が）振り返りなさった甲《かぶと》の内側を、三浦の石田次郎為久が、追いすがりざま（弓を）引き絞って、ひょうふっと射止めた。重傷なので、（義仲が甲の）正面を馬の頭に当ててうつ伏せになられたところに、石田の郎等が二人駆けつけて来て、ついに木曽殿の首を取ってしまったのだった。（石田が義仲の首を）太刀の先に貫いて高く差し上げ、大音声を上げて、「この日頃日本国中に知れ渡っていらっしゃった木曽殿をば、三浦の石田次郎為久がお討ち申したぞ」と名乗ったので、今井四郎は戦っていたが、これを聞いて、「今となっては、誰をかばおうと戦をもしようか。これを見給え、東国の殿方よ、（これこそ）日本一の剛の者の自害する手本だ」と言って、太刀の先を口にくわえて、馬から真っ逆さまに飛び落ち、（自らの太刀に）差し貫かれて死んでしまった。こうして、粟津の合戦というものはなかったのであった。

【語注】 ＊装束に関する語句に関しては、**付録**も参照のこと。

①さはおぼしめし候へ…そのようにお思いになるのでしょう。「さ」は「日頃は何ともおぼえぬ鎧が今日は重うなつたるぞや」を指す。

②ふせぎ矢仕らん…防ぎ矢（敵の襲来を食い止めるために射る矢）をいたしましょう。

③いかにもなるべかりつるが…「いかにもなる」は「どのようにでもなる」。具体的には「最期を迎える」の意。最期を迎えるはずであったのだが。「べし」は当然の助動詞。

④いかなる高名候へども…どんな手柄を立て、功名がございましても。「候へども」は「候ふとも」とあるほうが意味が通じやすい。「とも」は「たとえ〜でも」の意。

⑤それがし…誰それ。

⑥さらば…ラ変動詞「さり」（そうである、の意）の未然形「さら」に接続助詞「ば」が付いたもの。「それならば。そういうことなら」の意。ここでは「お前がそう言うならば」の意。

⑦さしつめ引きつめ…「つむ」は「絶えずする」「続けてする」という意味。絶え間なく矢をつがえ、射続け。

⑧面をあはする者…正面から立ち向かう者。

⑨鎧よければうらかかず…鎧が材質が良く頑丈なので裏まで貫通しない。

⑩正月二十一日…藤原兼実《かねざね》の日記『玉葉』の寿永三年正月二十日条に、「阿波津ノ野辺ニテ伐取ラレ了ンヌト云々」とあり、実際には正月二十日の出来事であったらしい。**探究のために**参照。

⑪入相…日の暮れ方。

⑫あふれどもあふれども…いくら鐙で馬の障泥《あおり》を蹴って急がせても。「障泥」については、134ページ**語注の馬具**参照。

⑬三浦石田の次郎為久…生没年未詳。三浦為継《ためつぐ》の四代の孫で、父は芦名《あしな》為景《ためかげ》。相模国大住郡《おおすみぐん》糟屋荘《かすやのしょう》（現在の神奈川県伊勢原市）石田の住人。義仲を討ち取った人物として諸本に挙げられるが、異説もある。**探究のために**参照。

⑭まつかう…真向。甲の鉢の前面。

⑮今は誰をかばはむとてか、いくさをもすべき…今となっては誰をかばおうということで、いくさをすることがあろうか。「いや、もう誰もかばう必要もない」という意味を含む、反語的な表現。

◆◇鑑賞のヒント◇◆

❶兼平が、義仲に対して「御身もいまだつかれさせ給はず」「御身はつかれさせ給ひて候」と反対のことを言うのはなぜか。
❷義仲と兼平の互いへの思いは、それぞれどのようなものか。
❸義仲と兼平は、それぞれどのような最期を迎えたか。
❹「さてこそ粟津のいくさはなかりけれ」という言葉は、どのような意味を持つか。

◆◇鑑賞◇◆

巴と手塚太郎が去り、手塚別当が討たれていよいよ義仲、兼平の主従二騎となる。巴をはじめとする、兼平以外の部下の眼はもうない。共に生まれ育った兼平と二人きりになった義仲は、ここで初めて本音とも取れる弱音を吐く。それが、「日頃は何とも思われない鎧が、今日は重くなったなあ」という言葉であった。義仲は、信濃で挙兵し快進撃の末、都を占領したものの統治はうまくいかず、後白河院と対立状態となり、法住《ほつじゆう》寺《じ》合戦《かつせん》という形で破局を迎えた（**探究のために**参照）。その結果、西国にある平家の動向を気にしながら関東の頼朝を迎え撃つことになり、頼朝の派遣した軍勢に敗れたのである。このような義仲が何とか兼平との邂逅を願い、それが実現され主従だけになったのだから、このような言葉を口にするのは当然だと言える。それに対し兼平は「お身体はまだお疲れになってはいない」と、義仲の気持ちを鼓舞する。しかしながらここでの励ましは、再起を願ってのものではない。名もない郎等に討たれたと言われることで大将軍としての名誉が汚されるのを避けようと、義仲に自害を勧めるためであった。兼平が義仲のために射ようとしたのはあくまでも「防ぎ矢」である。それに対して義仲は、「都で死んでしまうはずであったのにここまで来たのは、お前と同じ場所で死ぬためであった」と訴え、自害するのではなく、今井と最後の戦をして、共に討ち死にをしたい、と主張する。ここで兼平は先ほどとは反対に、「お身体はすでにお疲れになっています」と言うのである。これらは一見矛盾した発言だが、二つとも、主君に何とか恥ずかしい死に方をさせず、大将軍らしく自害して果てて欲しい、という切なる思いから出た言葉なのである❶。

ここで義仲、兼平の思いの違いが浮き彫りとなる。義仲はとにかく兼平と一緒に果てたいという願いに突き進んでおり、ある種のあどけなさまで感じさせるが、兼平は、本心はさておき、忠実な家来として、心の弱さが露呈しつつある主君に、「長ききず」となるような不名誉な死に方だけはさせられないという思いから懸命に説得を続ける。巻第八「猫間」には次のようなエピソードが語られている。入京間もない義仲が、かつて宗盛が所有していた牛車に乗った折、義仲を不愉快に思った牛飼いがわざと車を急発進させ車内で転倒してしまった。起き上がり方がわからない義仲はじたばたし、「やれ、子牛こでい（おい、牛飼いよ）」と声をかけたが、牛飼いは「やれ」を「車を走らせろ」の意に取り、全力で車を走らせた。これを後ろから追いかけて「どうしてお車をこのようにするのだ」ととがめ、やめさせたのが兼平であった。この挿話は、義仲が無知や未熟さからトラブルを起こし、それを兼平がフォローする、という構図になっている。このように、兼平は直情的で分別に欠けるところがある主君のために尽くす人物として形象されており、覚一本の語り手は、最期の時にもこの関係性を強調したと言える❷。

兼平の話をもっともだと理解した義仲は、自害をすべく粟津の松原へと向かう。しかしそこで彼を待っていたのは、薄氷の張る深田であった。深田にはまった馬は何をしても動かない。「今井が行方のおぼつかなさ」ゆえ、振り返った義仲に、石田次郎為久の放った矢が命中し、石田の郎等に討ち取られてしまう。致命傷を負った原因が、兼平の行方を気がかりに思ったことであるということにはやはり注意が必要であろう。義仲が気にしていたのは、自分の身ではなく、兼平であった。共に討ち死にするという願いは叶えられない、と悟っても兼平のことは気にかかり、その思いがゆえに、兼平が願った大将軍たる見事な最期を遂げられずに終わってしまうのである。

これを見た兼平は、「今は誰をかばはむとてか、いくさをもすべき。これを見給へ、東国の殿原、日本一の剛の者の自害する手本」と言って、壮絶な自害を遂げる。この一言に彼の思いが凝縮されている。兼平の最後の「いくさ」は、勲功のためでもなく、形勢を逆転させるためでもなく、いわんや自分の保身のためでもなく、ひとえに義仲に立派な最期を遂げさせるためのものであった。それが叶わないと見れば彼は戦をやめ、自害するしかなかった。東国の武士たちに見せた「自害する手本」は、その壮絶な方法を見せつけるのではなく、主君のために戦うという目的を失った自分が、その目的を失ったがゆえに自害して果てるのだ、という気概を示したものだと読むべきである❸。

この印象的な章段を締めくくる言葉は、「さてこそ粟津のいくさはなかりけれ」である。この一節については、「激しい戦闘が叙述されてきたのに『なかった』とするのは正当な表現ではない」（杉本圭三郎）、「戦争の終結をいうのであって、合戦内容の批判ではない」（冨倉徳次郎）などとされ、諸本に「今井自害して後ぞ粟津の戦は留りける」（延慶本）、「今井うたれてその後ぞあわづのいくさははてにける」（百二十句本）、「これよりしてこそ粟津の戦はとどまりにけれ」（長門本）とあることから、覚一本の表現は不当な改変であるとして正面から取り上げられてこなかった。しかしここでは、この表現を、含蓄のあるものとして肯定的にとらえたい。

粟津の戦いとは、またその結果はどのようなものであったのか、ということを考えてみる。この戦いは、義仲と兼平が互いを探し求め、めぐりあったことから起きたものである。義仲も兼平も局面の打開は求めておらず、義仲は兼平と共に死ぬこと、兼平は義仲に立派な死を遂げさせることを目的とした。その結果どうなったか。義仲は兼平と共に討ち死にすることはできず、兼平の願いとは裏腹に、「いふかひなき者の郎等」に首を取られてしまった。両者の願いは共に叶わなかったのである。梶原正昭は「もしふり仰いだその一瞬、まなかいの中に今井の姿をとらえつつ、額を射ぬかれて死んだとするならば、たとえ場所は隔たっていたとしても、心はひとつに結ばれ、『一所の死』の願いは果たされた」と言い、冨倉は「義仲の最後はあわれではあるが、悲惨なものではない。乳兄弟今井兼平と再会した時には、すでに彼には快い死が約束させられたのである」、「彼の奮戦はただ無邪気な子供のいくさ遊びであった」と言うが、この物語は、死を美化するような単なる哀話なのだろうか。語り手は、目先の利益を超えた二人の互いへの思いが現実の前に脆くも崩れ去り、崩れ去ったからこそ共感を呼び、哀れを誘うのだ、と訴えているのではないか。二人が思い描いたような「粟津のいくさ」などというものはなかったのだ、という思いが「さてこそ粟津のいくさはなかりけれ」という表現には込められていると見たい。覚一本の表現は、不当でも誤りでもなく、文学的意図を持ったものであると考える❹。

大津雄一が指摘するように、「木曽最期」の章段は、本来「義仲と兼平の〈融合的愛の物語〉」として構想されたにもかかわらず、「あるべき主従の物語あるいはあるべき道徳的規範として」語られてしまい、ひいては「天皇のために命を捧げ、特別攻撃や玉砕を潔しとした、帝国軍隊の指導者たちと感性を共有する」恐れまで内包する。我々は、この物語が「主従の（死の）物語」として完遂されたものではなく、完遂されなかったからこそ、人間の弱さ、真心が美しく描き出されるのだということに気づかなければならない。

◆◇探究のために◇◆

▼人物

①木曽左馬頭…源義仲。一一五四～一一八四。為義《ためよし》の次男・帯刀先生《たちはきせんじよう》義賢《よしかた》の子。義賢は義朝《よしとも》（頼朝や義経の父）と対立し、義仲が二歳の時に義朝の子の義平《よしひら》に討たれたため、木曽（現在の長野県）の中原兼遠《なかはらのかねとお》に預けられ、兼遠の子、今井兼平と共に養育された。木曽で成長した義仲は頼朝の挙兵を知り、自らも兵を挙げ、一一八〇年の市原（現在の長野県長野市）合戦、一一八一（治承四）年の横田河原（現在の長野県長野市）の戦いなどで平家方の軍勢に勝利し、北陸道の諸国を実効支配するに至る。事態を重く見た平家は八月に追討軍を派遣するが、義仲軍に敗北した。一一八三（寿永二）年には平維盛《これもり》を大将軍とする追討使を派遣するが、倶利伽羅《くりから》峠（現在の富山県と石川県の県境）の戦いで惨敗。勢いを得た義仲は諸国の源氏や延暦寺・興福寺などの勢力を糾合し、同年七月、平家を都落ちに追い込み、入京した。しかし、補給基盤を確立しないまま入京した義仲軍は兵糧の調達に苦しみ、武士たちの略奪行為や皇位継承問題を巡って後白河院とも対立。頼朝に接近を試みる後白河院に反発した義仲は十一月、院の法住寺御所を襲撃し、院を幽閉するに至る。これに対し頼朝は翌一一八四（寿永三）年正月、源範頼《のりより》・義経を大将とする軍勢を派遣し、京を包囲された義仲は六条河原で戦うが敗北。北国へ逃げる選択肢もあったが京へと戻り、今井兼平と合流し、最後の戦いに臨むことになった。

②今井四郎兼平…生年不詳～一一八四。信濃の豪族で、源義仲を養育した中原兼遠の子で、義仲の乳母子。『平家

物語』によれば一一五二年生まれ。義仲と共に成長し、一一八〇年の義仲挙兵以後は義仲と共に各地を転戦した。倶利伽羅峠の戦いでは敵の背後を攻撃し、篠原（現在の石川県加賀市）の戦いでは先陣を務めている。『平家物語』では、時に義仲を諫めながらも主命には忠実で、義仲に多大な信頼を寄せられる人物として描かれ、義仲と兼平は深い絆で結ばれた主従であったとされる。

③**源頼朝**…一一四七～一一九九。源義朝の子で、母は熱田大宮司藤原季範《すえのり》の娘。一一五九（平治元）年、父義朝のもと平治の乱で初陣を飾り、右兵衛《うひょうえ》権佐《ごんのすけ》に任じられるが、義朝の敗北により都を落ちる。逃亡先の尾張で捕らえられ、死罪になるところを平清盛の継母池禅尼《いけのぜんに》の嘆願により助命されたという。その後伊豆国（現在の静岡県）に流されるが、以仁王の令旨に応じる形で一一八〇（治承三）年に挙兵、平家に反旗を翻した。石橋山（現在の神奈川県小田原市）の合戦で大敗し安房国（現在の千葉県南部）へと逃れるが、関東の豪族の支持を得て勢力を恢復、同年中には南関東を支配した。同じく平家の打倒を目指す源義仲と対立する一方、京都の朝廷と交渉し、一一八三（寿永二）年、いわゆる「寿永二年十月宣旨」により東海・東山両道の軍事・警察権を認められた。義仲が都で後白河院の邸を攻めると（法住寺合戦）、弟の源範頼、義経を将軍とした軍勢を都へ送り、義仲を討ち取った。引き続き範頼・義経に西国の平家を攻めさせ、義経は一一八五（寿永四）年に壇の浦の戦いに勝利して、平家を滅ぼした。この間頼朝は鎌倉を本拠地として、公文所と問注所を設置するなど、支配体制を強化していった。平家滅亡後は義経の謀反を口実にし、全国の武将の反乱防止のために守護・地頭を置き、一一八九（文治五）年には義経が保護を求めて逃げ込んだ平泉の奥州藤原氏に義経を殺害させ、義経をかくまったことを理由に攻め滅ぼして、自身の支配体制を確立した。一一九〇（建久元）年には上洛し後白河院と対面、正二位大納言、右大将に任じられた上で辞

職して鎌倉に戻った。一一九二（建久三）年には征夷大将軍に任命され、一一九五（建久六）年には再度上洛して東大寺落慶《らっけい》供養に出席した。一一九八（建久九）年十二月、相模川の橋供養に参加した帰路に落馬、翌一一九九（建久一〇）年正月に死去した。

▼覚一本における義仲と巴　覚一本において巴は義仲の「便女《びんじょ》」、すなわち身のまわりの世話や雑用を行う侍女として物語に登場するが、伝説的人物の色合いが濃く、年齢や義仲との関係性などの人物設定や、物語中での動きなど、諸本による違いがきわめて大きい。すでに見たように、覚一本において巴は単に便女とされるだけだが、読み本系では「乳母《めのと》の中三権頭（今井兼遠）の娘」、すなわち今井兼平の姉か妹とされ、義仲と幼少の頃から一緒に育てられた人であり、長じて愛人として身のまわりの世話をする女となったとされている。また、覚一本には年齢への言及がないが、読み本系では二十八歳から三十二歳の間で年齢が明記されている。これは義仲と共に育てられた、という設定によって言及されたものであろう。物語からの退場のタイミングや仕方も様々で、覚一本では最後の五騎まで残っているが、読み本系では残り七騎のうちの一騎となったところで物語から去る。義仲との何のやりとりもなく、ただ二人の武者を倒して、「いかが思ひけん、あふ坂よりうせにけり」とする淡白な長門本から、恩田の八郎との戦いを記述する八坂本、恩田ではなく内田三郎家吉という武者との戦いを詳細に語る『源平盛衰記』まで、様々な形態が存在する。後日談についても、語り本系は何も言及しないが、読み本系では「越後国で尼になった」（長門本）、「信濃に落ちのびた後鎌倉へ行き頼朝と対面し、和田義盛に見初められて朝比奈三郎義秀《あさひなさぶろうよしひで》を生んで、晩年は越中国に移り尼として義仲の後世を弔いながら九十一歳で亡くなった」（『源平盛衰記』）などと語られている。

　ここでは、義仲と巴の別れの場面に注目して、諸本の記述と比較しながら、覚一本の特徴について考えてみたい。

そもそも延慶本や長門本には、義仲と巴の別れの場面は存在しない。長門本には先にも述べたように、義仲と巴の会話は描かれていないし、延慶本は、一条次郎との戦闘の後、巴の姿が見えなくなったが、奮戦したと思われる姿で登場し、「討ち死にしようと思ったが、木曽殿がここにいらっしゃるとうかがって、敵を倒して参りました」と報告し、義仲から「見事だ」とほめられた後、主従五騎になる前に「行方を知らずなりにけり」とされ、二度と物語には登場しない。これに対し覚一本では義仲が、「おのれは、疾う疾う、女なれば、いづちへも行け」と巴に語りかけ、戦場からの離脱を勧める場面を描くことで、義仲と巴の人間的な関わりがクローズアップされる。同様に八坂本、百二十句本、『源平盛衰記』が別れの場面を描き出すが、覚一本はこれらとも少し違う特徴を持っている。覚一本が巴が戦線を離脱した後のことまでは述べていないのに対し、八坂本、百二十句本、『源平盛衰記』では義仲は巴に「落ちのびて自分の後世を弔え」という指示を出す。また、覚一本では、義仲に「落ちよ」と言われたときに、巴はためらいはするが反論はせず、「あっぱれ、よからう敵がな。最後のいくさして見せ奉らん」と、逃げることを受け入れながらも、最後に義仲のために敵を討ち取ろうという決意をするのに対し、他本では巴は、「何て残念なことを言うのか。去年信濃を出てから共に戦い、離れたこともなかったのに」と涙を流しながら恨み言を述べたり（八坂本）、「泣く泣くいとまを申し」（百二十句本）たりする巴の姿が描かれている（高木信の指摘による。高木は「後世を弔え」という義仲の指示と、別れのときの巴の涙から、「巴と義仲の悲劇的な離別の〈物語〉と、巴に託された義仲鎮魂という〈社会的役割〉の遂行の〈物語〉が要請される」とし、義仲の言葉に「男性中心的言説」を読み取っている）。

覚一本の巴は、義仲との人間的な紐帯を強調されつつも、八坂本や百二十句本などに見られるような「後世を弔う」という義務も与えられず、「主君に涙ながらに追いすがる部下」（高木に従えば、「男に追いすがる女」とも読める）という像は与えられていない。身分の差や性別の差を超えた対等な関係性の中で、義仲のために行動しようとしているのである。封建制という形で制度化された上下関係からは自由な、より原初的で、人間的な主従関係の形が覚一本では強調されている。そして、年齢や義仲との関係性など、具体的な巴の属性をぼかし、当時の社会の価値観や規範の束縛から解放されているような描き方によって、覚一本の古典としての価値が高まったと考えられる。

▼義仲と頼朝　「木曽左馬頭」の項でも言及したが、頼朝は義仲にとっていわば「親の敵」である。頼朝と義仲が属する河内源氏は親族内で争うことが多く、その最たるものが為義と義朝（頼朝の父）の親子関係であった。両者は保元の乱で袂を分かち、為義は義朝によって切られるのであるが、為義一族と義朝一族とは、それ以前にも関東の地を舞台に争いを繰り広げていた。一一五五（久寿二）年、鎌倉に居住していた義朝の長男義平が、上野国（現在の群馬県）に下向してきていた、義賢（義仲の父）の居城を襲撃し、殺害するという事件が起きた。このことで為義一派と義朝一派の決裂は決定的になるのだが、その頃幼かった義仲にとっては、木曽の山中で逼塞する原因になった出来事であり、義仲が義朝の一族、とくに頼朝に対して複雑な感情を持っていたことは想像に難くない。

物語において、頼朝と義仲の対立が描かれるのが巻第七「清水冠者」（**資料A**）である。一一八三（寿永二）年、頼朝が、自分に反目した十郎蔵人行家《ゆきいえ》を庇護したという理由で義仲を攻撃しようとしたが、義仲は嫡子を人質として預けることで対決を回避した。その時義仲は、「あなたは関東八か国、自分は東山北陸道を従えて平家を攻め滅ぼそうとしているではないか。どうしてあなたと仲違いして平家に笑われようと思うだろうか」と言って頼朝に弁明をした、と書かれている。まさに彼の言葉通り、この後、頼朝率いる関東、北陸を本拠地とする義仲、西国に落ちた平家、という三つどもえの争いが展開されるのである。

義仲も頼朝も、以仁王《もちひとおう》の令旨（75ページ参照）を根拠に武士団を糾合したのだが、頼朝は一一八二（寿永元）年以後、京の朝廷向きには、以仁王の檄文によって挙兵したことを意識的に無視するようになり、あくまでも清盛の死後乱れた世の中を立て直し、後白河院に政務を戻したいのだ、と主張するようになった。後白河院や貴族たちの心証を良くすべく、後白河院を頂点とする都の秩序に従う姿勢を示したからであるという（河内祥輔《こうちしょうすけ》）。対する義仲は安徳天皇が都落ちした後、以仁王の遺児北陸宮の皇位継承権を主張した。義仲の理想は以仁王の令旨の実現であり、それは、高倉天皇の宮たちによる皇統の継続を目指す後白河院の望むところではなかったのである。

東国で地盤を固めながら、朝廷の好意を得ようとしていた頼朝と、政権の構想も充分に持たないまま入京した義仲と、どちらが有利かは火を見るより明らかであろう。平家都落ち直後に頼朝は都に使者を送り、後白河院と接触しており、平治の乱以前の本位への復帰、平家追討の命を受けているし、勲功第一とされたのも義仲ではなく頼朝であった。そもそも頼朝は流罪となる前は従五位下、右兵衛佐であって、無位無官であった義仲とは身分が違う。朝廷がこのような頼朝を重んじることは自然の成り行きであった。結局、頼朝は入京した義仲を非難し続け、東海・東山諸国の頼朝の行政権を朝廷に認めさせる（「寿永二年十月宣旨」。頼朝の要求には北陸道も含まれていたが、義仲をはばかった朝廷は北陸道を除外した。物語はこれを「征夷大将軍を命じる院宣」としている）。これに義仲が激怒し、後白河院への武力行使、それに対する頼朝軍の出兵、義仲の敗北へと事態は展開するのである。

このように、戦には強いが直情的で、入京後の政策について見識がほとんどなかった義仲は、頼朝の「天下統一」への構想力、政治力に比べれば圧倒的に劣っていたと言わざるを得ず、義仲の敗北は、政治的に見れば当然の帰結であった。しかし、そうであるがゆえに、日本人は義仲へ同情や好意を寄せ、その人生が語り継がれてきたとも言えるだろう。

▼義仲への同時代人の評価　このように義仲の敗北は物語には同情的に描かれているが、同時代に生きた人々はどのような反応を示したのだろうか。ここでは藤原兼実と西行を取り上げる。兼実はその日記『玉葉』に次のような記事を残している。

「長坂方に懸からんとし、更に帰り勢多の手に加はらんが為に東に赴くの間、阿波津《あはづ》の野辺に於いて伐ち取られ了《おは》んぬと云々。（略）凡《おほよ》そ日来《ひごろ》義仲の支度（心づもり）は京中を焼き払い北陸道に落つべし。而るに又一家も焼かず、一人も損ぜず、独り身梟首《きやうしゆ》され了《おは》んぬ。天の逆賊《ぎやくぞく》を罰す。宜《むべ》なるかな、宜なるかな」（**資料B**）

予想に反して京を焼き払って北陸に落ちるということはしなかったことは評価しているものの、「逆賊」が罰せられたことは当然だと述べている。都の高位貴族であり、義仲が法皇に反旗を翻す姿を目の当たりにした兼実にとって、義仲は秩序を乱し、討伐されるべき逆賊であったのだろう。

西行は『聞書集《ききがきしゆう》』に、「木曽と申す武者死に侍りけりな」という詞書を持つ、「木曽人は海のいかりをしづめかねて死出の山にも入りにけるかな」という歌を残している（**資料C**）。「いかり」に「怒り」と「碇」、「しづめ」に「鎮め」と「沈め」を掛ける。この歌の解釈、とくに西行が義仲へどのような感情を持っていたのか、という点をめぐっては諸説存在する。端的に言えば、詞書に義仲への軽蔑や揶揄を読み取るか、憐れみを読み取るか、という対立がある。窪田章一郎《くぼたしよういちろう》は「辛辣に風刺的に、あるいは揶揄をもって、僧としての自己の立場と、平氏に親愛感をもつ本来の立場」から詠んだ歌とし、安田章生《やすだあきお》は「西行は、源氏、とくに京都を混乱させた義仲に好感を寄せていたとは思われず」とする。たしかに西行は清盛とも交流があったと考えられるし、僧であるから、殺戮に明け暮れる社会情勢に辟易していたとも考えられる。ただこの作品に単なる義仲への怒りを読み取るのはいささか性急な読みと言わざるを得ない。川田順《かわだじゅん》は、「伊勢の田舎に起臥して、歴史の急変と世相の推移とを、やむを得ざる人界の現象として眺めている」とし、中西満義《なかにしみつよし》は、この歌の技巧性に注目し、「憎悪やら、軽蔑といった感情の昂ぶりに任せて、即興的に読み捨てられたものではな」く、「西行は、騒乱の渦に巻き込まれて数多くの人間を死に追いやり、そして遂には自らも死んでいった義仲を、ひたすら憐れんでいるのである」とする。西行は僧侶とはいえ、もとは北面の武士であった。武士の宿命というものには、嫌というほど思いをめぐらせたに違いない。そう考えれば、西行は義仲に対して単に侮蔑や怒りの感情を抱いただけではなく、歴史の大きな流れの中で、そうせざるを得なかった義仲の哀しみを感じ取ったのではないだろうか。そしてその眼差しは、物語が義仲へ注ぐそれと重なり合ってくる。

【資料】

Ａ『平家物語』巻第七「清水冠者《しみづのくわんじや》」

寿永《じゆえい》二年三月上旬に、兵衛佐《ひやうゑのすけ》と木曽冠者《きそのくわんじや》義仲不快の事ありけり。兵衛佐木曽追討の為に、其勢十万余騎で、信濃国《しなののくに》へ発向《はつかう》す。木曽は依田《よだ》の城《じやう》にありけるが、是を聞いて依田の城を出でて、信濃と越後《えちご》の境、熊坂山《くまさかやま》に陣をとる。兵衛佐は同じき国善光寺《ぜんくわうじ》に着き給ふ。木曽乳母子《めのとご》の今井四郎兼平《いまゐのしらうかねひら》を使者で、兵衛佐の許《もと》へつかはす。「いかなる子細《しさい》のあれば、義仲うたむとは宣《のたま》ふなるぞ。御辺《ごへん》は、東《とう》八ヶ国をうちしたがへて、東山北陸《とうせんほくろく》両道をしたがへて、今一日《いちにち》も先にさむとし給ふなり。義仲も東山北陸両道をしたがへて、今一日も先に平家を攻めおとさむとする事でこそあれ、何《なん》のゆゑに御辺と義仲と中をたがうて、平家にわらはれんとは思ふべき。但し十郎蔵人殿《じふらうくらんどどの》こそ、御辺をうらむる事ありとて、義仲が許へおはしたるを、義仲さへすげなうもてなし申さむ事、いかんぞや候《さうら》へば、うちつれ申したれ。まつたく義仲においては、御辺に意趣思ひ奉らず」といひつかはす。兵衛佐の返事には、「今こそさやうには宣へども、慥《たし》かに頼朝討つべきよし、謀叛のくはたてありと申す者あり。それにはよるべからず」とて、土肥《とひ》、梶原《かぢはら》を先として、既に討手をさしむけらるる由《よし》聞えしかば、木曽真実《しんじつ》意趣なき由をあらはさむがために、嫡子清水冠者義重《しみづのくわんじやよししげ》とて、生年《しやうねん》十一歳になりける小冠者に、海野《うんの》、望月《もちづき》、諏方《すは》、藤沢なんどいふ聞ゆる兵共をつけて、兵衛佐のもとへつかはす。兵衛佐、「この上は、まことに意趣なかりけり。頼朝いまだ成人の子をもたず。よしよしさらば子にし申さむ」とて、清水冠者を相具《あひぐ》して、鎌倉へこそ帰られけれ。

（現代語訳：寿永二年三月上旬に、兵衛佐（頼朝）と木曽冠者義仲とが仲違いするということが起きた。兵衛佐は、木曽を追討するため、その勢十万余騎で信濃国へ出発した。木曽はそのとき依田城（現在の長野県上田市）にいたが、これを聞き城を出て、信濃と越後（現在の新潟県）の国境にある熊坂山に陣を敷いた。兵衛佐は信濃国にある善光寺に到着なさった。木曽は乳母子の今井四郎兼平を使者として頼朝のもとへ遣わした。「義仲を討とうとおっしゃるそうだが、どんなわけがあるのか。あなたは関東八か国を従えて東海道より攻め上り、平家を追い落とそうとされているということだ。義仲も東山・北陸両道を従えて北陸道より攻め上り、一日も早く平家を滅ぼそうとしているところなのに、どうしてあなたと義仲とが仲違いをして、平家に笑われようと思おうか。ただし、おじの十郎蔵人行家殿はあなたに恨みがあるとのことで、義仲のもとにいらっしゃったが、義仲までつれなく接するのはどうかと思うので、お連れしている。義仲に限ってはあなたに対し、少しもお恨みしていない」と言い遣わすと、兵衛佐は「今はそのようなことをおっしゃるが、私を討とうとする謀反の企てが確かにあると告げる者がいる。あなたの言葉を信用するわけにはいかない」と返事をし、土肥（実平）、梶原（景時）を先として、今にも討手を差し向けられるという風聞が立った。木曽は、本当に恨む気持ちがないことを示すため、嫡子の清水冠者義重という当年十一歳になる少年を、海野、望月、諏訪、藤沢といった名の聞こえた武者たちをつけて、兵衛佐のもとへ遣わした。兵衛佐は、「こうする以上は、本当に恨みはないのだなあ。私にはまだ成人の子がいない。よしよし、それなら我が子にし申し上げよう」と、清水冠者を連れて鎌倉へお帰りになった。）

B　『玉葉』寿永三年一月二十日条

天晴。物忌なり。卯《う》の刻、人告げて云ふ。東軍已《すで》に勢多に付く。未だ西地に渡らずと云々《うんぬん》。相次いで人云はく、田原の手已に宇治に着くと云々。詞未だ訖《お》はらざるに、六条川原《ろくでふがはら》に武士等馳せ走ると云々。仍《よ》つて人を遣して見せしむるの処、事已に実なり。義仲方の軍兵、昨日より宇治に在り、大将軍美乃守義広《みののかみよしひろ》と云々。而《しか》るに件《くだん》の手敵軍の為打ち敗られ了《おは》んぬ。東西南北に散じたり。即ち東軍等追い来たり、大和大路より入京す（九条川原《くでふがはら》辺に於いては、一切狼藉無し。最も冥加《めうぐわ》なり）。踵《きびす》を廻《めぐ》らさず六条の末に到り了んぬ。義仲の勢元より幾ばくもならず。而るに勢多、田原の二手に分かつ。その上行家を討たんが為にまた勢を分く。独身在京の間この殃《おう》に遭ふ。先《ま》づ院中に参り御幸有るべきの由、已に御輿を寄せんと欲するの間、敵軍已に襲ひ来たる。仍つて義仲院を棄て奉り、周章《しゆうしやう》対戦するの間、相従う所の軍僅《わづ》かに三十四十騎なり。敵対するに及ばざるに依りて、一矢をも射ずして落ち了んぬ。長坂方に懸からんとし、更に帰り勢多の手に加はらんが為に東に赴くの間、阿波津《あはづ》の野辺に於いて伐ち取られ了んぬと云々。東軍の一番手、九郎の軍兵加千波羅平《かぢはらへい》三《ぞう》と云々。その後、多く以て院の御所の辺に群参すと云々。法皇及び祇候《しかう》の輩、虎口を免《まぬか》る。実に三宝の冥助《めいじよ》なり。凡《おほよ》そ日来《ひごろ》、義仲の支度は、京中を焼き払い、北陸道に落つべし。而るに又一家も焼かず、一人も損せず、独り身梟首《きやうしゆ》せられ了んぬ。天の逆賊《ぎやくぞく》を罰す。宜《むべ》なるかな、宜なるかな。
（現代語訳：晴れ。物忌であった。卯の刻（午前六時頃）人が来て、「鎌倉からの軍勢はすでに勢田に着きました。まだそれより西には入ってはいません」などと言う。次いでまた、「田原方面の軍勢はすでに宇治に着きました」と言ってきた。その言葉が終わらないうちに、「六条河原で武士が走っていました」という情報が入ったので、人に見に行かせると、事実であった。義仲側の軍勢は昨日から宇治にいて、その大将軍は美濃守義広だということだ。しかし、その軍勢はすでに討ち取られ、東西南北に逃散した。鎌倉の軍勢が追いかけてきて、大和大路から入京する（九条河原の辺りでは一切暴力行為はなく、幸いであった）。まっすぐ六条に至った。義仲の軍勢はもとからそれほどの人数でもなかったのに、勢田、田原の二手に分けていた。その上、行家を討つためにさらに軍勢を割いていた。義仲は一人在京していたときにこの禍に遭ったのである。まず後白河院のもとに参上し、院の御幸を要請し、すでに輿を用意しようとしているときに、敵軍が襲来した。よって義仲は院の同行をあきらめ、慌てて戦闘に臨んだが、従う軍勢はわずか三、四十騎であった。対等に戦うことはできず、一矢も報いることなく敗走した。長坂の方から逃げようとし、さらには勢田の軍勢に加わろうと、東に進軍していたとき、粟津の辺りで討ち取られたということだ。鎌倉軍の一番手は、九郎義経の軍兵、梶原平三であった。その後多くの軍勢が院の御所に参上したということだ。後白河院および伺候していた人々は危機を脱した。まさに三宝の加護である。義仲は京中を焼き払い、北陸道を落ちていくだろう、とここ数日言われていたが、一つの建物も焼かず、一人も傷つけず、一人その首をさらされた。天が逆賊を罰したのだ。もっともなことである。）

C　西行『聞書集』

世のなかに武者おこりて、西東北南いくさならぬ所無し。うち続き人の死ぬる数、聞くおびただし、まこととも覚えぬ程なり。こは何事の争ひぞや。あはれなる事のさまかなとおぼえて、

　死出の山越ゆる絶え間はあらじかし亡くなる人の数つづきつつ

（現代語訳：源平騒乱が起こり、あちらこちらで武者が戦って、西に東に北に南に戦がないというところはない。戦によって死んだ人の数は夥しく、とても現実とも思われぬほどだ。いったいこれは何のための争いなのだろう。悲しい事態だと思われて、

　戦によって死出の山路を越えて行く人の絶え間はないのだろう。このように命を落とす人が続出したのでは。）

武者のかぎり群れて死出の山越ゆらむ。山だちと申すおそれはあらじかしと、この世ならば頼もしくもや。宇治のいくさかとよ。馬いかだとかやわたりたりけりと聞こえしこと思ひいでられ

　沈むなる死出の山川みなぎりて馬筏もやかなはざらむ

（現代語訳：武者たちが限りなく群れて死出の山を越えて行くようだ。山賊に襲われるおそれはないだろうと、この世であるならば、実に頼もしいのだが……。むかし宇治川合戦で、馬を筏のように連

ねて川を渡ったなどと聞こえてきたことが思い出されて死者がそこで沈むという死出の山の川は、戦死者の多さに水があふれてしまい、これでは馬筏を以てしても渡れないであろう。）

木曽と申す武者、死に侍りけりな

木曽人は海のいかりをしづめかねて死出の山にも入りにけるかな

（現代語訳：木曽義仲という武者が死んだそうですよ。木曽の山に育った義仲は、海の怒りを鎮めきれず、碇をおろして留まることができなくて、山人らしく、死出の山へ入ってしまったなあ。）

「木曽最期」から「敦盛最期」まで

義仲の戦死後、一一八三（寿永三）年正月二十九日、頼朝に派遣された義経・範頼軍は、勢力を回復していた平家追討のため一の谷へと出発する。平家は二月四日の清盛の命日に、福原で仏事を行い戦いに臨んだが、平資盛らが率いる軍が、山越えして夜討ちをかけた義経軍に敗退（三草《みくさ》合戦）し、平家方は防戦一方となる。このような中、両軍は一の谷の合戦を迎えた。

西暦	年号	月	事項	関係章段
一一八三	寿永三 元暦元	1	宇治川の合戦	9 宇治川先陣
			義経・範頼軍入京	
			六条河原で合戦	9 河原合戦
			義仲粟津で戦死	9 木曽最期
		2	平家福原で仏事	9 三草勢揃《みくさせいぞろえ》
			三草山・一の谷の合戦で平家大敗	9 坂落《さかおとし》～小宰相《こざいしょう》身投《みなげ》
			一門の多くを失い、屋島へ逃れる	

宇治川

屋島

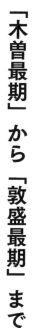

義経を手本にせよ

坂落・巻第九

①御曹司《おんざうし》、②城郭はるかに見わたいておはしけるが、「馬どもおといてみん」とて、鞍置《くらおき》馬を追ひおとす。或は足をうち折つて、ころんでおつ。或は③相違なくおちてゆくもあり。鞍置馬三疋、④越中前司《ゑつちゆうのぜんじ》が屋形《やかた》の上におちついて、身ぶるひしてぞ立つたりける。御曹司これを見て、「馬どもはぬしぬしが⑤心得ておとさうには損ずまじいぞ。⑥くは落とせ。義経を手本にせよ」とて、まづ三十騎ばかり、まつさきかけておとされけり。大勢みなつづいておとす。後陣《ごぢん》におとす人々の⑦鐙《あぶみ》の鼻は、先陣の鎧甲《よろひかぶと》にあたるほどなり。小石まじりのすなごなれば、ながれおとしに⑧二町計《ばかり》ざつとおといて、⑨壇なる所にひかへたり。それより下《しも》を見くだせば、⑩大盤《だいばん》石《じやく》の苔《こけ》むしたるが、⑪つるべおとしに十四五丈ぞくだつたる。兵《つはもの》どもうしろへとつてかへすべきやうもなし。又さきへおとすべしとも見えず。「ここぞ最後」と申して、あきれてひかへたるところに、⑫佐原十郎義連《さはらのじふらうよしつら》すすみいでて申しけるは、「三浦の方《かた》で、我等は⑬鳥一つたてても朝夕か様《やう》の所をこそはせ歩《あり》け。⑭三浦の方の馬場や」とて、まつさきかけておとしければ、兵どもみなつづいておとす。ゑいゑい声をしのびにして、馬に力をつけておとす。あまりの⑮いぶせさに、目をふさいでぞおとしける。おほかた人のしわざとは見えず。ただ⑯鬼神《きしん》の所為《しよゐ》とぞ見えたりける。⑰おとしもはてねば、時をどつとつくる。三千余騎が声なれど、山びここに

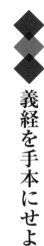

たへて、十万余騎とぞきこえける。
⑱村上の判官代基国《はんぐわんだいもとくに》が手より火をいだし、平家の屋形、かり屋をみな焼き払ふ。をりふし風ははげしし、黒《くろ》煙《けぶり》おしかくれば、平氏の軍兵ども、あまりにあわてさわいで、若《も》しやたすかると前の海へぞおほくはせ入りける。汀《みぎは》には⑲まうけ舟いくらもありけれども、われさきに⑳乗らうど、舟一艘《さう》には物具《もののぐ》したる者どもが四、五百人、千人ばかりこみ乗らうに、㉑なじかはよかるべき。汀よりわづかに三町ばかりおしいだいて目の前に大ぶね三艘《ざう》沈みにけり。其後《そののち》は、「㉒よき人をば乗すとも、雑人《ざふにん》共をば乗すべからず」とて、太刀長刀《たちなぎなた》で㉓ながせけり。かくする事とは知りながら、乗せじとする舟にとりつき、つかみつき、或はうでうちきられ、或はひぢうちおとされて、一の谷の汀に㉔あけになつてぞなみふしたる。

【現代語訳】

御曹司（源義経）は、（平家の）陣をはるかに見下ろしていらっしゃったが、「馬どもを落としてみよう」と、鞍置き馬を追い落とす。足を折って、転がり落ちていく馬もあれば、無事に下《くだ》ってゆく馬もある。（その中で）鞍置き馬三頭が、陣にある越中前司（平盛俊）の仮屋の上に下り着いて、身震いをして立った。御曹司はこれを見て、「馬はそれぞれの乗り手が注意して駆け降りさせれば、けがをしないだろう。さあ、落とせ。義経を手本にせよ」と、まず三十騎ほどと共に先頭を切って坂を駆け下《くだ》りなさった。（三千騎の）大軍はみな続いて下る。後陣で下る人々の鐙の先端は、先陣で下る人の鎧、甲に当たるほどである。小石混じりの砂なので、流れるように二町（約二一八メートル）ほどざっと落として、平らになっている所で馬を止めた。そこから下を見下ろすと、大きな岩盤で苔むしているのが、つるべ落としのように垂直に十四、五丈（約四五メートル）も切り立っている。兵士たちは後ろへ取って返すこともできそうにない。また、先へ駆け下りさせることができるとも見えない。「これが最後だ」と申して、呆然としてとどまっているところに、佐原十郎義連が進み出て「三浦の方では、我々は鳥一羽を追い立てるのにも、朝に夕にこのような所を駆け歩いている。（この崖は）三浦の方では馬場も同然だ」と申して、真っ先に駆け下りさせた。兵士たちは皆続いて馬を駆け下りさせた。「えいえい」のかけ声を忍び声にして、馬を励まして駆け下る。あまりの恐ろし

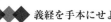

さに、目をつぶって下った。全く人間わざとは思われない。ただもう鬼神のしわざと思われた。下りきらないうちに、鬨の声をどっと上げる。三千余騎の声であるが、山びこが響いて、十万余騎ほどの声にも聞こえた。

村上判官代基国の配下の者が火を放ち、平家の屋形や仮屋をみな焼き払う。ちょうどその時風ははげしく、黒煙が襲いかかるので、平氏の軍兵どもはあまりにあわて騒いで、ひょっとして助かるかと前方の海へ多くの者が駆け入った。汀には撤退用に準備された船がたくさんあったけれども、我先に乗ろうと、船一艘に武装した者どもが四、五百人、千人ほど、つめかけて乗ろうとするのだから、どうしてうまくいこうか。汀からわずかに三町（約三二七メートル）ほど漕ぎ出して、目の前で大きな船が三艘沈んでしまった。その後は、「身分の高い人は乗せても、雑人どもは乗せてはならない」ということで、太刀や長刀で斬り払わせた。このようにすることとは知ってはいたが、乗せまいとする船にとりつき、つかみつき、腕を斬られる者もあり、肘を打ち落とされる者もあって、一の谷の波打ち際に、血にまみれまっ赤になって並んで倒れていた。

【語注】

①御曹司…貴族・武家の、独立していない部屋住みの者に対する敬称。ここでは源義経を指す。「九郎御曹司」とも称される。源義経については、119ページ**探究のために**参照。
②城郭…とりで。ここでは平家が一の谷に築いた陣を指す。
③相違なく…支障なく。無事に。
④越中前司が屋形…越中前司は平盛俊（生年未詳～一一八四）。盛国同様平家重代の家人。保元・平治の乱や義仲追討など様々な戦いに従軍した。一の谷の戦いで戦死。「屋形」は仮住まいのための小屋。
⑤心得ておとさうには損ずまじいぞ…注意して馬を下らせればけがをすることはあるまい。「おとさう」は「おとさむ」の音便。「む」は仮定の助動詞。
⑥くは…さあ、そら。
⑦鐙の鼻…足を踏み掛ける馬具「鐙」の先端。鐙の先端が前の軍勢の鐙や甲に当たる、というのは、それだけ傾斜が急なところを下っていることを形容する。「鐙」については、134ページ**馬具**参照。
⑧二町…一町は約一〇九メートル。
⑨壇なる所…平坦になっている所。
⑩大盤石の苔むしたるが…大きな岩盤で苔がむしているのが。
⑪つるべおとしに十四、五丈ぞくだつたる…これから下るべき「大盤石」が、垂直に屹立している様。一丈は約三メートル。
⑫佐原十郎義連…石橋山の戦いで源頼朝を助けたが、畠山重忠らに

攻められ討死した三浦義明（一〇九二〜一一八〇）の子。生没年未詳。三浦郡佐原（現在の神奈川県横須賀市）の住人で、三浦流佐原氏の祖。頼朝近習の武将。
⑬鳥一つたてても…鳥一羽を追うのにも。「立つ」は下二段活用の他動詞。
⑭三浦の方の馬場や…三浦の方では、（この崖は）馬場も同然だ。
⑮いぶせさに…不快で、心が晴れないこと。ここでは恐ろしさ。気味悪さ。
⑯鬼神…荒々しく恐ろしい神。人間離れした所業を言う。
⑰おとしもはてねば、時をどつとつくる…下りきらないうちに、鬨の声を上げる。「〜はてねば」は、「〜しきらないので」ではなく、「〜しきらないうちに」と訳すとわかりやすいことが多い。

⑱村上の判官代基国…清和源氏頼信流で、八条院蔵人という。生没年未詳。
⑲まうけ舟…退却するために用意された舟。「まうけ」は準備の意。
⑳乗らうど…「乗らむと」の音便形。
㉑なじかはよかるべき…どうしてうまくいこうか、いやいかない。「かは」は反語を表す係助詞。
㉒よき人…身分の高い人。
㉓ながせけり…「ながす」は水によって運ばせる、または流して失うの意。ここでは雑兵たちを太刀や長刀で切り払って、海へと流すことを言う。
㉔あけになつて…「あけ」は「朱」。血で真っ赤になって。

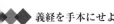

◆◇鑑賞のヒント◇◆

❶義経はどのような将軍として描かれているか。
❷義経の奇襲は、どのような結果をもたらしたか。

◆◇鑑賞◇◆

源義仲を討ち取った源頼朝は、いよいよ平家の追討へ専念することになる。義仲と頼朝が争っている間、態勢を立て直した平家軍は旧都・福原まで進出し、都を奪還する機会を窺っていた。巻第九「六ヶ度軍《ろくかどのいくさ》」には、平家に背く四国の武士を征討する平家軍の様子が語られている。義仲の追討軍として派遣されていた源範頼《のりより》（頼朝の異母弟）・義経軍は平家の追討のため西進、大手軍を範頼が率い、搦手軍を義経が率いて、一一八四（寿永三）年二月四日に都を発った。

丹波路を進む義経軍は、二月五日の夜、播磨国、三草山の平家の陣に夜襲を仕掛けて撃破した。物語には、戦は翌日と心得た平家の軍勢がぐっすりと眠りこけ、油断している様子が描かれている。義経の夜襲戦法が少なくとも大方の平家の武士にとっては想定外の出来事であったことがわかる（二月四日は清盛の命日ということで攻撃が避けられ、五日・六日も忌日であるので、戦闘はないと踏んでいたようである。事実、矢合は二月七日と定められた、と物語にはある）。三草の合戦に勝利した義経軍は、一万騎を二手に分けて、土肥次郎実平《どひじろうさねひら》に七千騎を任せ、自身は三千騎を率いて鵯越《ひよどりごえ》から一の谷を攻めることにした。物語は巻第九「老馬」で地元の老翁を登場させ、鵯越は馬が通うことなど思いも寄らない悪所だと語らせるが、それに対して義経は「鹿のかよふ所を、馬のかよはぬやうやはある」と言った、として、「坂落」への伏線としている。

さて、いよいよ義経軍は二月七日の早朝、鵯越へとさしかかる。義経がまさに馬で崖を下ろうとしたとき、大鹿二匹、妻鹿一匹が一の谷へと落ちていった。この鹿たちは、越中前司の陣へと迷い込んだので、平家方では「用心深い鹿は深山にいるはずなのに、こんな大勢の中に来るのはおかしい。上の山から源氏軍が落としたのではないか」と用心する声も上がるが、結局「敵方から来たものを逃すわけにはいかない」と大鹿二匹を討っただけでそれ以上の対応はせず、越中前司《えっちゅうのぜんじ》・平盛俊は、「鹿を射ても意味がない。この一矢で敵十人は防げたのに。罪を作って、矢を浪費して」と言う。これは、源氏軍への警戒ではなく、矢を浪費したことと、無益な殺生を咎めるだけの言葉であり、越中前司は、果敢で勝つためには手段を選ばない義経とは対照的な人物として描かれている（**探究のために**参照）。

前置きが長くなったが、ここからが掲出本文の内容となる。果敢な義経像はさらに強化される。**探究のために**で後述するが、そもそも史実としての鵯越の位置はいまだ定説を見ず、物語が作り出した虚構の地形であるとも考えられている。少なくともその急峻さは誇張されているであろう。ではそのように設定されているのはなぜなのか。それは、義経の戦法があり得ないものであることを強調するためである。本書の各所で言及しているように、この時代の

一の谷の戦い攻防図

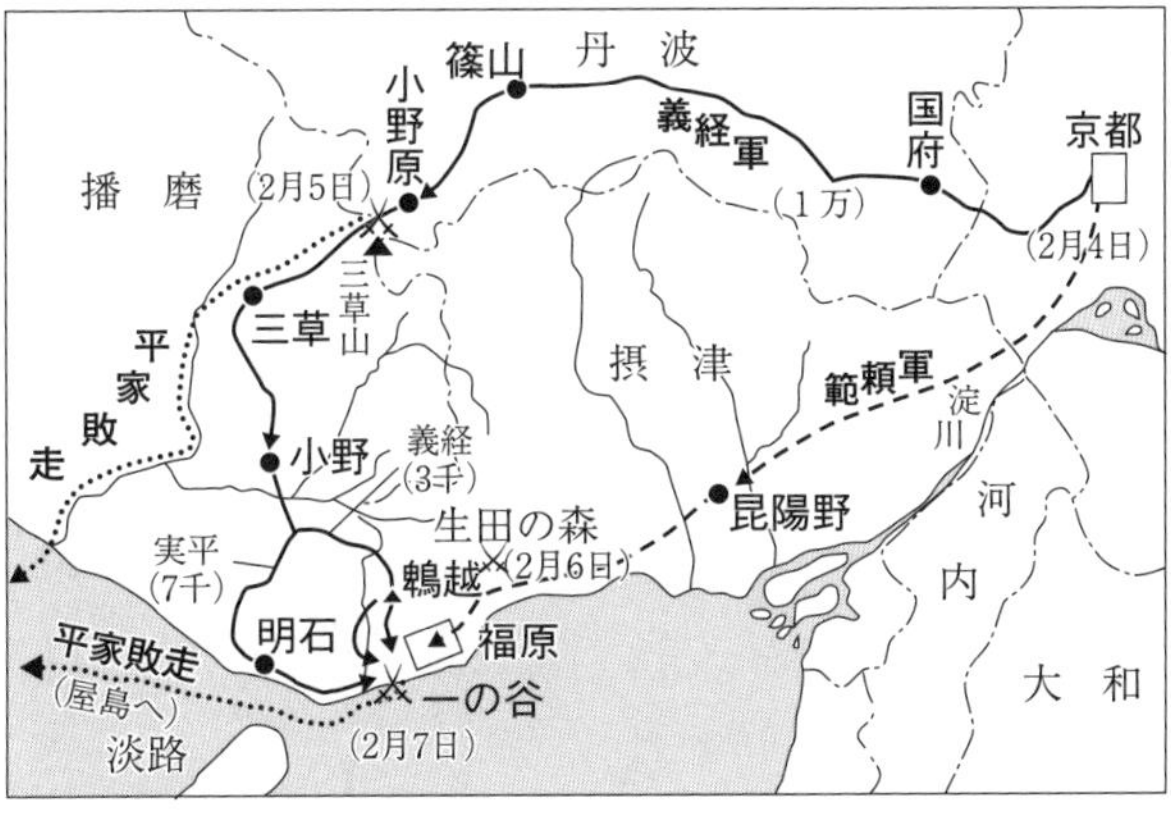

戦争では「名乗り」が何より重要であった。武士たちは相手の頸の価値を知るため、自らの存在を示すために名乗って戦った。義経の敵の背後から急襲するというゲリラ的戦法は、名乗って戦うということを想定していない。現に、巻第九「一二《いちに》之懸《のかけ》」では、熊谷次郎直実が「此手は、悪所を落さんずる時に、誰さきといふ事もあるまじ」（この手では、難所を馬で下ろうというときに、誰が先陣ということもあるまい）と言っている。先陣の功を目指す武士には、この戦法は敬遠されるものであったことが窺える。鵯越の急峻さを強調することで、実現不可能性を前面に押し出し、彼の戦法が当時の常識から大きく逸脱していたことや、それをあえてやってのける義経という人間が鮮烈に印象づけられる。

義経は一方で、冷静な統率者としても描かれている。彼は無鉄砲に断崖絶壁を駆け下りたわけではない。「馬どもおといてみん」と、人を乗せない馬を落としてみて無事に着地した姿を見て、はじめて坂落を決行するのである。また配下の武士を先に立てるのでなく、「義経を手本にせよ」と、自らが率先して駆け下りている。このような義経の振る舞いによって、部下たる鎌倉武士は、「こんなのは三浦の方では馬場同然だ」と言い、指示されなくとも率先して、落ちるごとに急峻さを増す崖を駆け下りたのだ。物語における義経は、垂範することで人の心を動かし、命令ではなく自主的に行動させる、良いリーダーであった❶。

このような義経は、信奉者も作るであろうが、他者との軋轢も生むだろう。義経は巻第十一「逆櫓《さかろ》」において、逆櫓を立てるか否かで梶原景時《かじわらかげとき》と論争したが、梶原に進むこと、勝つことだけを考える姿勢を、「引くべきところで引けない猪武者」と評された。また、同じ「逆櫓」で、嵐の中出船することを舵取りに強いて、恐れられたことも語られている。「逆櫓」での、「いくさは、ただひら攻めに攻めて勝つたるぞ心地はよき」、「かかる大風、大浪に思ひもよらぬ時にをしよせてこそ、思ふかたきをば討たんずれ（目ざす敵を討つことができるのだ）」という義経の言葉は、彼の真骨頂を表すと同時に、周囲の人にとっては理解できないものでもあることを、物語は冷静に見つめている。源平の戦いが終わった後、結局は頼朝に滅ぼされてしまう未来が予見されている、とも言えよう。

義経の奇襲は、平家の軍勢に大混乱をもたらす。屋形をすべて焼き払い、武士たちは一縷の望みをかけて海へと飛び込む。しかしそこには「よき人をば乗すとも、雑人共をば乗すべからず」という、当然と言えば当然である現実があった。皆それを知りながら、それでも生存の本能に駆られて船にすがりつき、腕を切られ、肘を落とされ岸辺に倒れ伏す。ここでは戦争というものがリアルに描き出されている。戦争をどんなに美しく描こうが、それはしょせん人と人との殺し合いであり、戦場では本能的な欲望がさらけ出される。物語は義経の武勇、リーダーシップを肯定的に描きつつも、それがもたらしたものは、平家軍の混乱と多くの人の死であったことにも言及しているのだ。強く輝かしい英雄の存在の裏には、その犠牲となった名も知られぬ弱い者たちがいた。『平家物語』は歴史の持つ二面性を白日のもとにさらすのである❷。

◆◇ 探究のために ◇◆

▼「鵯越《ひよどりごえ》」の位置　「鵯越」という地名は、神戸市兵庫区に現存するが、『平家物語』における「鵯越」がどこであるかについては論争があり、おおむね鉢伏山《はちぶせやま》、鉄拐山《てっかいさん》とする説と、現在の鵯越から神戸市長田区へ抜ける道とする説に分かれている。江戸時代の古地図に記されている道であること、かつて平家の本拠地であった福原や輪田泊《わだのとまり》へ攻撃する道としてふさわしいことなどから、近年では後者の説が有力である。

『平家物語』の諸本の「鵯越」に関する記述を見ると、四部合戦状本が、鵯越を一の谷へと向かう山道とし、馬を落とした現場を「鉢状の峰」としており、他の諸本とは異なり鵯越と坂落を分離して考えている（東啓子）（**資料A**）。延慶本は、鵯越を一の谷に至るために越える山とするが、同時に平家が城を構える一の谷の背後の山も鵯越と呼んでおり（**資料Bア**）、さらに馬二匹を落とした場所も鵯越と呼んでいる（**資料Bイ**）。また、義経が一の谷の平家の城郭を見下ろし、そこから坂落をした場所についても、一度は「鉢状、蟻の戸と云ふ所」とするが、再び鵯越という呼称に戻る（**資料Bウ**）。このように延慶本においては、鵯越は一の谷の背後にそびえる山全体を指す、漠然とした地名である。その位置づけは曖昧で地理的整合性もとれておらず、記述として未整理である印象を受ける。一方、覚一本では、鵯越とは坂落直前に義経軍のいる場所を指し、平家の城郭が見下ろせ、下りていった先の馬の様子まで上からわかるような至近距離の位置に設定されている（**資料C**）。

語り本系のほとんどの諸本は、「鵯越＝一の谷背後の山」という位置関係を採用しており、延慶本では複数存在していた鵯越の案内者を一人に絞り鵯越の指す地点を明確にするなど、矛盾を排して記述を整理した上で、義経の駆け下りた先に平家の山の手の軍勢（越中前司ら）がいたことにすることで物語内での合理性を追求し、よりコンパクトで濃密な「虚構の合戦空間」（鈴木彰《すずきあきら》）を作り出している。

【資料】

A　四部合戦状本『平家物語』巻第九「坂落」

左《さ》る程に明かく成りければ、搦手《からめて》の大将軍九郎義経は、氷取超《ひよどりごえ》より一万余騎を二手《ふた》に分かちて、岡崎四郎義実を以て三千余騎を付けて、播磨路へ差し向かはし、残りの七千余騎を相具して、七日の卯《う》辰尅《たつのこく》に、一谷の三重の高城《たかき》を、鉢伏の峯に登りて見給へば、上《かみ》二壇は小石交じりの白砂、下《しも》一壇は苔《む》生したる岩に小笹生ひて、屏風を立てたるが如くなり。

（現代語訳：そうこうしているうちに明るくなったので、搦手の大将軍九郎義経は、鵯越から一万余騎を二手に分けて、岡崎四郎義実に三千余騎を付けて、播磨路に向かわせて、残りの七千余騎を連れて、七日の卯辰刻（午前七時頃）に、平家の一の谷の三重の城郭を、鉢状の峰に登ってご覧になると、上方二壇は小石混じりの白砂、下方一壇は苔がむした岩に小笹が生えていて、屏風を立てたようであった。）

B　延慶本『平家物語』第五本

ア　かくは勇みに詈《ののし》りけれども、誠に山の案内知りたる兵一人もなし。何《いづ》れの谷へ落ちて、何れの峯へ越ゆべしともしらざりければ、三草山の夜討ちの時、生け取りあまたせられたりけるを、切るべき者をば忽ちにきられぬ、国々の駈武者のけしかる奴原をば、木の本にゆひつけなむどして通りけるに、「生け取りの中に尋ね聞きたき事もこそあれ」とて、一人召し具せられたりけるを召し出だして、尋ねられければ、申しけるは、「此の山は鵯越と申して、さがしき山にて候ふ。所々に落とし穴をほり、馬をも人をも通ふべくも候はず。少しもふみはづしたらば落とさむとて、底にひしを殖ゑて候ふとぞ承り候ふ」と申したりければ、

（現代語訳：このように勇んで大騒ぎしたが、本当に山の地形を知っている兵は一人もいなかった。どの谷を落ちて、どの峰を越えるのかも知らなかったので、三草山の夜討ちのとき、たくさんの兵を生け捕りにしたが、斬るべき者はすぐに斬って、国々の駆り武者のうち悪くはない奴らを、木の根元に結びつけなどして通っていたが、「生け捕りの者に聞きたいことがある」と一人召し連れていたのを召し出して、お尋ねになったところ、その者は「この山は鵯越と申して、険しい山でございます。所々に落とし穴を掘り、馬も人も通えません。少しでも踏み外したら落としてしまおうと、底に菱を植えているとうかがっています」と申し上げたので、）

イ　「さては汝、山の案内は知りて有るらむ。平家の引かへて御はします城の上へ落とす道有らば、有りのままに申せ」。此のをきな、申すやう、「幼少の当初《そのかみ》より、老体の今に至るまで、度世《とせい》を助からむが為に、此の山林に交はりて狩を仕《つかまつ》る。至らぬ木の本も無く、下らぬ谷は無けれども、平家のおはします城の上へ落とす路は無く候ふ」と申す。「さて、鹿などの通ふ事は無きか」と御尋ね有り。

（中略）

「…北なる鵯が南へわたる時は、此の山をこゆ。さて、鵯越とは申し候ふ。平家のおはする城の上から、十四五町ぞ候ふらむ。五丈計《ばか》りは落とすと云へども、其より下へは馬も人もかよひ候はじ。思し食し留まり給ひ候へ」

（現代語訳：「さてはお前は、山の地形は知っているだろう。平家のひかえていらっしゃる城の上に落とす道があったら、ありのままに申せ」この翁、「幼少のかみより老体の今に至るまで、この世で生きるために、この山林に分け入って狩りをしておりました。行ったことのない木、下りたことのない谷はありませんが、平家のいらっしゃる城の上へ落とす道はございません」と申し上げた。「では、

鹿などが通る道はないか」とお尋ねがある。

（中略）

「…北にいる鵯が南に渡る時は、この山を越えます。それで、鵯越と申します。平家のいらっしゃる城の上から、十四、五町（一町は約一〇九メートル）はございます。そこから五丈（約一五メートル）くらいは駆け下ることができますが、それから下は馬も人も通わないでしょう。思いとどまりなさいませ」）

ウ　九郎義経は、一谷の上、鉢伏、蟻の戸と云ふ所へ打ち上がりて見ければ、軍は盛りと見えたり。下を見下ろせば、或いは十丈計《ばか》りの谷もあり、或いは二十丈計《ばか》りの巌《いはほ》もあり、人も馬もすこしも通ふべき様なし。

（中略）

二疋を源平両家のかさじるしとて、鵯越より落とす。

此の馬、岩を伝ひて落としけるに、坂の中に牡鹿の三つ臥したりけるが、馬に驚きて、さきに落として行く。馬も鹿も共に落として行く。夜半に上の山より岩をくづして、落としけり。平家、「すはや、敵寄するは」とて、各々馬に乗り、甲のをしめて、矢はずを取りて相待つ処に、敵にはあらで、大鹿三つ、平大納言のやかたの前へ落ちたり。平家の人々申しけるは、「里に有らむ鹿も、人におはれて山深くこそ入るべきに、此の鹿の是へ落ちたるこそ怪しけれ。『敵軍野に臥す時は、飛ぶ鳥行《つら》を乱す』と云ふ事の有る物を。あはれ、上の山より敵寄するにこそ」とて、あわて騒ぎける。

（現代語訳：九郎義経は、一の谷の上、鉢伏、蟻の戸という所に上がって見たところ、戦は佳境であると見えた。下を見下ろすと、十丈くらいの谷もあり、二十丈くらいの岩もあり、人も馬も通うことができないようだ。

（中略）

二匹の馬を、源平両家の目印として、鵯越から落とした。

この馬は岩をつたって落ちていったが、坂の途中に牡鹿が三匹伏していたが、馬に驚いて先に落ちていった。馬も鹿も共に落ちていく。夜半に、上の山から岩を崩して落ちていった。平家は、「それ、敵が寄せてきたぞ」と言って各々馬に乗り、甲の緒を締めて、矢筈を取って来襲を待っていたところに、敵ではなく、大きい鹿が三匹、平大納言のやかたの前に落ちた。平家の人々は、里にいる鹿も、人に追われて山深く入るだろうに、この鹿がここへ落ちたのは不思議だ。『敵軍野に臥す時は、飛ぶ鳥がその列を乱す』と言い伝えられているなあ。ああ、上の山から敵が寄せるのだろう」と言って慌て騒いだ。）

C　『平家物語』巻第九「坂落」

九郎御曹司《くらうおんざうし》搦手《からめて》にまはつて、七日《なぬか》の日《ひ》の明《あけ》ぼのに、一の谷のうしろ鵯越《ひよどりごえ》にうちあがり、すでにおとさんとし給ふに、其勢《そのせい》にや驚きたりけん、大鹿《おほじか》二つ、妻鹿《めが》一つ、平家の城墩《じやうくわく》一谷へぞ落ちたりける。城《じやう》のうちの兵《つはもの》ども是を見て、「里ちかからん鹿《しし》だにも、我等におそれては山ふかうこそ入るべきに、是程の大勢のなかへ鹿《しし》のおちやうこそあやしけれ。いかさまにも上《うへ》の山より源氏おとすにこそ」とさわぐところに、伊予国《いよのくにの》住人《ぢゆうにん》、武智《たけち》の武者所《むしやどころ》清教《きよのり》すすみ出でて、「なんでまれ、敵の方より出できたらんものをのがすべきやうなし」とて、大鹿二つ射とどめて、妻鹿をば射でぞとほしける。越中前司《ゑつちゆうのせんじ》、「せんない殿原《とのばら》の鹿《しし》の射やうかな。唯今の矢一つでは敵十人はふせがんずる物を。罪つくりに、矢だうなに」とぞ制しける。

（現代語訳：九郎御曹司が搦手にまわって、七日の明け方に、一の谷の後ろの鵯越に登り、今にも馬で降りようとなさったが、その軍勢に驚いたのだろうか、大鹿が二匹、雌鹿が一匹、平家の城郭一の谷へ下っていった。城の兵どもがこれを見て、「里近くにいる鹿でさえ、我々に恐れて山奥へ逃げ入るはずなのに、これほどの大軍の中へ鹿が下ってくるのは不審である。どう考えても上の山から源氏が攻め下るのであろう」と騒いでいるところに、伊予国の住人、武智武者所清教が進み出て、「何であっても、敵の方から出て来たものを逃がせるはずがない」といって、大鹿二匹を射とめ、雌鹿は射ずに通らせた。越中前司は、「殿方は何の意味もなく鹿を射たものだな。今の矢一本で敵十人は防ぐだろうのに。罪つくりなことでもあるし、大事な矢のむだ使いだ」と止めた。）

コラム⑤

屋島の戦いと義経

源平の合戦といえば「一の谷・屋島・壇の浦の戦い」であるが、このうち屋島（現在の香川県高松市）の戦いは、義経率いる軍勢が一一八五（寿永四）年二月、摂津国渡辺（現在の大阪府大阪市）から出航し、通常三日の航路を四時間で渡り、阿波国勝浦（現在の徳島県勝浦郡）へ上陸、徹夜で進撃し、平家軍の拠点であった屋島を落としたというものである。しかし『平家物語』以外の史料に言及されることが少なく、実際は小競り合い程度のものであったのではないか、とも指摘されている。そのような合戦に、なぜ『平家物語』は筆を多く割いているのだろうか。

義経が屋島を落とした意味は大きいが、屋島の戦いは必ずしも計画通りに戦われたものではないようである。一の谷の戦い後、義経を指揮官として屋島に対する迅速な攻撃が計画されたが、兵糧問題で延期された。一一八四（寿永四）年八月には源範頼（義経の異母兄）と共に平氏追討官符（諸国に下された正式な命令書）を受け、範頼のほうは予定通り西国（山陽・長門彦島）へ発向したが、義経は京都の治安悪化により出撃が延期された。範頼による西国戦線が膠着する中、義経は翌一一八五（元暦二）年二月、屋島出撃を後白河院へ進言し、義経による戦況の打破を期待する声を背景に、ようやく義経の屋島攻撃が実現した、というのが真相のようである（元木《もとき》泰雄《やすお》）。

物語では、義経は二月三日都を出発したとされているが、実際の出陣は正月十日のことであった。また同じ二月三日に範頼も都を立ったことになっているが、実際範頼はこの頃九州方面へ遠征に行っているので、史実に反する。前者によって合戦準備の期間を短縮することで戦いが電撃的なものであったことを強調し、義経の勝利をより鮮やかなものとしている。後者について鈴木《すずき》彰《あきら》は、とくに延慶本の記述に注目して、豊後国にいた範頼が都へ帰ってまた長門国に向かう矛盾を指摘し、「義経と範頼が揃って出陣する様子を描くことに意義があった」とし、範頼の行く先が「長門国」とされていることから、「範頼の再出陣は、こうした叙述をとおして、壇ノ浦の合戦に向けた出陣として当初から位置づけられて」おり、「最終決戦としての壇ノ浦合戦を描くための構成要素として義経・範頼の揃った出陣や屋島合戦を扱うような、大局的な構成意識を持ちあわせている」とする。延慶本はあくまでも両者がそろって出陣し、範頼が西国を攻め、義経が屋島を攻撃した後、壇の浦を総攻撃する、という歴史的経緯を強調したかったようである。

このように屋島の合戦に関する叙述は物語による虚構の要素が強く、それは諸本の屋島の戦いをめぐる記事構成の矛盾にもつながっていると考えられる。佐伯真一《さえきしんいち》は「屋島合戦には話材が過剰なのではないか」とし、「義経の奇襲と平家の海への脱出を描きさえすれば、後はどのような話で埋めてもよい」、「そのような自由さと歴史的重要性によって、さまざまな話題が流れ込んできた」としている。その通りであると思う。付言するならば、屋島の戦いの主人公は義経であり、「逆櫓《さかろ》」「大坂越《おおざかごえ》」「嗣信最期《つぎのぶさいご》」「弓流《ゆみながし》」と、ほとんどの挿話が義経に関わり、彼を主人公とするものである。歴史的事実として義経主導の合戦であったことはもちろんであるが、義経を主人公とする一連の「義経英雄譚」がまとまって屋島の戦いの記事に吸収されたことも想定され、興味深い。

屋島の戦いは小規模な戦いであったとされるが、壇の浦合戦での源氏の勝利へと続く、歴史的意義は大きかった。そのため物語は屋島の合戦を、義経を中心とする多くの挿話の舞台として語ったのである。屋島の合戦をめぐる物語の形成を紐解くと、歴史に突如として登場し、戦場で活躍した義経の放つエネルギーに改めて気づかされるのである。

武芸の家に生まれなければ

敦盛最期・巻第九

いくさやぶれにければ、①熊谷次郎直実《くまがへのじらうなほざね》、「平家の君達《きんだち》たすけ舟に乗らんと、汀《みぎは》の方《かた》へぞおち給ふらむ。あつぱれ、よからう大将軍《たいしやうぐん》にくまばや」とて、磯の方へ②あゆまするところに、③練貫《ねりぬき》に鶴ぬうたる直垂《ひたたれ》に、④萌黄匂《もよぎにほひ》の鎧着て、鍬形《くはがた》うつたる甲《かぶと》の緒しめ、こがねづくりの太刀をはき、⑤切斑《きりふ》の矢負ひ、⑥滋籐《しげどう》の弓もつて、⑦連銭葦毛《れんぜんあしげ》なる馬に⑧黄覆輪《きんぷくりん》の鞍おいて乗つたる武者一騎、沖なる舟に目をかけて、海へざつとうちいれ、⑨五、六段ばかりおよがせたるを、熊谷、「あはれ大将軍とこそ見参らせ候《さうら》へ。⑩まさなうも敵《かたき》にうしろを見せさせ給ふものかな。かへさせ給へ」と、扇をあげて招きければ、招かれてとつてかへす。

汀にうちあがらんとするところに、おしならべてむずとくんでどうどおち、とつておさへて頸をかかんと甲を押し⑪あふのけて見ければ、年十六、七ばかりなるが、薄化粧して、⑫かね黒《ぐろ》なり。我《わが》子の⑬小次郎が齢ほどにて、容顔まことに美麗なりければ、いづくに刀を立つべしともおぼえず。「⑭抑《そもそも》いかなる人にてましまし候ぞ。名のらせ給へ。たすけ参らせん」と申せば、「⑮汝《なんぢ》はたそ」と問ひ給ふ。「物その者で候はねども、武蔵国《むさしのくに》の住人《ぢゆうにん》、熊谷次郎直実」となのり申す。「さては、なんぢにあうてはなのるまじいぞ。なんぢがためにはよい敵《かたき》ぞ。名のらずとも頸をとつて人に問へ。⑯見知らうずるぞ」とぞ宣ひける。熊谷、「あつぱれ、大将軍や。此《この》人一人⑰うち奉つたりとも、負くべきいくさに勝つべきやうもなし。又うち奉らずとも、勝つべきいくさに負くる事もよもあらじ。小次郎が薄手《うすで》負うたるをだに、直実は心苦しうこそ思ふに、この殿の父、うたれぬと聞いて、いか計《ばかり》かなげき給はんずらん。あはれたすけ奉らばや」と思ひて、うしろをきつと見ければ、⑱土《と》肥《ひ》、梶原《かぢはら》五十騎ばかりでつづいたり。熊谷涙をおさへて申しけるは、「たすけ参らせんとは存じ候へども、⑲味方の軍兵雲霞《ぐんびやううんか》のごとく候。よものがれさせ給はじ。人手《ひとで》にかけ参らせんより、同じくは直実が手にかけ参らせて、⑳後《のち》の御孝養《おんけうやう》をこそ仕《つかまつ》り候はめ」と申しければ、「ただとくとく頸をとれ」とぞ宣ひける。熊谷あまりにいとほしくて、いづくに刀をたつべしともおぼえず、㉑目もくれ心もきえはてて、前後不覚におぼえけれども、㉒さてしもあるべき事ならねば、泣く泣く頸をぞかいてんげる。「あはれ、弓矢とる身ほど口惜しかりけるものはなし。武芸の家に生まれずは、何とてかかるうき目をばみるべき。なさけなうもうち奉るものかな」と㉓かきくどき、袖をかほにおしあててさめざめとぞ泣きゐたる。良久《やや》しうあつて、さてもあるべきならねば、鎧直垂をとつて頸をつつまんとしけるに、錦《にしき》の袋にいれたる笛をぞ腰にさされたる。「あないとほし、この暁城《じやう》のうちにて管絃《くわんげん》し給ひつるは、此人々にておはしけり。当時味方に東国の勢何万騎《なんまんぎ》かあるらめども、いくさの陣へ笛もつ人はよもあらじ。㉔上臈《じやうらふ》は猶《なほ》もやさしかりけり」とて、㉕九郎御曹司《くらうおんざうし》の見参《げんざん》に入れたりければ、これを見る人涙を流さずといふことなし。

後《のち》に聞けば、㉖修理大夫経盛《しゆりのだいぶつねもり》の子息に㉗大夫敦盛《たいふあつもり》とて、生年《しやうねん》十七にぞなられける。それよりしてこそ熊谷が発《ほつ》心《しん》の思《おもひ》はすすみけれ。件《くだん》の笛は、おほぢ㉘忠盛《ただもり》笛の上手にて、㉙鳥羽院《とばのゐん》より給はられたりけるとぞきこえし。経盛相伝《さうでん》せられたりしを、敦盛器量《きりやう》たるによつて、持たれたりけるとかや。名をば小枝《さえだ》とぞ申しける。㉚狂《きやう》言綺語《げんきぎよ》の理《ことわり》といひながら、遂《つひ》に㉛讃仏乗《さんぶつじよう》の因となるこそ哀れなれ。

【現代語訳】

（平家方が一の谷の）いくさに敗れたので、（源氏方の武将）熊谷次郎直実は、「平家方の公達が、助け船に乗ろうと海辺の方へ落ちてお行きになっているだろう。ああ、身分の高い、よい大将軍に組みたい」と思って、磯の方へ馬を歩ませているところに、練貫に鶴の図柄を刺繍した直垂に、萌黄匂の鎧を着て、鍬形を打った甲の緒を締め、黄金作りの太刀を差して、切斑の矢を背負い、滋籐の弓を持って、連銭葦毛の馬に金覆輪の鞍を置いて乗った武者一騎が、沖の船を目がけて、海にざっと馬を乗り入れ、五、六段（一段は約一一メートル）ほど泳がせていた。熊谷は「そこにいらっしゃる方は大将軍とお見受けします。卑怯にも敵に背中をお見せになることだな。お戻り下さい」と扇を上げて招いたので、武者は招かれて引き返した。

渚に上がろうとするところに、（熊谷は）馬を並べ、むんずと組んでどうと落ち、取り押さえて首を刎ねようと甲を押し上げて見たところ、十六、七歳ほどの者で、薄化粧をしてお歯黒を塗っていた。「我が子の小次郎の年齢くらいで、容貌が本当に美しかったので、どこに刀を突き立てようとも思われない。（直実が）そもそもあなたはどのようなお方でいらっしゃいますか。お名乗り下さい。お助け申し上げましょう」と申し上げると、（武者は）「お前は誰だ」とお尋ねになる。「物の数に入らないような者ではございますが、私は武蔵国の住人、熊谷次郎直実でございます」と名乗り申し上げた。「それなら、お前には名乗るつもりはない。お前のためには良い敵だ。名乗らなくても私の首を取って誰かに聞きなさい。きっと見知っていることだろう」とおっしゃった。熊谷は「ああ、立派な大将軍だ。この人一人を討ち申し上げたとしても、負けるはずのいくさに勝つはずもない。また、討ち申し上げなかったとしても、勝つはずのいくさに負けることはよもやあるまい。我が子、小次郎が浅い傷を負ったことでさえ、私は心苦しく思っているのに、この殿の父上は、子が討たれたと聞いて、どれほど嘆き悲しみなさるだろう。ああ、助けてさし上げたい」と思って後ろを振り向くと、土肥実平、梶原景時の軍勢が五十騎ほどで続いていた。

熊谷は涙をおさえて、「助け申し上げようとは思うのですが、味方の軍兵が雲霞のごとくこの場にみちみちております。決してお逃げになることはできないでしょう。他の者の手にかけ申し上げるよりは、同じことなら私自身の手にかけ申し上げて、死後の御供養をいたしましょう」と申し上げたところ、「ただ早く、急いで首を取れ」とおっしゃった。

熊谷は、あまりにかわいそうで、どこに刀を突き立ててよいかもわからない。目も眩み気も遠くなって、前後もわからなくなってしまったが、そうしてばかりもいられないので、泣く泣く首を刎ねてしまった。「ああ、弓矢を取る武者の身ほどつらいものはない。武芸の家に生まれなければ、どうしてこんなつらい目にあおうか、いやあわないだろう。情けないことに、討ち申し上げてしまったことだ」とくどくどと嘆き、袖を顔に押し当て、さめざめと泣き続けた。

すこし時間が経って、そうしてばかりもいられないので、鎧直垂を取って首を包もうとしたところ、錦の袋に入れた笛を腰に差している。「ああ、気の毒に。今朝方、この城郭の中で管弦を奏でていらっしゃったのは、この方々でいらっしゃったのだな。現在、味方の東国の軍勢は何万騎もいるだろうが、いくさの陣に笛を持ちこむ者は決していないだろう。身分の高い御方はやはり優雅なのだなあ」と思い、九郎御曹司（義経）にお見せしたところ、これを見て涙を流さない者はいなかった。

後で聞くところによると、（その武者は）修理大夫経盛の子息大夫敦盛で、十七歳におなりになった人であった。このことから、熊谷の出家の志はいっそう進んだのであった。

かの笛は、敦盛の祖父忠盛が笛の名人であったので、鳥羽院からいただいたものであるとのことであった。経盛が伝えられていたのを、敦盛に笛の才能があったため、持っていらっしゃったということだ。笛の名は小枝と申し上げた。狂言綺語も仏道に入る機縁となると言うが、この笛にまつわる一連の出来事が、熊谷の発心の因となったのは感慨深いことであった。

【語注】

①熊谷次郎直実…**探究のために**参照。

②あゆまする…直実が馬を歩ませる。「する」は使役の助動詞「す」の連体形。

③練貫に鶴ぬうたる直垂…経に生糸、緯に練糸《ねりいと》（柔らかくした絹糸）を織った絹衣に鶴の模様を刺繍であしらった鎧直垂。

④萌黄匂…鎧の色で、下の方が薄い萌黄色（黄色と青との中間色）で、上方に移るに従って濃い色になっているもの。

⑤切斑の矢…白と黒のまだらがある鷲の尾羽を矢羽根に用いた矢。

⑥滋籐の弓…134ページ**語注**⑤参照。

⑦連銭葦毛…葦毛（栗毛などの毛色に、後天的に白い毛が混じる）に、黒や灰色の丸い模様のある馬。

⑧黄覆輪の鞍…134ページ**語注**⑦参照。

⑨五、六段…一段は約一一メートル。

⑩まさなうも…「まさなし」は「見苦しい。よくない」の意で、一般的な基準に合致しない様を表す。ここでは、見苦しくも、卑怯にも。

⑪あふのけて…あおむけにして。

⑫かね黒…お歯黒。上流貴族の女性の風習であったが、平安時代後期には公家や武家の男子にも広がった風習。

⑬小次郎…直実の息子、小次郎直家《なおいえ》。一一六九～一二二一。父と共に義仲追討、一の谷の合戦に従軍する。後、頼朝の奥州攻め（一一八九年）、承久の乱（一二二一年）にも従軍した。法名観蓮。巻第九「一二之懸」に、平山季重《ひらやますえしげ》と先陣を争って平家の陣を攻めたときに傷を負ったことが語られる。

⑭物その者で候はねども…名乗るほどの者ではございませんが。

⑮なんぢにあうてはなのるまじいぞ…お前に向かっては名乗るまいよ。「あう」は「会ひ」のウ音便で、「向かい合う」の意。

⑯見知らうずるぞ…「うずる」は推量の助動詞「むず（んず）」の連体形「むずる（んずる）」。見知っているだろう。

⑰うち奉つたりとも…「うちたてまつりたりとも」の音便形「うちたてまつつたり」のつづまった形。討ち申し上げたとしても。

⑱土肥、梶原…土肥《どひ》次郎実平《さねひら》と梶原平三景時《かげとき》。土肥は頼朝の最初の戦いである石橋山の合戦に従軍した古参の家人。梶原は石橋山の戦いに討手として参戦したが、戦いの最中に頼朝に内応し、その後は頼朝の信任を得て側近として活躍した。
⑲味方の軍兵雲霞のごとく候…「御方」は直実の味方、すなわち源氏方。「雲霞のごとく」は一面に群がる様子を形容した表現。
⑳後の御孝養…死後の追善供養。
㉑目もくれ…「くる」は「暗る」で、暗くなるの意味。目の前が真っ暗になって。
㉒さてしもあるべき事ならねば…いつまでもそうしてばかりいられないので。「し」は強意の助詞。
㉓かきくどき…くどくどと述懐し。
㉔上臈…身分の高い人。「臈」は年功を表す。
㉕九郎御曹司…源義経。詳細は119ページ**探究のために**参照。「御曹司」は、平家の「公達」に対し、源氏の子息への敬称。とくに義経を指すことが多い。
㉖修理大夫経盛…平経盛。平忠盛の子で、清盛の異母弟。一一二四～一一八五。「修理大夫」は修理職《しゅりしき》（宮中などの修理を司る）の長官。「大夫」は「だいぶ」と読み、長官を指す。一の谷の戦いで経正、敦盛など子息のほとんどを失う。一一八五年、壇の浦の戦いで入水。
㉗大夫敦盛…平敦盛。**探究のために**参照。
㉘忠盛…平忠盛。清盛の父で敦盛の祖父。一一〇三～一一五三。白河・鳥羽両院に仕え、瀬戸内海の海賊追捕など院の軍事力の要として活躍した。経済的奉仕も積極的に行い、各国の国司を歴任、諸国の武士との結びつきを強め、平家隆盛の基礎を築いた。
㉙鳥羽院…鳥羽上皇（法皇）。第七十四代の天皇。一一〇三～一一五六。受領階級、平家などの武士を重用し、崇徳・近衛・後白河と三代二十八年の天皇にわたり院政をしいた。鳥羽院の死はそれまで押さえられていた天皇家・藤原摂関家・源氏や平家など武家の内紛を露呈させ、その死をきっかけに保元の乱が起きた。
㉚狂言綺語の理といひながら…「狂言」は道理に合わない、常識を逸した言葉、「綺語」はたくみに飾った言葉の意で、仏教の立場から物語や小説をいやしめて言った言葉。『和漢朗詠集』五八八・仏事、白楽天（『白氏文集』所収、「香山寺白氏洛中集記」）による表現。「願はくは今生《こんじやう》世俗文字《もんじ》の業《ごふ》狂言綺語の誤を以《もつ》て、翻《ひるがへ》して当来世《たうらいせ》世《せ》讃仏乗《さんぶつじよう》の因、転法輪《てんぼうりん》の縁と為《せ》む（願わくば私が今生に世俗で犯してきた詩文を作るという悪業、常軌を逸した言葉や飾り立てた言葉を弄するという過ちを転じて、後世永く仏法を讃え、教導する因縁とすることができますように）」による。
㉛讃仏乗…仏法を讃え、広く人々を教化して悟りに導くこと。「乗」は衆生を乗せて彼岸に渡す、の意。

◆◇鑑賞のヒント◇◆

❶なぜ敦盛は、熊谷に応じて海岸まで戻ったのか。
❷なぜ敦盛は名乗らなかったのか。
❸熊谷の言葉に出てくる二つの「大将軍」には、どのような違いがあるか。
❹敦盛を殺さなくてはならない熊谷の心中は、どのようなものだったか。

◆◇鑑賞◇◆

一の谷の合戦は平家方の敗北に終わり、『平家物語』は敗軍の将たちの死を描く。中でも有名なのが、十六、七歳の若き将軍、敦盛の死を描いた「敦盛最期」である。

場所は「汀」、つまり海岸である。海上に浮かぶ助け船に乗ろうと急ぐ敦盛。その装束は「萌黄匂」の鎧であった。萌黄色は若さを象徴する色であり、『平家物語』では二十歳くらいだとされる那須与一が、この色の鎧を着て登場する。その装束に目をつけたのが熊谷次郎直実であった。熊谷は武蔵国熊谷郷（現在の埼玉県熊谷市）の武士であり、頼朝に臣従し、武功をたてることによってその所領を安堵される御家人である。中小武士である直実の立場はそれほど強くはない。戦に出て勲功を立てることによってはじめて身を立てることのできる立場である。だからこそ「よからう大将軍」、すなわち身分の高い武将の首を取ることを目指していたのである。武士の地位はその装束に表れる。刺繍の施された仕立ての良い直垂、鍬形の打ってある立派な甲、黄金の太刀、金の縁取りのある鞍と若武者の外見はまさしく大将軍のそれであった。熊谷はその武士に声を掛ける。「あれは大将軍とこそ見参らせ候へ。まさなうも敵にうしろを見せさせ給ふものかな。返させ給へ」。身分の高い武士なら卑怯にも敵に背中を見せるな、という言葉からは、それなりの地位を示す装束を着ているのだから、堂々と勝負をしろ、という熊谷の挑発が読み取れる。

敦盛はこの挑発を受けて立ち、逃げることなく海岸に戻る。五、六町といえば六〇〇メートル近い。逃げようと思えば逃げられてしまう距離である。そこをあえて戻る彼からは、身分の高い武将としての矜持が感じられる。敦盛は、位階はもらっているが、官職にはまだ任命されていないような若い武将である。物語の記述を信じれば、平家が権力を握ってからの出生であり、戦闘の経験はもちろんない。それに対して熊谷は、数々の戦で勲功を挙げた百戦錬磨の武将である。勝敗は見えており、海岸にあがろうとするやいなや、敦盛は組み伏せられてしまう。さしたる抵抗も見せない敦盛は、こうなることを半ば覚悟していたのだろう❶。

熊谷は、敵の将軍を組み伏せたはいいものの、相手が息子と同じくらいの年齢の、若く、美しい武将であったことに当惑し、助命することを考える。命を助けようと伝えた上で自分の名を名乗るが、敦盛は名乗ることなく、お前にとって良い敵であるから、早く首を取れ、と言う。助命をほのめかされながら名乗りを拒んだということは、生よりも死を選択したということにほかならない。この選択に影響を与えたのは、先に熊谷の発した「まさなし」という言葉である。「まさなし」は**語注**でも触れたように、「一般的な基準に合致しない」という意味を持つ語である。ここでの「一般的な基準」とは、「身分の高い者は、敵と正々堂々と戦うものだ」ということである。熊谷のこの言葉は敦盛に、「身分の高い者の戦場でのあり方」について考えさせたと思われる。「さては、なんぢにあうてはなのるまじいぞ」という敦盛の言葉は、「物その者で候は」ない熊谷の名乗りを受けてのものであり、自分とは身分の釣り合わな

い お前に向かっては名乗るまい、という敦盛の自尊心や覚悟の表明である。敦盛は名誉を大切にし、名誉のためには死を従容として受け入れる若武者として造形されている❷。

これは覚一本における敦盛像であり、読み本系からは違う敦盛像が窺える。延慶本において敦盛は、一度は「とく斬れ」と名乗りを拒絶するが、熊谷が、良い敵の首を取れば頼朝から所領をいただける、と言うと、自ら名乗る。ここでの敦盛は名誉を重んじる若武者というよりは、熊谷の言葉や立場を重んじて名乗るという、世知や分別を備えた武将である。

敦盛の態度に感銘を受けた熊谷は、「あつぱれ、大将軍や」と、敦盛の命を助けたいという思いを強くする。ここでの「大将軍」という言葉は、先程の「あはれ大将軍とこそ見参らせ候へ」と言ったときの「大将軍」とは意味が異なる。以前は、単に身分が高い武将、という意味であったが、敦盛の名誉を重んじる態度に触れ、見かけだけではなく、内実をも伴った素晴らしい将軍という意味が込められている❸。

平家が「いくさ敗れにければ」という状況の下でも「よからう大将軍」の首を求めた熊谷の心情は、敦盛との出会いによって大きく変化する。「身分の高い将軍」という記号としての存在にしか過ぎなかった敦盛が、同年代の息子と重ね合わされた上、その振る舞いを見ることで「若くて立派な、尊敬に値する大将軍」に変わったことは、彼に武士としての根源的な苦悩を突きつける。それまでの熊谷は殺生を主とする自身の生業を、「所領のため」ということで割り切り、おそらく何の疑問も持たず生きてきた。しかし彼は初めて「殺したくない」と感じる相手と出会ってしまった。共感や尊敬は、「いとほし」という感情を呼び起こす。しかし、味方は迫り、武士としてはここで敦盛を見逃すことはできない。武士という己の境遇が、大きく熊谷の気持ちを揺さぶり、しかしながら最後は「弓矢とる身」

として「口惜し」い選択をせざるを得なくなる。人間としての心情と武士としての行動が乖離してしまい、深刻なアイデンティティーの危機に陥るのである。「武芸の家に生れずは、何とてかかるうき目をばみるべき」という言葉は、自身の境遇を選ぶことができない当時の人々、とくに殺生を生活のために強いられる武士の苦悩を語ってあまりある❹。

◆◇探究のために◇◆

▼人物

①**熊谷次郎直実**…一一四一〜一二〇八。武蔵国熊谷郷に住み、熊谷を名乗った御家人。当初平知盛に仕え、石橋山の戦いでも頼朝を追討する立場であったが、後に頼朝に仕え、軍功により熊谷郷の地頭職を与えられた。宇治川の戦いでは範頼《のりより》軍に属し先陣となり、一の谷の戦いでは息子の小次郎直家《なおいえ》と共に平家の陣の門に押し寄せ、平山《ひらやま》季重《すえしげ》と先陣を争った（巻第九「一二之懸《いちにのかけ》」）。源平合戦が終わると出家し法然《ほうねん》に帰依、蓮生と称した。京都の法然寺や武蔵の熊谷寺を草創したとされる。一二〇八（承元二）年、京で没した。

②**平敦盛**…平経盛の三男（末子）。生年未詳〜一一八四。「大夫」は五位の官人の通称で、「たいふ」と読む。位階はあるが官職がなかったので「無官大夫」と呼ばれた。『平家物語』の影響もあり、笛の名手として知られ、謡曲、浄瑠璃、歌舞伎など様々な文芸の素材となる。植物（敦盛草）、蕎麦（敦盛蕎麦）にもその名を残す。

▼理想化された功名譚としての「敦盛最期」『平家物語』には、数々の「功名譚」が語られる。それらは主に、東国武士が平家の地位ある人物を討ち取る話である。平家の武将の最期は、一方で源氏方の武将の功名を語る話でもあ

る。ここでは「敦盛最期」に似た内容を持つ功名譚として、巻第七「篠原合戦《しのはらがっせん》」と巻第九「越中前司最期《えっちゅうのせんじさいご》」の中のエピソードを取り上げる。両者に共通するキーワードは「助命」である。

一つ目は巻第七「篠原合戦」の、源氏方の武士、入善《にゅうぜん》の小太郎行重《こたろうゆきしげ》が、平家方の武士、高橋判官長綱《たかはしのはんがんながつな》を討ち取る話である。最初は高橋が入善をつかんで「名乗れ」と言う。それに対し入善は名を名乗り、「生年十八歳」と言う。これに対し高橋は「去年失った我が子が生きていれば十八歳だ。助けよう」と言って、入善を離し、自らも馬を下りて入善と話し込む。行重は、「助けてはもらったが、素晴らしい敵なので討ち取りたい」と思い、隙を突いて飛びかかり、後から合流した自らの家来と共に高橋を討ち取ってしまう。高橋が入善のことを、「我が子と同じくらいなので助けよう」としているところは「敦盛最期」と共通しているが、入善が功名心に駆られ、助けられた恩があるにもかかわらず高橋を討つところが大きく異なる（**資料A**）。

二つ目は「越中前司最期」において、源氏方の武士、猪俣小平六則綱《いのまたこへいろくのりつな》が越中前司盛俊《えっちゅうのせんじもりとし》を討ち取る話である。盛俊が敵を待ち受けていると、それを見つけた則綱が襲いかかってきた。盛俊は則綱を押さえつけ、首を切ろうとしたが、「敵を討つときは、自分も名乗り、敵にも名乗らせるもの。そうしてこその大手柄というものだ」と則綱が言うので名乗ると、則綱は命乞いをしてきた。それに耳を貸さずになお首を切ろうとすると則綱は、「降参した敵を切るとは卑怯だ（「まさなや」）」と言ったので、盛俊は則綱を助けることにした。解放された則綱と盛俊はしばらく並んで腰掛けていたが、源氏方の武士が通りかかると、則綱はその武士の加勢を期待して、盛俊の隙をついて襲いかかり、首を取ってしまった。盛俊に則綱を助命しようと思わせたのは「まさなし」という言葉であり、逃げる敦盛が直実に「まさなし」と言われて引き返したことと似通うが、直実が取り押さえた敦盛を助命しようと逡巡したのに対して、則綱は命の恩人を返り討ちにしてしまうのである（資料B）。

二つの話に共通するのは、劣勢であった源氏方の武将が、命を助けてくれた恩人を討ち取る、ということである。そしてそのことが、両話とも「功名」として語られている。とくに「越中前司最期」では、則綱の行為に対して語り手は「其日の高名の一の筆にぞ付きにける」と評している。

「篠原合戦」の挿話は、同じ語り本である屋代本にはなく、延慶本では長綱は篠原合戦より前に戦死したことになっているので、この一件に関する叙述はない。また「越中前司最期」の死に対する語り手の評言は、延慶本には見られず、語り本にのみ見られるものである。とくに前者は、長綱が行重を討つことをためらった理由が、行重が自分の息子と同じ十八歳であることだった、という点で注目される。これは「敦盛最期」における熊谷次郎直実と敦盛との関係とほぼ同じであり、「篠原合戦」の話と「敦盛最期」との間には何らかの影響関係が想定される。

「篠原合戦」「越中前司最期」の挿話は、「源氏の武士が、身分の高い平家の武将を討ち取る功名譚」としてまとめることができる。「敦盛最期」もその類型に当てはまる話である。冨倉徳次郎は、「発心譚をも含めた」「熊谷直実を中心とした説話群」を想定しているが、同じ巻第九に熊谷の先陣を語る「一二之懸」があること、鎧直垂に敦盛の首を包み、それを義経に見せる場面が描かれていることから、「敦盛最期」の根幹は、直実の「功名譚」であったと考えられる。だからこそ同じく源氏方の武士の功名を語る「篠原合戦」や「越中前司最期」と似ているのである。

しかし「敦盛最期」を他の功名譚と区別しているのは、菊野雅之《きくのまさゆき》が指摘するように、「敦盛・熊谷の両者が、互いに殺意を持たない（ように見える）状態である」ことである。そしてそうであるがゆえに、「他の合戦譚で見てきたような、手柄へと邁進している武士の姿とは相容れないものだった」（菊野）と言える。たしかに同時代から見れば新しい戦いの形であったのかもしれないが、そのために、貴族的な敦盛の振る舞い、地方武士であった熊谷にもたらされた意外な苦悩など、様々な要素を描くことができたし、後世の享受の仕方を見れば、「敦盛最期」は近代の武士道につながる「崇高な武士」像の萌芽であると言える。

語り本も読み本も、諸本は名を名乗る敦盛や、「会釈もなく引組落」す熊谷など、覚一本とは異なった二人の姿を描き出す（**資料C**）。常識的な視点から見ればそれらが妥当なあり方であっただろう。しかし、覚一本での「敦盛最期」は、「敦盛はあくまでも名乗をしない、けなげな若武者として造型され」（冨倉徳次郎）、熊谷は敦盛の人柄を知りそれを尊敬するという理想的な二人の関係性を描く話となり、単なる功名譚ではなく、後世の人々がこの話を下敷きに新たな作品を生み出すような話へと発展を遂げたのである。

▼熊谷発心譚としての「敦盛最期」　ここまで、功名譚としての「敦盛最期」について考えてきたが、ここでは「発心譚」としての「敦盛最期」について考えてみる。敦盛とのやりとりでは、敦盛を殺さざるを得ない熊谷の心中に焦点があてられているので、敦盛を討ち取ったという事実は、熊谷の功名を強調するものであるというよりは、発心を起こした契機としてまとめられている（「それよりしてこそ熊谷が発心の思はすすみけれ」）ため、発心譚として捉えられることのほうが多いであろう。

熊谷は、源平騒乱が終わった後、突如として出家している。『吾妻鏡』によれば、一一九二年、親族との領地の境界争いにおいて、訴訟の駆け引きが苦手だった上、頼朝から不審点への尋問がたびたびあったことによって怒り、自ら髪を切って出奔した、ということである。その後は都で法然上人の弟子になったと考えられている。『吾妻鏡』の記述については、一一九一（建久二）年三月（訴訟での失敗以前）付の書状に「地頭僧蓮生（「蓮生」は熊谷の法名）」の名が見えることから、訴訟の失敗ではなく、同じく『吾妻鏡』の記述から、一一八七（文治三）年、鶴岡八幡宮の流鏑馬で的立の役を拒否し、所領を没収されたことに原因を求める説もある（**資料D**）。

いずれにせよ、処世上の失敗に熊谷の出家の理由を帰す論者が多い。ただ、それはあくまでもきっかけであり、早くから念仏を唱えていた、という記述も見られることから、信仰心に篤い武士であり、戦いに明け暮れていた日々、とくに一の谷の合戦での体験から醸成された宗教心であったことも否定できない。その意味で、敦盛を討ったことを熊谷の出家の原因とする物語の記述は史実を踏まえたものとも考えられるが、諸本によって熊谷の出家の動機についての記述は微妙に異なり、語り本と読み本の違いが際立っている。

語り本では、熊谷の出家のきっかけは「敦盛最期」でしか語られず、熊谷の出家の理由は、敦盛という尊敬すべき若武者を討ったことに帰せられ、そうせざるを得ない自らの武士という境遇への嘆きが内省的に語られる。それに対して延慶本などの読み本は、木曽征討軍が宇治川を渡るときに、「自分がこの橋から落ちたら、それを助けようとして息子の小次郎が一緒に落ちてしまうだろうことをつらく思ったとき、阿弥陀如来のことを初めて念じ申し上げた」ことが道心の起こりだとしており、この場面で熊谷が出家し、法然上人の弟子になったことも語っている。

読み本の特徴は、「父子関係」や「家」がクローズアップされていることである。延慶本では、熊谷は敦盛にまず「抑君は誰人の御子にて渡せ給ぞ」と呼びかけているし、敦盛の死後、熊谷が敦盛の父、修理大夫経盛へ遺品を送る書状とそれに対する経盛の返事が載せられており、経盛と敦盛の父子関係が重視されている。また覚一本では熊谷は武士であるから敦盛を殺すことになってしまったと嘆いているが、延慶本では、熊谷は「敦盛を討たなかったら、家や子孫の恥辱となっただろう」と経盛への書状の中で述べており、熊谷の武士としての自分の存在を内省的に見つめる姿を描く覚一本に対し、延慶本は武士としての体面や名誉を重んじる人として熊谷を描いている（**資料E**）。「敦盛最期」を熊谷の発心譚にしようという意図は諸本に共通するが、あくまでも熊谷と敦盛との関係性を重視し、熊谷が一人の人間として敦盛と対峙したことでその立派な人間性に触れ、敦盛を殺さなければならないことに苦悩し、武士であること自体に疑問や苦しさを抱いたというところまで踏み込んだ語り本に対し、読み本は、直実——小次郎、経盛——敦盛という父子関係や、家制度のもとで武士として生きる苦しみを中心に描いているのである。

▼「敦盛最期」における笛

こうして熊谷は、敦盛を討ったがゆえに道心を起こすのであるが、「錦の袋に入れたる笛」も大きな役割を果たしていることは、注目に値する。熊谷が敦盛を討ったことを惜しむのは、彼がけなげな若い大将軍であったからだけではなく、戦陣に笛を持ち込み吹くという、風流さを理解する高貴な武士だったからでもあった。その風流さの象徴として、覚一本の語り手は、「小枝」という名まで明らかにして敦盛の所持していた笛に注目し、その由来を語るのである。敦盛の遺品である笛は、彼の持つ「器量」、すなわち貴族的な高雅さ、武士としての潔さを一身に背負い、義経の目に触れることになる。

この章段の語りは、「狂言綺語の理といひながら、遂に讃仏乗の因となるこそ哀れなれ」という一文で締めくくられる。なぜ功名譚や発心譚としての要素が強い「敦盛最期」が、笛が武人を仏道へと導いた、という音楽を称揚することで語り収められているのだろうか。

熊谷が道心を起こした動機において、笛の存在はあくまでも付属的な意味しか持たない。この問題に対し冨倉は、「この『狂言綺語云々』の一文はあくまでも『敦盛最期』を平曲の一句として語り収めるという立場において加えられたもの、すなわち語りものとしての結びの句と考えるべきもの」であるとしている。たしかに延慶本など読み本

（『源平盛衰記』を除く）では、敦盛が所持していたものは「錦の袋に入った篳篥」と「遺言めいた文章がしたためられた巻物」であった。語り本では、巻物を削除し、篳篥を、忠盛が鳥羽院から賜ったという由緒ある笛にかえることによって話題の分散を避け、敦盛の高貴さをより強調することを狙ったと考えられる（笛は高貴な身分の男性が吹く楽器であった）。『平家物語』を語る琵琶法師もまた、音楽で身を立てる人々であった。菊野は以下のように指摘する。

「笛」あるいは「狂言綺語」は聴衆側へと作用する言葉であるということだ。琵琶法師が操る琵琶も、敦盛の笛も楽器である。ここに「敦盛最期」、琵琶法師、享受者としての聴衆をつなげる通路ができあがる。熊谷が楽器（笛）によって「讃仏乗の因」を獲得するということは、楽器（琵琶）の響きに乗った平家語りを聴く者にも、等しく「讃仏乗の因」が与えられるということである。

このように、原則として活字で『平家物語』を享受する我々には感じられないことであるが、琵琶法師の語りによって『平家物語』を享受した人々は、熊谷と自分たちを重ね合わせることによって、より「発心」を身近に感じることができたと考えられる。また、それを語る琵琶法師にとっては、「狂言綺語」とされ、仏教においては一段低く位置づけられていた音楽も、このように立派に人を仏道に導くことができるのだということが聴衆に伝えられれば、それに勝る幸せはなかっただろう。こう考えると一見蛇足のように見えるこの一文も『平家物語』は琵琶法師によって語られ享受されたという文学史的常識を、改めて思い起こさせてくれる。

「敦盛最期」をよく読んでみると、様々な要素が重層的に絡み合い、その成り立ちは複雑であることがわかる。にもかかわらず、とくに覚一本は、異なる要素が重なり合うことによって、物語に奥行きが生まれ、熊谷、敦盛それぞれの心理を描き出すことに成功している。

【資料】

A 『平家物語』巻第七「篠原合戦」

次に平家のかたより高橋《たかはしの》判官《はうぐわん》長綱《ながつな》五百余騎ですすんだり。木曽殿の方より樋口《ひぐちの》次郎《じらう》兼光《かねみつ》、落合《おちあひの》五郎《ごらう》兼行《かねゆき》、三百余騎で馳《は》せ向ふ。しばしささへてたたかひけるが、高橋が勢《せい》は国々のかり武者なれば、一騎もおちあはず、われさきにとこそおちゆきけれ。高橋心はたけく思へども、うしろあばらになりければ、力及ばで引退《ひきしりぞ》く。ただ一騎落ちて行くところに、越中国《ゑつちゆうのくに》の住人入善《にふぜん》の小太郎行重《こたらうゆきしげ》、よい敵《かたき》と目をかけ、鞭鐙《むちあぶみ》をあはせて馳せ来《きた》り、おしならべてむずとくむ。高橋、入善をつかうで鞍の前輪におしつけ、「わ君《きみ》は何者ぞ、名のれ、聞かう」どいひければ、「越中国の住人、入善《にふぜんの》小太郎《こたらう》行《ゆき》重《しげ》、生年《しやうねん》十八歳」となのる。「あなむざん。去年《こぞ》おくれし長綱が子も今年《ことし》はあらば十八歳ぞかし。わ君ねぢきつてすつべけれども、たすけん」とてゆるしけり。わが身も馬よりおり、「しばらくみかたの勢またん」とてやすみゐたり。入善、「われをばたすけたれども、あつぱれ敵《かたき》や、いかにもしてうたばや」と思ひ居たる処《ところ》に、高橋うちとけて物語しけり。入善すぐれたるはやわざの男《をのこ》で、刀をぬき、とんでかかり、高橋が内甲《うちかぶと》を二刀《ふたかたな》さす。さる程に、入善が郎等《らうどう》三騎おくればせに来《きた》つておちあうたり。高橋心はたけく思へども、運やつきにけん、敵《かたき》はあまたあり、いた手《で》は負うつ、そこにて遂《つひ》にうたれにけり。

（現代語訳：次に平家の方から、高橋判官長綱が五百余騎で進み出た。木曽殿の方から、樋口次郎兼光、落合五郎兼行が三百余騎で急ぎこれに向かう。平家の方では、しばらく防戦していたが、高橋の軍勢は諸国からの駆武者であるので、一騎も立ち向かうことなく、我先にと逃げて行った。高橋は心だけはたけだけしいつもりだが、背後に続く兵がまばらになったので、やむを得ず退却した。ただ一騎で逃げて行くところに、越中国の住人入善小太郎行重《ゆきしげ》がよい敵だと目をつけ、鞭をあて鐙をあおって馬を飛ばしてやって来て、馬を並べてむずと組みついた。高橋は入善をつかんで鞍の前輪《まえわ》に押しつけ、「お前は何者だ、名乗れ、聞こう」と言ったところ、「越中国の住人、入善小太郎行重、生年十八歳」と名乗った。「ああいたわしい。去年亡くしたわが子も今年は生きていれば十八歳だ。お前の首をねじ切って捨てるところであったが、助けよう」と言って許した。自分も馬から降り、「しばらくここで味方の軍を待とう」と言って休んでいた。入善が、「自分を助けてくれたが、すばらしい敵だ、どうにかして討ちたい」と思って、その場に座ると、高橋は気を許していろいろ話をした。入善は機敏な男で、刀を抜いて飛びかかり、高橋の甲の内側を二回刺した。そこへ入善の郎等が三騎おくればせに来て落ち合った。高橋は心だけは奮い立ったが、運が尽きてしまったのだろうか、敵は多勢、痛手を負って、そこでついに討たれてしまった。）

B 『平家物語』巻第九「越中前司最期」

しばらく息をやすめ、さらぬていにもてなして申しけるは、「抑《そもそも》なのつつるをば聞き給ひてか。敵《かたき》をうつといふは、我もなのつてきかせ、敵にもなのらせて頸《くび》をとつたればこそ、大功《たいこう》なれ。名も知らぬ頸とつては、何にかし給ふべき」といはれて、げにもとや思ひけむ、「これはもと平家の一門たりしが、身不肖《ふせう》なるによつて当時は侍《さぶらひ》になつたる越中前司盛俊《もりとし》といふ者なり。わ君《きみ》は何者ぞ、なのれ、聞かう」どいひければ、「武蔵国《むさしのくにの》住人《ぢゆうにん》、猪俣小平六則綱《ゐのまたのこべいろくのりつな》」となのる。

（現代語訳：（猪俣小平六則綱は）しばらく息を整え、何気ないふうに振る舞って申したことには、「そもそも私の名乗ったのをお聞きになったのか。敵を討つというのは、自分も名乗って聞かせ、敵にも名乗らせて首を取ってこそ大きな手柄である。名も知らぬ首を取ったところで、何になさろうというのか」と言われて、越中前司盛俊はもっともだと思ったのか、「自分はもと平家の一門であったが、取るに足らない身である故、今は侍となった越中前司盛俊という者だ。お前は何者だ、名乗れ、聞こう」と言ったので、「武蔵国の住人、猪俣小平六則綱」と名乗る。）

しばしあつて、黒革威《くろかはをどし》の鎧《よろひ》着て月毛《つきげ》なる馬に乗つたる武者一騎、はせ来《きた》る。越中前司あやしげに見ければ、「あれは則綱がしたしう候人見《ひとみ》の四郎《しらう》と申す者で候。則綱が候を見て、まうでくると覚え候。苦しう候まじ」といひながら、あれがちかづいたらん時に、越中前司にくんだらば、さりともおちあはんずらんと思ひて待つところに、一段《いつたん》ばかりちかづいたり。越中前司はじめは二人《ふたり》を一目づつ見けるが、次第にちかうなりければ、馳《は》せ来《きた》る敵《かたき》をはたとまもつて、猪俣を見ぬひまに、力足《ちからあし》をふんでつい立ちあがり、ゑいといひてもろ手をもつて、越中前司が鎧のむないたをばくとついて、うしろの水田へのけにつき倒《たふ》す。おきあがらんとする所に、猪俣うへにむずと乗りかかり、やがて越中前司が腰の刀をぬき、鎧の草摺《くさずり》ひきあげて、柄《つか》もこぶしもとほれほれと三刀《みかたな》さいて頸をとる。さる程に人見の四郎おちあうたり。か様《やう》の時は論《ろん》ずる事もありと思ひ、太刀のさきにつらぬき、たかくさしあげ、大音声《だいおんじやう》をあげて、「この日来《ひごろ》鬼神《おにかみ》ときこえつる平家の侍越中前司盛俊をば、猪俣の小平六則綱がうつたるぞや」となのつて、其日《そのひ》の高名《かうみやう》の一《いち》の筆《ふで》にぞ付きにける。

（現代語訳：しばらくして、黒革威の鎧を着て月毛の馬に乗った武者一騎が駆けて来た。越中前司が不審げに見たので、猪俣は、「あれは則綱が親しくしております、人見四郎と申す者です。則綱がここにおりますのを見て、やって来るものと思われます。お気になさることはありません」と言いながら、あの男が近づいてきたときに越中前司に組みついたならば、いくらなんでも加担するだろうと思って待っているところに、一段《たん》（約一一メートル）ほどのところに近づいた。越中前司は初めは二人をかわるがわる見たが、しだいに近くなったので、駆けて来る敵をじっと見つめて、猪俣を見ないすきに、猪俣は足に力を入れて立ち上がり、「えい」と言って、両手で越中前司の鎧の胸板をぐっと突いて、後ろの水田にあおむけに突き倒す。起き上がろうとするところに、猪俣は上にむずと乗りかかり、すぐさま越中前司の腰の刀を抜き、鎧の草摺を引き上げて、刀の柄も握る拳《こぶし》も通れ通れ、と三度刺して首を取る。そうしているうちに人見四郎が駆けつけて来た。こんな時は功名争いになることもあると思い、首を太刀《たち》の先に貫き、高く差し上げ、大声を上げて、「この日頃鬼神と評判になっていた平家の侍、越中前司盛俊を、猪俣小平六則綱が討ち取ったぞ」と名乗って、その日の手柄の筆頭に記されたのであった。）

C　延慶本『平家物語』第五本「敦盛討たれ給ふ事」

熊谷二郎直実、渚に打ち立ちて此をみて、「あれは大将軍とこそみ進《まゐ》らせ候へ。まさなうも候ふ御後すがたかな。返し合はせ給へや」とよばひければ、いかが思ひ給ひけむ、汀へむけてぞおよがせける。馬の足立つほどになりければ、弓矢をなげすてて、太刀を抜きて額にあてて、をめいてはせあがりたり。熊谷待ちうけたる事なれば、上げもたてず、馬の上にて引き組みて浪打《なみうち》ぎはへ落ちにけり。上になり下になり、三はなれ四はなれくみたりけれども、つひに熊谷上になりぬ。左右の膝を以て鎧の左右の袖をむずとおさへたりければ、少しもはたらかず。

（現代語訳：熊谷次郎直実は、渚に立ってこれを見て、「あれは大将軍とお見受けいたす。卑怯な後ろ姿だなあ。帰って戦いなされませ」と呼んだので、どうお思いになったのだろう、敦盛は渚へ向かって馬を泳がせた。馬の足が立つくらい浅いところに来たので、弓矢を投げ捨て、太刀を抜いて額に当てて、叫びながら岸へ上がった。熊谷は待ち受けていたことなので、敦盛を陸へはあげず、馬の上で組んで波打ち際へ落とした。お互いがお互いの上になり、下になり、離れては組んだが、ついに熊谷が上になった。左右の膝で鎧の左右の袖をむんずと押さえたので、敦盛は少しも動けない。）

D　『吾妻鏡』建久三年十一月二十五日条

早旦、熊谷次郎直実と久下《くげ》権守《ごんのかみ》直光と、御前において一決を遂ぐ。これ武蔵国熊谷・久下の境相論の事なり。直実、武勇においては一人当千の名を馳すといへども、対決に至りては、再往知十の才に足らず。すこぶる御不審を貽《のこ》すによつて、将軍家たびたび尋ね問はしめたまふ事あり。時に直実申して云はく、この事、梶原平三景時、直光を引級《いんきふ》するの間、兼日に道理の由を申し入るるか。よつて今直実しきりに下問に預るものなり。御成敗のところ、直光定めて眉《まゆ》を開くべし。その上は理運の文書要なし。左右に能はずと称し、縡《こと》いまだ終へざるに、調度・文書等を巻き、御壺の中に投げ入れて座を起つ。なほ忿怒に堪へず、西侍において、みづから刀を取りて髻《もとどり》を除《はら》ひ、詞を吐きて云はく、殿の御侍へ登りはて、と云々。すなはち南門を走り出で、私宅に帰るに及ばずして逐電す。将軍家殊に驚かしめたまふ。ある説に、西を指して駕を馳す。もしは京都の方に赴くかと云々。すなはち雑色等を相模・伊豆の所々、ならびに箱根・走湯山等に馳せ遣はし、直実が前途を遮《さいぎ》つて、遁世の儀を止むべきの由、御家人および衆徒等の中に仰せ遣はさると云々。直光は直実が姨母《をば》の夫なり。その好《よしみ》に就きて、直実先年直光が代官として、京都の大番を勤仕せしむるの時、武蔵国の傍輩等、同役を勤めて在洛す。この間、おのおの人の代官をもつて、直実に対して無礼を現はす。直実その鬱憤を散ぜんがために、新中納言に属し、多年を送りをはんぬ。白地《あからさま》に関東に下向するの折節、石橋合戦あり。平家の方人《かたうど》となり、源家を射るといへども、その後また源家に仕へ、たびたび戦場において勲功を抽《ぬき》んづと云々。しかうして直光を棄て新黄門の家人に列するの条、宿意の基として、日来《ひごろ》境の違乱に及ぶと云々。

（現代語訳：早朝、熊谷次郎直実と久下権守直光とが（頼朝の）御前で（訴訟の）対決を遂げた。これは武蔵国の熊谷と久下との境界に関する相論についてである。直実は武勇では一人当千であるという名を馳せていたが、対決では一、二を聞いて十を知る才覚に欠けていた。頼朝にとってたいそう不審な点が残ったので、頼朝は何度も尋問なさった。その時、直実は「このことは梶原平三景時が直光を贔屓《ひいき》しているので、あらかじめ（直光の主張が）理にかなっていると申し入れたものであろう。そこで今、私が何度も御下問を受けることになったのである。御判決では直光がきっと勝つことになろう。そうであれば道理にかなっている（私の）文書など必要ない。どうしようもない」と申して、まだ審理が終っていないのに、調度や文書などを巻いて御壺《おつぼ》（坪庭《つぼにわ》）の中に投げ入れて座を立った。なお憤りに耐えられず、西侍で自ら刀を取って髻を切って「殿（頼朝）の御侍まで上がることができた」と吐き捨てた。そのまま南門を飛び出して、家にも帰らず行方をくらました。頼朝はたいそう驚かれた。一説には西を目指して馬を走らせたとあり、もしくは京都の方に向かったか、ということだった。そこで（頼朝は）雑色を相模・伊豆の諸所と箱根・走湯山《そうとうさん》などに急いで派遣し、直実の行く手を遮って遁世を思い止めさせるよう、御家人と衆徒らにお命じになったという。直光は直実の母の姉妹の夫であった。そのよしみで直実が先年、直光の代官として京都大番役を勤め申し上げたとき、武蔵国の同輩たちも同じ役を勤めて在京していた。この間それぞれが（直実を）人の代官であるという理由で、彼に対して無礼な態度を取った。直実はその鬱憤《うつぷん》を晴らすため、新中納言（平）知盛卿《きよう》に仕え長い年月を送った。少しの間関東に下ったときにちょうど石橋山の合戦があった。（直実は）平家の味方として源家に弓を引いたが、その後はまた源家に仕えて、度々の戦場で勲功を立てたという。ところが直光を捨てて新黄門（知盛）の家人となったことが、直光の恨みを買う原因となり、絶え間ない境界の紛争に至ったという。）

文治三年八月四日条

今年、鶴岡において放生会《はうじやうゑ》を始行せらるべきによつて、流鏑馬《やぶさめ》の射手《いて》ならびに的立《まとだて》等の役を充て催さる。その人数に、熊谷直実をもつて、上手《かみて》の的を立つべきの由仰せらるるのところ、直実鬱憤を含み申して云はく、御家人は皆傍輩《はうばい》なり。しかるに射手は皆騎馬なり。的立の役人は歩行なり。すでに勝劣を分つに似たり。かくのごときの事においては、直実厳命に従ひがたしてへれば、重ねて仰せて云はく、かくのごときの所役は、その身の器《うつはもの》を守り仰せ付けらるる事なり。全く勝劣を分たず。就中《なかんづく》に的立の役は下職《げしよく》にあらず。かつは新日吉《いまひえ》社の祭に御幸の時、本所の衆を召し、流鏑馬の的を立てられをはんぬ。その濫觴《らんしやう》の説を思ふに、なほ射手の所役に越ゆるなり。早く勤仕すべしてへれば、直実つひにもつて奉《うけたまはり》を進ずるに能はざるの間、その科《とが》によつて、所領を召し分たるべきの旨、仰せ下さると云々。

（現代語訳：今年、鶴岡において放生会を始められるため、流鏑馬の射手と的立《まとたて》などの役を御家人に割り振られ催された。その人員の中に、熊谷二郎直実に上手の的立になるようお命じになったところ、直実は鬱憤を抱いて、「御家人はみな傍輩です。しかし射手は騎馬で、的立役の者は歩行です。すでに優劣がわけられているようなものです。このようなことでは、直実は御命令に従いがたい」と申し上げたので、重ねて「このような所役は、その身の器量を守って命じたものである。全く優劣をつけてはいない。とくに的立役は下等な役職ではない。新日吉社の祭の院の御幸のときには、荘園領主（本所）である院の衆を召して流鏑馬の的が立てられた。その事のおこりを考えれば、むしろ的立は射手の役を越えるものである。早く勤めなさい」と命じたところ、直実はそれでも命令に従い申し上げることはできないとしたので、その罪によって所領の一部を没収するとお命じになられた、という。）

E　延慶本『平家物語』第五本「敦盛討たれ給ふ事」

爰《ここ》に直実、適《たまたま》生を弓馬の家に受けて、幸に武勇を日域に耀《かかやか》し、謀《はかりこと》を洛城に廻らし、旗を靡かし、敵を冤《しへたぐ》る事、天下無双の名を得たりと雖も、蚊虻群《むら》がりて雷をなし、蟷踉《たうらう》集まりて車を覆《くつがへ》す事有るが如し。慭《なまじい》に弓を引き矢を放ちて、空しく命を東方の軍に奪はれ、徒《いたづ》らに名を西海の波に沈むこと、自他の科《とが》にして家の面目に非ず。而る間、此の君の御素意を仰ぎ奉る処に、御命を直実に給はりて、御菩提を訪ひ奉るべき由、仰せ下さるるに依りて、落涙を押《を》へ乍《なが》ら、図らざるに御首を給はり畢はんぬ。

（現代語訳：ここに直実（私）は、たまたま弓馬の家に生まれ、幸いにも武勇を輝かし、謀をめぐらし、軍旗をなびかせて、敵を打ち負かし、天下無双の名を得たとは言っても、蚊や虻が群がって雷のような音を立てることも、蟷螂が集まって車を覆すこともあるように、中途半端に弓を引き、矢を放って、命を東方の軍に奪われ、むだにその名を西海の波に沈ませてしまったら、自他ともに認める失策となり、家の面目をつぶすことになります。ですので、この君（敦盛）のかねてからの願いをお聞きしたところ、お命を直実に下さり、御菩提を弔い申し上げるようおっしゃいましたので、落ちる涙を抑えて、図らずも御首をいただきました。）

コラム⑥

「敦盛最期」の後代への影響

「敦盛最期」は後世の人々に大きな影響を与え、謡曲・幸若舞曲《こうわかぶきょく》・御伽草子・浄瑠璃の素材となった。ここでは佐谷眞木人《さやまきと》の研究に拠りながら、とくに『一谷嫩軍記《いちのたにふたばぐんき》』の二、三段目を紹介し、敦盛説話の変容を見ていきたい。

謡曲以下浄瑠璃に至るまで、すべての作品は『平家物語』を下地にしているが、その構成や内容は大きく改変されている。謡曲『敦盛』は、出家して蓮生《れんじょう》と名乗る熊谷直実《なおざね》が敦盛の菩提を弔うため一の谷を訪れ、敦盛の亡霊と邂逅する話である。笛に対する言及の多さが特色である。

幸若舞曲『敦盛』は熊谷と敦盛が組み討つまでの経緯を詳細に語り、敦盛の北の方を登場させて、笛を二人の馴れ初めのアイテムとしてクローズアップする。

浄瑠璃『一谷嫩軍記』はまた違った敦盛をめぐる世界を作り出す。以下にあらすじをまとめてみる。

①一の谷の戦場で、熊谷の息子、小次郎が先陣を切って平家の陣を攻める。後から現れた熊谷は負傷した小次郎を陣から連れ去る。

②熊谷は敦盛を討つ。

③一人の若者が、須磨の石屋弥陀六《みだろく》のもとに石塔を建てることを依頼しにやって来る。娘の小雪はその男に一目惚れする。

④小雪は若者に思いを伝えるが、若者は拒否する。小雪が納得しなかったので若者は笛を差し出し、自分の形見にするよう言う。

⑤弥陀六は石塔へ若者を連れてくるが、若者は姿を消す。そこへ小雪、続いて源氏方に追われる敦盛の母藤《ふじ》の方《かた》が現れる。藤の方は小雪の持つ笛が、敦盛の青葉の笛だと気づく。

⑥熊谷の陣屋。小次郎を案じて尋ねてきた熊谷の妻相模《さがみ》と、かつての主人藤の方とが再会し、藤の方は相

模が熊谷の妻であることを知る。そこへ石屋の弥陀六が引き立てられてくる。
⑦熊谷が陣屋に戻る。藤の方に斬りかかられた直実は、敦盛を斬った経緯を涙と共に語る。
⑧陣屋へ義経が現れる。敦盛の首実検をするが、実はそれは敦盛のものではなく、小次郎のものであった。その後義経は熊谷がかくまっていた敦盛を、弥陀六（実は平宗清《むねきよ》）と共に逃がす。

話は⑧で大どんでん返しを遂げる。熊谷は息子の小次郎を敦盛の身代わりとして討ったのだ。敦盛が後白河院の落胤であり、その命を救うために義経は熊谷に息子を討つよう暗黙の指示を出していたのである。①や④、⑤は討たれたのは小次郎で、敦盛の存命をほのめかす伏線であり、相模と藤の方という二人の女性を首実検に立ち会わせることで事態が了解される。すべてのエピソードは⑧に向けて複雑に絡み合い、②の組み討ちの場面よりも、⑧の首実検の場面のほうに「謎とき」の場として大きな意味が与えられるのである。

佐谷は、既存の敦盛説話をまさに「芝居」として、「その裏に更なる世界を構築し」、「忠義という倫理に縛られて生きざるを得なかった武士のつらさを際立たせている」と指摘する。敦盛の説話はその時代の価値観を反映し、形を変えて語り継がれてきた。『一谷嫩軍記』は、『平家物語』が描く、熊谷の武士としての苦悩を、状況設定を複雑にすることでより掘り下げようとしている。これだけの筋立てがあるからこそ、息子が生まれてから自らの手で討つまでの年月を振り返った「十六年も一昔。ア夢で有たな」という熊谷の概嘆が見る者に伝わってくるのだろう。その一方で、どんなに形を変えようが、笛を愛する貴人という『平家物語』が提示した敦盛のイメージは変わらず、むしろ強化されている。時間を越えて共有される日本人の好みのようものが窺えて面白い。

命は惜しいものであった

知章最期・巻第九

①新中納言知盛卿《しんぢゆうなごんとももりのきやう》は、②生田《いくた》の森の大将軍にておはしけるが、その勢《せい》みな落ちうせて、今は御子《おんこ》③武蔵守知章《むさしのかみともあきら》、侍に④監物《けんもつ》太郎頼方《よりかた》、ただ主従《しゆうじゆう》三騎になつて、たすけ舟に乗らんと汀《みぎは》のかたへ落ち給ふ。ここに⑤児玉党《こだまたう》とおぼしくて、⑥団扇《うちは》の旗差いたる者ども十騎ばかりをめいて追つかけ奉る。監物太郎は究竟《くつきやう》の弓の上手ではあり、真つ先に進んだる旗⑦差しがしや頸《くび》の骨をひやうふつと射て、馬よりさかさまに射落とす。その中の大将とおぼしき者、新中納言に組み奉らんと馳《は》せ並べけるを、御子武蔵守知章中に⑧隔たり、おし並べてむずと組んでどうど落ち、取つておさへて首をかき、立ち上がらんとし給ふところに、敵《かたき》が童《わらは》落ち合うて、武蔵守の頸をうつ。監物太郎⑨落ち重なつて、武蔵守討ち奉《たてま》つたる敵が童をも討つてんげり。その後矢種《やだね》のある程射尽くして、打物《うちもの》抜いて戦ひけるが、敵あまた討ち取り、⑩弓手《ゆんで》の膝口《ひざぐち》を射させて、立ちも上がらず⑪居《ゐ》ながら討死《うちじに》してんげり。

このまぎれに新中納言は、究竟の名馬には乗り給へり、海のおもて二十余町⑫泳がせて、大臣殿《おほいとの》の御舟《おんふね》に着き給ひぬ。御舟には人多くこみ乗つて、馬立つべきやうもなかりければ、汀へ追つかへす。阿波民部重能《あはのみんぶしげよし》、「御馬敵のものになり候《さうら》ひなんず。射殺し候はん」とて、⑬片手矢はげて出《い》でけるを、新中納言、「何《なに》の物にもならばなれ。我命《わがいのち》を助けたらんものを。⑭あるべうもなし」と宣《のたま》へば、力及ばで射ざりけり。この馬、主《ぬし》の別れを慕ひつつ、しばしは舟をも離れやらず、沖の方へ泳ぎけるが、次第に遠くなりければ、むなしき汀に泳ぎ帰る。足立つほどにもなりしかば、なほ舟の方をかへりみて、二、三度までこそいななきけれ。その後陸《くが》に上がつて休みけるを、河越《かはごえの》小太郎重房《こたらうしげふさ》取つて、院へ参らせたりければ、やがて院の御厩《みうまや》にたてられけり。もとも院の御秘蔵《ごひざう》の御馬にて、一の御厩にたてられたりしを、宗盛公《むねもりこう》、内大臣《ないだいじん》になつて⑮悦申《よろこびまうし》の時、給はられたりけるとぞきこえし。新中納言に預けられたりしを、中納言あまりにこの馬を秘蔵して、⑯馬の祈りのためにとて、毎月朔日《まいぐわつついたち》ごとに⑰泰山府君《たいざんぶくん》をぞまつられける。その故にや、馬の命も延び、主の命をも助けけるこそめでたけれ。この馬は信濃国《しなののくに》⑱井上《ゐのうへ》だちにてありければ、井上黒《ゐのうへぐろ》とぞ申しける。後《のち》には河越がとつて参らせたりければ、河越黒《かはごえぐろ》とも申しけり。

新中納言、⑲大臣殿の御前《おんまへ》に参つて申されけるは、「武蔵守におくれ候ひぬ。監物太郎討たせ候ひぬ。今は心⑳細うこそまかりなつて候へ。いかなれば子はあつて、親をたすけんと敵に組むを見ながら、いかなる親なれば、子の討たるるを助けずして、かやうにのがれ参つて候ふらんと、人の上で候はばいかばかりもどかしう存じ候ふべきに、我身の上になりぬれば、よう命は惜しい物で候ひけりと、今こそ思ひ知られて候へ。㉑人々の思はれん心の内どもこそ恥づかしう候へ」とて、袖を顔におしあてて、さめざめと泣き給へば、大臣殿これを聞き給ひて、「武蔵守の父の命にかはられけるこそありがたけれ。手もきき心も剛《かう》に、よき大将軍にておはしつる人を。㉒清宗《きよむね》と同年《どうねん》にて今年は十六な」とて、御子衛門督《おんこゑもんのかみ》のおはしけるかたを御覧じて涙ぐみ給へば、いくらも並み居たりける平家の侍ども、心あるも心なきも、皆鎧の袖をぞぬらしける。

【現代語訳】

新中納言知盛卿は、生田の森の大将軍でいらっしゃったが、その軍勢がみな落ち失せて、今は御子武蔵守知章、侍の監物太郎頼方と、たった主従三騎になって、助け船に乗ろうと波打際の方へお逃げになる。この時、児玉党と思われる、軍配団扇の紋章を描いた旗を差した者たち十騎ほどが、大声をあげて追いかけ申し上げる。監物太郎は最高の弓の上手であり、まっ先に進んだ旗差し奴の首の骨をひょうふっと射て馬からさかさまに射落とす。その中の大将と思われる者が、新中納言に組み申し上げようと馬を並べたのを、御子の武蔵守知章が間に割って入り、馬を並べてむずと組んでどうと落ち、取り押さえて首を斬り、立ち上がろうとしなさるところに、敵の童がやって来て、武蔵守の首を討つ。監物太郎がその上に落ち重なって、武蔵守を討ち申し上げた敵の童をも討ってしまった。その後、ありったけの矢を射尽くして、太刀を抜いて戦ったが、敵をたくさん討ち取り、左の膝口を射られて、立ち上がれもせず、座ったまま討ち死にしてしまった。

この戦いにまぎれ、新中納言は、最高の名馬に乗っていらっしゃることもあり、海面を二十数町（約二キロ半）泳がせて、大臣殿（宗盛）の御船にお着きになった。御船には人が大勢乗り込んで混み合っており、馬を立てる所もなかったので、馬は海岸へ追い帰した。阿波民部重能が、「御馬が敵のものになってしまうでしょう。射殺しましょう」と言って、矢一本をつがえて進み出たが、新中納言は、「誰のものにもなるならなってよい。私の命を助けてくれたものなのに。射殺してよいはずがない」と言われるので、仕方なく射なかった。この馬は主との別れを惜しんで、しばらくは船からも離れかねて、沖の方へ泳いだが、だんだんと船が遠ざかったので、主のいない海岸に泳ぎ帰った。足が立つくらいの浅さにもなったので、また船の方を振り返って見て、二、三度までいなないた。その後、陸に上がって休んでいたのを、河越小太郎重房がとらえて、後白河院に献上したので、そのまま院の御厩で飼われた。この馬は以前にも院のご秘蔵の御馬で、一の御厩で飼われていたのを、宗盛公が内大臣になって任命の御礼を申し上げたときに頂戴なさったということであった。新中納言に預けられたのを、中納言はあまりにこの馬を秘蔵して、馬の無事を祈るためにと、毎月一日ごとに泰山府君を祭られた。そのおかげか、馬の命も延び、主人の命をも助けたのはすばらしいことである。この馬は信濃国井上産であったので、井上黒と申し上げた。後には、河越がとらえて献上したので、河越黒とも申した。

新中納言が大臣殿（宗盛）の御前に参って申されたことには、「武蔵守に先立たれました。監物太郎は討たれました。今は心細くなっております。どういうわけで子がいて、親を助けようと敵に組むのを見ていたにもかかわらず、どのような親だから、子の討たれるのを助けずに、このように逃げて参ったのだろうと、他人の身の上のことでしたら、どんなにか非難したく思うでしょうが、自分自身のことになると、よくよく命は惜しいものであったなあ、と今思い知られたことです。人々がどうお思いになるか、その心の中を思うと恥ずかしゅうございます」と言って、袖を顔に押しあてて、さめざめとお泣きになると、大臣殿はこれをお聞きになって、「武蔵守が父の命に代わられたのは、めったにない、すばらしいことだ。腕もきき心も勇ましく、すぐれた大将軍でいらっしゃった人だったのに。清宗と同じ年で、今年は十六だね」と言って、御子の衛門督清宗のいらっしゃる方を御覧になって涙ぐまれたので、たくさん居並んでいた平家の侍どもは、心ある者も心ない者も、みな鎧の袖を濡らしたのであった。

【語注】

①新中納言…平知盛。**探究のために**参照。
②生田の森…神戸市三宮の西、現在の生田神社境内付近にあった森。一一八四年二月の、一の谷の合戦の大手であった。
③武蔵守知章…一一六九?～一一八四。新中納言知盛の子。母は治《じ》部卿局《ぶきょうのつぼね》。
④監物太郎頼方…伝未詳。平家の家人。「監物」は中務《なかつかさ》省に属し、出納・鍵の管理を担当した職。
⑤児玉党…現在の埼玉県児玉郡・本庄市辺りを本拠地とした武士団。
⑥団扇の旗…児玉党の家紋であった「軍配団扇」の紋章を描いた旗。
⑦旗差しがしや頸…大将の旗を持つ侍の頸。「しや」は侮蔑の気持ちを込めた接頭語。
⑧中に隔たり…父知盛と組もうとしている敵と知盛の間に分け入って。知盛に加勢し、助けようとした。
⑨落ち重なつて…知章を討った童の上にさらに襲いかかって。
⑩弓手の膝口を射させて…左手の膝頭を射られて。「射させて」は使役形だが、軍記物語では「す」「さす」が受身の文脈で用いられることがある。「不本意にも。不注意にも」の意を込めるか。
⑪居ながら…座ったままで。
⑫町…距離の単位。一町は六十間（約一〇九メートル）。
⑬片手矢はげて…「片手矢」は二本一組で使う矢の片方のこと。その一本の矢をつがえた弓を左手に持ち、いつでも射られるようにしながら出てきた、の意。
⑭あるべうもなし…「べう」は「べし」の連用形「べく」の音便。あってはならない。
⑮悦申…宮中に参上し任命の御礼を申し上げること。宗盛の任内大臣は一一八二年十月三日で、知盛の任中納言と同日。
⑯馬の祈り…馬の無事を祈ること。
⑰泰山府君…中国の泰安（現在の山東省）の北方にある泰山という山に住む神。人の生死や禍福をつかさどる。仏教と習合し、本地を地蔵菩薩とする。平安時代以来、延命、魔除けの神として祀られた。
⑱井上だち…井上（現在の長野県須坂市）産。
⑲大臣殿…平宗盛。**探究のために**参照。
⑳心細うこそまかりなつて候へ…心細くなっております。「まかりなる」は「なる」の謙譲語。ある状態になること。
㉑人々の思はれん心の内ども…人々が（私のことを）お思いになる、心の内。「の」は主格、「れ」は尊敬の助動詞「る」。
㉒清宗…一一七〇～一一八五。宗盛の子。一一八三年正月に十三歳で右衛門督に任じられるという異例の昇進を遂げたが、壇の浦の戦いで父と共に生け捕られ、鎌倉に移送された後、京に戻される途中、近江国（現在の滋賀県）で斬られた。

◆◇鑑賞のヒント◇◆

❶新中納言知盛は、なぜ生き延びることができたのか。
❷知盛は、なぜ馬を射させなかったのか。
❸知盛は、宗盛に対してどのような思いを述べているか。

◆◇鑑賞◇◆

一の谷の戦いで敗北した平家の武将たちは、それぞれ源氏方の追っ手から逃れ、助け船に乗ろうと落ちていく。前話「敦盛《あつもり》最期」では、うら若き武将、平敦盛の最期が語られたが、ここでも若き武将、平知章の最期が語られる。

知章の最期は、父である新中納言知盛をかばってのものであった。知盛は戦いに敗れ、助け船に乗ろうと知章、侍の監物太郎と共に海岸へ向かう途中に、源氏方児玉党の武士の襲撃を受ける。大将だと思われる武士は知盛と組もうと近づくが、そこに知章が、知盛に加勢しようと割って入ってくる。知章は敵を討ち取るが、敵の童に討ち取られてしまう。その後知盛の従者監物太郎がその童を討ち、奮戦するが、左の膝頭を射られて立ち上がれず、結局座ったまま絶命した。戦いの描写の速度はきわめて速く、享受者は知盛の心情を慮るというよりは、知盛の目線に引きずり込まれながら、事態の推移を見守ることになる。この壮絶な戦いの中、名馬に乗った知盛は、宗盛の乗った舟へと落ち延びていくのである❶。

知盛は宗盛の乗る舟へとたどり着くが、舟には馬を乗せる空間がもはやなかった。そこで知盛は、馬を岸へと返す。これに異を唱えたのが、阿波民部重能であった。重能は、名馬が敵の物になってしまうことを危惧し、射殺そうとする。彼の言うことは間違ってはいないと思われるのだが、知盛は「誰のものにもなるならなってよい。私の命を助けてくれたものなのに。射殺してよいはずがない」と真っ向から反論する。知盛の言葉からは戦場の論理や損得勘定はうかがえず、馬への愛情だけが伝わってくる。馬も主の気持ちをくみ取ったのか、しばらくは舟から離れず沖を泳いでいたが、舟との距離が遠くなったので、主人のいない岸に向かって泳いで戻ったのだが、足が立つところへ着くと、舟の方を振り返り、二度、三度といななかった。この描写からは、知盛と馬との深い信頼関係が読み取れる。「別れを慕ひ」、「離れやらず」、「むなしき汀」と、あたかも馬が心を持つかのように語られた後の「いななき」は、知章や監物太郎を見殺しにしてしまった知盛の、深い慟哭の声であるようだ。その後、馬は後白河院から宗盛に与えられたものであったこと、知盛は馬のために月々の祈禱までしていたことが語られ、この馬が知盛秘蔵の名馬であったことが強調される。また馬は、宗盛と知盛の、いわば共通の馬であった。二人にとってこの馬は、一門の栄華の象徴であったのである❷。

舟で宗盛に対面した知盛は、居並ぶ平家の侍たちを前に真情を吐露する。今後も言及していくことであるが、知盛は『平家物語』の中で、知将として理想化された人物であり、今後平家の滅亡に至るまで、合戦の狂言回しとしての役割をも与えられている。そのような知盛が、「よう命は惜しい物で候ひけり」と正直に語るのである。戦争という非常事態の中で、人は何を思うのかということを表現した名台詞ではなかろうか。道徳、名誉、論理を越えて、自らの生存を図ることが第一になってしまうことに気づいた知盛はさらに、命が助かった今となって、そう思ってしまった自分が、どれだけ恥ずかしい存在として他人から見られるのだろうか、という思いにとらわれる。知盛は「人々の思はれん心の内」、他者の視点から自分を見つめ直すことで、心の傷をいっそう深くするのである。戦争がもたらす悲劇を端的に語っている。

ここで思い起こされるのは、井伏鱒二『黒い雨』の一挿話である。原爆を受け、避難する人々が乗る電車の車内。同乗の婆さんに促され少年が被爆時の様子を語る。爆風で家が崩れ、少年は下敷きになって失神する。意識が戻ると木材に足をとられ、身動きができない。少年の父親が懸命に木材を取り除こうとしている。しかし家に火の手が迫り、父親は「もう駄目じゃ、勘弁してくれ。わしは逃げる。勘弁してな」と言ったかと思うと、丸太を放り出して逃げ出した。少年は「お父さん、助けて」と叫んだが、父親は一度振り返っただけで逃げていった。その後奇跡的に木材の中から抜け出せた少年は、伯母さんの家へと逃げるが、何とそこには逃げた父親がいたのだった。父親は「何とも間の悪いような顔」をしていた。少年はその場を逃げ出して、亡くなった母親の里へと向かっている途中である……。

時代も違い、父子の置かれた立場も違う。知盛父子には厳然たる身分の差があり、将軍たる知盛が再起を図るために逃げ、知章や侍の監物太郎が身代わりとなって戦い、死ぬのは当然のことだったのだろう。しかし、そういう歴史的背景を越えて、原爆で子を見捨てて逃げた父親と知盛の間には共通する心情があるのではないか。逃げた父親が避難先で感じていたのは、「よう命は惜しい物で候ひけり」という感慨、「人々の思はれん心の内」への恐怖であっただろうし、知盛は戦場で、一度は我が子が討たれた現場を振り返ったに違いないのである❸。

宗盛は、知盛のこのような述懐を聞いて、「武蔵守の父の命にかはられけるこそありがたけれ」と、知章の行為を賞賛する。そしてその死を悼み、息子の清宗と知章とを重ね合わせて涙する。宗盛は息子を失った知盛に同情し、知章の死をたたえ、悼むことで、知盛の悲しみを癒やそうとしたのかもしれない。しかし、二人の言葉はすれ違っている。自己中心的な自分自身の内面に気づいてしまった知盛には、自己を犠牲にして命を失った息子への賞賛の言葉は、身を切るように感じられただろう。知盛の思いは、誰とも共有されない。宗盛には我が身を責める知盛のつらさは理解できないのである。射殺すのをやめさせたことで果たされた、自分の命を助けた馬への報恩は、知盛の苦しみを少しでも和らげることになっただろうか。何が知盛の「救い」となり得るのか。答えは簡単には出ないだろうが、様々な角度から考えることで深めていきたい問いである。

◆◇探究のために◇◆

▼人物

①**新中納言**…平知盛。一一五二〜一一八五。清盛の四男（物語では三男とされる）。母は二位殿・平時子。兄は清盛の死後家督を継いだ平宗盛、弟は平重衡《しげひら》、姉は建礼門院・平徳子であり、清盛亡き後一門の中心となった家に属した。妻は高倉天皇第二皇子の守貞《もりさだ》親王（後の後高倉院）の乳母・治部卿局。一一七七（安元三）年、二十六歳で従三位に叙せられ、公卿となる。一一八二（寿永元）年、正二位権中納言。新中納言と称される。

物語前半にも名前は見えるが、活躍が見られるのは一門が都を落ちた後である。巻第七「聖主臨幸」には大番役（諸国の武士が交替で勤仕した、内裏や院御所の諸門の警護役）として上京していた畠山重能《しげよし》ら東国の武士が斬殺されるところを助命し、故郷へと帰した話や（**資料A**）、捕虜となった重衡と引き換えに三種の神器を差し出せ、という後白河院の提案に対して、約束が守られる保証はない、と反対した話などがあり、情と知とを併せ持つ名将として描かれる。様々な合戦で大将軍として活躍し、都落ちの際、平頼盛（清盛の異母弟）や維盛（清盛の嫡男重盛の子。父重盛が早逝したため、嫡流にはなり得なかった）などの、平家一門の主流派とは距離のある人々が離脱したり遅参したりしたことに対し、このような事態が起きることを予見していて、都落ちを決断した宗盛を批判した、という話や、阿波民部重能の裏切りをいち早く感じ取り、重能の処刑を求めたが宗盛に受け入れられなかった、という話から窺えるように、情勢や戦局を見通す力を持ち、物語においてとかくその政治的・軍事的判断の稚拙さを指摘される宗盛への批判者として造形されている。

石母田正《いしもだしょう》『平家物語』において、平家の滅びの運命を自覚しつつもそれにあらがった人物として語られて以来、知盛を哲学者のような人物としてとらえる見方が一般に広まっている。しかしその一方で知盛は、謡曲「船《ふな》弁慶」や浄瑠璃の「義経千本桜」では、義経に怨念を抱き、頼朝に追われて西国へと下る義経一行を襲うのである（**資料B**）。かくのごとく様々な知盛が語られるのは、物語が知盛のことを様々な場面で魅力的に語ったからであり、そのことが後世の文学や芸能に影響を与えた。

②**大臣殿**…平宗盛。一一四七〜一一八五。清盛の三男（物語では二男とされる）。母は時子で、同腹の弟妹に知盛、重衡、徳子（建礼門院）がいる。一一六七（仁安二）年、父清盛が太政大臣を辞し、異母兄で清盛の長男・重盛が家督を継ぐと、二十一歳で参議に任じられ、一一七〇（嘉応二）年に権中納言に昇進した。一一七七（安元三）年には兄重盛が左大将になったのに伴い右大将に任じられ、兄弟で左右の大将を独占した。翌年権大納言。一一七九（治承三）年、重盛が没したため家督を相続するが、父清盛と後白河院の間に挟まれながらの政権運営であった。清盛の死後は諸国反乱鎮圧のため軍事権を掌握し、従一位内大臣まで昇進するが、源義仲軍の侵攻を止めること

ができず、比叡山や後白河院との連携もうまくいかずに、一一八三（寿永二）年都落ちを余儀なくされる。その後も劣勢を大きく挽回できずに一一八五（寿永四）年、壇の浦の戦いで息子の清宗と共に捕らえられ、鎌倉に護送される。鎌倉で頼朝と対面した後再び都へ戻る途中、近江国篠原（現在の滋賀県野洲《やす》市）で斬られた。『平家物語』ではことあるごとに重盛や知盛と比較され、凡庸で臆病、生への執着の強い人として描かれており、平家を滅亡へと導く役割を背負わされている。その一方で、最期の言葉が「右衛門督（清宗）もすでにか（清宗ももう斬られたか）」であること（巻第十二「大臣殿被斬《おおいとのきられ》」）に象徴されるように、愛子清宗のことを最後まで気遣う優しい性格である面も描かれており、平凡であるがゆえに、人々の共感を誘う人物として造形されている。

▼児玉党　知章を討った児玉党は、武蔵七党の一つに数えられる武士団である。児玉庄（現在の埼玉県）を本拠地とした有道惟行《ありみちのこれゆき》を祖とする（惟行の出自については、藤原伊周《これちか》の家人の子、伊周自身の子などとする諸説がある）。その後多くの家に分かれた。物語にも比較的多く登場し、巻第九「樋口被討罰《ひぐちのきられ》」では、児玉党が樋口次郎の助命と身元の引き受けを義経に申し出たが、後白河院周辺の反対で樋口は結局死罪になったことが語られている。また巻第九「越中前司最期」では、一の谷の合戦で敗戦を知らずに戦っている知盛に平家が敗れたことを伝えた、とも記されている。これは知盛が児玉党の本拠地である武蔵守であった（一一六〇～一一六七）からであると考えられる。他方、平重衡（清盛の子。知盛の同母弟）を生け捕りにしたのも児玉党の武士であり、武蔵守知章を討ち取ったのも他ならぬ児玉党の武士であった。

東国武士団というと古くから源氏に味方していたという印象が強いが、このように東国武士団と平家が徹頭徹尾対立関係にあったわけではないことがわかる。東国には平氏の家人が多く住み、知行国主（国司の推薦権を持つ貴族）や国司として東国を支配していたのは平家一門だったし、東国武士たちは様々な形で縁戚関係を結んでいたため、多様な人間関係が形成されていた。武蔵守であった縁で知盛を間接的に援護した者もいれば、そのようなことに関心がなかった者もいたのだろう。なお知盛は前述のように、平家一門の都落ちのときに大番役として在京していた東国武士を助命して東国へ帰した、と物語に記されており、「これらも二十余年の主なれば、別《わかれ》の涙おさへがたし」という言葉からは、源平の戦いに参加していた武士がそれぞれ複雑な思いを抱えながら戦っていたことがわかる。

歴史は一刀両断にわかりやすく語れるものではなく、ましてや予定調和ではない。『平家物語』は、過渡期を生きた人々が、様々な立場に置かれ、様々な思いを背負い、迷いながら生きていたことを教えてくれる。

▼新中納言と阿波民部重能　馬を射殺そうとして知盛に制されるのは、阿波民部重能である。重能は阿波国を拠点とした豪族で、巻第六「築島《つきしま》」には一一六三（応保三）年、平清盛の命により、福原の経《きよう》の島《しま》の築造に際し奉行を務めたことが記されている。平家の重臣であると考えられ、とくに戦いが瀬戸内海で展開されるようになると、地元の豪族として重要な役割を果たしたようである。巻第十「藤戸《ふじと》」では、一の谷の戦いで多数の一門を失った平家が重能を「高き山、深き海ともたの」んだと語られている。しかし壇の浦の合戦の直前、嫡子教能《のりよし》が和田義盛（三浦義明の孫で、常に頼朝に近侍した武将）の策略により源氏方に降伏すると、自らも寝返る気になったようで、そのことを見破り重能を斬ることを進言したのが新中納言知盛であった（**資料C**）。

「知章最期」の馬をめぐるエピソードは、知盛の温情を描いただけのものではない。知盛が馬を陸に帰したのに対し、重能が馬を射ることを主張し、知盛が後に重能の裏切りを見抜くことになることは偶然として片付けられない。この出来事を通して知盛には、重能が己の利益のためならどんなことでもやる人間として映っただろう。この時抱いた重能の人間性への不信が、彼の裏切りを見破ることにつながったと考えられる。そして重能の裏切りは、平家の敗北の直接的な原因となるのである。

【資料】

A 『平家物語』 巻第七「聖主臨幸」

去《さんぬる》治承《ぢしよう》四年七月、大番《おほばん》のために上洛《しやうらく》したりける畠山庄司重《はたけやまのしやうじしげ》能《よし》、小山田別当有重《をやまだのべつたうありしげ》、宇都宮左衛門朝綱《うつのみやのさゑもんともつな》、寿永まで召しこめられたりしが、其時すでにきらるべかりしを、新中納言知盛卿《しんぢゆうなごんとももりのきやう》申されけるは、「御運だにつきさせ給ひなば、これら百人千人が頸をきらせ給ひたりとも、世をとらせ給はん事難《かた》かるべし。古郷《こきやう》には妻子所従等《しよぢゆうら》いかに歎《なげ》きかなしみ候《さうらふ》らん。若《も》し不思議に運命ひらけて、又都へたちかへらせ給はん時は、ありがたき御情《おんなさ》けでこそ候はんずれ。ただ理をまげて、本国《ほんごく》へ返し遣《つかは》さるべうや候らむ」と申されければ、大臣殿《おほいとの》、「此儀尤《このぎもつと》もしかるべし」とて暇《いとま》をたぶ。これらかうべを地につけ涙をながいて申しけるは、「去治承より今まで、かひなき命をたすけられ参らせて候へば、いづくまでも御供《おんとも》に候ひて、行幸の御《おん》ゆくゑを見参らせん」と頻《しき》りに申しけれども、大臣殿、「汝等《なんぢら》が魂《たましひ》は皆東国にこそあるらんに、ぬけがらばかり西国へ召し具すべき様《やう》なし。いそぎ下《くだ》れ」と仰せられければ、力なく涙をおさへて下りけり。これらも二十余年の主《しゆう》なれば、別《わかれ》の涙おさへがたし。

（現代語訳：去る治承四年七月、宮中警備の大番役として上洛した、畠山庄司重能、小山田別当有重、宇都宮左衛門朝綱が、寿永まで都に召し籠められていたが、平家都落ちのときに斬られるはずだったのだが、新中納言知盛卿が、「一門の御運さえも尽きていらっしゃるのだったら、この者たち百人、千人の頸をお斬りになったとしても、世をお取りになることは難しいでしょう。この者たちのふるさとでは、妻子や郎従たちが、どれほど嘆き悲しんでおりますことでしょう。もし不思議にも運命がひらけて、また都にお帰りになられるときには、命を助けたことが、この上ないお情けとなるでしょう。ただ道理を曲げて、本国へお返しになるのがよいでしょう」と申されたところ、大臣殿（宗盛）は、「それはもっともである」と言って、暇をお与えになる。彼らは頭を地に押しつけて、涙を流して、「去る治承年間から今にいたるまで、取るに足らない命を助けていただきましたので、どこまでもお供としてお仕えし、行幸の御行方を拝見しましょう」としきりに申し上げたが、大臣殿は、「お前たちの魂はすべて東国にあるであろうから、ぬけがらだけを西国へ召し連れて行けない。急いで下れ」とおっしゃったので、どうしようもなく、涙をこらえて下った。彼らも平家を二十年余り主として仕えたので、別れの涙をおさえきれない。）

B 『義経千本桜』 第二「渡海屋の段」

義経により鎌倉の頼朝のもとへ届けられた知盛の首は実は偽物で、知盛は摂津国大物浦《だいもつうら》（現在の兵庫県尼崎市）で回船業

「渡海屋《とかいや》」を営む銀平という名で、女房のおりう（実は安徳天皇の乳母典侍《すけ》の局）、娘のお安《やす》（安徳天皇）と暮らしていた。そこへ頼朝に追われ都から九州へ落ちる途中の義経一行がやって来た。知盛は義経に味方するふりをして一行を船に乗せて出発させ、嵐に乗じて義経を葬ろうと画策する。しかし義経の反撃にあい、奇襲は失敗した。知盛が討たれたと思った典侍の局と安徳天皇が入水をしようとしたところ、義経に止められる。義経は天皇を小脇に抱え、局の手を無理に引いて渡海屋の中へ入った。そこへ負傷した知盛が戻ってくる。

かかる所へ知盛は大わらはに戦ひなし、鎧に立つ矢は蓑毛《みのけ》のごとく、緘《おどし》も朱《あけ》に染なして、我が家の内に立ち帰れば、跡をしたふて武蔵坊表《おも》ての方に立ち聞くともしらず知盛声を上げ、「天皇はいづくにまします。お乳《ち》の人典侍の局」と呼ばり呼ばりどうど伏し、「ええ無念口惜《おし》や。是程の手によはりはせじ」と長刀杖《なぎなたつえ》に立ち上がり、「お乳の人、我君」と、よろぼひよろぼひかけ廻れば、一と間を踏み明け、九郎判官、帝を弓手《ゆんで》の小脇にひん抱《だき》局を引き付けつつ立ち給へば、「あら珍らしや、いかに義経、思ひぞ出《いづ》る浦浪に、知盛が沈《しづみ》しその有様に又義経も微塵《みぢん》になさん」と、長刀取り直し、「さあさあ勝負」と詰《つめ》寄れば、義経少しもさはぎ給はず、「やあ知盛さなせかされそ。義経が云事有《いふことあり》」と、帝を典侍《すけ》の局に渡し、しづしづと歩み出《いづ》。「其《その》方西海にて入水《じゆすい》と偽り、帝を供奉《ぐぶ》し此所に忍び、一門の怨《あた》を報《むく》はんとは天晴《あつぱれ》天晴。我この家に逗留《たうりう》せしより、なみなみならぬ人相骨柄《にんさうこつがら》、さつする所平家の落人《おちうど》。弁慶に云含《いひふくめ》、帝をさぐる計《はかり》略、過《あやまつ》て踏《ふみ》こへしに、はたして武蔵が五躰《ごたい》のしびれ。其上我に方人《かたうど》の躰《てい》を見せ、心をゆるさせ討取る術《てだて》。我其事を量《はかり》しり、艀《はしふね》の船頭を海へ切込み、裏《うら》海へ船を廻しとくより是へ入こんで、始終《しじう》くはしく見届《とどけ》帝も我手に入《いれ》たれ共、日の本をしろしめす万乗《ばんじやう》の君、何ん条義経が擒《とりこ》にするいはれあらん。一つ旦の御艱難《かんなん》は平家に血を引《ひき》給ふ故。今某《それがし》が助け奉つたる迚《とて》、不和なる兄頼朝も、我誤《あやまり》とはよも云まじ。必《かならず》必帝の事は気づかはれそ知盛」と、聞《きく》嬉しさは典侍の局。「をを、あの詞に違《ちがひ》なく先き程より義経殿、段段の情にて天皇の御身の上は、しるべの方へ渡さふと、武士《もののふ》のかたい誓言《せいごん》。悦んでたべ知盛卿」と、聞に凝《こつ》たる気も逆立《さかだち》、局を取つて突退《つきのけ》、「ゑゑ無念口惜《おし》や。我れいち門の怨《あた》を報はんと、心魂《しんこん》を砕《くだき》しに、今夜暫時《ざんじ》に術《てだて》顕はれ、身の上迄《まで》知られしは天命天命。まつた義経帝を助け奉るは、天恩《おん》を思ふ故是以つて知盛が恩にきるべきいはれなし。さあ只今こそ汝を一太刀、亡魂《ぼうこん》へ手向《たむけ》ん」と、痛手《いたで》によろめく足踏《ふみ》しめ、長刀追取り立向ふ。弁慶押しへだて、打物わざにて叶ふまじと、珠数《じゆず》さらさらと押しもんで「いかに知盛、かくあらんと期《ご》したる故、我もけさより船手《ふなて》に廻り、計略の裏をかいたれば、最早《もはや》悪念発《ほつ》起《き》せよ」と、持《もち》たるいらたか知盛の、首にひらりと投げかくれば、「むむさては此《この》珠数かけたのは、知盛に出家とな。ええけがらはし、けがらはし。抑《そもそも》四姓《しせい》始まつて、討ては討たれ。討《うた》れて討《うつ》は源平のならひ。生《いき》かはり死《しに》かはり、恨《うらみ》をなさで置べきか」と、思ひ込《こん》だる無念の顔色《がんしよく》、眼《まなこ》血走り髪逆立《さかだち》、此世から悪霊の相《さう》を顕《あら》はす計《ばかり》也。

（現代語訳：このようなところに、知盛が髪を大わらわにして戦った後、鎧には蓑の先に垂れ下がる毛のように何本もの矢が突き刺さり、緘の糸も血で真っ赤に染め上げられて、我が家に帰ってくると、あとを追って来た弁慶が、立ち聞きをしているとも知らずに、知盛は声を上げ、「(安徳)天皇はどこにいらっしゃるのか。乳母の典侍の局はどこにいる」と大声で呼んでどうと伏せ、「ああ、無念だ。これほどの傷で弱りはするまいに」と、長刀を杖にして立ち上がり、「乳母よ、我が主君よ」とよろよろと駆け回り、ふすまを踏み開けてみると、九郎判官義経が、帝を左手の小脇に抱え、典侍の局を引き寄せつつ立ちなさっているので、「ああ珍しい、どうしてこんなところに。あの思い出の浦波に、沈んだ私と同じように、お前を木っ端微塵にしてやろう」と長刀を取り直して、「さあさあ、勝負だ」と詰め寄ると、義経は少しも慌てずに、「やあ、知盛よ、そんなにせき立てなさるな。義経から話すことがある」と、帝を典侍の局に渡し、ゆっくりと歩み出る。「お前は、西海で入水と偽り、帝を供奉してここに潜んで、平家一門の恨みを晴らそうとは、あっぱれだ。私がこの宿に逗留したときから、並々ならぬ人相や骨柄から、平家の落人ではないかと思い、弁慶に言い含め、はかりごとを巡らし、過失を装いその身(実は安徳天皇であるお安の身体)をまたごうとするやいなや、弁慶の五体にしびれが走った。その上お前は私に味方するふりをして、心を許したところを討ち取る策を練っていた。私はそれを察知して小舟の船頭を海へ斬り落とし、裏海へ船を廻しておいて、ここへ入り込み、一部始終を見届けて、帝もこうして手に入ったのだが、日本国をお統べになる天子を、どうして義経が捕虜にする由縁があろう。このたびの御難儀は、平家の血をお引きになっているがゆえ。今私が帝を助け申し上げたとしても、不和である兄、頼朝も、間違っているとは決して言わないだろう。帝の身の上については、気遣うことはない、知盛よ」と義経。これを聞き、喜んだのは典侍の局。「ああ、この言葉のように、義経殿は、深い深い御心で、帝の身の上は、縁のある方に引き渡そうと、武士として固い誓いを立てられた。お喜びください、知盛殿」と言う。これを聞くや、知盛は、逆上し、典侍の局を突きのけて、「ああ、残念無念。私は一門の恨みを晴らそうと、心魂を砕いていたのに、今夜わずかな時間で計略はばれ、身の上まで知られてしまったのは運命、運命に違いない。お前が帝をお助けするのは日本国に住む者として、天恩を思うゆえであるから、そのことを以て知盛が、恩に着るいわれはない。さあ、今こそお前を一太刀で仕留め、亡き一門の魂に捧げよう」と、痛手を負ったためによろめく足を踏みしめて、長刀を取って立ち向かう。弁慶はそれを押し隔て、太刀や長刀は無用だ、と言わんばかりに、数珠をさらさらと押しもんで、「どうだ知盛、こんなことだろうと思ったから、私も今朝から船の方に回って、お前の計略の裏をかいたのだ。もう悪念は捨て、一念発起せよ」と、持っていた修験者が使ういらたかの数珠を知盛の首に向かって投げたので、「むむ、数珠を投げかけるとは、知盛に出家しろと言うことか。ああ、汚らわしい、汚らわしい。そもそも源平藤橘の四姓が始まって以来、討っては討たれ、討たれては討つのが源平のならい。生まれ変わって、死に変わってでも、恨みを晴らさずにいられようか」と、思い詰めた無念の顔色、目は血走って髪は逆立ち、生きながら悪霊の相を呈している。)

Ｃ　ア『平家物語』巻第十一「鶏合　壇浦合戦」

新中納言はか様《やう》に下知《げぢ》し給ひ、大臣殿の御まへに参つて、「けふは侍《さぶらひ》どもけしきよう見え候。ただし阿波民部重能《あはのみんぶしげよし》は心がはりしたるとおぼえ候。かうべをはね候《さうら》はばや」と申されければ、大臣殿、「見えたる事もなうて、いかが頸《くび》をばきるべき。さしも奉公の者であるものを。重能参れ」と召しければ、木蘭地《むくらんぢ》の直垂に洗革《あらひがは》の鎧着て、御《おん》前にかしこまつて候。「いかに、重能は心がはりしたるか。今日こそわるう見ゆれ。四国の者どもにいくさようせよと下知せよかし。臆したるな」とのたまへば、「なじかは臆し候べき」とて、御まへをまかりたつ。新中納言、あはれきやつが頸をうちおとさばやとおぼしめし、太刀《たち》の柄《つか》くだけよと握つて、大臣殿の御《おん》がたをしきりに見給ひけれども、御ゆるされなければ、力及ばず。

（現代語訳：新中納言はこのように命令なさって、大臣殿（宗盛）の御前に参上して、「今日は侍どもの士気も高く見えます。ただし阿波民部重能は心変わりをしたと思われます。頸をはねたいと思います」と申されたので、大臣殿は「はっきりとした証拠もなくて、どうして頸を斬れようか。あれほど忠実に奉公した者なのに。重能を呼べ」とお呼びになったので、重能は木蘭地の直垂に洗革で縅した鎧を着て、大臣殿の御前で畏まって控えた。「どうだ、お前は心変わりをしたのか。今日は気力も見えないぞ。四国の者どもによく戦えと命令してくれよ。おじけづいたな」とおっしゃると、「どうしておじけづくことがありましょう」と言って御前から退出する。新中納言は、「ああ、奴の頸をうち落としたい」とお思いになり、太刀の柄を砕けよとばかりに握って、大臣殿の方をしきりにご覧になったが、御許しがないので、仕方がなかった。）

イ『平家物語』巻第十一「遠矢」

阿波民部重能は、この三か年《ねん》があひだ、平家によくよく忠をつくし、度々《どど》の合戦に命を惜しまずふせぎたたかひけるが、子息田内左衛門《でんないざゑもん》をいけどりにせられて、いかにもかなはじとや思ひけん、たちまちに心がはりして、源氏に同心してんげり。平家の方にははかりごとに、よき人をば兵船《ひやうせん》に乗せ、雑人《ざふにん》どもをば唐船に乗せて、源氏心にくさに唐船をせめば、なかにとりこめてうたんと支度《したく》せられたりけれども、阿波民部が返忠《かへりちゆう》のうへは、唐船には目もかけず、大将軍のやつし乗り給へる兵船をぞせめたりける。新中納言、「やすからぬ。重能めをきつてすつべかりつるものを」と、千《ち》たび後悔せられけれどもかなはず。

（現代語訳：阿波民部重能は、この三年間、平家によくよく忠を尽くし、度々の合戦に命を惜しまず防ぎ戦ったが、子息の田内左衛門を生け捕りにされて、どうしてもかなわないと思ったのだろうか、たちまち心変わりして、源氏方についてしまった。平家方では計略として、身分の高い人を兵船にのせて、身分の低い者を貴人用の唐船に乗せ、源氏は大将軍が乗っているかとひきつけられて唐船を攻めたら、中に取り込んで討とうと準備していたが、阿波民部が寝返ったからには、唐船には目もくれず、大将軍が身をやつして乗りなさっている兵船を攻めた。新中納言は、「無念だ。重能を斬って捨てるべきだったのに」と何度も後悔なさったが、どうしようもない。）

「敦盛最期」から「先帝身投」まで

一一八四（寿永三）年二月十二日、一の谷で討ち取られた平家一門の首が都へ到着、京中に晒され、生け捕りにされた平重《しげ》衡《ひら》も引き回される。頼朝の要求により、重衡は鎌倉へと下された。平重盛《しげもり》の息子維盛《これもり》は戦場を抜け出し、滝口入道を師として高野山をめぐり、かつて父重盛も足を運んだ熊野に参詣する。その後維盛は那智の沖（紀伊半島の沖。ここへ船出すると観音菩薩の住む補陀落《ふだらく》を目指すことができるとされた）へと漕ぎ出し、入水して果てた。

一一八五（元暦二）年正月、義経は後白河院の御所を訪れ平家追討を表明する。二月十六日に都を出て、十八日には屋島の平家の拠点を襲い、駆逐した。本拠地を失った平家は壇の浦へと逃れ、決戦の三月二十四日を迎える。

西暦	年号	月	事項	関係章段
一一八四	寿永三 元暦元	2	戦死者の首が晒される、生け捕りの重衡入京	10 首渡《くびわたし》
			重衡、屋島へ三種の神器返還を打診するが宗盛らは拒否	10 請文《うけぶみ》
		3	重衡を鎌倉へ送る	10 海道下《かいどうくだり》
			頼朝、重衡と会見	10 千手前《せんじゅのまえ》
			維盛、戦場を離脱し那智にて入水	10 維盛入水《これもりのじゅすい》
一一八五	元暦二 文治元	2	義経、平家追討へ出発	10 逆櫓《さかろ》
			屋島の戦い・志度合戦《しどかっせん》	11 逆櫓～志度合戦
		3	壇の浦の戦いで平家敗北	11 鶏合《とりあわせ》　壇浦合戦《だんのうらかっせん》～能登殿最期
			安徳天皇と一門の武将入水	
			宗盛、生け捕りにされる	

波の下にも都はございます

先帝身投・巻第十一

源氏の兵《つはもの》ども、すでに平家の船に乗り移りければ、水手《すいしゆ》・梶取《かんどり》ども、射殺され、切り殺されて、①船をなほすに及ばず、船底に倒れ伏しにけり。新中納言知盛卿《しんぢゆうなごんとももりのきやう》、小舟に乗つて、②御所《ごしよ》の御船《おんふね》に参り、「世の中は、③今はかうと見えて候《さうら》ふ。見苦しからん物ども、みな海へ入れさせ給へ」とて、④艫舳《ともへ》に走り回り、⑤掃いたりのごうたり、塵《ちり》拾ひ、手づから掃除《さうぢ》せられけり。女房たち、「中納言殿、戦はいかにや、いかに」と口々に問ひ給へば、「⑥珍しきあづま男《をとこ》をこそ御覧ぜられ候はんずらめ」とて、からからと笑ひ給へば、「なんでうのただ今のたはぶれぞや」とて、声々にをめき叫び給ひけり。

⑦二位殿《にゐどの》は、このありさまを御覧じて、日頃おぼしめしまうけたることなれば、⑧にぶ色の二《ふた》つ衣《ぎぬ》うちかづき、⑨練り袴《ねばかま》のそば高く挟み、⑩神璽《しんし》を脇に挟み、宝剣を腰に差し、⑪主上《しゆしやう》を抱き奉《たてま》つて、「我が身は女なりとも、敵《かたき》の手にはかかるまじ。君の御供《おんとも》に参るなり。御心ざし思ひ参らせ給はん人々は急ぎ続き給へ」とて、船端《ふなばた》へ歩み出でられけり。主上、今年は八歳にならせ給へども、御年のほどよりはるかにねびさせ給ひて、御かたちうつくしく、辺りも照りかかやくばかりなり。御《おん》ぐし黒うゆらゆらとして、御背中過ぎさせ給へり。あきれたる御さまにて、「尼《あま》ぜ、我をばいづちへ具して行かんとするぞ」と仰せければ、いとけなき君に

向かひ奉り、涙をおさへて申されけるは、「君はいまだしろしめされ候《さぶら》はずや。先世《ぜんぜ》の⑫十善戒行《じふぜんかいぎやう》の御力によつて、今万乗《ばんじよう》の主《あるじ》と生《む》まれさせ給へども、悪縁に引かれて、御運すでに尽きさせ給ひぬ。まづ東《ひんがし》に向かはせ給ひて、⑬伊勢大神宮に御暇《おんいとま》申させ給ひ、その後《のち》西方浄土《さいはうじやうど》の⑭来迎《らいかう》にあづからんとおぼしめし、西に向かはせ給ひて御念仏候ふべし。この国は⑮粟散辺地《そくさんへんぢ》とて心憂きさかひにて候へば、極楽浄土とて、めでたき所へ具し参らせ候ふぞ」と泣く泣く申させ給ひければ、⑯山鳩色《やまばといろ》の御衣《ぎよい》に⑰びんづら結《ゆ》はせ給ひて御涙に溺れ、小さくうつくしき御手を合はせ、まづ東を伏し拝み、伊勢大神宮に御暇申させ給ひ、その後西に向かはせ給ひて、御念仏ありしかば、二位殿やがて抱き奉り、「波の下にも都の候ふぞ」と慰め奉つて、⑱千尋《ちいろ》の底へぞ入り給ふ。

【現代語訳】

源氏の兵士たちが、すでに平家の船に乗り移ったので、船を漕ぐ水夫、舵を取る船頭たちは、射殺されたり、切り殺されたりして、船の進路をたて直すこともできず、船底に倒れ伏してしまった。新中納言知盛卿は、小舟に乗って、安徳天皇の乗っておられる御船に参上し、「(平家の)世の中は、もはやこれまでと思われます。見苦しいような物は、全て海にお投げ入れなさって下さい」と言って、船尾へ船首へ、と走り回って、掃いたり拭いたり、塵を拾ったり、自分の手で掃除なさった。女房たちが、「中納言殿、戦い(の様子)はどうですか、どうですか」と口々にお尋ねになると、「珍しい東男をご覧になることでしょうよ」と言って、からからとお笑いになるので、「(こんな差し迫った)今、なんということ冗談を」と言って、口々にわめき叫びなさった。

二位殿は、この様子をご覧になって、日頃から前もって覚悟していらっしゃったことなので、濃いねずみ色の袿を二枚重ねたものを頭にかぶり、練り絹で作った袴の裾を高く挟み込んで、神璽を脇に抱え、宝剣を腰に差して、安徳天皇を抱き申し上げて、「我が身は女であっても、敵の手にはかかりますまい。天皇のお供に参ります。(天皇への)忠誠を思い申し上げなさるような方々は急いで(天皇の後に)続きなさってください」と言って、船端へ歩み出られた。天皇は、今年は八歳におなりになるが、お年の頃よりもはるかに大人びていらっしゃって、ご容貌は端正で、辺りも照り輝くほどである。御髪は黒くゆらゆらとして、お背中よりも下に垂れていらっしゃる。(天皇は)驚き途方に暮れたご様子で、「尼ぜ、私をどこへ連れてゆこうとするのだ」とおっしゃったので、幼い帝に向かい申し上げ、涙をこらえて、「帝はまだご存じではございませんか。前世で十悪を犯さないという戒を得て修行したお力により、今天子としてお生まれになりましたが、悪い縁に引かれて、ご運はもはや尽きてしまわれました。まず東にお向かいになって、伊勢大神宮にお別れを申し上げなさって、その後で極楽浄土のお迎えを受けようとお思いになり、（極楽のある方向の）西にお向きになってお念仏を唱えなさいませ。この国は粟散辺地といって、辺地にある粟を散らしたような小さな国で、いやな所でございますので、（これから尼が）極楽浄土という、理想的な所にお連れ申し上げましょうぞ」と泣きながら申し上げなさったところ、（天皇は）山鳩色の御衣（を召され）さらにみずら髪をお結いになって御涙をいっぱい流し、小さくかわいらしい御手を合わせて、まず東を伏し拝み、伊勢大神宮にお別れを申し上げなさって、その後西にお向きになり、お念仏を唱えられたので、二位殿はそのまま（天皇を）抱き申し上げ、「（荒い）波の下にも（懐かしい）都はございますよ」と慰め申し上げて、千尋の深さの海底にお入りになる。

【語注】

①船をなほす…船の進路を立て直す。船を操縦する非戦闘員の水手・梶取を殺され、予想外の出来事に平家方が慌てふためいているうちに、源氏方が優位に立ったのである。

②御所の御船…安徳天皇の御座所となっている船のこと。源氏方の目をくらますため、身分の高い人を戦闘用の船に乗せ、雑兵を立派な唐船に乗せていたが、息子を生け捕りにされた阿波民部重能《しげよし》が源氏方に寝返ったため、源氏方は戦闘用の船を攻めることになった、と巻第十一「遠矢」にある。208ページ**資料Cイ**参照。

③今はかう…もはやこれまで。知盛の台詞。前述の通り、機動力たる水手は殺され、戦術は漏れてしまった今となっては、平家方に勝ち目はない。

④艫舳…船の後部と船首。

⑤掃いたりのごうたり…「～たり」は動作が並列、継続していることを表す。同じ意味を持つ「～ぬ」よりは写実的な表現である。

⑥珍しきあづま男をこそ御覧ぜられ候はんずらめ…珍しい東国の男をご覧になることになるでしょう。「ご覧ず（見る）」には、「顔を合わせる」、もっといえば男女の交わりを暗示している、という説もある。

⑦二位殿…平時子。**探究のために**参照。

⑧にぶ色の二つ衣…「にぶ色」は濃いねずみ色。喪に服する人や出家者が着用した。「二つ衣」は同色の衵《あこめ》を二枚重ねて着ること。

⑨練り袴…砧《きぬた》で打ったり、灰汁《あく》で練ったりして柔らかくした練り絹の布で作った袴。

⑩神璽・宝剣…いずれも三種の神器の一つ。「神璽」は八尺瓊勾玉で、物語では後に拾い上げられる。「宝剣」は草薙剣。物語ではその後見つからず、失われたとある。安徳天皇が都を落ちた後に即位した後鳥羽天皇は宝剣を帯びない天皇ということになった。

⑪主上…安徳天皇。**探究のために**参照。

⑫十善戒行…（前世において）仏教で言う十悪を犯さずにいるこ

と。これを守れば来世に帝王に生まれ変わるとされた。
⑬伊勢大神宮…伊勢の皇大神宮にまつられる、皇室の祖先神。天照大御神。
⑭来迎…極楽からの阿弥陀如来のお迎え。
⑮粟散辺地…辺地の小国。粟のように散在する、最果ての地にある国。日本を指す。
⑯山鳩色…青みがかかった黄色。天皇が日常で着る衣服の色。
⑰びんづら…少年の髪の結い方の一つ。頭頂から左右に分け、耳のあたりで輪の形に束ねる。
⑱千尋…「尋」は両手を左右に大きく広げた長さで、六尺（約一・八メートル）または五尺とも。ここでは無限に深い海底の形容。

◆◇鑑賞のヒント◇◆

❶ 知盛はどのような人物として描かれているか。
❷「珍しきあづま男をこそ御覧ぜられ候はんずらめ」に込められた知盛の気持ちは、どのようなものか。
❸ 二位殿の言葉からは、どのような心情が窺えるか。
❹ この章段で描かれる知盛、二位殿に共通する人間像は、どのようなものか。

◆◇鑑賞◇◆

『平家物語』はいよいよ平家一門の敗北を描く段階となった。「知章最期」（199ページ参照）でも言及したが、平家と源氏との戦いの重要な場面では知盛が多く登場し、その言動が注目されている。戦略や戦法において、また平家の運命について、知盛の言葉が大きな意味を持つのである。いよいよ敗色濃厚となるこの場面でも、知盛は狂言回しとしての役割を与えられている。

知盛は、安徳天皇の乗る船に戦況を報告する。まずは「世の中は、今はかうと見えて候ふ」という言葉が注目される。「今はかう」は「もはやこれまで」の意味で、彼らの戴く安徳天皇のいる船でこの言葉が使われるということは、戦況をあらゆる角度から分析しても、もはや勝目はないという最終判断が下されたことを意味する。**語注**でも述べたが、水手・梶取が殺されて船の自由がきかなくなった上、阿波民部重能の裏切りによって船の偽装工作が見破られたからには、平家敗北は時間の問題なのである。とくに後者について、知盛は重能の裏切りを事前に察知し首を刎ねようと思ったが、宗盛の許しが出ず断念したことが、巻第十一「鶏合　壇浦合戦」（208ページ**資料Cア**参照）で語られている。あの時殺しておけばという後悔があるからこそ、もはやこれまでという判断もできたのであろう。戦況を的確に把握する知盛の洞察力が強調されている。また、自ら船内を掃除している様からは、見苦しいものを見せずに死を迎えようとする、武士としての矜持や落ち着きが窺える❶。

情報や覚悟を持つ知盛はこのように行動するが、彼は自分と同じ振る舞いをするよう、何も知らない女房たちに強いることはない。彼女たちから戦況を問われた彼は、「からからと」笑いながら、「珍しきあづま男をこそ御覧ぜられ候はんずらめ」と答える。深刻な表情で、もうだめだ、と正直に伝えれば女房たちがパニックに陥るのは目に見えているので、「珍しきあづま男」、すなわち源氏の武士たちが船に乗り込んでくるという最悪の事態を暗示することで女房たちに覚悟を促しつつ、わざと冗談めかして、「からから」というさわやかな、明るい笑い声を響かせる知盛は、自分も苦しいのにもかかわらず、相手に対する思いやりとして笑いを示すという真のユーモアの持ち主であったと言える❷。

このような状況に、二位殿は毅然とした態度で臨む。彼女も知盛と同様、すでに敗北を覚悟していた。清盛の後家として、安徳天皇の祖母として、恥ずかしくない最期を迎えようという気持ちが、「我が身は女なりとも、敵の手にはかかるまじ」という言葉に表れている。その一方で彼女も公人である前に一人の人間であるから、孫である「いとけなき」安徳天皇から「私をどこに連れて行くのか」と尋ねられれば、何も知らない、罪のない愛しい孫を死なせなければならないことに涙する。この二つの感情の狭間で、二位殿は最終的に、公人として名誉ある死を選択し、孫である天皇を教え諭すのである。二位殿の最期の言葉は「波の下にも都の候ふぞ」である。この言葉は延慶本などでは「今ぞ知るみもすそ川の流れには浪の下にも都ありとは」という二位尼の独詠歌の一部である。「みもすそ川」は伊勢神宮内を流れる川であり、転じて皇統の流れを象徴する言葉であるが、この言葉を含む上の句を省略し、「浪の下にも都がある」という下の句だけを取り出し、安徳天皇へ直接語りかける形にすることで、幼くして命を失う天皇への祖母としての慰めの言葉となっている。**探究のために**で後述するが、安徳天皇の死を「平家一門の悪行の結果」として因果論を強調する延慶本、二位殿の天皇への言葉を欠く他の語り本に比べ、覚一本では二位殿の言葉を通じて、一門を率いる者としてふさわしい最期を遂げようとする思いと、幼くして死に臨む天皇に対する思いやりとの葛藤が描き出されていると言える❸。

このように、知盛にしても二位殿にしても、一門の運命を見極め、それを受容し、栄華を極めた者の最期を見苦しくないものにしようという強い意志を持ち、周囲の人間も潔い死に導いていかなければと思いつつも、心ならずも死に赴かなければならない女房たちや幼い天皇への哀惜の情を隠しきれず、その狭間で悩み、苦しむ人間として描かれている❹。

◆◇探究のために◇◆

▼人物

①二位殿…平時子《ときこ》。一一二六～一一八五。文官平氏、平時信《ときのぶ》の娘で平清盛の妻。宗盛、知盛、重衡《しげひら》、建礼門院徳子らの母で、同母弟に時平がいる。清盛の先妻、高階基章《たかしなのもとあき》の娘（重盛の母）の死去後に妻となったとされる。二条天皇の乳母をつとめ、異母妹の平滋子《しげこ》が皇子を生み皇太子（後の高倉天皇）となると従二位に叙せられたので、物語では主に「二位殿」と呼ばれる。娘の徳子を高倉天皇に入内させ、生まれた皇子が安徳天皇となった。清盛死後は後家として、平家一門を子の宗盛と共に束ねていたと見られるが、物語には、平家が持ち出した神器と、一の谷の戦いで捕虜になった重衡との交換を朝廷から打診された際、それに応じるように涙ながらに訴えたが、知盛に拒絶されるというエピソードも語られ、母親としての一面も覗かせている。一一八五（寿永四）年三月二十四日、壇の浦で入水する。灌頂巻では、この時娘の徳子に、「女は殺さない習慣なので、あなたがどうにかして命長らえ、安徳天皇と自分の後世を弔ってくれ」と言ったとされる（「大原御幸」参照）。

②安徳天皇…一一七八～一一八五。第八十一代天皇。父は高倉天皇、母は平清盛の娘徳子（建礼門院）。誕生の際は後白河院が安産の祈禱をした、と物語には記される。生後まもなく皇太子に立てられ一一八〇（治承四）年に数え年三歳で即位する。前年十一月の政変で後白河院は幽閉されており、政治の実権を握ったのは外祖父の清盛であった。一一八三（寿永二）年平家の都落ちに同行し、一一八五（元暦二）年、壇の浦の戦いで祖母の平時子と共に入水した。安徳天皇が三種の神器を持って都を落ちたため、次の後鳥羽天皇は神器のないまま即位し、史上初めて二人の天皇が並び立つことになり、安徳天皇が神器と共に海に沈んだことで、宝剣が永遠に失われた。安徳

天皇の都落ちとその死は、政治的にも大きな影響をもたらしたのである。
安徳天皇は阿弥陀寺に葬られたが、一一九一（建久二）年には勅命により天皇の霊を祀る御影堂が建立され、阿弥陀寺は勅願寺として広く崇敬を集めた。明治維新以後は赤間神宮（現在の山口県下関市）として今に至っている。

▼壇の浦の戦い　九条兼実《かねざね》の日記『玉葉』によれば、壇の浦の戦いは一一八五年三月二十四日正午に始まり、午後四時頃に終わったとする（**資料A**）。また『吾妻鏡』は正午には戦いが終わったとし、『平家物語』は「卯の刻」、すなわち午前六時に矢合としている。大正時代、黒板勝美《くろいたかつみ》が戦闘時間について『玉葉』の説を採り、当時の潮流を調べたところ、午後三時にそれまで平家方に有利であった潮流が変わり源氏方に有利となり、午後五時四十五分頃時速八ノット（時速約一四・八キロメートル）の急潮流にのった源氏の船団が平家を圧倒した、と述べている。物語には、「門司、赤間、壇の浦はたぎりておつる塩なれば、源氏の舟は塩にむかうて心ならずおしおとさる。平家の舟は塩におうてぞ出できたる」とあり、現地に赴くと海流の速さが実感されるので、この説を信じたくなるのだが、そもそも戦闘時間について『吾妻鏡』の説を採ると成り立たない仮説であって、今日の科学的な研究に基づくデータによれば、その日の西流の最大時速は〇・九ノット（時速約一・六キロメートル）で、「合戦の勝負に運命の潮流

先帝身投「壇ノ浦の戦い」黒板勝美説

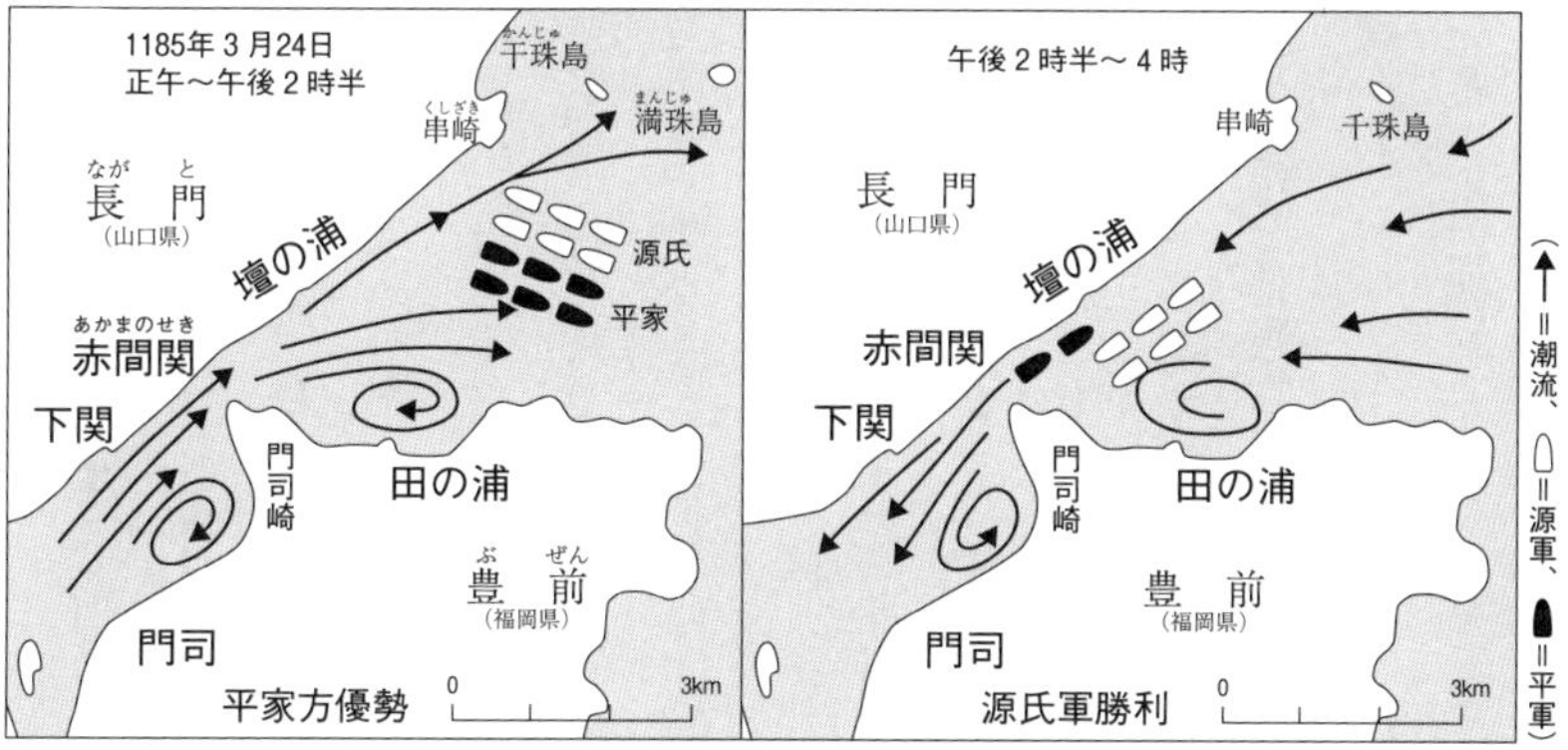

はまったくと言ってよいほど関係がなかった」（NHK『歴史への招待6』）ともされている。

平家方の敗因は、熊野別当湛増《たんぞう》や伊予の河野《こうの》四郎通信《みちのぶ》などの有力な瀬戸内船団の源氏方への参戦や、**語注**で指摘したように阿波民部重能が源氏方に寝返ったため、貴人が乗った舟をカモフラージュする作戦が見破られたこと、本文にもあるように源氏方が水手や梶取を射殺する作戦に出たことなど、様々な要因が絡み合っており、ひとえに潮流のみに帰することはできないというのが実際のところであろう。ただし、「潮流に逆らう平家方は、西流に乗った源氏方によって陸に『押しつけられた』ところを陸上の源氏方、和田義盛の軍勢により、海陸からはさみ討ちにあって総崩れになったという点を強調する見解もある。いずれにせよ、海戦が潮流の割合強い狭水道で行われたということは潮流の影響を全く無視することが出来ないのを物語っている」（半澤正男《はんざわまさお》）という見解もあり、少なくとも要因の一つに潮流が絡んでいる可能性はあるだろう。

この時、平家方の拠点となっていたのは彦島《ひこしま》であるが、ここに拠点を築いたのは、知盛であった。『平家物語』でも両軍が時をつくったとき、知盛は、「いくさは今日ぞかぎり、者どもすこしもしりぞく心あるべからず。天竺《てんぢく》（インド）、震旦《しんだん》（中国）にも本朝にもならびなき名将勇士といへども、運命つきぬれば力及ばず。されども名こそ惜しけれ。東国の者共によわげ見ゆな（弱気を見せるな）。いつのために命をば惜しむべき（命を惜しむというのか、今が命を捨てるときだ）。これのみぞ思ふこと」（巻第十一「鶏合　壇浦合戦」）と武士たちを鼓舞しており、死を覚悟して舟を掃き清め、女房たちにも覚悟を促すという展開の伏線を成すように、その勇壮な姿が描かれている。

▼**「先帝身投」における二位殿の位置づけ**　覚一本においては、他の諸本と比較して先帝入水に関わる描写、とくに二位殿が安徳天皇に語りかける最期の言葉が詳細である。同じ語り本でも、屋代本や百二十句本の入水の場面の描写

は非常にシンプルで、「あきれ給へる御様にて、『これはいづちへぞや』と仰せられければ、御ことばの末をはらざるに、二位殿、『これは西方浄土へ』とて、海にぞ沈み給ひける」（百二十句本。屋代本もほぼ同じ）と、二位殿の安徳天皇への言葉もなければ、「浪の下にも都の候ふぞ」という印象的な台詞もない（**資料B**）。覚一本のこの章段は、延慶本の内容に最も近く、延慶本を省筆・改変したものと考えられており、バラエティに富んだ表現を分析すると、その先には各諸本が向き合った、安徳天皇入水に関する伝承が抽出できるのではないか、と言われている（生形貴重《うぶかたたかしげ》）。

このような分析についてはここでは深入りせずに、覚一本の持つ特徴を浮かび上がらせていきたい。注目されるのは、二位殿が安徳天皇に語りかけた言葉である。彼女は安徳天皇に対して、「十善戒行の御力によって、今万乗の主と生まれ」た正統な天皇であったことを強調し、しかしながら「悪縁」のために死なければならない、と諭す。「悪縁」が何かは明らかにせず、それは一門の悪行であるということを匂わせつつも、なぜ正統な天皇が死なねばならなかったのか、ということまでは言及しない（延慶本は、それは平家の悪行、驕りであると明言する）。続いて皇室の祖先神たる天照大御神の祀られた東の伊勢大神宮、そして西方浄土を対句的に並べ、天皇に皇祖神に別れを告げ極楽浄土への往生のために念仏を唱えることを勧める。これは日本中世の信仰の特徴である「神仏習合」の思想を反映した言葉だと思われ、ここに『平家物語』の宗教的な背景を読み取ることもできるのだが、享受者には、そういったことを超えて、安徳天皇が皇統を継ぐ者として極楽浄土へ往生できることをひたすらに願う二位殿の姿が強く印象づけられる。語り手は、「御ぐし黒うゆらゆらとして、御背中過ぎさせ給へり」という記述と矛盾してまで「びんづら」（幼い者の髪の結い方）という髪型をことさらに記し、さらには「小さくうつくしき御手」という言葉で安徳天皇の幼さを強調することで、それほど幼い天皇が、入水という形で命を落とさなければならない理不尽さ、哀れさを語るのである。

冨倉徳次郎《とみくらとくじろう》が指摘するように、二位殿が安徳天皇を抱きかかえた上、宝剣を腰にはさみ、神璽の箱を脇にさしはさんで入水した、というのは現実にはあり得ない話であり、覚一本には、整合性がとれないような記述が見られる。『吾妻鏡』によれば、天皇と共に入水したのは按察使局《あぜちのつぼね》で、二位殿は宝剣のみを持って入水したという（**資料C**）。たしかに現実には、複数の人々が、おのおの様々なものを抱えて入水したのであろうが、天皇と共に船端に歩み出て、神器や天皇を抱きかかえつつ、伊勢大神宮や西方へ遥拝するという、いわば儀式めいた所作を経て、一門の栄華を象徴する天皇と神器とを、文字通り一身に背負って海へと消えていく二位殿の姿は、滅びゆく平家を体現している。その意味で覚一本の記述は、多少の矛盾を抱えつつも、政治的なイデオロギーを超越し、滅びゆく者への哀惜の情をかきたてるものである。


【資料】

A 『玉葉』元暦二年四月四日条

早旦《さうたん》人告げて云《いは》く、長門《ながと》の国に於いて平氏等を誅伐《てうばつ》し了《おはん》ぬと云々。未《ひつじ》の刻、大蔵卿《おほくらきやう》泰経奉行《ぶぎやう》と為《な》り、義経平家《よしつねへいけ》を伐ち了ぬの由言上《ごんじやう》す。

（略）

光雅仰《みつまさおほ》せて云《いは》く、院宣に云く、追討大将軍義経《よしつね》、去《さ》んぬる夜飛脚（札《ふだ》を相副《あひそ》ふ）を進《まゐら》せ申《まう》して云く、去《さ》んぬる三月二十四日午《うま》の刻、長門の国團《だん》に於いて合戦《かつせん》す（海上に於いて合戦すと云々《うんぬん》）。午正《ごしやう》より晡時《ほじ》に至る。伐ち取るの者と云い、生け取るの輩《やから》と云い、その数を知らず。この中、前の内大臣・右衛門督清宗《うゑもんのかみきよむね》（内府《ないふ》の子なり）・平大納言時忠《へいだいなごんときただ》・全眞僧都《ぜんしんそうづ》等生虜《いけど》りたりと云々。また宝物等《ほうもつら》御坐《おは》すの由、同じく申上《しんじやう》する所なり。但《ただ》し旧主《きゆうしゆ》の御事分明《おんことぶんめい》ならずと云々。

（現代語訳：早朝に人が告げることには、長門国において平氏らを誅伐した、ということだ。午前十時頃、大蔵卿高階泰経が奉行となり、義経が平家を打ち終わったとの旨を申し上げる。（略）

藤原光雅がおっしゃることには、院宣に、追討大将軍義経が、昨夜飛脚（札を携行していた）を差し上げて申すことには、去る三月二十四日の正午、長門国壇の浦において合戦をした（海上で合戦をしたということだ）。正午から午後四時頃まで戦闘があった。討ち取る者、生け捕りにした者は、数限りない。この中で、先の内大臣、平宗盛、右衛門督清宗（宗盛の子である）、全眞僧都などを生け捕りにしたということだ。また神器などはおありになる由も言上された。ただし、安徳天皇のご消息については、明らかではないということだ。）

B　百二十句本『平家物語』巻第十一第百五句「早鞆《はやとも》」

二位殿《にゐどの》、先帝をいだきたてまつり、帯にて二《ふた》ところ結《ゆ》ひつけたてまつり、宝剣を腰にさし、神璽《しんじ》を脇にはさみ、練袴《ねりばかま》のそば高くはさみ、鈍色《にぶいろ》の二衣《ふたつぎぬ》うちかづき、すでに船ばたに寄り給ひ、「わが身は君の御供《おんとも》に参るなり。女なりとも敵《かたき》の手にかかるまじきぞ。御恵みに従はんと思はん人は、いそぎ御供に参り給へ」とのたまへば、国《こく》母《ぼ》をはじめたてまつり、北の政所《まんどころ》、臈《らふ》の御方《おかた》、帥《そつ》の典侍《すけ》、大納言の典侍以下《いげ》の女房たちも、「おくれまゐらせじ」ともだえられけり。

先帝、今年は八歳。御年のほどよりもおとなしく、御髪《みぐし》ゆらゆらと御せな過ぎさせ給ひけり。あきれ給へる御様《おんさま》にて、「これはいづちへぞや」と仰せられければ、御ことばの末をはらざるに、二位殿、「これは西方浄土へ」とて、海にぞ沈み給ひける。

（現代語訳：二位殿は、先帝を抱き申し上げて、帯で二か所を結びつけて、宝剣を腰にさし、神璽を脇に挟んで、練絹の長袴の脇を高くたくし上げて結び、ねずみ色の二枚重ねの衣を頭からかぶって、すでに船端に寄りなさって、「我が身は帝の御供に参ります。女であっても敵の手にはかかるまいぞ。帝の恩恵に従おうと思う人は、急いで御供に参上なさりなさい」とおっしゃったので、国母建礼門院をはじめ申し上げ、関白藤原基通《もとみち》の北の方、臈の御方、帥の典侍、大納言の典侍以下の女房たちも、「遅れ申し上げまい」と身もだえされた。

先帝（安徳天皇）は今年八歳。ご年齢よりも大人びておいでで、御髪もゆらゆらとお背中の下まで垂れていらっしゃった。びっくりなさったご様子で、「これはどこまで行くのか」とおっしゃったので、帝のお言葉も終わらないうちに、二位殿は、「西方浄土へ参りましょう」と言って、帝と共に海に沈みなさった。）

C　『吾妻鏡』元暦二年三月二十四日条

長門国《ながとのくに》赤間関《あかまがせき》壇浦《だんのうら》海上に於て、源平相逢《あひ》ふ。おのおの三町を隔てて舟船を艚ぎ向ふ。平家五百余騎を三手に分かち、山鹿《やまが》兵藤《ひやうどう》次《じ》秀遠《ひでとほ》并《ならび》に松浦党等を以て大将軍と為し、源氏の将帥に挑み戦ふ。午《うま》の刻に及び、平氏終に敗傾《はいけい》す。二品《にほん》禅尼宝剣を持ち、按察使局《あぜちのつぼね》先帝（春秋八歳）を抱き奉り、共に以て海底に没す。

（現代語訳：長門国赤間関の壇の浦海上において、源平両軍が相見えた。二つの軍勢は三町（約三〇〇メートル）を隔てて舟船を漕いで向かった。平家方は五百騎を三手に分け、山鹿兵藤次秀と松浦党らを大将軍とし、源氏方の将に戦いを挑んだ。十二時頃になって、平氏はついに敗戦に傾いた。二品禅（平時子）は宝剣を持ち、按察使局は先帝（御年八歳）を抱き申し上げ、共に海底に沈んだ。）

冥土の旅の供をせよ——勇将、知将の死

能登殿最期・巻第十一

凡《およ》そ能登守教経《のとのかみのりつね》の矢先にまはる者こそなかりけれ。矢だねのある程射つくして、今日を最後とや思はれけむ、赤地《あかぢ》の錦《にしき》の直垂《ひたたれ》に唐綾威《からあやをどし》の鎧着て、いかものづくりの大太刀《おほだち》ぬき、①しら柄の大長刀《おほなぎなた》の鞘《さや》をはづし、左右《さう》にもつてなぎまはり給ふに、おもてをあはする者ぞなき。おほくの者どもうたれにけり。新中納言《しんぢゆうなごん》使者をたてて、「能登殿、いたう罪なつくり給ひそ。②さりとてはよきかたきか」と宣ひければ、さては大将軍《たいしやうぐん》に③組めござんなれと心えて、④打物《うちもの》くき短かにとつて、源氏の舟に乗りうつり乗りうつり、をめきさけんでせめたたかふ。⑤判官を見知り給はねば、物具《もののぐ》のよき武者をば判官かと目をかけて、馳せまはる。判官もさきに心えて、おもてにたつ様にはしけれども、とかくちがひて能登殿にはくまれず。されども⑥いかがしたりけむ、判官の舟に乗りあたつて、あはやと目をかけてとんでかかるに、判官かなはじとや思はれけん、長刀《なぎなた》脇にかいはさみ、みかたの舟の二丈ばかりのいたりけるに、ゆらりと飛び乗り給ひぬ。能登殿は早業やおとられたりけん、やがてつづいても飛び給はず。いまはかうと思はれければ、太刀、長刀海へ投げいれ、甲《かぶと》もぬいで捨てられけり。鎧の⑦草摺《くさずり》かなぐり捨て、胴ばかり着て⑧大童《おほわらは》になり、大手《おほで》をひろげてたたれたり。凡そ⑨あたりをはらつてぞ見えたりける。おそろしなんどもおろかなり。能登殿大音声《だいおんじやう》をあげて、「われと思はん者ども

は、寄つて教経に組んでいけどりにせよ。鎌倉へくだつて、頼朝にあうて、物一詞《ことば》いはんと思ふぞ。寄れや寄れ」と宣へども、寄る者一人《いちにん》もなかりけり。

ここに土佐国の住人、⑩安芸郷《あきのがう》を知行しける安芸大領実康《さねやす》が子に、⑪安芸太郎実光《さねみつ》とて、三十人が力持つたる大力《だいぢから》の剛《かう》の者あり。我にちつとも劣らぬ郎等一人、おととの次郎も普通にはすぐれたるしたたか者なり。安芸の太郎、能登殿を見奉《たてま》つて申しけるは、「いかに猛《たけ》うましますとも、我等三人とりついたらんに、たとひ⑫たけ十丈の鬼なりとも、⑬などかしたがへざるべき」とて、主従《しゆうじゆう》三人小舟に乗つて、能登殿の舟におしならべ、「ゑい」といひて乗りうつり、甲の錣《しころ》をかたぶけ、太刀をぬいて⑭一面にうつてかかる。能登殿ちつともさわぎ給はず、まつさきにすすんだる安芸太郎が郎等を、⑮裾を合はせて、海へどうど蹴いれ給ふ。つづいて寄る安芸太郎を、⑯弓手《ゆんで》の脇にとつてはさみ、弟の次郎をば馬手《めて》の脇にかいはさみ、一《ひと》しめしめて、⑰「いざうれ、さらばおのれら死途《しで》の山のともせよ」とて、生年二十六にて海へつつとぞ入り給ふ。

新中納言、「見るべき程の事は見つ。いまは自害せん」とて、めのと子の⑱伊賀平内左衛門家長《いがのへいないざゑもんいへなが》を召して、「いかに、⑲約束はたがふまじきか」と宣へば、⑳「子細にや及び候」と、中納言に鎧二領着せ奉り、我身も鎧二領着て、手をとりくんで海へぞ入りにける。是《これ》を見て、侍共《さぶらひども》二十余人おくれ奉らじと、手に手をとりくんで、一所《いつしよ》に沈みけり。其中《そのなか》に、㉑越中《ゑつちゆうの》次郎兵衛《じらうびやうゑ》、上総《かづさの》五郎《ごらう》兵衛、悪七《あくしち》兵衛、飛騨《ひだの》四郎《しらう》兵衛は何としてかのがれたりけん、そこをも又落ちにけり。海上《かいしやう》には赤旗、赤印《あかじるし》、投げすてかなぐりすてたりければ、㉒竜田河《たつたがは》の紅葉葉《もみぢば》を嵐の吹きちらしたるがごとし。みぎはに寄する白浪《しらなみ》も薄紅《うすぐれなゐ》になりにける。主《ぬし》もなきむなしき舟は、潮にひかれ、風にしたがつて、いづくをさすともなくゆられゆくこそ悲しけれ。

【現代語訳】

能登守教経の矢の正面に身をさらす者は、まったくいなかった。用意した矢をあるだけ全部射尽して、今日が最後だとお思いになったのだろうか、赤地の錦の直垂の上に唐綾縅の鎧を着て、いかもの作りの大太刀を抜き、白木の柄の大長刀の鞘をはずして、左右の手に持って振りまわして進みなさるので、面と向かって相手になろうという者はいない。多くの者どもが討たれた。新中納言知盛《とももり》は使者を出して、「能登殿、あまり罪をお作りになるな。そんなことをしたからといって、相手は殺すに値する敵か」とおっしゃったので、「それでは、大将軍と組み討ちせよということだな」と理解して、刀の柄を短めに持って、源氏の舟に次々に乗り移り、大声で叫んで攻め戦った。判官を見知ってはいらっしゃらなかったので、武具の立派な武者を判官かと目がけて駆けまわる。判官も能登殿は自分をねらうのだと前もってわかっていて、正面に出て指揮を執るようにはしたけれども、あれこれして場を外し、能登殿にはお組みにならない。けれどもどうしたはずみだったのだろうか、能登殿が判官の舟に乗り合って、やあ、と判官めがけて飛びかかったので、判官はかなうまいとお思いになったのだろうか、長刀を脇にはさみ、二丈（約六メートル）ほど離れていた味方の舟に、ゆらりと飛び乗られた。能登殿は早業では劣っていらっしゃったのだろうか、すぐに続いてはお飛びにならない。

（能登殿は）もはやこれまでだとお思いになったので、（持っていた）太刀、長刀を海へ投げ入れ、甲も脱いで（海へ）お捨てになった。（さらに）鎧の草摺もかなぐり捨て、胴だけを着て（頭は）ざんばら髪になり、両手を大きく広げてお立ちになった。およそ（その威勢に気押されて）近寄り難く思われた。恐ろしいなどという言葉では言い尽くせない。能登殿は大声を上げて、「我こそはと思う者たちは、寄ってきて教経に組み付いて生け捕りにしろ。鎌倉へ下って、頼朝に対面して、一言言おうと思うのだ。（さあ）寄れ、かかってこい」とおっしゃるけれども、寄る者は一人もいなかった。

この時に土佐の国の住人で、安芸の郷を支配していた安芸大領実康（橘実康）の子供に、安芸太郎実光といって、三十人力《りき》を持っている、大力で剛勇の者がいた。自分（実光）に少しも劣らない（力持ちの）郎等が一人（いて）、（実光の）弟の次郎も人並み以上にすぐれている剛の者である。安芸太郎が、能登殿を拝見して申したことには、「どんなに勇猛でいらっしゃっても、我ら三人でつかみかかったとしたら、その時は、たとえ背丈が十丈ある鬼であっても、どうして従わせられないことがあろうか」と言って、主従三人で小舟に乗って、能登殿の船に（自分らの舟を）押し並べて、「えい」と言って乗り移り、甲の錣を傾け（頭を伏せて、敵の攻撃に備えながら）、太刀を抜いて（三人）一緒に打ってかかる。能登殿は少しもあわてて騒ぎなさらず、真っ先に進んできた安芸太郎の郎等を、（相手の裾に）自分の裾を触れ合わせて（足払いして）、海へどぶんと蹴り入れなさる。続いて寄る安芸太郎を左手の脇に（捕まえて）取って挟み、弟の次郎を右手の脇に抱えるように挟んで、（ぐっと）一しめ絞めつけて、「さあお前ら、それではお前たちは（私の）冥土の旅の供をせよ」と言って、生年二十六歳で、海へさっとお入りになった。

新中納言知盛は、「もはや見届けねばならぬことは見終わった。今は自害しよう」と言って、乳母子の伊賀平内左衛門家長を召して、「どうだ、約束を変えるつもりはないか」とおっしゃると、「もちろんです」と中納言に鎧二領をお着せ申し上げ、自身も鎧二領を着て、手を取り組んで海へ入ったのであった。これを見て、侍ども二十余人が主君に遅れずお供しようと、手に手を取り合って海に沈んだ。その中で、越中次郎兵衛盛嗣《もりつぐ》、上総五郎兵衛忠光《ただみつ》、悪七兵衛景清《かげきよ》、飛騨四郎兵衛景家は、どのようにして逃れたのだろうか、この場からも逃げ落ちてしまった。海の上には平氏の赤旗や赤印を投げ捨て放り出してあったので、竜田河の紅葉の葉を嵐が吹き散らしたようである。水際に打ち寄せる白波も、薄紅色になった。主を失った空の舟は、潮に引かれ、風の吹くままに、どこへともなく揺られて行く。その様子が悲しく思われた。

【語注】　＊装束に関する語句に関しては、**付録**も参照のこと。

①しら柄の大長刀…白木のままで何も塗っていない柄の、大きな長刀。巻第四「橋合戦」や巻第十一「那須与一」などでも登場する。

②さりとて…そんなこと（多くの敵を殺すこと）をしたからといって。

③組めござんなれ…「くめ（と）にこそあるなれ」の転。組み戦えということなのだな。

④打物くき短かにとつて…打物（長刀や太刀など、打ち鍛えた武具）の柄を短めに（刃に近い方を）持って。

⑤判官…源義経を指す。義経が左衛門尉に任官していたことから、こう呼ばれた。源義経については、119ページ**探究のために**参照。

⑥いかがしたりけむ…どうしたはずみだったのだろうか。能登殿が判官の舟にたまたま乗り移ったのを不思議に思う語り手の評言。

⑦草摺かなぐりすて…鎧の胴に付き、腰から腿を守る草摺を、乱暴に引き捨てて。

⑧大童…髪の毛を束ねない、ざんばら髪の姿。

⑨あたりをはらつてぞ見えたりける…周囲を威圧して、他の者を寄せつけないように見えた。

⑩安芸郷を知行しける…安芸の郷（土佐国安芸郡。現在の高知県安芸市）を支配していた。

⑪安芸太郎実光…安芸大領（郡の長官）実康《さねやす》の子。百二十句本には実光が、主従三人で能登殿の舟に乗り移る前に義経への暇乞いとして、土佐にいる、「二歳になり候ふ幼き者」に目を掛けてやっ

てほしい」と義経に願い出るシーンが描かれている。

⑫たけ十丈の鬼…身長が三〇メートルもある鬼。

⑬などかしたがへざるべき…どうして屈服させられないことがあろうか。この「従ふ」は下二段活用なので、他動詞「従わせる」の意。全体は反語。

⑭一面に…いっせいに。

⑮裾を合はせて…裾と裾とを触れ合わせ（るほど相手を引き寄せ）て。足払いをくらわせて、と取る説もある。

⑯弓手・馬手…「弓手」は弓を持つ方の手、すなわち左手。「馬手」は馬の手綱を取る方の手、すなわち右手。

⑰いざうれ…さあ、貴様ら。「うれ」は「おれ（＝おのれ）」の転で、下位の者に、もしくは相手を卑しめて言う語。

⑱伊賀平内左衛門家長…平知盛の乳母子。『系図纂要』によれば平家第一の家人、平家貞《いえさだ》の子という。「平内」は平氏で内舎人を勤めた武士の称。

⑲約束…生死を共にしようという主従の約束。武士社会では相互の団結の証を「契約・約束・契り」などと呼んだ。

⑳子細にや及び候…とやかく言う必要があろうか。もちろん、言うまでもない、の意。

㉑越中次郎兵衛、上総五郎兵衛、悪七兵衛、飛驒四郎兵衛…越中次郎兵衛は盛嗣。以下忠光、景清、景家。巻第十二「六代被斬《ろくだいのきられ》」にも、平家の残党が起こした湯浅（現在の和歌山県有田郡湯浅町）の合戦の参加者として四人連記で名が見られる。

㉒竜田河…大和国（現在の奈良県）を流れる川。「竜田川三室の山の紅葉葉《もみじば》は竜田の川の錦なりけり」などと詠まれるように、紅葉の名所として知られる。ここでは敗れた平家の赤旗を、「紅葉葉」に見立てている。

◆◇鑑賞のヒント◇◆

❶ 能登殿教経はどのような人物として描かれているか。

❷ 新中納言知盛はどのような意図で「能登殿、いたう罪なつくり給ひそ。さりとてはよきかたきか」と言ったのか。そして能登殿はこの言葉をどのように受け取ったのか。

❸ ❷のやりとりからどのようなことが読み取れるか。

❹ 新中納言の「見るべき程の事は見つ」には、どのような気持ちが込められているか。

◆◇鑑賞◇◆

本書では省略したが、「先帝身投」からこの場面の間にかけて、平家一門の人々が次々と入水する様子が描かれている。戦いは終わったのである。その中で、大臣殿（宗盛）親子は、海へ入ろうともしなかったので、見かねた郎党が宗盛を海へと突き落とし、それを見た息子の清宗も後を追って海へと飛び込むが、二人には水泳の心得があり、互いに様子をうかがい合って沈まないでいるうちに、二人とも源氏方の武将・和田義盛によって引き上げられてしまう。主君を捕らえられてしまった宗盛の乳母子の景経《かげつね》は義盛に襲いかかるが、結局討たれた。語り手はこの顚末について、「大臣殿は生きながら（生きたまま）とりあげられ、目の前でめのと子が討たるるを見給ふに、いかなる心地かせられけん（どのようにお思いになったのだろうか）」と批判的に語っている。

この場面をはじめとして、物語の語り手は、総じて宗盛に対して厳しい評価を下している。「知章最期」の**探究の**

ためにでも触れたが、宗盛は一門の様々な人物と対比されながら、その無能さを糾弾される人物である。そもそも物語が理想とした平家の棟梁は、重盛であった。重盛が早世し、清盛の後継者が宗盛と定められたことで、一門の運命は暗転していく。巻第三「法皇被流《ほうおうながされ》」では、重盛亡き後、法皇を幽閉するという暴挙に出た清盛を恐れ、何も言えなかった宗盛に対して法皇は、「あはれ是につけても、兄の内府（重盛）には、事の外におとりたりける者かな（格段に劣っている者だなあ）」と言う。また、前段「先帝身投」でも指摘したように、宗盛の弟知盛は重能《しげよし》の裏切りを事前に察知し首を刎ねようとするものの、宗盛の許しが出ず断念した。彼はその後重能の裏切りが戦局を決定的に悪くしたことを知り、「重能めをきつて捨つべかりつるものを」と「千たび後悔」するのである。これらから窺えるのは、物語が宗盛の政治的な力量の低さ、将軍としての剛胆さの欠如を強調する一方で、重盛や知盛を理想的な武将として描いていることである。とくに知盛は、透徹した眼差しで物事を見つめることができる知将として描かれ、宗盛の批判者として位置づけられている。

ではここでその最期が語られる教経はどうであろうか。彼は終始一貫、平家を代表する武人として描かれる。教経が最初に登場するのは巻第八「水島合戦」である。この時の大手の大将軍は、新中納言知盛。教盛は「北国の奴ばらにいけどられむをば、心憂しとは思はずや（北国の奴らに生き捕られるのを、悔しいとは思わないのか）」と味方を鼓舞し、綱でつなぎ、舟と舟とを往来できるように板を渡す戦法で勝利に導いた。一の谷の戦いでは宗盛に、「こはからう方へは教経うけ給はってむかい候はん。一方ばかりではうちやぶり候べし。御心やすうおぼしめされ候へ（手ごわい方には教経がお引き受けして向かいましょう。その一方の軍はうちやぶりましょう。ご安心なさって下さい）」と勝利を請け負い、兄の通盛《みちもり》が北の方と別れを惜しんでいるのを諫めている（巻第九「坂落」）。屋島の合戦では、義経を狙い強弓・精兵ぶりを発揮、主君義経を守ろうとした佐藤嗣信《つぐのぶ》を射落としたが、その首を取ろうとした自らの童菊王が射られ、助け出しはしたが死んでしまったので、戦意を喪失したとある（巻第十一「嗣信最期」）。知盛とは多少趣が異なるが、戦いに積極的で、勇猛果敢に敵に立ち向かっていく教経の姿は、宗盛のアンチテーゼとして語られていると言えるのではないか。彼の最期の奮戦は、入水を渋る宗盛の描写の直後に語られているのである❶。

そんな教経を知盛は、「能登殿、いたう罪な作り給ひそ。さりとてはよきかたきか」と諫める。討つ価値のない雑兵をどれほど殺しても、すでに大勢が決したこの戦いにおいては、無益な殺生でしかなく、罪作りな行為である。知盛の伝えたいことは、「もう戦うことはやめよ」であった。しかし教経はそれを、「よきかたき」を討ち取れという言葉だと理解して、敵の大将軍である義経を討つことを目指した。戦上手の英雄として描かれる義経も、いわゆる「八艘飛び」で教経との正面衝突は避けている❷。

この場面では、ともに怯懦で優柔不断な宗盛とは対極的な人物として描かれた知盛と教盛の二人の性格が、対照的に描き分けられている。知盛は、「すでに運命を見通して、一つの諦念に達している」人物（冨倉徳次郎）として、無益な殺生を諫めた。それに対し教経は明らかに最後まで諦めない。己の力を信じ、数々の武勲をあげてきた教経にとって、敵を目の前にして何もしないという選択肢はないようである。状況を判断して、将来を見通した上で今できる事を考えるという性質は彼には与えられていない。宗盛にない、大局的にものを判断する能力は知盛に与えられ、果敢さや行動力は教経に与えられる。別の見方をすれば、語り手にとっての立派な大将軍というのは、この二つを兼ね備えた人物である、とも考えられる。語り手は、そのような人物の不在が平家を敗北へと追いやったと解釈している、と言えよう。なお延慶本における知盛と教経のやりとりを読むと、また違った見方がうかびあがってくるのだが、それについては**探究のために**で後述する❸。

教盛も入水して果て、知盛は「見るべき程の事は見つ」と言う。この言葉こそ、「千鈞《せんきん》の重みを持つ言葉」として石母田正《いしもだしょう》によって発見されたものである。石母田は「彼はここで何を見たというのであろうか。いうまでもなく、それは内乱の歴史の変動と、そこにくりひろげられた人間の一切の浮沈、喜劇と悲劇であり、それを通して厳として存在する運命の支配であろう。あるいはその運命をあえて回避しようとしなかった自分自身の姿を見たという意味であったかもしれない。知盛がここで見たというその内容が、ほかならぬ平家物語が語った全体である」とし、知盛を、運命を見通し、受忍し、死んでいく者として捉える。これに対し反論するのが高木信《たかぎまこと》である。高木は、この時点では「見尽くしたはずの平家の行く末はまだ完了していない」とする。たしかに高木の言うように、生け捕られた平家の武将は何人もおり、他ならぬ自らの息子は、従軍せずに乳母にかくまわれている。そのような状態ですべてを見尽くしたと語るのは「あまりにナルシスティック」であり、「語る主体と享受者が滅びを美学化し、そこに快楽を見出している」と言われても仕方がない。

知盛にとって「見るべきもの」とは何だったのだろうか。石母田と高木の論は、まったく食い違うようで、「見るべきもの」を「平家の運命」としている点で共通していると思われる。ここで知盛が「見尽くした」のは、予め気づいていた重能の裏切りを防げず、それによって一門の敗北が決定づけられた、という顛末ではないだろうか。それは「運命の支配を見つめた」ということとは少し異なる。この一節には、知盛の、「自分は見抜いていたにもかかわらず、宗盛の甘さによって見逃されてしまった裏切りが、すべてを決してしまった。こうなることは予想できたが、その予想を覆すことができなかったのだから、一門の入水、敗北という結果を、自分の力の限界として引き受けなければならない」という武将としての思いが込められているのである。「見るべき程の事は見つ」という言葉は、このような恨みや悔いを含んだ、嘆きの言葉ではなかったか❹。

たしかに覚一本のテキストは、「『運命の人』と美学化された知盛がみずからの美学を達成するために殉じる死を生きたと読み取れる構造になっている」（高木）と考えられなくもないが、この発言を「運命を見た」という読みから解放することで、覚一本における知盛像をより自由に読み取ることができるだろう。

◆◇探究のために◇◆

▼人物

能登殿…平教経。生年未詳～一一八五。平教盛《のりもり》（平清盛の異母弟）の二男。一一七九（治承三）年に能登守となる。物語には源義仲が都へ攻め入ったときに、兄の越前三位通盛と共に宇治橋を固めた人物として名が挙げられるのが初出。戦歴に関しては、**鑑賞**で言及した。『吾妻鏡』には、一一八四（寿永三）年二月七日の一の谷の合戦で安田義定《よしさだ》に討ち取られたとあるが、『玉葉』寿永三年二月十九日条の、一の谷で討たれた平家の首が渡されたときの記述の中に、「教経に於いては、一定現存す」と書かれており、教経の生存について言及されている。わざわざこのような記述が残されていることから、教経の生死に関しては情報が錯綜していたと考えられる。『醍醐寺雑事記』にも、壇の浦で「自害」した武将の一人として教経の名が教盛や知盛と共に書かれており、これらの記事をもとに、最近では『吾妻鏡』の記事は誤りであり、教経は『平家物語』が語るように、壇の浦の戦いで戦死したと考えられている。日下力《くさかつとむ》は、当時の「現存」という語の意味や『玉葉』の文脈を検討し、『吾妻鏡』の記事の誤りを指摘した上で、『吾妻鏡』が一の谷の戦いで教経を討ったのを甲斐源氏の安田三郎義定だったとしていることから、誤りの理由を「いったん彼（義定）の勲功が認定され、恩賞も下賜されていたとすれば、それを取り消すことなどできなかった」とした。それに対して『平家物語』が成立した都周辺においては天皇家まで連なる人物である教経について、「一の谷で死んだのに壇の浦まで生きていたことにするといった虚構を、はたして都の社会が許したでしょうか」として、史実としては『平家物語』が語るように、壇の浦の戦いまで教経が生きていた、と結論づけている。

▼延慶本における知盛　覚一本では、知盛の「能登殿、いたう罪なつくり給ひそ。さりとてはよきかたきか」という教経への言葉は、「不必要な殺生を制止する人間的な心情の表現」（生形貴重《うぶかたたかしげ》）として解釈される。その言葉を教経は「さては大将軍にくめござんなれ」ととらえたとされ、分別のある知将知盛と、武勇に優れた猛将教盛が対照的に描かれている。しかし延慶本には覚一本とは異なった知盛の姿が描かれる。

延慶本で強調されるのは、知盛の義経に対する怨念である。壇の浦に着いた知盛は、「度々の軍に九郎一人に責め落とされぬるこそ安からね。今は運命尽きぬれば、軍に勝つべしとは思はず。いかにもして九郎一人を取りて海に入れよ」として、唐船に貴人を乗せない策略を自ら立案する。また、「軍は今日ぞ限り。各少しも退く心あるべからず。天竺震旦日本我朝にもならびなき名将勇士といへども（インドにも中国にも、我が国にも並ぶ者のない名将勇士といっても）、運命の尽きぬる上は、今も昔も力及ばぬ事なれども、名こそ惜しけれ。あなかしこ東国の奴原に悪しくて見ゆるな。いつの料に命を惜しむべきぞ（決して東国の奴らに醜態をさらすな。何のために命を惜しむのか）。いかにもして九郎冠者を取りて海に入れよ。今はそれのみぞ思事（今はそれだけが望みだ）」という何としてでも義経を討ち取りたい、という知盛の思いが語られている。

彼は、平家の運命が尽きたことをよくわかっている。しかし、勝敗を度外視してでも、義経だけは討ち取れ、と言っているのである。小林美和《こばやしよしかず》は、義経一人の戦略にしてやられたことが「同じ武門の一人として知盛の誇りをいたく傷つけ」、知盛の義経殺害への執着につながっているのではないかと考えた。

このように描かれた知盛を知れば、彼は「運命を見通していた」だけではなく、教経のような武士としての猛々しさも持ち合わせていたことになる。また、生方が指摘するように、謡曲「船弁慶」で、頼朝と対立して西国へと落ちゆく義経一行の前に現れた知盛の怨霊が弁慶に調伏される姿（**資料A**）、『義経千本桜』に、「大物の沖にて判官に怨をなせしは知盛が怨霊なりと伝へよや」と言い残し、再び海へ沈んでいく姿（**資料B**）が描かれるのも、ここに淵源があるのだろう。

覚一本では義経への怨念についてはほとんど言及されず、勲功をあげようとはやる教経に無益な殺生をしないよう諭す知将として描かれており、知盛と教経の描き分けを読み取ることができる。なお他の諸本との比較検討も必要であろうが、このことに覚一本というテキストの特徴が表れているのである。

▼乳母子家長との入水　知盛は、乳母子の伊賀平内左衛門家長を召して、「いかに、約束は違ふまじきか」と言って共に入水する。この乳母子の家長とは何者かということを考えたとき、物語の外部からも内部からも、家長という人物が知盛の乳母子であった可能性はほぼないと考えられている（辻本恭子《つじもときょうこ》）。辻本はさらに、高木の説を引用しながら、知盛が乳母子と死んでいくのは彼の「理想化」の一環であると指摘する。

高木は、「〈知盛―家長〉の関係は、〈義仲―今井〉の関係の可能性の一つを示したもの」で、「〈義仲―今井〉関係が成し遂げられなかった物語を達成したのが、〈知盛―家長〉であるとする。「木曽最期」でも指摘した通り、義仲主従の「契り」は果たされなかった。二人は「一所で死ぬ」ことはできなかったのである。しかし、ここで提示された、「主従は心を通じ合わせ、それまでの契りの通り、ともに戦場で死ぬ」という命題は、知盛と家長によって証明されるのである。しかもそれは、宗盛・重衡という知盛の兄弟とそれぞれの乳母子をめぐる話と比較されることで浮き彫りにされる。

重衡は知盛の兄である。彼は一の谷の合戦で乳母子の後藤兵衛盛長と共に逃走中、自らの馬が深手を負ってしまったが、主君秘蔵の馬をあてがわれていた盛長はそれを代わりの馬として差し出さず逃げてしまったので、生け捕りにされてしまう。その際重衡は自分を見捨てて逃げようとする盛長に向かって「いかに盛長、年ごろ日ごろはさはちぎらざりしものを。我をすてていづくへゆくぞ（どうした、盛長、長年の間、常々そのようには約束していなかったではないか。私を捨ててどこへゆくのか）」と呼びかける。その後、逃げのびた盛長は熊野法師に仕え、法師の後家の尼公の供として上京してきたときに、人々が、「一所でいかにもならずして」と「つまはじきをし」た（非難した）、とも語られており、主君と乳母子は最終的には運命をともにすべきだ、と考えられていたことが窺える（**資料C**）。重衡の場合、乳母子の裏切りによって主従の関係は破綻したが、宗盛の場合は、前述のように宗盛自身が入水したが死にきれず、引き上げられてしまったことで、乳母子、景経の思いは宙に浮き、景経のみが死んでいく。ここでの宗盛は、前述のように、乳母子との契りを果たせない主君として暗に批判されるのである。

重衡、宗盛とその乳母子との「契り」は、乳母子の裏切り、主人の臆病という、主従それぞれの側の不都合により果たされなかったのに対し、知盛と家長との間における「約束」は何の障害もなく達成される。このことに対して語り手は何も語らないが、それはかえって、知盛と家長において語り手の理想が達成されたことを示しているのではないか。

覚一本における知盛と家長の入水は、あまりに都合の良い展開に見える。そもそも家長が知盛の乳母子であることを記さない諸本もあり、史実としても家長が乳母子であったとは考えにくい。無理を承知で家長を乳母子に仕立て上げたのは、辻本や高木が指摘するように、覚一本の語り手の作為であろう。そしてそこまでしたのは、知盛の理想化のためであり、主君と乳母子は共に死ぬのが理想であるという思想を表明したかったからであると考えられる。覚一本において、この二人の入水をもって戦いが終結し、一門が滅び去るのは決して偶然ではない。

【資料】

A　**謡曲「船弁慶」**

シテ「そもそもこれは桓武天皇九代《くだい》の後胤《こういん》、平の知盛幽霊なり。

シテ「あら珍しやいかに義経、思ひも寄らぬ浦波の

地謡「声をしるべに、出で船《ぶね》の、声をしるべに、出で船の

シテ「知盛が沈みしそのありさまに

地謡「また義経をも、海に沈めんと、夕波に浮かめる長刀取り直し、巴波の紋、あたりを払ひ、潮《うしお》を蹴立て、悪風《あくふう》を吹きかけ、眼《まなこ》も眩《くら》み、心も乱れて、前後を忘《ぼう》ずるばかりなり

〈舞働〉

子方「その時義経、少しも騒がず

地謡「その時義経少しも騒がず、打物《うちもの》抜き持ち、現《うつつ》の人に、向かふがごとく、言葉を交はし、戦ひたまへば、弁慶押し隔て、打物業《わざ》にて、叶ふまじと、数珠《じゅず》さらさらと、押し揉んで、東方降三世《とうぼうごうざんぜ》、南方《なんぼう》軍茶利夜叉《ぐたりやしゃ》、西方大威徳《さいほうだいいとく》、北方金剛《ほっぽうこんごう》、夜叉明王《やしゃみょうおう》、中央大聖《ちゅうおうだいしょう》、不動《ふどう》明王《みょうおう》の索《さつく》にかけて、祈り祈られ、悪霊次第に遠ざかれば、弁慶舟《ふな》子《ご》に、力を合わせ、お船を漕ぎ退《の》け、汀《みぎは》に寄すれば、なほ怨霊は、慕い来たるを、追つ払ひ祈り退《の》け、また引く潮に、揺られ流れ、また引く潮に、揺られ流れて、あと白波とぞ、なりにける

〈現代語訳：知盛の亡霊「そもそも我は、桓武天皇九代の後胤、平知盛の幽霊である。これは珍しい、義経よ。こんなところで会おうとは思いも寄らなかった。海岸の波や、船人の声をたよりにやってきたのだ。知盛が沈んだように、義経も海に沈めよう」と、夕波に浮かんでいる長刀を取り直し、巴波の紋のようにくるくると振り回して辺りを払い、潮を蹴り上げ、悪風を吹きかけたので、義経方の武将は、目が眩み、心も乱れて、前後不覚に陥った。〈舞〉その時

義経は少しも慌てずに、太刀を抜き持ち、現実の人間に向かうように、言葉を掛け、戦いなさったので、弁慶が二人の間に立ちはだかって、太刀の戦いではかなうまい、と数珠をじゃらじゃら揉んで、東方降三世、南方軍荼利夜叉、西方大威徳、北方金剛夜叉明王、中央大聖不動明王の五大明王の索（不動明王等が持つ綱）にかけて大いに祈り、怨霊が次第に遠ざかったので、弁慶は船頭と力を合わせて、船を海岸にこぎ寄せたところ、怨霊は依然として追いかけてきたので、それを祈って払いのけ、怨霊は引き潮に揺り流され、その跡は白波だけになった。）

B　『義経千本桜』第二「渡海屋の段」（「知章最期」資料B引用部分の続き）

義経の話を聞いた典侍の局は、安徳天皇のことを義経に託す決心をし、自害して果てた。それを見た知盛もついに観念し、帝のことを義経に頼むことにする。

「我かく深手《ふかで》を負ひたれば、ながらへ果てぬこの知盛、只今この海に沈んで末代に名を残さん。大物の沖にて判官に怨《あた》をなせしは知盛が怨霊なりと伝へよや。さあさあ息あるその中に、片時《へんし》も早く帝の供奉《ぐぶ》を頼む頼む」とよろぼひ立てば、「をを、我は是より九州の尾形方へ赴く也。帝の御身は義経はいづくまでも供奉せん」と、御手を取て出で給へば亀井駿河武蔵坊、御跡に引き添《そ》ふたり。

知盛完爾《くはんじ》と打笑ひて、「きのふの怨はけふの味方。あら心安や嬉しやな。是ぞ此世の暇乞《いとまごひ》」とふり返つて竜顔《りやうがん》を見奉るも目に涙。今はの名残に天皇も、見返り給ふ別れの門出。とどまるこなたはめいどの出船。「三途《さんづ》の海の瀬踏《せぶみ》せん」と碇を取て頭にかづき、「さらばさらば」も声計《ばかり》、渦巻波《うづまく》に飛び入てあへなく消《きへ》たる忠臣義臣。その亡骸は大物の千尋の底に朽果《くちはて》て、名は引汐にゆられ、流れ流れて跡白波とぞ成にける。

（現代語訳：「私はこのように深い傷を負ったので、もう長くはない。この知盛、この海に沈んで末代まで名を残そう。大物の沖で判官に仇をなしたのは知盛の怨霊だと伝えよ。まだ息があるうちに、少しでも早く帝のお供を、頼む、頼むぞ」とよろよろと立ったので、義経は、「ああ、これから九州の尾形のところへ身を寄せる。帝の御身にいつまでも供奉しようぞ」と帝のお手をとってお出になると、亀井、駿河、武蔵坊がその後に続いた。

知盛はにっこりと笑って、「昨日の仇は、今日は味方。ああ、安心だ、うれしいことだ。これで本当にこの世に別れが言える」と振り返って帝のお顔を拝見するのにも目には涙。今生の名残に帝も、見返りなさる別れの門出。とどまるこちらは冥途への船旅。「三途の海とは、どんなものか見てやろう」と碇を取って頭上にかかげ持ち、「さらば、さらば」との声だけで、渦巻く波へと飛び込んで、あえなく消えた忠臣、義臣。その亡骸は大物の海のはるかな底に朽ち果てて、名は引き潮に揺られ、流れ流れてその跡は、ただ白波と成り果てた。）

C　『平家物語』巻第九「重衡生捕」

本三位中将重衡卿《ほんざんみのちゆうじやうしげひらのきやう》は、生田森《いくたのもり》の副将軍《ふくしやうぐん》にておはしけるが、其《その》勢《せい》みなおちうせて、只主従二騎になり給ふ。三位中将其日《そのひ》の装束には、かちにしろう黄なる糸をもつて、岩に村千鳥《むらちどり》ぬうたる直垂《ひたたれ》に、紫《むらさき》裾濃《すそご》の鎧着て、童子鹿毛《どうじかげ》といふきこゆる名馬に乗り給へり。めのと子の後藤兵衛《ごとうひやうゑ》盛長《もりなが》は、滋目結《じめゆひ》の直垂に、緋威《ひをどし》の鎧着て、三位の中将の秘蔵《ひさう》せられたりける夜目《よめ》なし月毛《つきげ》にぞ乗せられたり。梶《かぢ》原源太景季《はらげんたかげすゑ》、庄《しやう》の四郎高家《しらうたかいへ》、大将軍と目をかけ、鞭鐙《むちあぶみ》を合はせて追つかけ奉る。たすけ舟いくらもありけれども、うしろより敵《かたき》は追つかけたり。のがるべきひまもなかりければ、湊河《みなとがは》、苅藻河《かるもがは》をもうちわたり、蓮の池を馬手《めて》に見て、駒の林を弓手《ゆんで》になし、板宿《いたやど》、須磨をもうち過ぎて、西をさいてぞ落ち給ふ。究竟《くつきやう》の名馬には乗り給へり、もみふせたる馬共追つつくべしともおぼえず、ただのびにのびければ、梶原源太景季、鐙ふんばり立ちあがり、もしやと遠矢《とほや》によつぴいて射たりけるに、三位中将馬の三頭《さうづ》を篦深《のぶか》に射させて、よわるところに、後藤兵衛盛長、我馬《わがうま》召されなんずとや思ひけん、鞭をあげてぞ落ち行きける。三位中将これを見て、「いかに盛長、年ごろ日来《ひごろ》さは契らざりしものを。我をすてていづくへゆくぞ」と宣へども、空《そら》聞かずして、鎧に付けたる赤印《あかじるし》どもかなぐり捨て、ただ逃げにこそ逃げたりけれ。三位中将、敵は近づく、馬はよわし、海へうちいれ給ひたりけれども、そこしも遠浅にて沈むべき様もなかりければ、馬よりおり、鎧の上帯《うはおび》きり、高紐《たかひも》はづし、物具《もののぐ》ぬぎすて、腹をきらんとし給ふところに、梶原よりさきに庄の四郎高家、鞭鐙を合はせてはせ来《きた》り、いそぎ馬より飛びおり、「まさなう候。いづくまでも御供《おんとも》仕らん」とて、我馬にかき乗せ奉り、鞍の前輪《まへわ》にしめつけて、わが身は乗りがへに乗つて、御方《みかた》の陣へぞかへりける。

後藤兵衛は、息ながき究竟の馬には乗つたりけり、そこをばなつく逃げのびて、後に熊野法師《ぼふし》、尾中《をなか》の法橋《ほつけう》をたのんでゐたりけるが、法橋死んで後《のち》、後家の尼公《にこう》訴訟《そしよう》のために京へのぼりたりけるに、盛長ともしてのぼつたりければ、三位中将のめのと子にて、上下にはおほく見知られたり。「あなむざんの盛長や。さしも不便《ふびん》にし給ひしに、一所《いつしよ》でいかにもならずして、思ひもかけぬ尼公のともしたるにくさよ」とて、つまはじきをしければ、盛長もさすが恥づかしげにて、扇《あふぎ》を顔にかざしけるとぞ聞えし。

（現代語訳：本三位中将重衡卿は、生田森の副将軍でいらっしゃったが、その軍勢はみな逃げ失せて、ただ主従二騎になられる。三位中将のその日の装束は、褐地に黄色の糸で、岩に群千鳥の縫取をした直垂に、紫裾濃の鎧を着て、童子鹿毛という評判の名馬に乗っていらっしゃった。乳母子の後藤兵衛盛長は、滋目結の直垂に緋縅の鎧を着て、三位中将が秘蔵していらっしゃった夜目なし月毛にお乗せになった。梶原源太景季、庄四郎高家は、大将軍と目をつけ、鞭と鐙とをあわせて馬を疾駆させて追いかけ申し上げた。汀には助け船がいくらもあったが、後ろから敵は追いかけて来るし、船まで逃げられるひまもなかったので、湊川・刈藻川をも渡り、蓮の池を右手に見て、駒の林を左手にして、板宿、須磨も通り過ぎて、西をさして落ちなさる。最高の名馬には乗っていらっしゃるので、ひどく走らせて疲れさせた馬どもでは追いつけるとも思われず、ただひたすら逃げのびたので、梶原源太景季は鐙を踏んばり立ち上がり、ひょっとしたら当たるかもしれないと、遠矢を引きしぼって射たところ、三位中将の馬は三頭（後ろ足の上部）に矢の幹が深く突き刺さり、弱ったので、後藤兵衛盛長は自分の馬が取り上げられてしまうだろう、と思ったのか、鞭を振るって逃げて行った。三位中将はこれを見て、「どうしたのだ、盛長、長年の間、常日頃そうは約束していなかったのに。私を捨ててどこへ行くのだ」とおっしゃったが、聞こえないふりをして、鎧につけた平家の赤い印をかなぐり捨てて、ただ逃げに逃げて行った。三位中将は、敵は近づくし、馬は弱く、海に乗り入れなさったが、そこはちょうど遠浅で、沈むこともできなかったので、馬から降り、鎧の上帯を切り、高紐をはずし、鎧、甲を脱ぎ捨てて、腹を切ろうとなさるところに、梶原より先に庄四郎高家が、鞭と鐙とをあわせて馬を疾駆させやって来て、急いで馬から跳び降り、「ご自害など、とんでもないことです。どこまでもお供いたします」と、自分の馬にかついでお乗せし、鞍の前輪に縛りつけて、自らは乗替の馬に乗って、味方の陣に帰った。

後藤兵衛は息の続くすばらしい馬に乗っていたし、そこを素早く逃げのびて、その後熊野法師の尾中の法橋を頼っていたが、法橋が死んだ後、後家の尼公が訴訟のために都へ上ったときに、盛長が供をして上京したところ、三位中将の乳母子として、身分の上下を問わず世間の人々に顔を知られていた。「ああ恥知らずの盛長だ。あれほど中将がかわいがっておられたのに、同じ所で命を捨てることもせず、思いもかけない尼公の供をしている憎らしさよ」と言って非難したので、盛長もさすがにきまりが悪そうで、扇をかざして顔を隠していたということである。）

「能登殿最期」以後

一一八五（元暦二）年四月四日、平家滅亡の報が後白河院に届けられた。三種の神器のうち、内侍所（神鏡）・神璽は二十四日無事入京するが、宝剣は失われた。二十六日には宗盛や時忠《ときただ》（清盛の妻時子の兄。文官であった）、建礼門院など、生け捕りにされた人々が入京した。宗盛の身柄は義経に預けられた。宗盛父子は義経に伴われ鎌倉へと下向するが、梶原景時《かげとき》の讒言を信じた頼朝は、義経を鎌倉に入れず腰越《こしごえ》で追い返す。義経は大江広元（頼朝側近の貴族）に取りなしを頼む書状を送る。義経は許されぬまま宗盛父子を連れて六月再び上京、宗盛らはその途中近江国（現在の滋賀県）で斬られる。南都焼討の責任を追及する奈良の僧の要求で身柄を引き渡された重衡も、妻との対面を許された後斬られた。

時忠は流罪となり、頼朝と対立した義経もまた都を落ちていく。平家の残党狩りが行われる中、維盛の子・六代も捕らえられるが、文覚《もんがく》により引き取られ出家、父の跡を偲び高野・熊野を訪れるが、最終的には六代も斬られ、平家の子孫は絶え果てた。

物語は「灌頂巻《かんじょうのまき》」で、帰京した建礼門院の生活と後白河院との邂逅、その往生を語って幕を閉じる。

西暦	年号	月	事項	関係章段
一一八五	元暦二	4	神器、宗盛ら入京	11 一門大路渡《いちもんおおじわたし》
	文治元	5	義経、宗盛父子を鎌倉へ護送	11 腰越《こしごえ》
			義経、鎌倉入りを拒否される	
		6	義経、宗盛父子を連れ上京　途中宗盛父子、斬首　重衡斬首	11 大臣殿《おおいとの》被斬《きられ》・重衡《しげひらの》被斬《きられ》
		11	義経出京	12 判官《はんがんの》都落《みやこおち》
		12	六代、助命される（斬首の年代は諸説あり）	12 六代（六代被斬）
一一八六	文治二	4	後白河院、寂光院の建礼門院を訪問	灌頂巻 大原御幸
一一九〇	建久元	11	頼朝、上洛し任大納言（兼右大将）12月両職を辞職し、鎌倉へ	12 六代被斬
一一九二	建久三	3	後白河院、崩御	12 六代被斬

コラム⑦

後白河院

『平家物語』は、平忠盛《ただもり》の昇殿（一一三二年）から、平維盛《これもり》の子息、六代《ろくだい》の斬首（一一九九年）までの歴史を語っている。物語に描かれる時代をほぼ生き抜いたのが、後白河院（一一二七〜一一九二）である。彼は物語においてめざましい活躍をする人物ではない。しかし、全編中に要所要所で登場し、大きな役割を果たす。権謀術数にたけた帝王と評価される一方、近臣であった信西《しんぜい》（平治の乱で殺害された）に「和漢比類なき暗主」と評されるなど、場当たり的対応しかできなかった君主とも考えられている。その評価はひとまず置くとして、院の生涯を概観したい。

後白河院は、鳥羽院の第四皇子として生まれ、生まれたときにはすでに同母兄の崇徳《すとく》が天皇の位に就いており、当時の宮廷事情から即位はほぼ絶望的であると考えられたため、今様に熱中するなど、自由な生活を送った。ところが、崇徳天皇についで即位した近衛《このえ》天皇が早くに亡くなったため、崇徳院の皇子に位を継がせたくなかった鳥羽院や継母美福門院《びふくもんいん》などの思惑により、帝位に上ることとなる。この即位はあくまでも後白河院の皇子（後の二条天皇）に譲位するためであった。しかし二条天皇も早世し、その皇子六条天皇の政権基盤も脆弱であったことから、自らの皇子高倉天皇が即位するに及んで、五代の天皇、三十余年に渡って院政を執ることになった。

当初は保元・平治の乱を経て実権を握った平清盛と連携するが、両者を結びつけていた建春門院《けんしゅんもんいん》（平滋子《しげこ》、高倉天皇の母で清盛の妻時子の異母妹）が亡くなると両者の蜜月には陰りが見え始め、鹿ケ谷《ししがたに》事件により関係は悪化する。この一連の事件は後白河院の、清盛と協力関係にあった比叡山との対立姿勢がもたらしたものである。この時は院近臣の処罰に留まり、安徳天皇の誕生もあって小康状態を保つが、故近衛基実《もとざね》（関白藤原忠通の子）

の妻として摂関家領を管理していた清盛の娘盛子《もりこ》の死により、後白河院は清盛から摂関家領の没収を図った。悪いことに後白河院の近臣であった平家の嫡男重盛も亡くなり、院と清盛の関係は破綻、いわゆる治承三年の軍事クーデターへと発展し、院政は停止されたのであった。

この後、後白河院の幽閉生活が続いたが、清盛の死により院政が復活した。平家が都を落ちた際もたくみに逃れ、入京した義仲に平家追討の宣旨を出した。皇位継承などを巡り義仲と対立すると、今度は関東の源頼朝に東海道・東山道の支配権を認める宣旨を出し、義仲を圧迫したので義仲に御所を攻撃され、再び院政は停止された。しかし、頼朝の代官として源義経が義仲を破り入京して院政は復活、院は義経に平家追討を命じるとともに、平家に使者を派遣し、和睦の交渉をした（物語では後白河院により源氏の捕虜となった重衡《しげひら》を解放する代わりに神器を返還することが提案されている）。平家が滅びた後は、その立役者である義経を重用し、院の近臣とした。そのことが仇となり、義経は兄頼朝から疎んじられ、頼朝によって討たれることになる。後白河院は義経に頼朝追討の文書を発給しておきながら、頼朝の抗議で撤回し、頼朝に義経追討の宣旨を下したのである。

後白河院の政治姿勢は、一貫性に欠け場当たり的なものであったと考えられる。しかし彼の政策や命令はおそらく彼の意図に反し、歴史を動かしてしまった。権力者であり続けたという点で歴史の「勝者」である後白河院が、「敗者」の生き残りである建礼門院と涙を流しながら語り合う場面（「灌頂巻」）は、歴史の有為転変の中で翻弄された両者が行き着いた着地点であり、この物語を閉じるのにふさわしいものであったと言えよう。

系図

- 特賢門院璋子 ＝ 74 鳥羽天皇 ＝ 美福門院得子
  - 75 崇徳天皇
  - 77 後白河天皇
    - 78 二条天皇 ― 79 六条天皇
    - 80 高倉天皇
      - 81 安徳天皇
      - 82 後鳥羽天皇
  - 76 近衛天皇

宮中の月も今は夢——建礼門院の思い

大原御幸・灌頂巻

西の山のふもとに、①一宇《いちう》の御堂《みだう》あり。即《すなは》ち②寂光院《じやくくわうゐん》是なり。古う作りなせる③前水《せんすい》、木立《こだち》、④よしある様の所なり。⑤「甍《いらか》やぶれては霧不断の香《かう》をたき、枢《とぼそ》おちては月常住《じやうぢゆう》の灯《ともしび》をかかぐ」とも、かやうの所をや申すべき。庭の若草しげりあひ、青柳《あをやぎ》糸を乱《みだ》りつつ、池の蘋《うきくさ》浪にただよひ、錦《にしき》をさらすかとあやまたる。中島の松にかかれる藤波の、うら紫にさける色、⑥青葉まじりの遅桜《おそざくら》、初花《はつはな》よりもめづらしく、岸の山吹咲き乱れ、八《や》重《へ》たつ雲のたえまより、山郭公《ほととぎす》の一声も、君の御幸《みゆき》をまちがほなり。法皇是を叡覧あつて、かうぞおぼしめしつづけける。

⑦池水にみぎはのさくら散りしきてなみの花こそさかりなりけれ

ふりにける岩のたえ間よりおちくる水の音さへ、⑧ゆゑびよしある所なり。⑨緑蘿《りよくら》の垣、翠黛《すいたい》の山、絵にかくとも筆もおよびがたし。

⑩女院《にようゐん》の御庵室《ごあんじつ》を御覧ずれば、軒には蔦《つた》・槿《あさがほ》はひかかり、⑪信夫《しのぶ》まじりの忘草《わすれぐさ》、⑫「瓢箪《へうたん》しばしばむなし、草顔《がん》淵《あん》が巷《ちまた》にしげし。藜藋《れいでう》ふかく鎖《さ》せり、雨原憲《げんけん》が枢《とぼそ》をうるほす」とも言つつべし。杉の葺目《ふきめ》もまばらにて、時雨も霜もおく露も、もる月影にあらそひて、⑬たまるべしとも見えざりけり。うしろは山、前は野辺《のべ》、⑭いざさ

小笹《をざさ》に風さわぎ、⑮世にたたぬ身のならひとて、うきふししげき竹柱《たけばしら》、都の方《かた》の⑯ことづては、まどほに結《ゆ》へるませ垣や、わづかにこととふものとては、峰に木《こ》づたふ猿の声、⑰賤《しづ》が爪木《つまぎ》の斧《をの》の音、これらが音信《おとづれ》ならでは、⑱正木《まさき》のかづら青つづら、くる人まれなる所なり。

⑲法皇、「人やある、人やある」と召されけれども、御いらへ申す者もなし。はるかにあつて、⑳老い衰へたる尼一人《あまいちにん》参りたり。「女院はいづくへ御幸《ごかう》なりぬるぞ」と仰せければ、「この上の山へ、花つみにいらせ給ひてさぶらふ」と申す。

【現代語訳】

西の山の麓に一棟の御堂がある。すなわち、これが寂光院である。古めかしく作り立てた庭の池や、木立など、由緒ありげな様子の所である。「屋根瓦が破れて、霧が（仏前に）不断香のように漂い、扉が落ちて、月が常夜灯のように照らしている」というのも、こういう所を申すのであろうか。庭の若草がいっせいに茂り、青柳は糸を乱したように細い枝をなびかせ、池の浮き草は波に漂い、錦の布を水にさらしているのかと見誤る。中島の松にからみついた藤の花の紫色に咲いた色（も美しく）、青葉にまじって咲く遅桜は春に初めて咲く花よりも珍しく、池の岸の山吹が咲き乱れ、幾重にも重なった雲の絶え間から聞こえる時鳥の一声は、法皇の御幸を待ちこがれている様子である。法皇はこれを御覧になって、このようにお気持ちを歌にお詠みになった。

池のほとりに咲いていた桜が水の上に散り敷いて、今は波の上の花が盛りであることよ。

古びた岩の切れ目から、落ちてくる水の音までも、何か由緒ありげで情趣がある所である。緑の蔦・かずらが絡まった垣や、緑のまゆずみを刷いたように柔らかにかすむ山は、絵に描いてもとうてい描き尽くせない。

女院の御庵室を（法皇が）御覧になると、軒には蔦や朝顔が這いかかり、忍ぶ草と忘れ草が入り交じっていて、「器一杯の飲み物や食べ物にも事欠くような顔淵の住まいには草が生い茂っている。よもぎやアカザが（はびこって家を）深く家を閉ざしている。雨が原憲の家の戸をぬらしている」とも言えそうな様子である。屋根板の杉の皮のふき目も荒くまばらで、時雨も霜も置く露も、屋根から漏れてくる月の光に競い合って（漏れてきて）、防ぐことができるとも見えなかった。後ろは山、前は野辺で、わずかばかりに生えている丈の低い笹に、風がわたってさやさやと音を立て、俗世を離れて住む身の常として、つらいことが粗末な住まいの竹柱の節のように多く、都の方からの音信も、柴や竹をあらくまばらに結った垣根のように間遠である。その垣根をわずかに尋ねてくるものといったら、峰で木から木へと飛び伝う猿の声や、木こりが薪を切る斧の音だけで、これらが訪れる以外には、まさきのかずらや青つづらが生い茂って、やって来る人もまれな所であった。

法皇は、「誰かいないか、誰かいないか」とお呼びになったが、お答え申し上げる者もいない。かなり時間がたって、老い衰えた尼が一人参上した。「女院はどこへおいでになったのだ」と（法皇が）おっしゃると、「この上の山へ、花摘みにお入りになられました」と申し上げる。

【語注】

①一宇…「宇」は軒や屋根を表す語だが、ここでは家を数える単位。

②寂光院…現在の京都市左京区大原草生町、翠黛《すいたい》山の東麓にある寺院。寺の北東には建礼門院大原西陵がある。寺伝によれば聖徳太子による創建だが、空海（七七四～八三五）、良忍《りょうにん》（一〇七三～一一三二）の開基という説もある。大原は本寺を離れた僧侶や、寺院に属さない民間の宗教者である聖が集う場所であり、寂光院も延暦寺の別院であったと考えられる。

③前水…庭先につくられた池。「泉水」とも書く。

④よしある…風情のある。

⑤「甍やぶれては」…漢詩文の引用であると思われるが、出典不明。霧を不断香（常に焚いている香煙）、月の光を常夜灯に見立て、荒廃した建物がかえって信仰心をかき立てる様を描く。

⑥青葉まじりの遅桜、初花よりもめづらしく…「夏山の青葉まじりの遅桜初花よりもめづらしきかな」（『金葉和歌集』夏・九五・藤原盛房）による。

⑦「池水に」…『千載和歌集』に採られた後白河院の歌であるが、詞書には「皇子におはしましける時、鳥羽殿に渡らせ給へりける頃、池上の花といへる心をよませ給うける」とあり、寂光院で詠まれた歌ではない。

⑧ゆゑび…由緒がありそうに見える。趣きや風格が備わる。

⑨緑蘿の垣、翠黛の山…「緑蘿の垣」は青々としたつたかずらが覆っている垣根。「翠黛」は緑色のまゆずみで描いたようにかすんでいる山。寂光院本堂正面に対座する山を「翠黛山」と呼ぶが、これに由来するか。

⑩女院…「女院」は皇后などに与えられた称号で、「院」すなわち太上天皇に準ずる待遇を受けた。ここでは建礼門院徳子を指す。**探究のために**参照。

⑪信夫まじりの忘草…「信夫」はノキシノブで、夏季にだけ繁茂するシダ。岩石や樹幹に着生する。「忘草」は「萱草」とも言い、今のヤブカンゾウ（ユリ科の多年草）。『和名抄』に、「一名、忘憂」とあり、身につけると憂いを忘れると言われた。

⑫「瓢箪しばしばむなし」…『和漢朗詠集』下・草・四三七に見え

る句。作者は橘直幹《たちばなのなおもと》。出典は『本朝文粋』巻第六の奏状であり、民部大輔への任官を帝に請願した「直幹申文《なおもともうしぶみ》」として名高い。日に瓢箪（飲食物を入れる器）一つの飲食だけで過ごした顔淵、桑を枢（とぼそ、家の戸の軸）とするあばらやに住んでいた原憲（顔淵とともに孔子の弟子）を引き合いに出し、自らの窮状を訴えた句。物語には「草」「藜藋（アカザ）」などの言葉が加えられ、草に覆われる庵というイメージが強調されている。

⑬たまる…堪え支える。防ぐ。

⑭いざさ小笹…背丈の低い笹。「いざさ」は接頭語で、少しばかりの。

⑮世にたたぬ身のならひとて、うきふししげき竹柱…「世にたたぬ」は「世の中を避けて生きる」の意。「世」は「節（よ）」を響かせ、続く「ふし（節）」の縁語。「うきふししげし」はつらいこと、悲しいことを意味する「憂き節」が多いの意と、節の多い（粗末な）竹柱の意を掛けている。

⑯ことづては、まどほに結へるませ垣…便りが間遠であることと、ませ垣（竹や木で作った、低くて目の粗い垣根）の間隔が広いことを掛けた。

⑰賤が爪木の斧の音…卑しい木こりが薪を切る斧の音。

⑱正木のかづら青つづら…「まさきのかづら」は他物に巻き付いてよじのぼる蔓。テイカカヅラ。「青つづら」も蔓草。ともに「くる」の枕詞。「山賤の垣ほにはへる青つづら人はくれども言伝もなし」（『古今和歌集』巻第四・七四二）によるか。

⑲法皇…後白河法皇。第七十七代天皇（在位一一五五～一一五八）。一一二七～一一九二。異母弟・近衛天皇の死により即位、以後保元・平治の乱を乗り越え、平清盛に停止させられた時期もあったが、二条・六条・高倉・安徳・後鳥羽天皇の五代、三十年余りに渡って院政を行う。その統治は源平の合戦による内乱期と重なるが、両者の対立を巧みに利用し、政権を維持した。建礼門院にとっては舅にあたる。240ページ**コラム**参照。

⑳老い衰へたる尼一人…この後の場面で法皇の問いかけに対し、信《しん》西《ぜい》の娘、阿波の内侍であると自ら名乗る。「阿波の内侍」は生没年未詳。建礼門院の女房で、後白河の側近であった信西（藤原通《みち》憲《のり》）の娘または孫。『平家物語』では女院の最期を看取ったとされる。

障子には、諸経《しよきやう》の要文《えうもん》共、色紙《しきし》に書いて、所々《ところどころ》におされたり。其中《そのなか》に①大江《おほえ》の定基法師《さだもとぼつし》が、清涼山《しやうりやうぜん》にして詠じたりけん、②「笙歌《せいが》遥《はるかに》聞《きこゆ》孤雲上《こうんのうへ》、聖衆来迎落日前《しやうじゆらいかうすらくじつのまへ》」とも書かれたり。すこしひきのけて、女院の御製《ぎよせい》とおぼしくて、

おもひきや深山《み》のおくにすまひして雲ゐの月をよそに見んとは

さてかたはらを御覧ずれば、御寝所《ぎよしんじよ》とおぼしくて、竹の御《おん》さをに、麻の御衣《おんころも》、紙の御衾《おんふすま》なんどかけられたり。さしも本朝《ほんてう》、漢土《かんど》の③妙《たへ》なるたぐひ数をつくして、④綾羅錦繡《りようらきんしう》の粧《よそほひ》も、さながら夢になりにけり。供奉《ぐぶ》の公卿殿上人《くぎやうてんじやうびと》も、おのおの見参らせし事なれば、今のやうにおぼえて、皆袖をぞしぼられける。

さる程に上の山より、こき墨染《すみぞめ》の衣着たる尼二人《あまににん》、⑤岩のかけぢをつたひつつ、おりわづらひ給ひけり。法皇是《これ》を御覧じて、「あれは何者ぞ」と御尋《おんたづ》ねあれば、⑥老尼《らうに》涙をおさへて申しけるは、「⑦花がたみひぢにかけ、岩つつじとり具して持たせ給ひたるは、女院にてわたらせ給ひさぶらふなり。爪木《つまぎ》に蕨《わらび》折り具してさぶらふは、鳥飼《とりかひ》の中納言伊実《これざね》の娘、五条大納言邦綱卿《くにつなのきやう》の養子《やうじ》、先帝の御《おん》めのと、⑧大納言佐《だいなごんのすけ》」と申しもあへず泣きけり。法皇もよにあはれげにおぼしめして、御涙せきあへさせ給はず。女院は、「さこそ世を捨つる⑨御身と言ひながら、今かかる御有様を見え参らせむずらん恥づかしさよ、消えもうせばや」とおぼしめせどもかひぞなき。宵々《よひよひ》ごとの⑩あかの水、結ぶたもともしをるるに、暁《あかつき》おきの袖の上、山路《やまぢ》の露もしげくして、しぼりやかねさせ給ひけん、山へもかへらせ給はず、御庵室《ごあんじつ》へも入らせ給はず、御涙にむせばせ給ひ、あきれて立たせましましたる処《ところ》に、内侍《ないし》の尼《あま》参りつつ、花がたみをばたまはりけり。

「世を厭ふならひ、何かは苦しうさぶらふべき。はやはや御対面さぶらうて、⑪還御《くわんぎよ》なし参らつさせ給へ」

と申しければ、女院御庵室に入らせ給ふ。「⑫一念の窓の前には、摂取《せつしゆ》の光明《くわうみやう》を期《ご》し、⑬十念の⑭柴《しば》の枢《とぼそ》には、聖衆の来迎をこそ待ちつるに、⑮思ひのほかに御幸《ごかう》なりける不思議さよ」とて、泣く泣く御見参《おんげんざん》ありけり。

【現代語訳】

襖には、様々な経典の重要な文句などを色紙に書いて、所々にはりつけていらっしゃった。その中に大江定基法師が、中国の清涼山で詠んだという、「菩薩たちが奏でる笙歌が遥かに孤雲の上に聞こえる、落日の光の中に仏や菩薩が迎えに来て下さるのだ」という句も書かれている。少し引き離して、女院の御製と思われて（このような歌が書かれていた）、

このように深山の奥に住んで、宮中で眺めた月を、こんな宮中を離れた寂しい所で見ようとは思っただろうか、いや思いもしなかった。

さてその傍らを（法皇が）御覧になると、御寝所であるらしく、竹の御竿に麻の御衣、紙の御夜具などをおかけになってある。以前には、あれほど、我が国やもろこしのすぐれて立派な衣類をことごとく取り揃え、綾羅錦繍を着飾っていらっしゃったご様子も、すっかり夢となってしまった。お供の公卿・殿上人も、それぞれかつての建礼門院の華麗なお姿を拝見していたので、それが今のように思われて、みな涙を流されたのであった。

そうしているうちに、上の山から、濃い墨染めの衣を着た尼が二人、岩の険しい山道を伝い伝い、下りるのに苦労していらっしゃった。法皇はこれを御覧になって、「あれは何者だ」とお尋ねになると、老尼が涙をおさえて申すには、「花籠を肘に掛け、岩つつじを取り添えて持っていらっしゃるのは、女院でいらっしゃいます。薪に蕨を折り添えて持っていらっしゃるのは、鳥飼の中納言伊実の娘で、五条大納言邦綱卿の養女、先帝の御乳母であった大納言佐です」と申し終わらぬうちに泣いた。法皇もまことにしみじみと哀れ深いこととお思いになって、御涙をお止めになることができない。女院は、「いくら世を捨てた身とは言っても、今このような（みすぼらしい）有様をお目にかけるのは恥ずかしい、消えてなくなりたい」とお思いになるが仕方がない。夜ごと夜ごとに仏に供える水をくむのに袖がぬれ、朝早く起きて（花を摘む）袖の上には山路の露がしっとりとかかって、濡れた袖を絞りかね、悲しみに堪えかねていらっしゃったのだろうか、（建礼門院は）山へもお帰りにならず、御庵室へもお入りにならず、御涙にむせんでいらっしゃって、途方に暮れて立っていらっしゃったところに、内侍の尼が参上して、花籠を（女院から）頂戴した。

「世を捨てたものの常で、（そんな姿でも）どうしてさしつかえがありましょう。早々に御対面なさって、（法皇を）お帰し申し上げなさいませ」と申したので、建礼門院は御庵室にお入りになった。

「阿弥陀如来の名号を一度唱えては、浄土へ迎える仏の光明が窓に見えることを期待し、十度唱えては、菩薩たちがこの柴の戸においでくださることだけを待っていたのに、思いがけず法皇がいらっしゃったことは不思議でございます」と、泣く泣くお目にかかった。

【語注】

①大江の定基法師…大江斉光《ただみつ》の第三子。生年未詳〜一〇三四。文筆に長け、蔵人・図書頭《ずしよのかみ》などを経て三河守となるが、任国で妻を亡くし、九八八年に出家。法名は寂照《じやくしよう》。比叡山横川の源信《げんしん》に天台宗を、醍醐寺の仁海《にんかい》に密教を学ぶ。一〇〇三年、宋に渡る。宋に滞在中は、藤原道長など日本の貴族・文人と書状を交わした。一〇三四年、杭州の清涼山の麓で没した。

②「笙歌遥聞」…寂照が死に臨んで作った詩。「笙歌」は笙（管楽器）の音と歌声。「聖衆来迎」は極楽浄土の仏や菩薩などの聖者たちが迎えに来ること。

③妙なる…すぐれた。

④綾羅錦繍…綾織りの絹（模様を織りだした絹織物）とうすものの絹（紗など夏用の薄く織った絹織物）、錦（多彩な色糸を用いた絹織物）、刺繍のある布。すべて美麗な衣服のこと。

⑤岩のかけぢ…岩にかけた架け橋。

⑥老尼…前出。阿波の内侍。

⑦花がたみ…花を入れる籠。

⑧大納言佐…『尊卑分脈《そんぴぶんみやく》』や『愚管抄』によれば、藤原邦綱の娘であり、鳥飼の中納言伊実の娘とするのは誤っている。藤原邦綱は親平家の貴族として平清盛からの信任があつく、高倉天皇の側近でもあった。大納言佐は平重衡の妻で、都落ちに同行し、入水した安徳天皇の後を追うが、引き上げられる。帰京後は姉の住む日野に身を寄せ、処刑される重衡と対面し、その遺骨を引き取って供養し、出家したとされる。

⑨御身…直後の「御有様」とともに、女院の自尊表現。

⑩あかの水…「あか」は「閼伽」。仏に供える水。

⑪還御なし参らつさせ給へ…後白河法皇をお帰し申し上げなさって下さい。「参らつ」は「参らす」の未然形「参らせ」の促音便。

⑫一念の窓の前には、摂取の光明を期し…「一念」は、阿弥陀如来の名号を一度口に唱えること。「摂取の光明」は阿弥陀如来が凡夫を極楽に迎え取るために現れるときに放つ光明。念仏を唱えるにつけて、ただ阿弥陀如来が迎えに来てくださるときの光明に接することを期待している、の意。

⑬十念…南無阿弥陀仏の念仏を十回唱えること。

⑭柴の枢…草庵の粗末な扉。

⑮思ひのほかに御幸なりける…仏の来迎を願いひたすら念仏に明け暮れていたのに、意外にも仏ではなく法皇が訪ねていらっしゃった。

◆◇ **鑑賞のヒント** ◇◆

❶ 建礼門院の暮らす寂光院の風景の描写には、どのような特徴があるか。
❷ 建礼門院は寂光院で、どのような生活をしていたと考えられるか。
❸ 建礼門院は後白河法皇の来訪を、どのような気持ちで受け止めたか。

◆◇ **鑑賞** ◇◆

壇の浦の合戦で、平家軍は敗北、二位尼《にいのあま》と安徳天皇、一門の主たる武将はことごとく入水して果て、宗盛は生け捕りとなり鎌倉へ送られ、京に送還される道中斬殺された。平家の残党狩りが行われ、都で身を隠していた維盛の遺児六代も壇の浦の合戦の年、十二月に捕縛された。その後頼朝により助命され出家したが、一一九九（建久十）年（延慶本による）、捕らえられて斬られた。この六代の死を描き、「それよりしてこそ平家の子孫は永く絶えにけれ」という言葉で『平家物語』本編は閉じられる。

諸本によっては、合戦が終わり、都に帰った建礼門院徳子の往生までを描いた「灌頂巻《かんじょうのまき》」という結びの巻がある。建礼門院は平清盛の娘であり、安徳天皇の母という高貴な身分の女性である。彼女は親族が皆滅び去った後、大原（現在の京都市左京区）の寂光院で一門の菩提を弔いながら仏に仕える生活を送った。「灌頂巻」は、後白河法皇が建礼門院のもとを訪れ、女院が法皇に自らの生涯を六道輪廻になぞらえて述懐する、いわゆる「大原御幸」について語る部分が多くを占めている。

「灌頂」とは、頭頂に水をそそぎかける（灌頂）密教の作法で、信者に仏縁を結ばせたり、修行を積んだ信者に阿闍梨《あじやり》（伝法灌頂を受けた僧に与えられる称号）の位を証したりするために行われる。転じて、芸能の分野において、奥義や秘伝を授けることをも灌頂と呼ぶようになり、『平家物語』を語る平曲において、この巻の習得をもって秘伝奥義の伝授とされることから「灌頂巻」と呼ばれたと考えられているが、内容も仏教色が強く、建礼門院の往生を描き、その鎮魂をはかるものであることからそう呼ばれているとも考えられる。

ここでは「大原御幸」の冒頭部を取り上げた。一一八六（文治二）年四月、少なからぬ数の公卿・殿上人を伴い大原を訪れた後白河法皇の目に最初に入ったのは、建礼門院の暮らす寂光院であった。本文にはその様子が法皇の眼を通して細かく描写されている。この描写にはいくつかの特徴がある。一読してわかるのは、漢詩文や和歌を引用し、掛詞なども駆使した、技巧を尽くした名文であるということである。引用や技巧もむやみやたらに使われているわけではない。寂光院の建物は、「甍やぶれては霧不断の香をたき、枢おちては月常住の灯をかかぐ」と、出典不明の漢詩文によって描写されているが、「甍やぶる」「枢おつ」という句で建物の手入れが悪く、朽ち果てている様子を表し、「香」「常住の灯」という句で、仏道に励む生活を暗示する。また「青柳」「藤波」「遅桜」「山吹」「ほととぎす」という晩春から初夏にかけての景物をたたみかけるように挙げることで、季節感を高めている。この部分には『狭衣物語』や『源氏物語』の「胡蝶」巻の影響が認められ、「弥生の二十日あまりのころほひ」の様子を描く『源氏物語』の表現が、『狭衣物語』を経由して『平家物語』に流れ込んだと考えられる（櫻井陽子）。そしてこれらの描写は、「法皇是を叡覧あって、かうぞおぼしめしつづけける」と、終始法皇の眼から語られており、法皇の感慨が最後の「池水に」の歌に凝縮していることに注意したい。この歌は**語注**で指摘した通り、この場で詠まれたものではないが、春の訪れが遅い大原の里で目にした、行く春が凝縮されたような寂光院の庭への思いを歌ったものとしてうまく流用されていると言える。なお、明治の歌人・与謝野晶子は寂光院を、「ほととぎす治承寿永のおん国母三十にして経よます寺」（『恋衣』）、「春ゆふべそぼふる雨の大原や花に狐の睡《ぬ》る寂光院」（『小扇』）と詠んでいる。

この後は「女院の御庵室」の描写に移る。庭の描写からは一変して、清貧に甘んじた孔子の弟子、顔淵《がんえん》と原憲《げんけん》の暮らしを詠んだ漢詩を『和漢朗詠集』から引用し、建礼門院の住む住居の外観を描くことで、建礼門院の隠遁者としての生活を表現している。ここには「蔦」「しのぶ草」「忘れ草」「いざさ小笹」「かづら」「つづら」と、蔓草などの雑草に覆われた草庵のイメージが強調され、「峰に木伝ふ猿の声」「賤が爪木の斧の音」と、山深い草庵に暮らす建礼門院の姿が映し出される。櫻井は、これらの表現は『撰集抄』などに描かれる山中の情景描写に近似しており、その情景は定型化されていて、隠遁者の光景としてこれらの句が使われているとした。

櫻井が指摘するように、ここで使われる語句は、庭の描写とは異なって「時雨」「露」「猿の声」と秋を連想させるものが主となっている。『平家物語』は、春たけなわの庭の光景と秋を基調とする草庵の描写を対比させることで、春や夏という生命力あふれる季節が到来しているにもかかわらず、建礼門院はそんな世界から一歩ひいて、衰えゆく、しかし静謐とした隠遁生活を送っていることを表現したと考えられる。「しのぶまじりの忘れ草」という言葉からは、身の憂さを忘れ隠遁生活を送る一方で、華やかだった昔をしのぶ建礼門院の姿がうかびあがる❶。

法皇が最初に対面した「老い衰へたる尼」によれば、建礼門院は山へ花摘みに行っていた。花を摘むのは、仏に備える供花とするためであり、仏道修行に励む日々を送ることを示すとともに、かつて自ら花を摘みに行くなどということは考えられなかったのに、という感慨も呼び起こす。中略箇所を経て、次に草庵の内部の様子が描かれる。部屋の襖には「諸経の要文」が書かれた色紙が貼られ、臨終の際の「聖衆来迎」について書いた漢詩の一節も書かれていた。省略した箇所（243ページと246ページの間）には、来迎の三尊像が安置され、仏前の香の煙が立ちこめていたことが記され、一丈の広さの居室に三万二千の諸仏を入れたという浄妙居士もかくや、と語られる。いかにも仏道に専心する隠遁者の住まいであるが、「思ひきやみ山の奥に住まひして雲居の月をよそに見んとは」の御製が「少し引きのけて」したためてあるのが印象的である。この歌は「思ひきや雲居の月をよそに見て心の闇に惑ふべしとは」という、建礼門院の祖父である平忠盛の歌との関係が指摘されている。忠盛の歌は同じような立場にある受領が殿上を許されたのに対し、自分は許されなかったのを嘆く歌であるが、『伊勢物語』にある、皇位継承の争いに敗れて、小野に隠棲していた惟喬《これたか》親王へ在原業平が詠んだ、「忘れては夢かとぞ思ふ思ひきや雪踏み分けて君を見むとは」という歌にも響き合い、政治的な争いに敗れたことをつらく思う心情が詠まれている。これは、部屋にある、他の仏道に関わるものとは明らかに異質であり、それが「少し引きのけて」書かれていたという叙述は、仏道に専念しつつも、未だわりきれない建礼門院の心を投影しているようだ❷。

そうこうしているうちに、山から人が下りてくる。急峻なため苦労しながら下りてくる人影を見て法皇は、「あれは何者ぞ」と尼に問うが、これこそ建礼門院その人であったのだ。あまりにも面変わりして、慣れ親しんだ法皇ですら、それが建礼門院であるとはわからなかった。寂光院の庭も、建礼門院の暮らす草庵も、部屋の様子もつぶさに見てきた法皇であったが、不意に目にした建礼門院その人のことを見分けることはできなかった。このことは法皇自身だけでなく、そばにいた老尼にも衝撃を与えただろう。歴史の波にのまれ、苦労を重ねてきた建礼門院は、昔の面影さえも留めていなかったのである。

建礼門院にとっても、法皇との再会は不意のものであった。会おうと思ってやってきた法皇以上に、それは衝撃をもたらしたであろう。しかしこの状況では、会うことを拒むわけにもいかず、「今かかる御有様を見え参らせむずらん恥づかしさよ、消えもうせばや」と、消えてなくなってしまいたい、と恥じるのであるが、尼の助言で庵室で法皇と対面する。建礼門院は、臨終の際に仏の来迎を受けることを何よりも目的として大原での日々を過ごしていただろう。にもかかわらず、目の前に現れたのは後白河法皇であった。法皇は建礼門院の夫高倉天皇の父であるとともに、時の権力者でもあり、平家の運命は法皇によって決せられた部分も大きい。政治的に後白河法皇と建礼門院とは微妙な関係であったと言える。また物語には書かれていないが、高倉天皇が崩御した後、中宮であった建礼門院を法皇に娶《め》あわせるべきだと進言した者がいて、清盛も時子もこれを承諾したが、中宮自身が激しく拒否し、髪を切ろうとしたので断念した、と『玉葉』（治承五年正月十三日条）に記されている。そのような関係にあった後白河法皇と、このような形で再会するのは不本意なことであっただろう❸。しかし建礼門院は気丈にも法皇と対峙し、この後、涙を堪えながら、自らの人生を六道輪廻になぞらえて、自ら経験した苦しみを理路整然と語る。その最後に壇の浦で捕らえられた後、安徳天皇をはじめ一門の人々が威儀を正し、竜宮城にいる夢を見た、と言う。夢の中で二位尼に、「そこに苦はないのですか」と聞くと、「よくよく後世を弔って下さい」と言ったので、その後は経をよく読み、念仏して菩提を弔っていると語り終えるのである。話を聞いた後白河法皇の具体的な感慨は、物語では語られていない。

人生の哀歓を嫌と言うほど味わい、様々な思いを抱きながらも仏道修行に専念した建礼門院は、大納言佐《すけ》や阿波《あわ》の内侍《ないし》に看取られつつ、息を引き取った。その臨終は「西に紫雲たなびき、異香室に満ち、音楽空に聞こゆ」というものであった。阿弥陀仏が来迎したことが示される、夢のように美しい往生である。親兄弟、息子が非業の死を遂げ、頼るべき家族を失い、少数の侍女を除けばたった一人で苦難の人生を歩んだ建礼門院の、艱難辛苦に耐えた人生の末に得られた理想的な往生をもって、『平家物語』全編の幕は閉じられる。

◆◇探究のために◇◆

▼人物

建礼門院…平徳子。一一五五～一二一三。平清盛の娘で、一一七一（承安元）年高倉天皇に入内し、一一七八（治承二）年、後の安徳天皇を産む。一一八一（養和元）年、院号（建礼門院）宣下《せんげ》。一一八三（寿永二）年平家一門と共に都落ちし、一一八五（文治元）年三月、壇の浦の合戦で安徳天皇や母二位尼と共に入水するが助けられ、都へと送還される。同年出家し、九月には寂光院に入った。後白河法皇の御幸はこの翌年であった。没するまでそのまま寂光院で過ごしたという説と、晩年は京都東山界隈に戻り、そこで没したという説がある。没年には一一九一（建久二）年説（語り本）、貞応年間（一二二二～三年）説（読み本）、一二一三（建保元（建暦三））年説（歴史学）の三説がある。

▼『閑居友』との関係①　法皇・往生への思い

大原に建礼門院が住んでいたこと、そこを建礼門院右京大夫が訪れたことは、『建礼門院右京大夫集』によって確認できる（**資料A**）。しかし後白河法皇の大原への御幸があったことを示す史料は存在しない。ただ、一二二二（承久四）年三月、慶政《けいせい》により書かれたとされる『閑居友』に「建礼門女院の御庵に忍びの御幸の事」という説話があり、その話は「かの院の御あたりを記せる文」（詳細不明）を書き載せたものであるとされている。『閑居友』に載せられた話と『平家物語』では共通点が多い（**資料B**）。両者に何らかの関係があることは確かである。

『平家物語』と『閑居友』では、法皇が老尼に建礼門院の居場所を尋ねると「この上に花を摘みにいらっしゃっている」と答えたこと、山の上から二人の尼が下りてきて、花籠を持っているのが女院であったことが一致している。このような細かい点だけでなく、「法皇が建礼門院のもとを訪れ、その有様に哀れを催し、建礼門院の語る戦乱中の経験を聞き、帰っていく」という話の構造も共通しているのは重要であろう。

『平家物語』が、『閑居友』の話をより劇的に脚色し、また女院の昔語りを六道思想と絡めて長大なものとしていることから、『平家物語』が『閑居友』を下敷きにしていると考えられそうであるが、『閑居友』は「かの院の御あたりを記せる文」を記している。つまり『平家物語』も『閑居友』ではなくそれを参考にしている可能性もあるが（『閑居友』と『平家物語』が兄弟のような関係にあるということである）、『平家物語』諸本間の内容の相違など複雑な問題を多く抱えているので、ここでは結論を控えたい。

『閑居友』『平家物語』両者とも、建礼門院が法皇に、仏道に入る機縁（＝善知識）は、都落ちから壇の浦の戦いまでにつらい経験をしたことである、と語ったとしている。『閑居友』で建礼門院は、「何かにつけて不都合があるのではないか」という法皇の問いかけに対し、「どうして不都合なこともつらいこともあるだろうか」と反論し、「すばらしい善知識だ」と前置きした後、戦場での経験を語り出す。『平家物語』では、「このような身になったことは嘆かわしいことではあるが、来世の往生のためには喜ぶべきことだと思われる」とし、なお「あなたの今のご様子を拝見すると、我慢ができないほど悲しいのだ」と言う法皇に、六道（衆生が転生を繰り返す天、人、修羅、畜生、餓鬼、地獄の六つの世界）を生きながら経験した、と宮中での栄華から戦場でのつらい体験までを語り出すのである（『閑居友』には、いわゆる「六道語り」はない。その理由については後述する）。大原での暮らしに対し、世俗的価値観から疑問や否定的な感情を持ち、「世俗の権威と価値観を背負い、このわび住まいに決して悪意からではなく、むしろ意識もせずにそれを持ち込んだ」（村上學）法皇に対して、建礼門院はこれまでにした壮絶な体験、それを通じて得た往生への思いを語ることで、仏道修行に励む姿を否定しないでほしい、という気持ちを伝えたかったと考えられる。

この思いは、建礼門院に仕える尼の言葉にも表れている。『閑居友』も『平家物語』も、「花を自分で摘みに行くなんておいたわしいことだ」と言った法皇に対し、尼が「往生のためには、身を捨てるのを惜しむべきではない」と言うのも、現在の建礼門院の暮らしに同情をする法皇への反論であろう。二つの作品とも、建礼門院の「往生への強い思い」を語っている。

▼『閑居友』との関係② 発心譚か否か、あるいは建礼門院に背負わされたもの 『平家物語』と『閑居友』には、相違点もある。『閑居友』において建礼門院が弔うのは、母・二位尼と子・安徳天皇であった。それに対し『平家物語』における建礼門院が弔うのは、安徳天皇と二位尼に加え、平家一門であった（**資料C**）。『閑居友』は総じて、何かの動機で発心し、すべてを捨てて徹底的に仏道に励む人々の姿が多く描かれている。『閑居友』におけるこの説話の前話は、財産家でありながら世を捨てた親子三人が、生活に窮しながら、財産を捨て発心したというプライドを貫こうとして三人とも死んでしまう、という壮絶な話である。この建礼門院に関する説話も例外ではなく、すべてを捨てて苦役とも言うべき修行に励む姿が、筆者の印象に残り採録されたのであろう。その点で、菩提を弔う相手は自分の親や子である方が、発心譚としては都合が良かったと考えられる。

それに対し『平家物語』では、建礼門院は発心譚の主人公ではない。天下の国母であり、物語全幕を閉じるという大きい役割を担っている。彼女は、個人として母親や我が子の菩提を弔うだけではなく、平家一門の一員として、一門のすべての戦没者を弔わなければならない。同じ灌頂巻「女院死去」に「先帝聖霊《しやうりやう》、一門亡魂、成等正覚《じやうとうしやうがく》、頓証《とんしよう》菩提《ぼだい》」とあるように、「先帝」と「一門」を並べてその菩提を祈るのである。これは『閑居友』において、二位尼が建礼門院に「親子のする弔ひは、必ず叶ふことなり。誰かは、今上の後世をも、我が後世をも弔はん」と言ったのとはかなり思想を異にする、いわば公的な鎮魂の意識に基づくものであると言えよう。

『平家物語』は平家一門の菩提を弔う建礼門院の死を描く直前、平家一門の死、あるいは夫婦や親子の離別という事実に触れ、生き残った人々は嘆き悲しみながら日々を送っていることを述べた後、次のように語る（「女院死去」）。

「是はただ、入道相国、一天四海を掌ににぎつて、上は一人もおそれず、下は万民をも顧ず、死罪流刑、思ふ様に行ひ、世をも人をも憚られざりしがいたす所なり。父祖の罪業は、子孫にむくふといふ事、疑なしとぞ見えたりける（こうなったのはただ、入道相国（清盛）が、天下を思うままに動かして上は天皇をもおそれず下は一般庶民をかえりみず、死罪や流刑などを思うままに行い、世の中も人も慮ることができなかったためである。父祖の罪業が子孫に報いるということは、疑いがないと見えた）」。

「父祖の罪業は、子孫にむくふ」という言葉に注目したい。今ここで「父祖の罪業」を一身に担っているのは、建礼門院その人に他ならない。一門の中で生きながらえてしまった彼女には、「忘れんとすれども忘られず、しのばんとすれどもしのばれ」ない、「先帝の御面影」だけを追っていることは許されなかった。

このように『平家物語』の建礼門院には、『閑居友』の建礼門院よりも複雑で重大な役割を担わされているのである。『閑居友』においては、六道語りの話がない。ただ過去を述懐するだけである。親と子を戦乱で亡くした女性としての建礼門院には、発心のきっかけとなる戦乱体験を語るだけでよかったのだ。一方『平家物語』では、平家一門の贖罪と鎮魂という役割を課されている建礼門院には、生きたまま六道を見るという経験がどうしても必要であった。平家の栄華から没落、その滅亡という彼女が目の当たりにした一連の出来事を総括しなければ、贖罪も一門の鎮魂も成し得なかったからである。栄華に身を置き、親兄弟を亡くし子を亡くし、あらゆる辛酸をなめた上でなお生きた建礼門院をおいて、この役割を果たせる人物はいなかった。

『平家物語』においては一門の栄華も苦悩も、罪も祈りも、彼女の死をもって幕を閉じる。様々な人の思いを背負った彼女は、往生しなくてはならなかったのである。

【資料】

A『建礼門院右京大夫集』

女院、大原におはしますとばかりは聞きまゐらすれど、さるべき人に知られでは参るべきやうもなかりしを、深き心をしるべにて、わりなくて尋ねまゐるに、やうやう近づくままに、山道のけしきより、まづ涙は先立ちて言ふ方なきに、御庵《おほんいほり》のさま、御住まひ、ことがら、すべて目も当てられず。昔の御有様見まゐらせざらむだに、大方のことがら、いかがこともなのめならむ。まして、夢うつつとも言ふ方なし。秋深き山おろし、近き梢《こずゑ》に響きあひて、懸樋《かけひ》の水のおとづれ、鹿の声、虫の音《ね》、いづくものことなれど、例《ためし》なき悲しさなり。都は春の錦を裁《た》ち重ねて候《さぶら》ひし人々、六十余人ありしかど、見忘るるさまに衰へはてたる墨染めの姿して、僅かに三、四人ばかりぞ候はるる。その人々にも、「さてもや」とばかりぞ、我も人も言ひ出でたりし、むせぶ涙におぼほれて、すべて言《こと》も続けられず。

今や夢昔や夢とまよはれていかに思へどうつつとぞなき

仰ぎ見し昔の雲の上の月かかる深山《みやま》の影ぞかなしき

花のにほひ、月の光にたとへても、一方《ひとかた》には飽かざりし御面影、あらぬかとのみたどらるるに、かかる御事を見ながら、何の思ひ出なき都へとて、されば何とて帰るらんと、うとましく心憂し。

山深くとどめおきつるわが心やがて住むべきしるべとをなれ

（現代語訳：女院（建礼門院）は、大原にいらっしゃるということだけはお伺いしているが、しかるべき（案内してくれるような女院にゆかりのある）人の知遇を得られなければ参上することもできなかったのであるが、（女院を）深くお慕いする心を案内として、（やむにやまれぬ気持ちから）無理をしてお訪ねしていくと、次第に（大原に）近づくにつれて、山道の様子からして、まず涙が先にこぼれて何とも言いようがないうえに、（女院の）御庵室の様子、御住居、（生活の）ありさま（など）、何もかも（ひどくて）見るに耐えないものである。昔の（華やかな生活の）御様子を拝見しない人でさえ、（ここの）おおよその御様子は、どうして普通のことであろう（いや、普通と言えないほどひどい）。まして、（昔の御様子を知っている私には）夢だとも現実だとも言いようがない。秋深い山から吹き下ろす風が、近くの（木々の）梢に響き合って、懸樋の水の音、鹿の声、虫の音（などの秋の山の景物は）、どこも同じことだが、（私にとっては）経験のない悲しさである。都では春の錦のような美しい衣装を着重ねて、おそば仕えの人たちが六十人以上もいたのに、（ここでは）見違えるほどにやつれた墨染めの（尼）姿で、僅かに三、四人だけがお仕えしておられる。その人たちも、「それにしてもまあ（嘆かわしいことです）」とだけ、私も（女院に）お仕えする人も口に出した。（後は）むせび泣く涙に溺れて、全く言葉も続けられない。

　今は夢を見ているのか、それとも昔のことが夢であったのかと思い迷われて、どのように思ってみても、とても現実のことだとは思われない。

　その昔仰ぎ見た宮中の上にかかる月のような御立派な女院様が、今はこんな山奥にお住まいの御様子が悲しいことだ。

　美しく照り映える春の花、秋の月の光にたとえても、どちらか一方でたとえるのでは不十分なほど美しかった面影が、今となっては別の方ではないかとばかり思われるが、このようなご様子を拝見しながら、ではどうして私は何の思い出もない都へ帰るのだろうと、自分がいとわしくつらい。

　この山の奥深くに残しておいた私の心よ、私が出家して女院のもとに住むための手引きとなっておくれ。）

B　『閑居友』下八「建礼門女院御庵に、忍びの御幸の事」

文治二年の春、建礼門女院、世を捨てて籠《こも》り居《ゐ》させ給《たま》へるもとに、いかさまにしていまそかるらむとて、夜をこめて、忍びの御幸ありけり。

そのおはします所に、いとあやしげなる尼《あま》の、年老《としお》いたるありけるに、「女院はいづくにおはしますぞ」と問はせ給ひければ、「この上の山に、花摘《はなつ》みに入《い》らせ給ひぬ」と答《いら》へけり。いとあはれに聞《き》こし召《め》して、「いかでか、世を捨つといひながら、みづからは」と聞《き》こえさせ給へば、尼の申すやう、「家を出でさせ給ふはかりにては、いかでかさる御行なひも侍らざらむ。忉利天《とうりてん》の億千歳の楽しみ、大梵天《だいぼんてん》の深禅定《ふかきぜんぢやう》の楽《たのしみ》にもかやうの御行なひの力にて、会はせ給はんずるには侍らずや。うき世を出でて、仏の御国《みくに》に生《む》まれんと願はん人、いかでか捨つとならばなほざりの事侍るべき。前《さき》の世にかかる御行なひのなかりける故《ゆへ》にこそ、かかる憂き目を御覧ずる事にて侍らめ」といひけり。御供の人々も、「姿よりはあはれなる物いひかな」といひしろひ、また、院もあはれにおぼし召したり。

さて、御住居《すまゐ》を御覧じまはしければ、一間《ひとま》には、阿弥陀の三尊立てて参らせて、花・香《かう》いといみじく供《そな》へさせ給へり。一間には、臥させ給ふ所と見《み》えて、あやしげなる御衣《ぞ》、紙《かみ》の衣《きぬ》などあり。障子《さうじ》には、経の要文《ようもん》ども書かれたり、机には、経読みさしてあめり。心を静《しづ》むべき文《ふみ》ども、ならびに地獄絵など、さもと覚えて並べ置かれたり。これを御覧ずるに、何となく昔の御あたり近き御宝物どもにはたとしへなきを、あはれに悲しくおぼさる。
誰《たれ》もあはれとやおぼされけん、あるは、直衣《なほし》の袖《そで》を顔に当て、あるは、面《おもて》を壁に向《むか》へて、おのおの言葉少なになりておはしけるほどに、山の上より、尼二人下《お》りたりけり。一人は花籠《はなこ》を持ち、一人は爪木《つまぎ》を拾ひ持ちたり。やうやう近づき給ふを見《み》れば、花籠持ちたるは女院にてものし給ひけり。爪木持ちたるは、昔近く召し使はせ給ひける人なりけり。おのおの涙を流して、あきれあひ給へり。

（現代語訳：文治二年の春、建礼門院が出家し尼となって隠棲していらっしゃるところへ、（女院は）どのようにしていらっしゃるのだろうかと、まだ暗いうちから、後白河法皇のお忍びの御幸があった。

女院のいらっしゃる所に、大変みすぼらしい尼で、年老いた者がいたので、「女院はどこにいらっしゃるのか」とお尋ねになると、「この上の山に花を摘みにお入りになりました」と答えた。大変気の毒にお聞きになって、「世を捨てたとはいっても、どうしてご自身で花摘みなどなさるのか」と、申し上げなさると、尼は「出家をなさったからには、どうしてそのような修行をなさらないことがございましょうか。あの忉利天の億千歳の楽しみにも、大梵天の深い禅定の楽しみにも、このような行いの功徳によってこそ、出会いなさることができるのではございませんか。浮世を出て、仏の御国に生まれ変わりたいと願う人は、どうして世を捨てるというのであればいい加減な事がございましょうか。前世にこのような行い、つまり自ら花摘みに行くような行いがなかったからこそ、こんなつらい目にお遭いになられるのでしょう」と言った。「こんなみすぼらしい姿であるのに、深い趣のある物言いをするのだなあ」と言い合い、また、院もしみじみとお思いになった。

さて、女院のお住まいを法皇がご覧になったところ、一間には、阿弥陀仏三尊像が立て申し上げて、花やお香が、すばらしく供えていらっしゃった。もう一間には、ご寝所になさっているお部屋と見えて、粗末なお召し物や、紙の衣服もなどがあった。襖障子には、お経の大事な一節がいくつか書かれていた。机には、読みかけと見られるお経があった。心を落ち着かせる書物と地獄絵などが、いかにも出家生活にふさわしく並べ置かれていた。これらをご覧になって法皇は、何となく昔宮中でお暮らしになっていたころ、身の回りに置いていらっしゃった宝物などとは比べようがないことを、しみじみと悲しくお思いになった。

人々も皆、しみじみと悲しくお思いになったのであろうか、ある人は直衣の袖を顔に当てて、ある人は顔を壁の方に向けて、言葉少なにおなりになっていたところへ、山の上から尼が二人下りてきた。一人は花籠を持ち、一人は薪にする小枝を拾って持っていた。だんだんお近づきになるのを見ると、花籠を持っているお方は女院でいらっしゃった。薪にする小枝を持っている人は、昔近くに召し使っていらっしゃった人であった。その場に居た人々は涙を流して、互いに驚き合いなさった。）

C　『平家物語』灌頂巻「六道之沙汰」

さても門司《もじ》、赤間《あかま》の関《せき》にて、いくさはけふを限《かぎり》と見えしかば、二《に》位《ゐ》の尼《あま》申しおく事さぶらひき、『男《をとこ》のいきのこらむ事は、千万《せんばん》が一つもありがたし。設《たと》ひ又遠きゆかりは、おのづからいき残りたりといふとも、我等《われら》が後世《ごせ》をとぶらはん事もありがたし。昔より女はころさぬならひなれば、いかにもしてながらへて、主上《しゆしやう》の後世をもとぶらひ参らせ、我等が後生《ごしやう》をもたすけ給へ』と、かきくどき申しさぶらひしが、夢の心地《ここち》しておぼえさぶらひしほどに、（以下略）

（現代語訳：そうして門司、赤間の関で、戦は今日が最後と見えたので、二位の尼が私に申し残したことがございました。『男が生き残るということは千、万に一つも難しい。また遠い親類・縁者は、たとえたまたま生き残ったといっても、我々の後世を弔うのもめったにない。昔から女は殺さないしきたりであるので、あなたは何としてでも生きながらえて、天皇の後世も弔い申し上げ、我々の後生もお助けください』と繰り返し申しましたが、それを夢を見るような気持ちで聞いておりましたうちに、（以下略））

寂光院

コラム⑧
『平家物語』の終わり方
――特色ある終結部を持つ覚一本と延慶本

コラム「『平家物語』の諸本」で紹介したように、『平家物語』は維盛《これもり》の子六代《ろくだい》の死をもって終わる「断絶平家」型のものと、「灌頂巻《かんじようのまき》」で幕を閉じるものと二つのパターンが存在する。語り本で本書の底本とした覚一本は後者、読み本で古態を留めるとされている延慶本は前者に属するが、それぞれ他の諸本と比べて特徴があるので、原田敦史《はらだあつし》の研究を基に検討する。

読み本系の諸本は延慶本を除き灌頂巻を持つ。原田は、義経と頼朝の対立の末、頼朝の影響力が強くなっていく「歴史語り」の過程として、本編にも「義経の退場に伴って歴史の表舞台から消えてゆく存在」である建礼門院関係の記事を残し、灌頂巻において「女院と法皇を再登場させ、両者の対話を通じて女院の心に深く切り込み、自らの生涯を回顧する言葉を鎮魂の祈りとともに語らせ」た、とする。それに対し延慶本は灌頂巻を持たず、六代の刑死の後、法皇の崩御と頼朝への賛美を語って終わる。その直前には文覚《もんがく》(頼朝に挙兵を勧めたとされる神護寺の僧)の流罪の記事があるが、文覚の霊が後鳥羽院に承久の乱を起こさせた、と書かれている。原田はこれを、「武士大将軍」の排除をもくろんだ後鳥羽院体制は、後白河・頼朝体制を作り出した文覚によって崩壊したのだ、ということを示し、王法は今後、武士大将軍によって庇護されていく、ということを強く打ち出したものであるとした。この終結は延慶本の最大の特色であり、その歴史観を表しているといえる。

一方、覚一本は、「灌頂巻」を本編とは別立てにして重視し、秘曲とした。そしてその終結部には建礼門院の往生が語られている。「中尊《ちゆうぞん》の御手《みて》の五色《ごしき》の糸をひかへつつ」念仏を唱え、大納言佐《だいなごんのすけ》の局《つぼね》や阿波《あわ》の内侍《ないし》に見守られながら「御念仏の声やうやうよわらせましましければ、西に紫雲《しうん》たなびき、異香室《いきようしつ》にみち、音楽そらにきこ」える中、往生したという。『往生要集』によれば、祇園精舎の「無常堂」には西に向いた一体の仏像が安置され、その左手に五色の布がつながれており、その布を病人に握らせておく。これは建礼門院の往生のときの姿と一致しており、「紫雲」、「異香」、「音楽」は、阿弥陀仏来迎の瑞相《ずいそう》として往生説話に多く見られるものである。

覚一本の終結部は、「祇園精舎の鐘の声」に始まる序章とよく照応している。梶原《かじはら》正昭《まさあき》によれば、戦場で合戦のさなか命を落とした人々は、修羅道に千頭魚として生まれ変わり、刀でその頭を切りさいなまれるが、その時祇園精舎から無常堂の鐘の音が聞こえてくると、その苦しみを脱することができるという（澄憲《ちょうけん》『言泉集《ごんせんしゅう》』）。建礼門院の往生の描写には、遠く序章に語られたこの鐘が響いており、女院の往生は、「灌頂巻」に語られるように、彼女が背負った一門の罪障をも浄化し、一連の戦乱によるすべての死者の鎮魂を表している。美濃部《みのべ》重克《しげかつ》の言うように、「言葉をもって作り上げた無常院が『平家物語』であり、テキストに登場する人々は四句の偈（筆者注：諸行無常・是生滅法・生滅滅已・寂滅為楽）を伝える鐘の音によって救済を得る、そのことを宣言するのが、劈頭《へきとう》の一文」であった。このように覚一本において「灌頂巻」の終結部は序章と対応しており、この壮大な物語を首尾一貫した形で閉じる上でふさわしい構成になっていると考えられる。

同じ『平家物語』ではあるが、それぞれ性格や主題が異なっていることがその幕の閉じ方にも表れている。「頼朝の世」の到来を言祝《ことほ》ぎ、独自の史観を打ち出す延慶本に対し、覚一本は人々や社会の犯した罪の浄化と、その鎮魂を目指したのである。

付録

◆参考文献

【全体・複数章段・コラムに関わるもの】

市古貞次『新編日本古典文学全集　平家物語』（小学館、一九九四年）

上杉和彦『戦争の日本史6　源平の争乱』（吉川弘文館、二〇〇七年）

延慶本平家物語注釈の会『延慶本平家物語全注釈』（汲古書院、二〇〇五年～）

大津雄一、日下力、佐伯真一、櫻井陽子編『平家物語大辞典』（東京書籍、二〇一〇年）

梶原正昭、山下宏明、佐竹昭宏『新日本古典文学大系　平家物語』（岩波書店　一九九一・九三年）

角田一郎、内山美樹子校注『新日本古典文学大系　竹田出雲　並木宗輔　浄瑠璃集』（岩波書店、一九九一年）

小泉弘、山田昭全、小島孝之、木下資一『新日本古典文学大系　宝物集　閑居友　比良山古人霊託』（岩波書店、一九九三年）

国立劇場芸能調査室『浄瑠璃作品要説〈5〉西沢一風・並木宗輔篇』（特殊法人国立劇場、一九八八年）

五味文彦、櫻井陽子編『平家物語図典』（小学館、二〇〇五年）

五味文彦、本郷和人編『現代語訳　吾妻鏡』（吉川弘文館、二〇〇七～一六年）

杉本圭三郎『平家物語　全訳注』（講談社学術文庫　一九七九～八八年）

曽我良成『物語がつくった驕れる平家　貴族日記にみる平家の実像』（臨川書店、二〇一七年）

高橋貞一『訓読玉葉』（高科書店、一九八八年）

冨倉徳次郎『平家物語全注釈』（角川書店、一九六六～六八年）

永原慶二、貴志正造『全釋　吾妻鏡』（新人物往来社、一九七六年）

原田敦史『平家物語の文学史』（東京大学出版会、二〇一二年）

前川佳代『源義経と壇ノ浦』（吉川弘文館、二〇一五年）

松尾葦江『軍記物語原論』（笠間書院、二〇〇八年）

松尾葦江「講演　諸本論とのつきあい方―平家物語研究をひらく―」（『中世文学』二〇一五年六月）

水原一『新潮日本古典集成　平家物語』（新潮社、一九七九年）

元木泰雄『日本の時代史7　院政の展開と内乱』（吉川弘文館、二〇〇二年）

元木泰雄『源頼朝　武家政治の創始者』（中央公論新社、二〇一九年）

【祇園精舎】

市古貞次、大曽根章介、久保田淳、松尾葦江『源平盛衰記（一）』（三弥井書店、一九九一年）

梶原正昭『平家物語鑑賞　鹿の谷事件』（武蔵野書院、一九九七年）

栃木孝惟「平家物語の語りと思想―『祇園精舎』の章段をめぐって

―」（『清泉文苑』二〇〇一年）
沼波正保「『祇園精舎の鐘の声』―『平家物語』冒頭の理解をめぐって―」（『文芸論叢』二〇一二年三月）
正木信一「『祇園精舎』おぼえ書き」（『日本文学』一九七一年四月）
美濃部重克「『祇園精舎の鐘の声　諸行無常の響あり』論」（『南山大学日本文化学科論集』二〇〇二年三月）
山下宏明「祇園精舎（一）（二）」（『国文学　解釈と鑑賞』一九六八年四月・六月）

【祇王】
沖本幸子『今様の時代　変容する宮廷芸能』（東京大学出版会、二〇〇六年）
沖本幸子『乱舞の中世　白拍子・乱拍子・猿楽』（吉川弘文館、二〇一六年）
梶原正昭『新編日本古典文学全集　義経記』（小学館、二〇〇〇年）
黒田彰、松尾葦江『源平盛衰記（三）』（三弥井書店、二〇〇八年）
栃木孝惟「遊女往生Ⅰ・Ⅱ―『平家物語』「祇王」の章段を読む―」（『清泉文苑』二〇一六年・二〇一七年）
野田公夫監修『滋賀の農業水利変遷史』（滋賀県農政水産部耕地課、二〇一八年）
細川涼一『平家物語の女たち　大力・尼・白拍子』（吉川弘文館、二〇一七年）
馬場光子『梁塵秘抄口伝集　全訳注』（講談社学術文庫　二〇一〇年）

【足摺】
エリザベス・キューブラー・ロス『死ぬ瞬間―死とその過程について』（中公文庫　二〇〇一年）
大隅和雄『愚管抄　全現代語訳』（講談社学術文庫　二〇一二年）
岡見正雄、赤松俊秀『日本古典文学大系　愚管抄』（岩波書店、一九六七年）
川合康「「鹿ヶ谷事件」考」（『立命館文学』二〇一二年一月）
長野嘗一「近代文学と中世文学―特に「俊寛」について」（『國文學　解釈と教材の研究』一九六二年六月）

【富士川】
河内祥輔『頼朝がひらいた中世―鎌倉幕府はこうして誕生した―』（筑摩書房、二〇一三年）
杉本圭三郎「平家物語巻五の展開」（『法政大学文学部紀要』一九六七年三月）
原田敦史「『平家物語』富士川合戦譚考」（『國語と國文學』二〇一七年八月）
山下宏明「「富士川」をめぐって」（『軍記物語と語り物文芸』塙書房、一九七二年）

【宇治川先陣】
松林靖明『新訂　承久記』（現代思潮社、一九八二年）
小助川元太「異本で読む『平家物語』―〈宇治川の先陣〉を読む―」（『愛媛国文研究』二〇一二年十二月）

佐々木紀一「『平家物語』「宇治川合戦」の成立について」（『山形県立米沢女子短期大学附属生活文化研究所報告』二〇〇六年三月）

【忠度都落】

志立正和「『平家物語』屋代本の形成過程に関する試論—平家都落記事をめぐって—」（『日本文学』二〇〇〇年二月）

三木雅博『和漢朗詠集　現代語訳付き』（角川ソフィア文庫　二〇一三年）

【木曽最期】

大津雄一「義仲の愛そして義仲への愛」（『〈新しい作品論〉へ、〈新しい教材論〉へ　古典編2』右文書院、二〇〇三年）

川田順『西行研究録』（創元社、一九四〇年）

窪田章一郎『西行の研究—西行の和歌についての研究—』（東京堂出版部、一九六一年）

高木信「〈戦場〉を踊りぬける—巴と義仲、〈鎮魂〉を選びとる」（『平家物語　装置としての古典』春風社、二〇〇八年）

高木信「男が男を〈愛〉する瞬間—兼平と義仲、英雄たちが〈失敗〉する」（高木前掲同書）

中西満義「西行「木曽人は」歌についての覚え書き」（『西行学』、二〇一三年九月）

西澤美仁、宇津木言行、久保田淳『和歌文学大系　山家集・聞書集・残集』（明治書院、二〇〇三年）

西澤美仁『西行　魂の旅路』（角川学芸出版、二〇一〇年）

目崎徳衛『西行の思想史的研究』（吉川弘文館、一九七八年）

【坂落】

鈴木彰「『平家物語』と〈一の谷合戦〉—延慶本における合戦空間創出への志向を探りつつ—」（『古典遺産』二〇〇〇年八月）

早川厚一「『平家物語』諸本記事の生成—一谷合戦話をめぐって—」（『名古屋学院大学論集　人文・自然科学篇』一九八三年六月）

早川厚一「『平家物語』における西国合戦譚について—一谷合戦を中心として—」（山下宏明編『軍記物語の生成と表現』和泉書院、一九九五年）

東啓子「『平家物語』・義経坂落しの考察—坂落しの史実の再考と物語による相違—」（『武庫川国文』一九九七年三月）

【敦盛最期】

菊野雅之「「敦盛最期」教材論—忘却される首実検と無視される語り収め—」（『国語科教育』二〇〇九年）

佐谷眞木人『平家物語から浄瑠璃へ　敦盛説話の変容』（慶應義塾大学出版会、二〇〇二年）

【知章最期】

石母田正『平家物語』（岩波新書　一九五七年）

井伏鱒二『黒い雨』（新潮文庫　一九七〇年）

【先帝入水】【能登殿最期】
赤江瀑、金指正三「実証・壇の浦合戦」（『復刻版　歴史への招待6』日本放送協会、一九九四年）
生形貴重「「新中納言物語」の可能性―延慶本『平家物語』壇浦合戦をめぐって―」（『大谷女子短期大学紀要』一九八八年三月）
小林美和「滅びに至る一つの脈略―延慶本の阿波民部と知盛をとおして―」（山下宏明編『軍記物語の生成と表現』和泉書院、一九九五年）
高木信「知盛〈神話〉解体―教室で『平家物語』を読むことの（不）可能性―」（『「死の美学化」に抗する『平家物語』の語り方』青弓社、二〇〇九年）
辻本恭子「乳母子伊賀平内左衛門家長―理想化された知盛の死―」（『日本文藝研究』二〇〇五年三月）
名波弘彰「延慶本平家物語の終局部の構想における壇浦合戦譚の一と意味」（『文芸言語研究文芸篇』二〇〇四年三月）
半澤正男「気象・海象が戦局の重大転機となった諸例(I)」（『海軍資料館年報』一九八八年）

【大原御幸】
酒井香帆里「『平家物語』建礼門院六道語りの生成―『閑居友』との関係を中心に―」（『千葉大学日本文化論叢』二〇一一年七月）
櫻井陽子「覚一本平家物語の表現形成―灌頂巻「大原御幸」の自然描写を中心に―」（『中世文学』一九九〇年六月）
櫻井陽子「『建礼門院右京大夫集』から『平家物語』へ」（『中世文学』二〇一〇年六月）
村上學「「大原御幸」をめぐる一つの読み―『閑居友』の視座から―」（『大谷学報』二〇〇三年三月）

◆平氏略系図

- 桓武天皇《かんむ》—葛原親王《かずらはら》
  - 高見王《たかみ》—高望王《たかもち》
    - 良文《よしふみ》
      - 忠頼《ただより》—将恒《まさつね》—（四代略）—重能《しげよし》〔畠山〕—重忠《しげただ》
      - 忠常《ただつね》—（二代略）—常兼《つねかね》（千葉）—○—常胤《つねたね》
    - 良望《よしもち》—貞盛《さだもり》
      - 維衡《これひら》—○—○
        - 忠正《ただまさ》
        - 正盛《まさもり》—忠盛《ただもり》
          - 清盛《きよもり》（入道相国）＝時子
            - 盛子《もりこ》（藤原基実《もとざね》妻・基通《もとみち》養母）
            - 基盛《もともり》
            - 重盛《しげもり》
              - 資盛《すけもり》
              - 維盛《これもり》—六代《ろくだい》
            - 宗盛《むねもり》（大臣殿）—清宗《きよむね》
            - 知盛《とももり》（新中納言）—知章《ともあきら》（武蔵守）
            - 重衡《しげひら》
            - 徳子《とくこ》（建礼門院　高倉妃・安徳生母）
          - 家盛《いえもり》
          - 教盛《のりもり》—教経《のりつね》（能登殿）
          - 経盛《つねもり》
            - 敦盛《あつもり》
            - 経正《つねまさ》
          - 頼盛《よりもり》
          - 忠度《ただのり》（薩摩守）
      - 維将《これまさ》—（六代略）—時政《ときまさ》〔北条〕—義時《よしとき》
    - 良将《よしまさ》—将門《まさかど》
  - 高棟王《たかむねのおう》—（八代略）—時信《ときのぶ》
    - 時子《ときこ》（二位尼　二位殿）
    - 時忠《ときただ》
    - 滋子《しげこ》（建春門院　後白河妃・高倉生母）

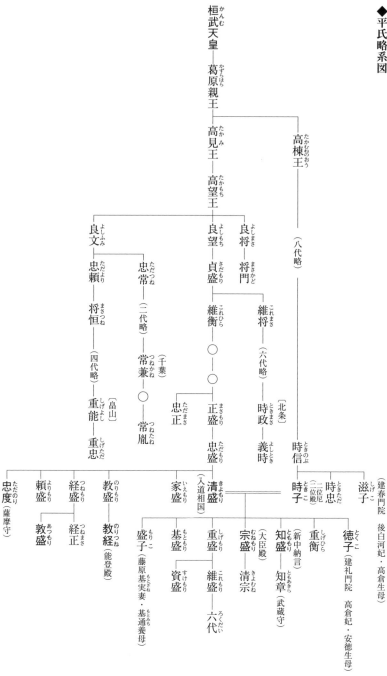

◆源氏略系図

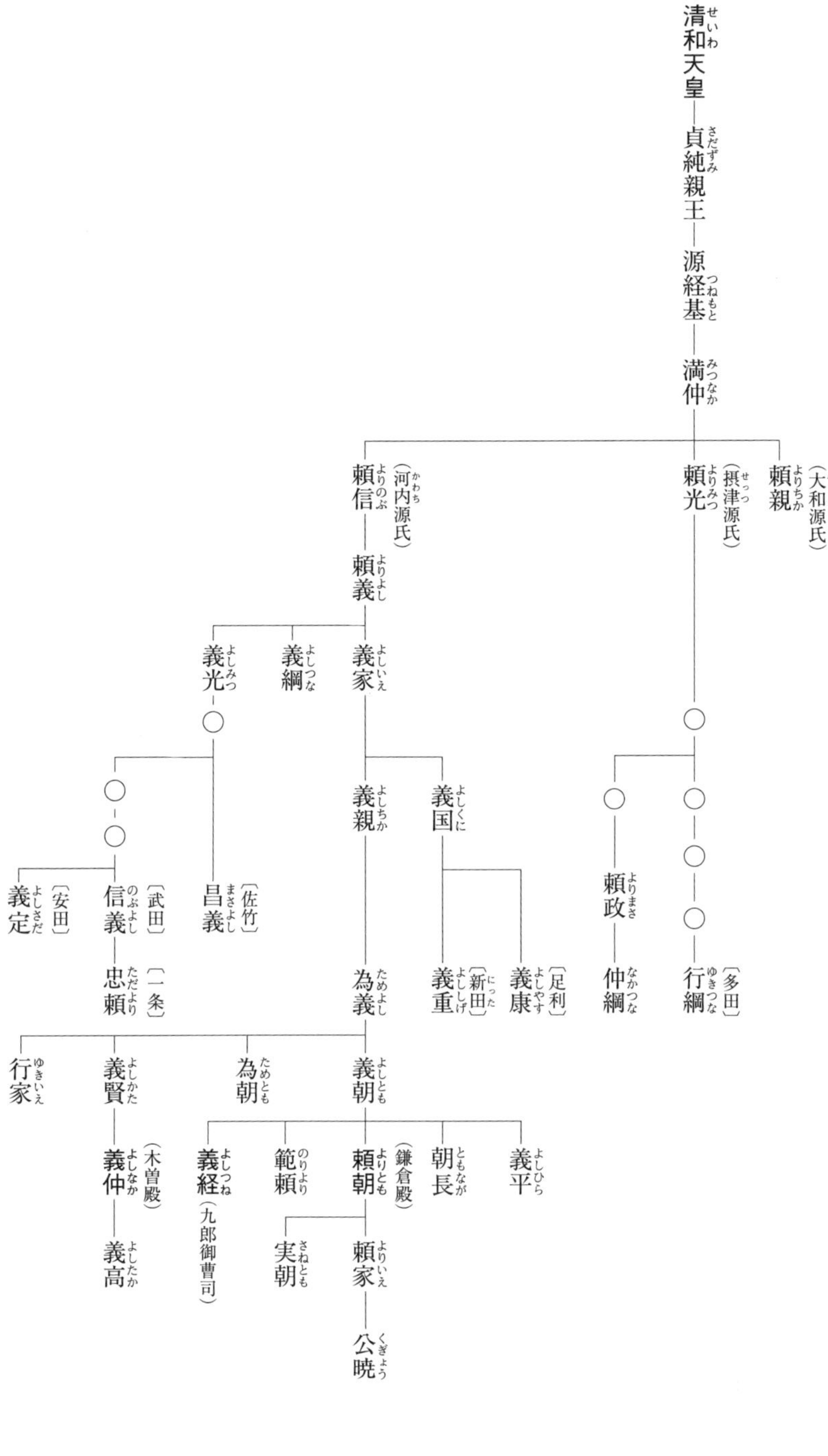
清和《せいわ》天皇
貞純《さだずみ》親王
源経基《つねもと》
満仲《みつなか》
（大和《やまと》源氏）頼親《よりちか》
（摂津《せっつ》源氏）頼光《よりみつ》
（河内《かわち》源氏）頼信《よりのぶ》
頼義《よりよし》
義家《よしいえ》
義綱《よしつな》
義光《よしみつ》
頼政《よりまさ》
仲綱《なかつな》
〔多田〕行綱《ゆきつな》
義国《よしくに》
義親《よしちか》
〔足利〕義康《よしやす》
〔新田《にった》〕義重《よししげ》
為義《ためよし》
義朝《よしとも》
為朝《ためとも》
義賢《よしかた》
行家《ゆきいえ》
義平《よしひら》
朝長《ともなが》
（鎌倉殿）頼朝《よりとも》
範頼《のりより》
義経《よしつね》（九郎御曹司）
頼家《よりいえ》
実朝《さねとも》
公暁《くぎょう》
（木曽殿）義仲《よしなか》
義高《よしたか》
〔佐竹〕昌義《まさよし》
〔武田〕信義《のぶよし》
〔一条〕忠頼《ただより》
〔安田〕義定《よしさだ》

◆天皇家・平氏・摂関家関係系図

＊算用数字は皇位継承順を表す。

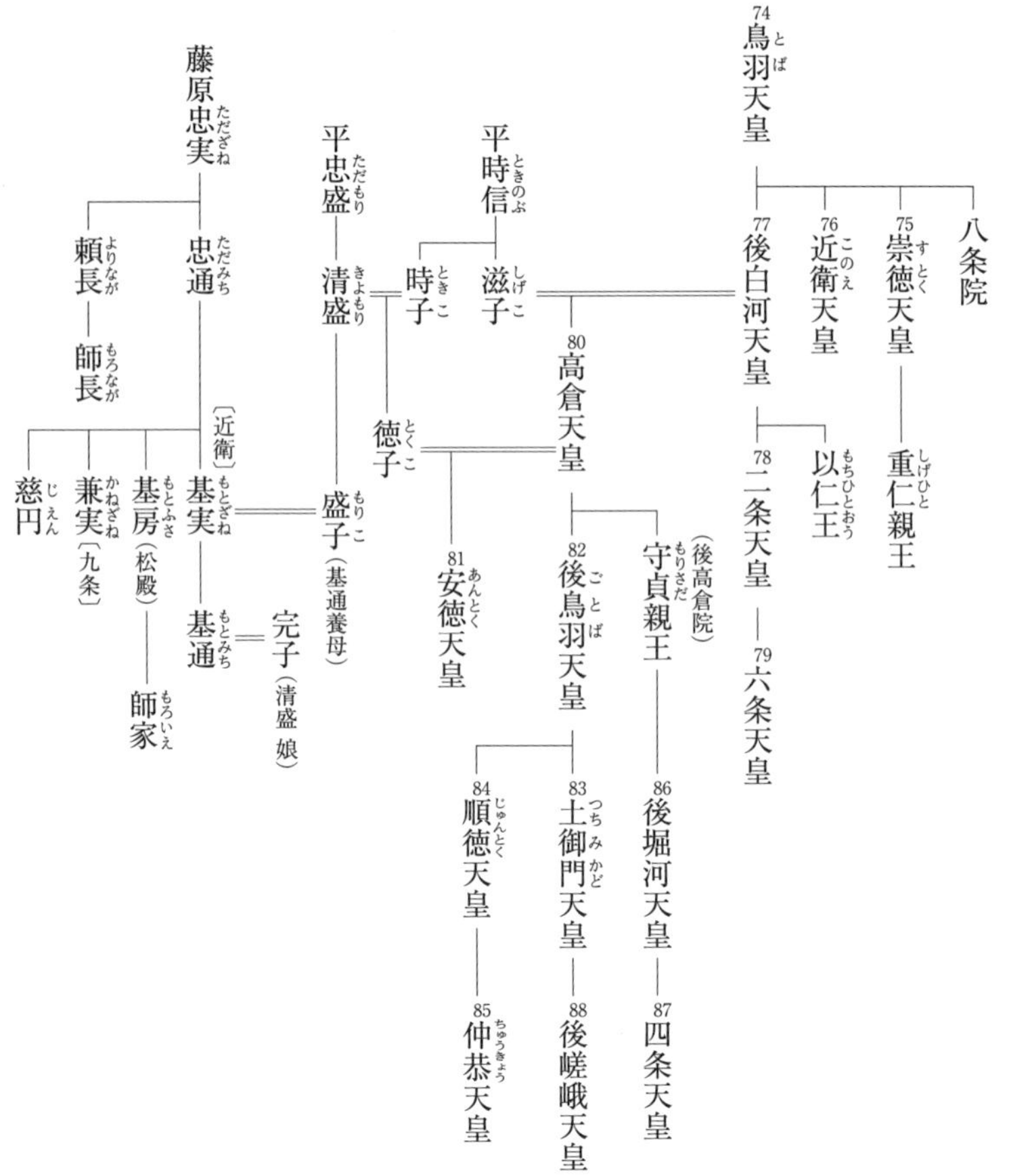

◆平安時代の軍装

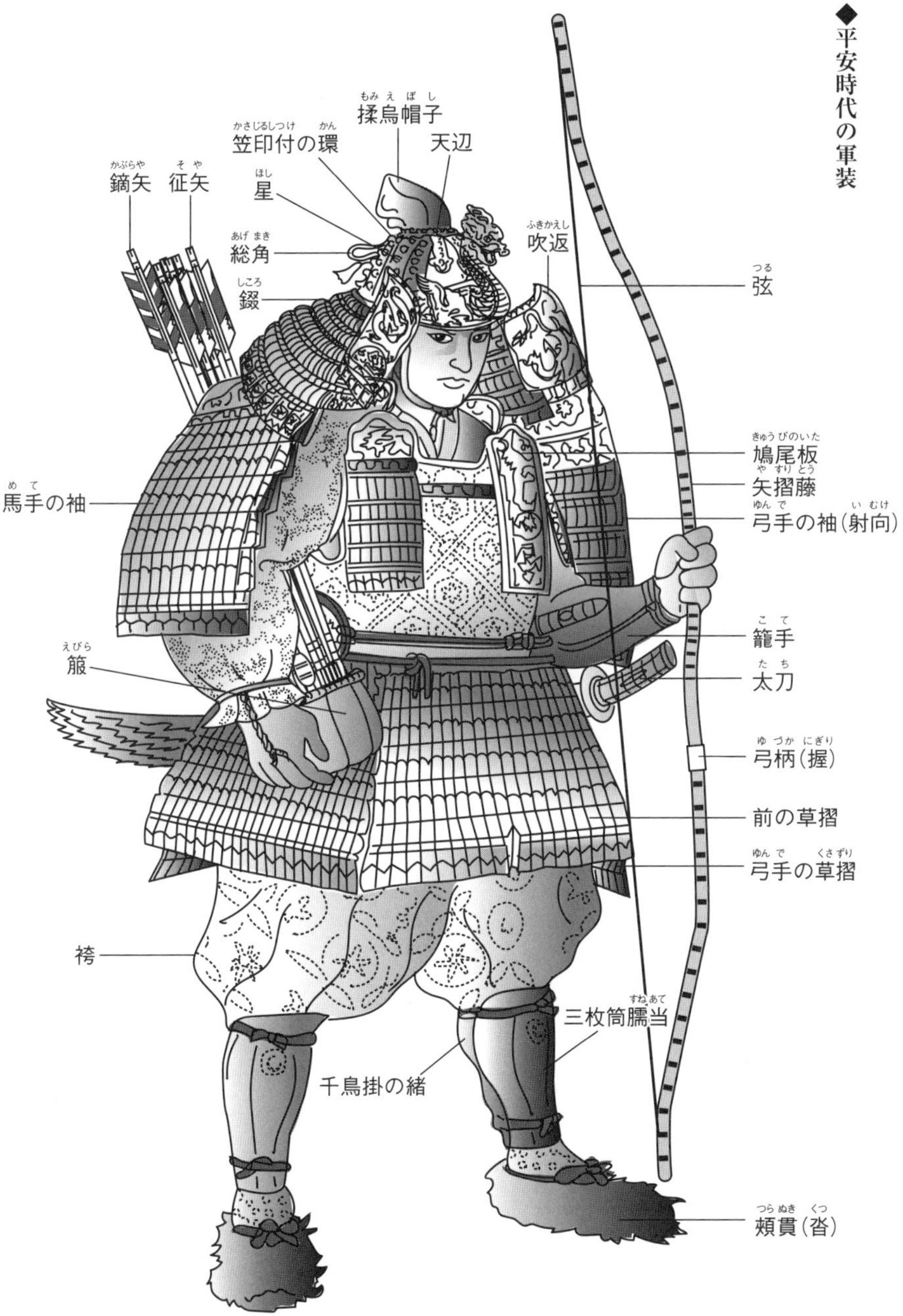
揉烏帽子《もみえぼし》
笠印付の環《かさじるしつけかん》
天辺
鏑矢《かぶらや》
征矢《そや》
星《ほし》
総角《あげまき》
吹返《ふきかえし》
錣《しころ》
弦《つる》
鳩尾板《きゅうびのいた》
矢摺藤《やすりとう》
馬手《めて》の袖
弓手《ゆんで》の袖(射向《いむけ》)
籠手《こて》
箙《えびら》
太刀《たち》
弓柄《ゆづか》(握《にぎり》)
前の草摺
弓手《ゆんで》の草摺《くさずり》
袴
三枚筒臑当《すねあて》
千鳥掛の緒
頬貫《つらぬき》(沓《くつ》)

吉永昌弘【編著】
一九八〇年生まれ。二〇〇三年、上智大学文学部国文学科卒業。現在暁星中学・高等学校教諭。

学《まな》びを深《ふか》めるヒントシリーズ 平家物語《へいけものがたり》

令和元年6月10日　初版発行

編著者　吉永昌弘《よしながまさひろ》

発行者　株式会社明治書院　　代表者　三樹蘭
印刷者　精文堂印刷株式会社　代表者　西村文孝
製本者　精文堂印刷株式会社　代表者　西村文孝

ブックデザイン　町田えり子

発行所　株式会社 明治書院
〒169-0072　東京都新宿区大久保1-1-7
TEL　03-5292-0117　FAX　03-5292-6182
振替　00130-7-4991

Printed in Japan　ISBN 978-4-625-62452-0　C0391